JAY LAHINCH

NACH DIR NUR ERINNERUNG

BOOKAPI
VERLAG

Bibliografische Information der Deutschen Nationalbibliothek:
Die Deutsche Nationalbibliothek verzeichnet diese Publikation in der Deutschen Nationalbibliografie; detaillierte bibliografische Daten sind im Internet über http://dnb.dnb.de abrufbar.

1. Auflage als Taschenbuch

Wallgrabenstraße 27, 89340 Leipheim
Coverdesign: Marie Grasshoff
Lektorat & Korrektorat: Lektorat Silbenglanz
Buchsatz: Bookapi Verlag

Druck: booksfactory
ISBN: 978-3-9824015-5-3

Für dich.

Und vor allem für einen letzten Blick in deine Augen. Für ein letztes Mal das Blau darin zu studieren, sich alles daran – alles an dir – für die restliche Ewigkeit einzuprägen. Für noch einmal in deiner Nähe zu sein – fühlen, dass du da bist. Für eine letzte Umarmung und dafür, dass ich mich geirrt habe.

Dafür, dass dein Verlust kaum in Worte zu fassen ist, sind es dennoch so unzählig viele geworden. Und ich kann nur hoffen, dass sie irgendwo dort einen Platz finden, wo du jetzt bist. Diese Geschichte ist für dich und all diejenigen, die immer diese eine Tür suchen werden.

Prolog

Und der Letzte macht das Licht aus.

Es ist dunkel um mich herum, als ich endlich bemerke, dass ich die Letzte gewesen bin. Und dass trotzdem irgendwer vor mir das Licht ausgeknipst hat. Mein Licht.

In der Luft liegt ein leises Summen, das über mich hinwegzufliegen scheint. Der Gedanke, wenn man es so nennen kann, erinnert mich an eine vergangene Zeit, in der sich die Vögel in den Himmel erhoben und ihre Schwingen ausgebreitet haben. Es ist eine Reihe von blass verschwommenen Bildern, die gemeinsam mit dem Surren zu mir herüberschwappen. Nach und nach fügen sich Puzzleteile zusammen, die erst mühsam erstellt werden müssen. Ich fühle mich schwer, als könnte ich mich nie mehr bewegen. Als wäre bereits alles zu Ende. Die letzten

Lebenszeichen vibrieren vor Angst in mir. Erschrocken versuche ich, die Augen zu öffnen, doch das Murmeln um mich herum wird nur unangenehm laut, dröhnt in meinen Ohren und die Anstrengung siegt letztendlich erfolgreich über mich.

Luna, sage ich mir still in meinem Inneren. *Bist du … bist du tot?* Die Panik erfüllt mich plötzlich von Kopf bis Fuß, als ich begreife, dass ich nur noch mit mir selbst sprechen kann. Schwarze Leere, ein Summen und meine eigenen Gedanken im Ohr. Sonst ist da nichts mehr. Einsamkeit hüllt mich ein wie ein dichter Nebelschleier. Wenn dort noch irgendwo graue Zellen in meinem Kopf sind, dann benötige ich sie so dringend wie noch nie. Und zwar jetzt sofort. Ich kann mich nicht an einen Tod erinnern. Nicht an einen schrecklichen Mord oder an einen tragischen Unfall. In mir ist alles so kahl, als hätte man einen Wald gerodet oder einen Stapel wichtiger Akten verbrannt. Doch die Dunkelheit kann mir nichts erklären, mir keine Fragen beantworten. Stille. Meine Gedanken kreisen und dabei bekomme ich keinen zu fassen.

Luna, du kannst jetzt nicht sterben, flüstert es in mir. *Dafür hast du nun gerade wirklich keine Zeit.*

Ich nicke bildlich gesprochen vor mich hin, als würde ich mich von einer sehr weisen Person belehren lassen. Aber hier bin nur ich selbst. *Na los, wach auf!*, versuche ich mich selbst zu ermahnen. Erneut will ich meine Augen öffnen oder einen Arm heben, doch nichts dergleichen geschieht. Es ist zu schwer und vielleicht schon zu spät. *Ich ... Ich kann nicht ...* Meine Gedanken klingen hilflos und verzweifelt.

Hör auf damit! Ein energischer Ton zuckt durch mich hindurch. *Du musst da hinaus – ins Leben. Du kannst jetzt nicht sterben, verstanden? Nicht jetzt und nicht hier. Nicht heute. Wer soll denn eines Tages deine Geschichte zu Papier bringen, wenn du dich jetzt einfach im Dunkeln verkriechst? Wer soll in ein paar Jahren noch über dich reden, wenn du so leicht aufgibst?*

Wäre ich am Leben gewesen, hätte ich wie ein kleines, hilfloses Mädchen geweint. Doch mein Verstand würde mich nicht in den Arm nehmen und trösten. Wie ein wütender Lehrer zeigt er mit dem Finger auf mich und macht mich nieder, denn er kennt meine Schwächen. *Was soll Lennon denn von dir denken?*

Ja, verdammt, er kennt sie wirklich. Ich halte die Zeit mit meinen bloßen Händen an und starre ins Nichts. Len. Irgendwo da draußen ist jemand, der an meinem Grab trauern wird, weil er weiß, dass ich eigentlich kein schlechter Mensch gewesen bin. Irgendwo da draußen wartet Lennon.

Als ich meine Augen aufschlage, sind sie mit Tränen gefüllt, und ich begreife, dass Menschen es nur schaffen, zurückzukommen, wenn es etwas im Leben gibt, für dass es sich zu leben lohnt.

Kämpfen, Luna!, sage ich mir in Gedanken und schnappe nach Luft. Denn ich habe wirklich keine Zeit zu sterben.

Wie ein geheimes Versprechen schleicht sich dieses Vorhaben in meinen Kopf und es scheint, als würde jemand das Licht anknipsen und mich zurückholen wollen. Lebe, damit du deinem Verstand eines späten Abends sagen kannst, dass du alles getan hast, was du tun musstest. Und Lennon wird da sein. Er wird immer da sein. Denn er war es vom ersten Moment an.

Heute,
Jetzt & Hier

Eins

Wo soll ich denn Trost suchen, in dieser endlos weiten Welt? Und wo soll ich dich finden, wenn du einfach nicht mehr da bist? Sie versuchen, mich mit warmen Worten zu trösten, und sagen, du seist nicht gegangen, sondern nur in einen anderen Raum getreten. Aber ich suche und suche, doch finde keine Tür. Wo soll ich diesen Raum finden, wenn nicht bei dir?

Ich hebe den Blick und sehe mich in diesem altvertrauten Zimmer um, das sich mittlerweile fremd und vollkommen leer anfühlt. Als wäre es mit blassgrauer Farbe überschüttet worden. Als wäre die gesamte Welt damit überschüttet worden. Stattdessen ist die Welt da draußen wie zuvor auch. Voller Menschen, voller Gespräche und auch voller Lachen. Erfüllt von Freude und Feierlichkeiten. *Nur ich scheine nicht mehr Teil dieses Universums zu sein, seit du gegangen bist – in diesen mysteriösen Raum nebenan, der gleichzeitig so unfassbar weit entfernt ist.* Mein Universum besteht nur noch aus den ruhelosen Gedanken, die mich um den Verstand bringen und nachts vom Schlaf fernhalten.

Und während ich die Außenwelt meide, ist es in mir dennoch nicht still. Im Gegenteil. Meine innere Verzweiflung erscheint mir lauter denn je.

»Luna? Ich habe nach dir gerufen, hast du mich denn nicht gehört? Samika ist da, sie möchte dich besuchen.« Vorsichtig streckt meine Mutter den Kopf durch die geöffnete Tür und wartet lange, zähe Augenblicke, ob ich reagieren würde. Sie erwartet immer noch meine Worte, denn seit dem Unfall bin ich nicht mehr in der Lage zu sprechen. Ich nicke ihr als Antwort einfach zu.

Meine beste Freundin betritt kurz darauf das Zimmer. Sie lächelt ein unechtes, erzwungenes Lächeln. »Hey … Danke, dass ich reinkommen darf. Ist es okay, wenn ich mich zu dir setze?«, fragt sie. Sie deutet auf den Platz neben meinem Bett, in dem ich liege und an die Decke starre. *Dahin, wo eigentlich der Himmel sein müsste – der Ort, an dem du jetzt bist.*

Weil ich nicht widerspreche oder den Kopf schüttle, gesellt sie sich zu mir. Schweigend sieht sie sich in meinem Zimmer um, findet keine Stelle, worauf ihr Blick ruhen könnte, so nervös scheint sie innerlich zu sein. Aber was soll sie auch tun, was soll sie sagen, bei jemandem, der schweigt? Wir waren so vertraut miteinander, so nah. Außerdem ist Samika eine ganz andere Persönlichkeit, als ich es in letzter Zeit bin: Energiegeladen und mutig, sodass unsere Freundschaft aus vielen einzigartigen Erlebnissen besteht. Auch ich war einmal laut, bevor ich leise wurde.

Damals, als du noch hier warst und mein Leben aus all den einzigartigen Momenten mit dir bestand. Heute bist du nicht mehr da und hinterlässt eine Leere, von der die Leute sagen, sie existiere nur bei einem Liebespaar, das seit Jahrzehnten vereint war. Doch das waren wir nie. Wir waren kein Paar und trotzdem seit zwanzig Jahren Seite an Seite. Und deshalb vermisse ich dich in aller Unendlichkeit – an jedem verdammten Tag.

»Luna, es … tut mir so furchtbar leid und es gibt nichts, was ich sagen könnte, um es annähernd zu mildern oder gar erträglich zu machen.« Samika sieht mich an, aber ich weiche ihren grünen Augen aus.

Hunderte, vielleicht auch Tausende typische Phrasen fallen mir plötzlich ein, die Menschen verwenden, um zu beschreiben, wie sich Herzschmerz anfühlt. Dass es zerbricht, zerreißt oder auch in Flammen aufgeht, weil der Schmerz so unerträglich in der Brust brennt. Ich höre sie all diese Sachen sagen und dennoch verstehen sie es nicht. *Sie verstehen nicht, wie es ist, dich zu verlieren, Lennon.*

Samika berührt meine Hand ganz sacht und vorsichtig, als könnte ich unter ihrer Berührung zu Staub zerfallen. Und für einen Moment wünschte ich, es wäre möglich. *Als winzige Staubpartikel durch das gesamte Universum zu schweben und so lange umherzuirren, bis ich dich in all dieser Unendlichkeit finden würde.* Stattdessen steigen Tränen in meine Augen und es schmerzt so sehr, dass ich nicht einmal mehr das Weinen ertragen kann. Mein ersticktes Schluchzen veranlasst Samika sogar dazu, mich in ihre Arme zu ziehen. Trost, denke ich. Von irgendwoher müsste nun das beruhigende Gefühl von Geborgenheit zu mir herüber gleiten, das mich in einen warmen Nebel oder Zuckerwatte hüllt. Aber da ist nur der Verlust, der wie ein schwarzes Loch an der Stelle prangt, an der eigentlich mein Herz sein müsste.

Nachdem Samika mein Zimmer wieder verlassen hat, höre ich sie durch die geschlossene Tür mit meiner Mutter im Flur sprechen. Dass sie sich wirklich Sorgen machen, aber alles gut werde. Dass irgendwann immer alles gut werde. Eine Pause der Verzweiflung. Nur dieses Mal vielleicht nicht mehr. Dass sie einfach nicht mehr weiterwissen.

Ich schließe die Augen, als müsste ich sie dadurch nicht mehr hören. *Aber dein Verlust ist überall, als würde ich ihn mit jedem Atemzug einatmen und in mir aufnehmen. Als wollte die Welt mich dazu zwingen, dass ich es endlich wahrhabe. Doch du fehlst, Lennon, und ich glaube, nie wieder an etwas anderes denken zu können. Unsere Geschichte besteht aus so vielen Erinnerungen, an die ich mich klammere, als könnten sie mit dir in den Himmel steigen und für immer verloren gehen. Dabei habe ich gleichzeitig Angst, dass mir das nicht gelingen wird – alle einzelnen Momente als Erinnerungen zu wahren. Es sind so viele und jeder davon ist wertvoller als die Bodenschätze dieser Welt. Für mich, Len. Für mich sind sie das. Aber nur für mich ist dieser Verlust auch so untragbar schwer. So sehr, dass ich glaube, irgendwie mit dir gestorben zu sein. Als wäre ich gar nicht mehr hier oder Teil dieser Realität.*

Langsam setze ich mich auf und sehe mich um. Betrachte die Fotos, die über meinem Bett an einer Lichterkette hängen. Sehe die Farbkleckse auf dem schönen Holzboden, als wir meine Wände gestrichen haben, ohne den Boden abzudecken. *Überall hast du Spuren hinterlassen, um nicht in Vergessenheit zu geraten.* Aber nirgendwo sind so viele wie in meinem Herzen.

Die Zeit zieht vorüber wie Autos, die ineinander verschwimmen, wenn man auf eine Autobahn starrt. Noch immer bin ich hier, in meinem Zimmer, auf dieser Welt. Wo ich glaubte, mich selbst mit dir verloren zu haben, erkenne ich, dass es nicht wahr ist. Dass es die höchste Strafe ist, zurückgeblieben zu sein. Stattdessen müsste ich es als Geschenk sehen, dem Universum für seine Güte danken, dass es mich am Leben gelassen hat. Dankbarkeit, Glück und Lebensfreude – diese Emotionen sollten mich nun ausmachen und nicht die gegenteiligen.

Lennon, ich bin nicht dankbar dafür, dass ich dich verloren habe, dass zwanzig gemeinsame Jahre jetzt beendet sind, nur weil irgendein Schicksal das beschlossen hat, ohne uns überhaupt zu fragen. Ich ertrage es nicht, hier zu sein, hier zu sitzen, zu stehen oder einfach nur zu existieren, während du dein Leben gelassen hast.

Plötzlich und zum ersten Mal überkommt mich der Drang zu rennen. So lange, bis ich ein Ziel erreicht oder meine Vergangenheit mich wieder eingeholt hätte, wie es so schön heißt. *Denn meine Vergangenheit würde bedeuten, dass du wieder bei mir wärst. Du warst immer da, solange ich zurückdenken kann. Es gab nie etwas anderes als uns.*

Ich stehe auf und gehe zur Zimmertür. Zaghaft spüre ich in den Moment hinein, als meine Hand die Klinke berührt und mir etwas eröffnet, das wie eine ferne Galaxie scheint, die sich außerhalb meines Zimmers befindet. Seit ich aus dem Krankenhaus entlassen wurde, habe ich meine Zeit, mein Leben im oberen Stockwerk unseres kleinen Hauses verbracht. Neben meinem Schlafzimmer liegen noch ein Bad und eine kleine Dachluke, durch die wir auf die Sterne geblickt haben. Seitdem ich hier bin, habe ich die Luke gemieden, als wäre sie schuld an allem, was passiert ist. Ich habe nicht ein einziges Mal nachgesehen, ob die Sterne, die wir damals über Stunden betrachtet haben, überhaupt noch da sind.

Mit nackten Füßen, einer Jogginghose und einem übergroßen grauen T-Shirt, das irgendwann einmal Len gehört hat, tapse ich die Treppe nach unten. Schritt für Schritt kostet es mich Überwindung, in die Realität außerhalb des Dachbodens zurückzukehren, denn eigentlich will ich dort nie wieder hin. *Was ist die Welt denn noch ohne dich?*

Meine Mutter ist gerade in der Küche und trocknet Geschirr ab. Deutlich höre ich das Klirren von Glas, das sie abstellt und in die Schränke räumt. Für einen Augenblick möchte ich etwas sagen, ihr zurufen. Möchte ihr erklären, dass ich für eine Weile nach draußen gehe, weil ich rennen muss, um diesem Schmerz zu entfliehen. Ich will ihr tatsächlich etwas sagen, nur einen einzigen Ton. *Doch wahrscheinlich hast du all meine Worte mit dir genommen.*

Ohne Abschied ziehe ich die Tür hinter mir zu und stehe mitten im Mai barfuß vor unserem Haus. Ich blicke mit müden Augen und vermutlich zerzausten Haaren dem Wohngebiet am Park entgegen und atme ein. Atme aus. Spüre, wie meine Füße auf dem Gras stehen. Dann beginne ich zu rennen, bevor meine Mutter zur Tür eilen und mich zurückholen kann.

Die Luft ist kühl, doch es ist angenehm frühlingshaft. Das Grün am Boden, an den Bäumen und an beiden Seiten, die an mir vorbeifliegen. Ich hätte nicht gedacht, dass ich es noch kann, aber es ist wie Fahrrad fahren, man verlernt es womöglich nie. Denn ich laufe diesen Weg entlang, setze einen Fuß vor den anderen, als hätte ich nicht Wochen im Bett verbracht. Hinter mir liegt mein Zuhause – Teil eines Wohngebiets mit kreischenden Kindern und manchmal auch Hundegebell. Vor mir befindet sich diese Parkanlage mit einem Teich und schönen Blüten, um die Welt in ihrem Glauben zu lassen, alles sei ganz wunderbar. Meine Lunge ist überfordert von meiner plötzlichen körperlichen Aktivität, die ich in den letzten Wochen gemieden habe. Sportler sagen, dass man bereits nach drei Wochen seine Kondition verliere, und ich frage mich, wie viel Kondition ich eingebüßt habe, wo ich doch nie eine hatte. Dennoch ist es schön, endlich etwas anderes zu denken, als an die Leere und das schwarze Loch in meinem Inneren.

Meine Gedanken schweifen an den Bäumen entlang wie der frische Wind, der mich antreibt, weiter und schneller zu laufen. Und ich renne, als hätte ich ein Ziel. Vielleicht ist auch der Weg das Ziel, so wie die Menschen es immer behaupten. Aber es ist, als hätte ich eine Aufgabe, einen Sinn für meine bloße Existenz, die mich von innen heraus zerfrisst. Frauen schieben ihre Kinderwagen vor sich her, drehen ihre Runden im Park und sehen mich mit irritierten Blicken an. Ob ich verrückt wirke, wie ich da an ihnen vorbeirenne?

Barfuß, in Jogginghose und … Ich kann mir in etwa vorstellen, wie ich aussehe. Meine matten dunkelblonden Haare, die mir bis an die unteren Rippen reichen. Mein blasses, ungeschminktes Gesicht, das seit Wochen nicht in die Sonne geblickt hat, müde und mit dunklen Schatten unter den

Augen. Vielleicht sind da noch immer dieser blaugrüne Bluterguss und die Überreste der Naht an meinem Jochbein. Meine äußere Erscheinung entspricht nicht der, in der ich normalerweise das Haus verlasse. Es ist merkwürdig, wenn die Leute dich zum ersten Mal so sehen, wie du wirklich bist. Ganz ohne Maske, ohne diesen Schutz der Oberflächlichkeit. Aber es ist mir egal, denn ich laufe über den Grasstreifen im Park, umrunde den trüben Tümpel, in dem ein paar Enten um etwas Brot streiten. Ich habe nicht darüber nachgedacht, wohin ich möchte, aber ich bin fast dankbar für die bloße Vorstellung, dass es irgendwo anders besser sein könnte. Doch das wird es nicht, selbst wenn ich bis ans andere Ende der Welt laufen würde. Es wird nie mehr werden, wie es einst gewesen ist.

Ich erkenne allmählich die Fragen in ihren Blicken. Ganz besonders diese eine Frage, ob ich tatsächlich verrückt geworden *bin*. Niemand Fremdes spricht mich an, aber ihre Blicke sagen alles. Ich habe den Verstand verloren und mittlerweile brennt meine Lunge stärker als mein Herz. Ich verlangsame mein Tempo und betrachte ein älteres Ehepaar auf einer Bank, das den Enten Brot zuwirft. Es ist nicht aufzuhalten, dieses Gefühl in meinem Inneren, das gemeinsam mit den Tränen aufsteigt.

Wir werden niemals alt auf einer Parkbank sitzen und über die gemeinsamen Geschichten reden, dabei habe ich mir das immer so vorgestellt. Ich dachte, uns gehöre die Ewigkeit. Wir sind zufälligerweise am selben Tag geboren, seit dem ersten Tag gemeinsam auf dieser Erde. Es war naiv zu glauben, dass wir auch gemeinsam gehen würden, ich weiß. Aber, Lennon, du warst immer da, seit ich denken kann und bereits davor. Wir haben unsere Kindheit geteilt, aber nicht die Zukunft. Und es ist und bleibt unvorstellbar, dass du einfach nicht mehr da bist. Eine Unbegreiflichkeit, die ich abblocke, wann immer jemand versucht, mich daran zu erinnern. Nur dass mich niemand daran erinnern muss. Dein Verlust ist allgegenwärtig.

Mit erschöpften Schritten kehre ich zum Haus zurück, stumme Tränen sickern über mein Gesicht, verschwinden im T-Shirt oder auf dem Asphalt der Straße. Von Weitem nehme ich eine Gestalt wahr. Jemand rennt, ruft und winkt mit den Armen. Es ist meine Mutter in all ihrer Fassungslosigkeit, wie ich einfach das Haus verlassen konnte. Wo ich mich doch seit Wochen kaum bewege, nicht spreche und schon gar nicht nach draußen gehe. Sie umarmt mich mit einer solch unerwarteten Wucht wie der Aufprall des Autos, der uns getrennt hat.

»Wo wolltest du denn hin?«, fragt meine Mutter aufgelöst. »Du hast doch nicht einmal Schuhe an!«

Genau, denke ich. Meine Welt ist dem Untergang geweiht, ich habe meinen Halt verloren und kann die Enge meiner Gedanken nicht mehr ertragen. Aber das Schlimmste in den Augen der anderen ist, dass ich dabei gar keine Schuhe trage.

Zurück im Haus brüht meine Mutter einen Tee auf, setzt sich zu mir an den Tisch und betrachtet mich ratlos. Sie schiebt mir die dampfende Tasse fast schon aufdringlich näher hin, als würde ich dadurch endlich zu sprechen beginnen. Aber ich kann nicht. Keines dieser Worte, die ich denke, kann nach außen gelangen. Als würde sich mein Herz an alles klammern, das ich besitze. An jedes Wort, an jeden Gedanken. Nichts sollte mehr fortgehen. Ich kann nicht sprechen, bin ein gefallener Vogel in einem Käfig aus Seide. Es wäre so leicht, sie zu durchbrechen, einfach die Worte zu sagen, die in meinen Gedanken kreisen. Man hat mir die Flügel, die Beine und das Herz gebrochen, sodass ich in meiner inneren Bewegungslosigkeit stärker gefangen bin als im schwächsten Käfig dieser Welt.

»Der Tee wird dir guttun. Wir sollten nämlich ein paar Dinge besprechen.«

Das klingt überhaupt nicht gut und gar nicht nach den Themen, die ich hören möchte. Wenn ich denn überhaupt etwas hören will. Zaghaft lege ich beide Hände um die warme Tasse. Allein diese Beteiligung am Leben scheint meiner Mutter fürs Erste zu reichen und sie atmet tief ein. Währenddessen betrachte ich ihr Gesicht und die Sommersprossen darauf, die ich wohl von ihr geerbt habe. Ihre Haare sind jedoch deutlich dunkler als die meinen und gerade lang genug, damit sie sich die Strähnen hinter das Ohr streichen kann.

»Grandma wurde in ein Pflegeheim verlegt, während du … im Krankenhaus warst. Es geht ihr gut und sie wird sich schon bald daran gewöhnen. Aber sie ist nicht mehr in der Lage, sich um sich selbst zu kümmern.« Sie lässt mir einen Moment, falls ich ein paar Worte hinzufügen möchte.

Wie vertraut mir diese Situation erscheint, dabei empfinde ich meine Grandma in der sehr viel glücklicheren Lage. Seit Jahren kämpft sie bereits mit der Demenz, die immer deutlicher hervortritt. Was ich einst für einen Fluch hielt, halte ich heute für den Hauch eines Geschenks.

»Ich brauche deine Hilfe, denn wir müssen ihr Haus innerhalb weniger Tage räumen. Eine Aufgabe wird dir helfen, sagt Mr. Cerson.« Sie sieht mich ermutigend an.

Aber ich spreche nicht mit dem Therapeuten, den meine Mutter nach dem Unfall aufgesucht hat, was ihre größte Hoffnung zerstört hat. Ich kann mit niemandem mehr sprechen, denn egal, was ich sage, keiner würde es verstehen, keiner die tatsächliche Bedeutung erkennen. Niemand kann das fühlen, was ich jetzt fühle. Keiner wird nachvollziehen, wie es mir geht. *Nicht einmal Mr. Cerson, denn er hat dich nicht verloren, Len.* Er hat womöglich nie jemanden verloren, warum also soll er auch nur annähernd begreifen können, was in mir vorgeht?

Da ich bis auf heute das Haus nicht verlassen habe, kommt er jede Woche für das einstündige Therapiegespräch zu uns. Dann sitzen wir alle im Wohnzimmer um einen kleinen Tisch, halten Teetassen in unseren Händen und warten darauf, dass Mr. Cerson spricht. Er redet und redet, füllt mein Schweigen und hilft damit meiner Mutter, sich nicht ganz so verloren zu fühlen. Sie trägt schwer an meiner Stille. Sie wartet auf meine Worte wie eine Dürre auf den Regen. Und gemeinsam mit Mr. Cerson hofft sie, irgendwann einen Punkt zu treffen, an dem ich bereit bin, mich zu beteiligen. An dem ich mich öffne und all die Verletzlichkeit nach außen lasse.

Aber das kann ich nicht, Lennon. Denn meine Verletz-

lichkeit bist du und das allein ist alles, was ich noch von dir habe. Ich kann dich nicht gehen lassen, auch wenn du schon längst und unwiderruflich fort bist.

»Wir werden morgen schon damit anfangen, Luna.« Meine Mutter holt mich damit aus meinen Gedanken. »Es ist ein Container bestellt und dein Vater hat Kartons besorgt, damit wir alles aussortieren können, was Grandma in Zukunft nicht mehr braucht. Das wird viel Arbeit, aber es wird uns guttun«, erklärt sie und versucht zu lächeln.

Ja, ganz bestimmt wird es das, denke ich schmerzlich. Meine Grandma vergisst die Teile ihres Lebens und wir werfen den Rest davon in einen Transporter, der auch das letzte bisschen zerstören wird.

Am nächsten Morgen muss ich der Welt tatsächlich erneut gegenübertreten, ihr mein wahres Gesicht zeigen. Die anderen Helfer vor dem Haus meiner Grandma grüßen meine Eltern mit einer Freundlichkeit, die mit einem Blick auf mein Gesicht erstirbt. Als würden die Narbe und die blaugrüne Verfärbung meine Geschichte in klaren Großbuchstaben erzählen. Meine Mutter betonte, dass ich mit niemandem sprechen müsse – als würde das etwas an meinem Schweigen ändern. Als hätte ich das tatsächlich vorgehabt. Alle scheinen einen Plan zu verfolgen, eine mir fremde und unsichtbare Struktur.

Während mein Vater seine Freunde bittet, die Möbel nach draußen zu bringen und zu verladen, hält mir meine Mutter einen großen Karton entgegen. »Würdest du bitte auf dem Dachboden all das einräumen, was Grandma behalten wollen würde?« Es ist keine Anweisung, sondern eine Frage, damit ich die Chance erhalte, zu antworten.

Ich nicke ihr kaum merklich zu, greife nach dem Karton und krieche die schmale Treppe nach oben. Vor mir erstreckt sich der düstere, von Spinnenweben durchzogene Dachboden und wartet darauf, dass ich zwischen Wichtigkeit und Müll entscheide. Ausgerechnet ich, die versucht, sich an alles zu klammern, das das Leben ihr noch gibt. Irgendwo auf einen kleinen staubigen Fleck setze ich mich zu Boden und lasse meinen Blick über die Habseligkeiten einer alten Frau gleiten. Ein kaputter Lampenschirm, unzählige Kisten und irgendwo vernehme ich das Rascheln und Huschen einer Maus. Doch es ekelt mich nicht an, es lässt mich auch nicht aufschrecken. Es ist einfach nur da – so wie ich.

Die erste Kiste ist voll alter Unterlagen. Blasse Schrift auf vergilbtem Papier. Kontoauszüge aus einem gefühlt anderen Jahrhundert, als von Online-Banking noch niemals die Rede war. Irgendwann ertaste ich ein kleines Büchlein und nehme es heraus. Es hat gerade mal die Größe meiner Hand und ist mit Blumen und alten Mustern verziert. Als ich es aufschlage, fällt mir sofort die perfekt geschwungene Schrift auf. Sauber und klar, als hätte sie jemand mit größter Sorgfalt aufs Papier gebracht. Auf dem unteren Rand einer jeden Seite steht der Name meiner Grandma. Sie muss also noch jung gewesen sein, als ihre Hände noch nicht zittrig vom Alter waren. Interessiert blättere ich auf die erste Seite und lese ihre Worte aus einer anderen Zeit.

Glaubwürdigkeit

Keiner würde mir glauben können, was hier geschrieben steht. Dass ein Tor existiert - so schmal wie ein Türspalt nur. In einem Fensterrahmen aus Zeit, der mit der Sonne wächst und schwindet. So hölzern, alt und hoch wie eine Himmelsleiter empor. Du kannst es nicht sehen, nicht wissen, wenn du nicht dort standest. Dein Herz von Traurigkeit schwer, im Schatten der Welt, gegenüber der Sonne. Manchmal trennt uns nur noch das Unscheinbare von der Liebe - doch Zeit und Ort sind entscheidend. Aber es ist wahr, es ist vorhanden. Niemand könnte dem jemals Glauben schenken. Dieses Geheimnis, das größte, das ich je tragen werde, zu verraten, würde die Welt mitsamt dem Himmel in ein endloses Ungleichgewicht stürzen. Also wahre ich, was ich weiß, denn keiner würde mir glauben können.

Ich lese ihre Worte und versuche zu begreifen, was sie damit beschreiben wollte. Ein Ereignis in Worten eingefangen. Schnell schiebe ich das kleine Buch in meine Handtasche und beschließe innerlich, Grandma im Pflegeheim danach zu fragen. Im selben Moment schrecke ich vor mir und diesem Gedanken zurück. *Fragen.* Das beinhaltet dieses schwere Sprechen, das Formulieren von Worten und Empfindungen. Von Gedanken. Ich seufze. Es fühlt sich an wie die schwerste Überwindung, obwohl es all die Jahre wie von selbst funktionierte. Dennoch faszinieren mich die Worte meiner Grandma zu sehr, um es zu ignorieren. Was hat sie damit gemeint? Und warum wünsche ich, ich könnte es verstehen? Warum fühlen sich ihre alten Worte tröstlicher an als die heutigen meiner Familie?

Dein Herz von Traurigkeit so schwer. Manchmal trennt uns nur noch das Unscheinbare von der Liebe … Ich schüttle den Kopf. Ich habe Lennon nicht auf diese Art und Weise geliebt. Es war eine viel innigere Verbindung, von der ich sicher war, sie könnte es mit der Welt aufnehmen. Ich lebte mein Leben lang in der Gewissheit, dass nichts uns trennen würde. Doch so sehr habe ich mich geirrt.

Gegen alle Wahrscheinlichkeit zieht der Tag allmählich vorüber und als die Dämmerung über das Haus hereinbricht, holt meine Mutter mich vom Dachboden und erzählt mir von der erfolgreichen Arbeit, die alle Helfer geleistet haben. Wir haben das Haus, das ein gesamtes Leben beinhaltet hat, an nur einem Tag leer und trostlos zurückgelassen. Keine Möbel mehr, nur noch kahle Wände. Alles ist so verdammt vergänglich. Ich taste nach dem kleinen Buch in meiner Tasche. Es tut gut, etwas zu retten, das ansonsten ebenso dem Untergang des Verlustes geweiht wäre, wie ich es bin.

Damals, Gesterns & Vorbei

Zwei

Seine blaugrauen Augen betrachten mich abwartend, während ich noch immer in meiner Entscheidung gefangen bin. Selbst der Kellner mustert mich bereits ungeduldig und wartet gebannt auf eine Antwort. Er steht nun bereits zum dritten Mal an unserem Tisch, um die Bestellung entgegenzunehmen.

»Sie nimmt eine Pizza … Nummer achtundvierzig. Vielen Dank für Ihre Geduld«, höre ich Lennon sagen, ohne dass ich protestieren kann.

Der Kellner notiert es erleichtert, wenn auch mit einem irritierten Blick, und verlässt unseren Tisch.

Meine Mundwinkel zucken, heben sich und letztendlich grinse ich Lennon an. »Ich hätte mich doch gleich entschieden«, entgegne ich und versuche dabei nicht zu lachen.

»Das hättest du nicht und das wissen wir beide!« Len zieht eine Grimasse und streckt mir die Zunge heraus. »Dabei wusste ich bereits von Anfang an, dass du am Ende sowieso dasselbe wie immer bestellst.«

Dagegen kann ich tatsächlich nicht argumentieren, denn Lennon hat recht. Altbewährtes ist für mich eine Sicherheit, auf die ich gerne zurückgreife. »Also?«, frage ich, um vom Thema abzulenken. »Wie läuft dein Studium?«

Er mustert mich mit seinen unergründlichen Augen einen viel zu langen Moment, in dem sich eine nachdenkliche Falte auf seiner Stirn bildet. »Ich will nicht wirklich über das Studium reden. Aber wahrscheinlich lässt du sowieso nicht locker, oder?« Er seufzt.

»Wenigstens nur ein paar Infos!«, bitte ich mit einem Grinsen, das er schnell erwidert.

»Ich habe es befürchtet ... aber okay. Das Studium läuft gut. Vielleicht würde es sogar noch besser laufen, wenn wir mit den Jungs nicht ständig feiern würden, aber danach hast du nicht gefragt. Und es gibt da jemanden in meinem Kurs ...« Lennon hält kurz inne und ich warte gespannt, dass er fortfährt. »Du solltest mal deine Augen sehen! Als könnte ich all deine Fragen wie aus einem offenen Buch lesen!«

»Dann lies doch«, necke ich ihn und muss sofort lachen.

»Warum wollt ihr Frauen immer sofort alles wissen«, murmelt Len, bevor er tatsächlich mit der Sprache herausrückt.

Sie ist blond, witzig, intelligent und anscheinend schon bald seine feste Freundin. Und obwohl mir niemand glauben würde, freue ich mich sehr für ihn. Da ist keine Eifersucht in meinem Herzen, keine unterschwellige Wut. Es gibt kein Gift, das unsere Verbindung zerstören kann, davon bin ich überzeugt. Ich will doch, dass er sein Glück findet. Mehr als jede andere vermutlich. Aber innerlich hofft ein winzig kleiner Teil von mir, dass dieses neue Mädchen ihm am Ende nicht das Herz brechen wird.

Als der Kellner uns die Pizzen bringt, wandeln sich die Themen in alte Geschichten. Eine Tradition, von der niemand mehr weiß, wie sie ursprünglich begonnen hat. Der erste Sonntag eines Monats ist der Abend, an dem wir Pizza essen, als wollten wir auf die kommenden vier Wochen anstoßen. Der Inhaber, ein Italiener mittleren Alters, kennt uns bereits und grüßt uns stets lautstark und voller Euphorie. Ich erinnere mich an eine Zeit, als er uns Kerzen und rote Rosen auf den Tisch stellte. Beim ersten Mal kicherten wir darüber, doch als es wieder und wieder geschah, wurde der Mann deutlicher.

»Du kannst das Mädchen doch nicht jeden Monat zum Essen ausführen, ohne sie dann zu küssen!« Verwunderung und beinahe Empörung lagen damals in seiner Stimme. Dazu dieser Blick, der uns musterte, als gäbe es irgendwo eine winzig kleine geheime Geste, die uns doch als Paar verraten würde.

Doch die gibt es nicht und gab es nie.

Heute, Jetzt & Hier

Drei

»Luna! Wie schön, dass du hier bist!«, ruft meine Grandma mir begeistert entgegen, als ich ihr Zimmer im Pflegeheim betrete. Ich umarme sie zur Begrüßung und überlege immer noch krampfhaft, wie ich dieses »Gespräch« führen soll. Grandma sieht mich an, ich räuspere mich sehr deutlich und zeige auf meinen Hals. Anschließend ziehe ich einen Notizblock und einen Stift aus der Tasche.

»Oh, bist du krank? Du solltest Tee mit Honig trinken, dann wird deine Stimme bald besser werden …« Sie deutet auf den Stuhl neben ihrem Bett und lächelt mich tröstlich an.

Was für eine schöne Vorstellung. Ja, ich fühle mich krank, mehr als die eigentlichen Verletzungen vom Unfall, die nicht mit ein wenig Honigtee geheilt werden können. Es sind diese inneren Wunden, die noch immer bluten. Aber die Vorstellung, dass eine Tasse Tee auch all meine Trauer heilen könnte, ist schön. Grandma scheinen die Blutergüsse und Verfärbungen kaum aufzufallen oder sie hat bereits vergessen, dass ich dem Tod nur knapp von der Schippe gesprungen bin. Meine Mutter hat es ihr sicherlich erzählt, aber die Demenz greift ungefragt um sich.

Wie friedlich, denke ich, auch wenn es unfair ist. Wie einfach es wäre, wenn sich all diese quälenden Gedanken und Erinnerungen aus meinem Kopf entfernen würden. *Denn wenn ich nichts mehr von dir wüsste, Lennon, würde es mir nicht tagtäglich das Herz vor Verlust zerreißen. Dabei will ich dich in keinster Weise vergessen – im Gegenteil. Ich will jedes Bruchstück, jede Scherbe von dir aufsammeln und in mir zusammenfügen, damit du nicht verschwinden kannst. Damit du zumindest in meinem zerstörten Herzen für immer bist.*

»Es ist schön, dass du mich besuchen kommst! Ich bin nämlich so einsam hier, niemand kommt zu Besuch, um mit mir zu reden. Aber morgen gehe ich schon nach Hause, weißt du.«

Ich weiß, dass es nicht so ist. Dass meine Mutter sie täglich besucht, sich zwei Stunden Zeit dafür nimmt, um bei ihr zu sein, und dass sie morgen gewiss nicht zurückdarf. Denn sie wird von nun an hier wohnen, ihr restliches Leben in diesem Heim verbringen. Ich könnte ihr sagen, dass wir gerade ihr ganzes Haus leer räumen und alles in einen riesigen Container geschmissen haben. Aber ich werde sie nicht mit der Realität konfrontieren. Denn die Wahrheit ist grausam und wir beide versuchen, ihr zu entfliehen – jede von uns auf eine andere und doch ähnlich tröstliche Weise.

Langsam nehme ich das winzige Buch aus meiner Tasche und halte es meiner Grandma hin. Sie sieht es überrascht an und dann leuchten ihre Augen etwas heller auf. »*Das* hast du gefunden?« Sie nimmt es in ihre alten faltigen Hände, schlägt die vergilbten Seiten auf. In ihrer Stimme liegt nur der Hauch einer Frage, als wäre sie insgeheim froh, dass es überhaupt noch existiert. Als wäre nicht entscheidend, wo oder wer es gefunden hat. Noch immer befürchte ich, dass auch diese Erinnerungen bereits in Vergessenheit geraten sind.

»Es ist schon lange her«, sagt sie.

Ich bin erleichtert, dass sie spricht, dass sie diese große Leere in meinem Inneren füllt. Es scheint sie nicht zu stören, dass ich kein einziges Wort über die Lippen bekomme, dass mir der Unfall die Stimme und das Herz geraubt hat. Es tut gut, dass sie für uns beide spricht. Das gibt mir das Gefühl, nicht vollkommen unfähig zu sein – nicht die zu sein, die meiner Mutter und dem Therapeuten das Leben und die Arbeit erschwert.

»Ich liebte noch einen anderen Mann, bevor ich deinen Großvater heiratete.« Diese Worte fallen so plötzlich, so ungefragt in den Raum und überrollen mich in meiner Ahnungslosigkeit. Meine Großeltern haben früh zusammengefunden und ebenso bald geheiratet, wie es für die damalige Zeit eben üblich war. »Unsere Liebe hatte keine Chance, er war bereits verheiratet und ich verlobt. Wir konnten nicht zusammen sein, obwohl sich unsere Herzen nichts sehnlicher wünschten«, flüstert sie und streicht dabei gedankenvoll über den Einband, als wäre sie in alte Erinnerungen zurückgewandert. »Er starb schon bald nach meiner Hochzeit mit deinem Großvater. Ich habe ihn zu dieser Zeit immer noch geliebt. Und wo man nach einer Heirat Liebesglück und Freude erwartete, brach es mir das Herz.« Grandma sieht traurig auf, doch ich bin mir nicht sicher, ob sie mich überhaupt wahrnimmt. So sehr ist sie in ihrer eigenen Geschichte versunken.

»Ich habe beide Männer geliebt und mit den Jahren sind dein Großvater und ich ein stabiles Team geworden. Er hat mich gut behandelt, mir ein besseres Leben ermöglicht. Aber mein Herz war längst vergeben. Und ich erhielt es niemals mehr zurück. Niemand erlaubte mir zu trauern – einer jungen, frisch verheirateten Frau. Es gab andere Verpflichtungen, denen ich gerecht zu werden hatte. Doch ich fand einen Platz für meine Traurigkeit. Außerhalb der Stadt an einem hohen Baum, an dem eine Schaukel befestigt war. Ich ging dorthin, um Abstand zu gewinnen und Nähe zu finden. Es war der perfekte Ort, um eine verlorene Liebe zu betrauern.« Sie holt tief Luft, als spürte sie einen alten, niemals verheilten Schmerz.

Ich rutsche mit dem Stuhl etwas näher an ihr Bett, deute ihr an umzublättern, bis sie die Seite mit der Überschrift *»Glaubwürdigkeit«* erreicht. Fragend tippe ich auf die Zeilen. Grandma beginnt zu lesen. Leise spricht sie die Worte mit. »Keiner würde mir glauben können, was hier geschrieben steht. Dass ein Tor existiert – so schmal wie ein Türspalt nur. In einem Fensterrahmen aus Zeit, der mit der Sonne wächst und schwindet. So hölzern, alt und hoch wie eine Himmelsleiter empor. Du kannst es nicht sehen, nicht wissen, wenn du nicht dort standest. Dein Herz von Traurigkeit schwer, im Schatten der Welt, gegenüber der Sonne. Manchmal trennt uns nur noch das Unscheinbare von der Liebe – doch

Zeit und Ort sind entscheidend. Aber es ist wahr, es ist vorhanden. Niemand könnte dem jemals Glauben schenken. Dieses Geheimnis, das größte, das ich je tragen werde, zu verraten, würde die Welt mitsamt dem Himmel in ein endloses Ungleichgewicht stürzen. Also wahre ich, was ich weiß, denn keiner würde mir glauben können.«

Fragend hebe ich die Hände und sie scheint mich zu verstehen.

»Was ich damit gemeint habe, willst du wissen?« Sie zuckt mit den Schultern. »Das weiß ich nicht mehr.«

Dumpfe Traurigkeit überschattet ihre Worte. Ob der Nebel der Vergesslichkeit diese Zeit bereits eingehüllt hat? Dennoch habe ich sehr gehofft, sie könnte sich daran erinnern.

»Wann immer ich in dieses Buch geschrieben habe, saß ich dort auf dieser Schaukel und habe an ihn gedacht. Habe versucht, ihm noch einmal zu sagen, wie sehr ich ihn liebe«, flüstert sie mit schmerzvoller Stimme und klappt das Buch wieder zu. »Mehr kann ich dir nicht sagen, Luna. Irgendwann endet einfach alles in Vergessenheit. Jede einzelne Erinnerung. Alles.«

Ihre Worte lassen mir den Atem stocken, treffen mich wie ein Baseballschläger ins Gesicht. Nein, denke ich. Bitte nicht. Nicht Lennon. Nicht die Erinnerungen. Sie sind das Einzige, was ich noch von ihm habe.

»Du solltest nicht traurig sein, Luna. Du hast doch noch dein ganzes Leben vor dir.« Grandma sieht mich an, als wollte sie mir Mut zusprechen. Sie weiß nichts mehr von dem Unfall, als weigerte sich ihr Kopf, dieses Ereignis aufzufassen. Sie weiß nicht, dass »dein ganzes Leben noch vor dir« für mich momentan wie die höchste Strafe klingt, oder dass ich vor zwei Wochen fast mein Leben bei einem Autounfall verloren hätte.

Ein tiefer Schmerz sticht mir zwischen die Lungenflügel, sodass ich kurzzeitig kaum atmen kann. Aber ich habe mein Leben nicht dort auf der regennassen Straße verloren – es war Lennon, der diesen Preis bezahlt hat. Ich war nur stiller Zuschauer und habe rein gar nichts gegen diesen schweren Verlust unternommen. Das Klirren der Fensterscheibe, der langsame Moment, in dem die Glassplitter in alle Richtungen flogen, kehren zurück in meine Gedanken. Ich sehe plötzlich, ganz ungebeten, die Bilder vor mir, die ich nicht wahrhaben will. Es ist dunkel, irgendwo quietschen Reifen und Regen prasselt auf das Auto. Schnell schüttle ich den Kopf, verjage die Erinnerungen und versuche, auch gegen den

Schmerz in meiner Brust anzukämpfen. Doch all das scheint zwecklos.

»Geht es dir nicht gut?«, fragt Grandma und holt mich damit aus dieser dunklen Abwärtsspirale. Nach Luft japsend blicke ich zu ihr auf. Mitgefühl liegt in ihren Augen, auch wenn sie nichts von meiner aktuellen Situation versteht. Und obwohl sie mir eine Frage gestellt hat, habe ich nicht das Gefühl, dass sie Worte von mir erwartet. Sie hat mein Schweigen akzeptiert, wo die anderen versuchen, es mir hartnäckig auszutreiben. Ich schüttle erneut den Kopf und versuche dennoch, den Blickkontakt zu halten, um nicht wieder in diesen Flashback abzurutschen.

»Hier. Nimm das wieder mit. Besuche die alte Eiche außerhalb des Stadtparks, dort, wo eine kleine Brücke über den Bach führt, und ich hoffe, dass die Schaukel noch immer dort ist. Es ist ein Platz, der Trost spendet, und ich bin sicher, dass du dort Zuflucht finden kannst. Auch wenn es nur kurze Zeiten sind, so helfen sie enorm, kaputte Herzen zu heilen.« Lange schauen wir einander an, als sollte ich mir diese Worte ganz genau einprägen.

Kurz darauf seufzt Grandma und beschwert sich genervt, dass sie diese Woche schon zum dritten Mal kein Mittagessen erhalten habe. Demenz ist etwas furchtbar Unzufriedenes, stelle ich fest. Sie nimmt einem die Sicherheit im Leben. Denn wenn erst einmal das Leben in Vergessenheit geraten ist, auf was kann man dann noch vertrauen? Erschrocken über meinen Gedanken zucke ich zusammen und bereue meinen anfänglichen Neid. All die Erinnerungen an Lennon zu vergessen, wäre ebenso furchtbar wie der Schmerz und die Trauer, die ich aktuell verspüre. Sie aus meinem Gedächtnis zu entfernen, wäre kein Geschenk. *Denn auf was soll ich noch vertrauen, Len, wenn das, was mir in meinem Leben immer Sicherheit gegeben hat, plötzlich fehlt?*

Es ist bereits sehr spät, als ich abends mit dem Notizblock und einem Bleistift in meinem Bett liege und immer wieder die Worte über Grandmas Glaubwürdigkeit lese. Sie gehen mir nicht aus dem Kopf, lassen mir keine Ruhe. Als würde meine Trauer versuchen, darin Verständnis zu finden. Wieder lese ich ihre Worte, denke daran, was sie mir heute erzählt hat. Sie hat unter diesem Verlust gelitten, womöglich ebenso sehr wie ich nun leide. Vielleicht sind ihre Erzählungen mehr als nur Erinnerungen gewesen und es schwang darin eine Art guter, weiser Ratschlag für mich mit, den ich nur noch erkennen und richtig deuten müsste. Auch wenn sich Grandma längst nicht mehr an den Unfall, an meinen Verlust oder an meinen Herzschmerz erinnern konnte, so wusste sie entweder, dass ich sie nicht grundlos darauf angesprochen habe, oder sie hat tiefer geblickt und die Traurigkeit meines Herzens mit eigenen Augen gesehen.

Auf dem Notizblock entsteht ein kräftiger Baum, an dem eine Schaukel hängt. Immer deutlicher, immer detaillierter deutet sich dieses Bild auf dem blassen Papier ab, während ich zeichne. Und mit ihm verfestigt sich der Entschluss in mir, eine stille Vereinbarung mit mir selbst, diesen Platz aufzusuchen und ebenso nach Rat zu fragen, wie Grandma es einst getan hat. Weil das Vermissen mich so sehr zerreißt, ohne dass der Schmerz dahinter verfliegt. Wenn es eine Möglichkeit, einen stillen Platz für diese Trauer gibt, dann werde ich ihn um jeden Preis finden.

Wir waren beste Freunde, mehr noch wie Geschwister. Sogar darüber hinaus und dennoch kein Liebespaar. Du warst meine bessere Hälfte, ohne meine Beziehung gewesen zu sein. Der sichere Hafen, in den ich nach jedem Sturm zurückgerudert bin. Lennon, du warst wie ein Teil meiner eigenen Seele. Du und ich, wir waren ein

Doppelpack, das für immer verbunden bleiben sollte. Wenn Menschen in Beziehungen von »Ich liebe dich für immer und ewig« sprechen, ist es meist nie wahr. Freunde und Partner sind so vergänglich wie das Laub an den Bäumen. Ein Kommen und Gehen in einem schwankenden Leben. Was in unserer Welt ist denn wirklich von dauerhaftem Bestand? Von welcher Beziehung kann man heute noch behaupten, sie würde ewig währen? Deshalb waren wir so viel mehr als das. Wir waren ewig und unendlich, zumindest in meinem Gefühl – und in meinem Herzen. Wir waren stärker als Liebe und näher als Freunde. Len, ich glaube, dass eine einzelne Hälfte nicht überleben kann, dass es unmöglich ist, sie weiter in dieser Welt zu lassen, wenn ihre andere verschwunden ist. Als würde man einer Rose den Stiel abschneiden und ihre Blütenblätter entreißen, aber sie anschließend nochmals in hochwertige Blumenerde einpflanzen. Sie wird eingehen, ohne dass jemand etwas dagegen tun kann. Es wird nicht möglich sein. Es gibt ein Zitat von Buddha, das den Unterschied zwischen Mögen und Lieben verdeutlichen soll und ebenso zu meiner Vorstellung passt: »Wenn du eine Blume magst, pflückst du sie. Wenn du eine Blume liebst, gießt du sie täglich.« Doch das Leben fühlt sich seit deiner Beerdigung nicht mehr an wie eine rote Rose, sondern vielmehr wie ein zertretenes Gänseblümchen, das irgendwo im Matsch verwelkt.

Schwer atmend schleppe ich mich über die Wiese auf den Hügel hinauf. Das Fahrrad habe ich unten am Wegrand zurückgelassen. Nun bemerke ich meine fehlende Kondition stärker denn je. Mein Herzschlag jagt das Blut angestrengt durch meine Adern. Es fühlt sich an, als läge ein Stein auf meiner Brust.

Zu meiner Erleichterung sind kaum Menschen hier draußen, daran sind aber auch der graue Himmel und der sanfte Nieselregen schuld. Kein Wetter für Spaziergänge und Fahrradtouren. Genau durch diese Umstände ist es der bestmögliche Zeitpunkt für mich hierherzukommen. Keine Menschen, die ein Gespräch beginnen oder erwarten. Stille, die nicht wirklich still ist, sondern nur nach außen hin diesen Schein wahrt. Denn in Wahrheit sind nicht die Worte das Lauteste an uns, sondern die Stille, in der wir die Lautstärke unserer eigenen Gedanken hören und ertragen müssen.

Am höchsten Punkt steht eine einzelne Eiche, deren knorrige, verwinkelte Äste in alle Richtungen reichen. Von hier aus ist der Stadtpark zu sehen, dessen Großteil unter einem Blätterdach versteckt ist. Ein kleiner Bach schlängelt sich daraus hervor. An einer Stelle führt eine alte Brücke über das Wasser, genau so, wie meine Großmutter es noch in Erinnerung hat.

Die Schaukel an der Eiche ist kaum mehr als ein Holzbrett, das vor einiger Zeit weiß lackiert wurde. Inzwischen blättert die Farbe ab und rieselt wie Schnee zu Boden, als ich mich daraufsetze.

Zuerst wippen nur meine Fußspitzen auf der matschigen Erde und ich schaue zu, wie die Regentropfen in meinen Sneakers verschwinden. Es stört mich nicht, dass die Schaukel nass ist und die Kapuze meines Sweatshirts mich nicht mehr lange vor der Nässe schützen wird. Eine gewisse Gleichgültigkeit begleitet mich und obwohl sie sich wie ein Schleier über mich legt, erreicht sie die Trauer in meinem Herzen kaum. Immer stärker sorgen meine Beine für den nötigen Schwung, bis sie sich über den Boden hinweg heben und ich mich vollkommen auf diese einsame Bewegung konzentriere. Wörter ziehen wie neonfarbene Leuchtschilder an meinem inneren Auge vorbei. *Schmerz. Trauer. Einsamkeit. Vermissen.* Etwas in mir horcht auf. Vermissen.

Ja, ich vermisse dich, Lennon, doch ich kann kaum sagen, wie sehr in Wirklichkeit. Am liebsten würde ich all diese klischeehaften Aussagen über das Vermissen in der Luft zerreißen. Denn ich vermisse nicht nur den Klang deiner Stimme oder das Leuchten deiner Augen. Nicht dein Parfüm oder wie du lachst. Ich vermisse, wie du deine Hände an mein Gesicht legst, vermisse, wie du mich auf die Stirn küsst und vor allem, wie du mich in unserem Schweigen ansiehst und dabei mehr als tausend Worte verstehst. Worte, die lauter und deutlicher sind als der rasende Pulsschlag meines Herzens, wenn du bei mir bist. Ich vermisse, wie du mich in den Arm nimmst und damit für einen Moment die Zeit anhältst, weil plötzlich nichts anderes mehr von Bedeutung ist. Ich vermisse deinen Mut und deine Furchtlosigkeit, mich zu beschützen – dessen war ich mir immer sicher. Ich vermisse, wie du diese Nervosität in mir sofort beruhigst und all meine Aufregung zum Verblassen bringst. Ja, ich vermisse sogar dein Schnarchen, denn es lässt mich wissen, dass du da bist. Sie haben gesagt, es sei normal, eine Zeit lang um dich zu trauern und dich zu vermissen. Aber ich glaube nicht, dass sich Verlust in einem Schubladensystem verstauen lässt. Dass es einen Maßstab für das Vermissen gibt. Wer soll mir schon vorschreiben können, wie sehr du mir fehlst?

Ein Seufzen entweicht mir und ich erschrecke selbst daran. Der Regen hat eine große Pfütze unter meinen Füßen gebildet und ich beobachte die

Tropfen dabei, wie sie fallen. Wie sie ein Teil des Himmels waren, nur um jetzt im Schlamm zu versickern.

Nach und nach werde ich ganz unscheinbar von weißem Nebel umhüllt, als hätte ich mich in einer Maschine für Zuckerwatte verfangen. Wie ein Netz legt er sich um mich, umgibt mich überall und bietet keinen Zentimeter Platz fürs Entkommen. Meine Arme halte ich schützend vor mein Gesicht, doch dazu gibt es keinen Grund. In dem Moment, als ich meine Augen geschlossen und wieder geöffnet habe, hat sich zwar das Umfeld völlig verändert, aber es droht mir keine Gefahr – das spüre ich deutlich.

Ich stehe auf Wolken, die weiter reichen, als ich blicken kann. Weit entfernt von dem Wiesenhügel und der Schaukel. Stattdessen flutet Sonnenlicht den Himmel in einem zarten rosafarbenen Ton. Ich frage mich heimlich, wo ich hier gelandet bin, obwohl es so offensichtlich scheint.

Der Himmel ist weniger klischeehaft, als ich erwartet hätte. Nirgendwo ist ein großes goldenes Tor, niemand, der davorsteht und Namen von einer unsichtbaren Liste streicht. Niemand, der einen nach seinen guten Taten befragt. Helle Federn fallen vereinzelt aus dem Nichts und verschwinden ebenso fragwürdig in der Wolkendecke. Sie sind so leicht, so unscheinbar und dennoch Teil des Ganzen. Ebenso wie ich mich hier nun fühle. Schwerelos.

Ein Umriss deutet sich am Horizont an. Wie ein schwebender Schatten winkt mir jemand zu. Vorsichtig trete ich näher – es ist merkwürdig, auf Wolken zu laufen. Das ist doch verrückt! Bin ich von der Schaukel gefallen und habe mir den Kopf gestoßen? Möglicherweise an einer Wurzel oder einem Stein? Krampfhaft überlege ich, versuche mich an solche Details zu erinnern. Aber immer wieder kehre ich zu dem Entschluss zurück, dass da nichts dergleichen war und dass die Schaukel nicht hoch genug hängt. Keine Möglichkeit für eine derartige Verletzung, keine Erinnerung an einen Sturz oder Ähnliches.

»Luna?«

Mein Herz, oder das, was davon noch übrig ist, bleibt stehen. Als würde sich das Blut dort zu einem Felsbrocken verklumpen und mir zugleich das Atmen erschweren. »Das ist nicht echt«, flüstere ich mir leise zu, als hätte ich niemals Schwierigkeiten mit den Worten oder der Sprache gehabt. Du halluzinierst. Vielleicht war die Anstrengung zu viel. Vielleicht war alles insgesamt zu viel für dich. Aber landet man deshalb sofort im Himmel? Ist meine Kondition tatsächlich so schlecht? Das ist doch vollkommen unmöglich!

Lennon trägt eine Jeans und ein weißes Shirt – der Himmel ist also doch klischeehafter, als ich zuerst angenommen habe –, als er auf mich zukommt. Seine Haare zerzaust und die Augen strahlend blau wie Kornblumen im Sommer oder der Ozean in der Karibik. Als hätte sich nichts ab dem Tag verändert, als ich ihn das letzte Mal gesehen habe. Fassungslos achte ich auf meinen Puls, auf das Luftholen, das wie von selbst geschieht. Mich trennen noch ungefähr fünfzig Meter von Len – er ist es, ganz ohne Frage. Jede einzelne Miene, sogar die Art, wie er geht, ist zu einhundert Prozent er. Das ist ein Traum, das ist der Tiefpunkt meiner Psyche. Aber bin ich deshalb tatsächlich tot? War das die Nähe, die ich gehofft habe zu finden? Ist der Tod die einzige Lösung?

Plötzlich trifft es mich wie ein viel zu heftiger Schlag in die Magengegend. Taumelnd vor Übelkeit erinnere ich mich an Grandmas Worte. *Ein Türspalt nur, um Abschied zu erhaschen.* Ist es das, wovon sie geschrieben hat? Ist das das Geheimnis, das sie all die Jahre verschweigen musste? Etwas zu heftig schüttele ich den Kopf und gerate dabei ins

Wanken. »Ich weiß, dass du nicht echt bist«, sage ich mit bebender Stimme. Sie zittert so sehr, dass sie in der Weite der Wolken kaum wahrzunehmen ist, also wiederhole ich es lauter. »Ich weiß, dass du nicht echt bist, Lennon!«

Er hält in seiner Bewegung inne, sein winkender Arm sinkt langsam neben seine Hüfte. »Was sagst du da, Luna? Freust du dich etwa gar nicht, mich zu sehen?«

Höre ich da Enttäuschung in seinem Unterton? Und was ist mit diesem schmerzhaften Kribbeln, das allein der Klang seiner Stimme auslöst? Es sind Freude und abgrundtiefe Traurigkeit ineinander vereint. Noch überwiegt die Vernunft, das rationale Denken über diesen inneren Herzenswunsch, Lennon einfach nur wiederzusehen, mit ihm zu sprechen und in seinen Armen zu versinken. Während das Herz all diese Sehnsüchte leise flüstert, schreit der Verstand mich energisch an. Reiß dich zusammen, Luna. Du bist nicht im Himmel, das hier ist nicht Lennon – du bist verrückt geworden, durchgedreht. Es gibt keine einzige sinnvolle Begründung, keine Erklärung für deine abgedrehte Fantasie. Hör endlich auf, dem Unmöglichen nachzujagen. Len ist tot und wird dich nie mehr in die Arme schließen können – akzeptiere es endlich!

Ich schlucke und kneife mich fest in die Seite. Kurz zuckt ein Schmerz durch meine Nerven und ich blicke wieder auf. »Len? B-Bist du das wirklich?« Tränen sickern aus meinen Augen und mir droht ein Nervenzusammenbruch. Ich bin vollkommen verloren in meiner gesamten Verwirrung. Unterschiedliche Emotionen prallen aufeinander, implodieren im Nichts. Mein Kopf kämpft gegen das Herz und dabei beginnt er längst, diese Auseinandersetzung zu verlieren.

»Lennon? Was passiert hier?«

»Luna! Alles wird gut … Du musst dich nur erst daran gewöhnen … Luna? Hey, bleib bei mir! Es wird alles wieder gut, hörst du?«

Doch ich höre gar nichts mehr, sondern spüre, wie er seine starken Arme um mich legt, mich auffängt, wann immer ich zu fallen drohe. Da ist plötzlich ein warmes Flackern in der Mitte meines Herzens. Als würde etwas aufatmen und den Schmerz für einen Moment loslassen können. Lennon zieht mich in eine Umarmung, die ich, obwohl ich nichts mehr sehen kann, ganz deutlich fühle. Sein Herz schlägt dicht an meinem Ohr, seine gemurmelten Worte rauschen weiterhin unverständlich über mich hinweg. In mir entwickelt sich ein Impuls, ein Wunsch, den ich so laut wie nur irgendwie möglich in die Welt hinausrufen möchte. Doch wie bisher sind meine Lippen plötzlich wieder versiegelt, kein Laut gelangt nach draußen. Dabei sehne ich mich so sehr nach genau dieser Nähe. Lennons Nähe.

Die Zuckerwatte löst sich auf, als würde man Wasser darüber schütten. Ich sinke vom Himmel zurück in die reale Welt, erwache auf der Schaukel sitzend aus einem seltsamen Traum, der sich viel zu echt angefühlt hat. Erschrocken schnappe ich nach Luft und sehe mich um. Alles ist wie vorher, nichts hat sich verändert. Nichts deutet auf Bewusstlosigkeit oder einen Tod hin. Ich bin verrückt geworden und sollte wohl tatsächlich anfangen, mit Mr. Cerson zu sprechen. Anscheinend hätte ich das schon viel früher tun sollen. Ich drohe, mich selbst in meiner Stille zu verlieren.

Damals, Gesterns & Vorbei

Vier

»Bist du bereit für eine kleine Spritztour?« Mit siegessicherem Grinsen hält Lennon den klimpernden Schlüssel empor. In seiner Stimme vermischt sich die enorme Freude mit Ungeduld und Stolz. Vergleichbar mit der eines kleinen Kindes, auch wenn wir das längst nicht mehr sind.

Endlich hat unser achtzehnter Sommer begonnen. In einem geblümten Kleid laufe ich ihm entgegen und spüre mein Herz bei seinem Anblick beben. Wir umarmen uns zur Begrüßung, bevor er aufgeregt auf das Auto deutet, von dem ich weiß, dass er es von seinem Vater geschenkt bekommen hat. Wir beide haben Anfang des Jahres unseren Führerschein erhalten und nun, wo uns am Ende des Sommers die Abschlussprüfungen erwarten und Len sein Studium beginnen wird, benötigt er ein eigenes Auto. Es ist ein silbergraues Cabrio, das im Sonnenlicht funkelt.

»Wow! Das sieht fantastisch aus!« Bewundernd streiche ich über den silbernen Lack. Lennons Stolz ist viel zu deutlich aus seinem Gesicht abzulesen, aber ich kann ihn durchaus verstehen und möchte ihm das unter keinen Umständen nehmen. Ich weiß, dass es eine besonders gut gemeinte Geste seines Vaters ist, ihm dieses Auto zu schenken. Und mir ist bewusst, was es Lennon bedeutet. Da ist dieser strahlende Ausdruck auf seinem Gesicht, den ich so sehr liebe. Ein Leuchten in seinen Augen, das mich tief im Herzen berührt.

»Na los, steig ein!«, fordert Len mich halb lachend auf.

Selbstverständlich komme ich seiner Anweisung nach. Vorsichtig, fast bedächtig öffnet er mir die Beifahrertür und ich steige ein. Es fühlt sich so besonders an, als teilten wir einen ganz eigenen Moment. Einen neuen, ersten Moment, den es zu feiern gilt.

Lennon startet den Motor und fährt langsam aus der Stadt, bis wir bald darauf Lärm und Trubel hinter uns gelassen haben. Nur noch das Surren des Cabrios untermalt unseren Weg in die Ferne – in die Freiheit des Lebens.

Während ich bisher nur aus der Windschutzscheibe nach draußen gesehen habe, betrachte ich nun Lennons Gesicht, dessen blaue Augen leider unter einer Sonnenbrille verborgen sind. Er wirkt so zufrieden und frei von diesen Lasten der Zukunft. Davon, wie die Trennung seiner Eltern und sein Studium verlaufen werden. Vielleicht ist das silberne Cabrio für solche Gedanken auch zu schnell und sie werden einfach hinter einer Wolke aus Abgasen verdrängt.

Len bemerkt meinen Blick und sieht kurz zu mir herüber, bevor er auf den Knopf drückt, um das Dach zu öffnen. Wind pfeift über unsere Köpfe hinweg und wirbelt meine offenen Haare durch die Luft. Er grinst mich an, als würde er sich darüber lustig machen, aber ich nehme keinen Spott in seiner Art wahr. Ich spüre lediglich unsere tiefe Verbundenheit, die mich in meinem Herzen still und heimlich begleitet.

Wir reden auf dieser Fahrt erstaunlich wenig und obwohl ich den Weg nicht kenne und sogar bezweifle, dass wir ein Ziel haben, genieße ich es. Ich genieße diese Unendlichkeit. Das Gefühl, dass es, ganz egal wohin wir auch fahren, ein Wir gibt. Dass wir beide diesen Weg verfolgen und ich hier an Lennons Seite bin, um sein Gesicht, sein Lächeln zu bewundern. Allmählich strecke ich meine Hand nach draußen, fühle den Luftstrom und schließe die Augen. Als wäre die Welt schwerelos. Die Sonne wärmt unsere Gesichter, der Sommer füllt die Umgebung und erweckt die Natur außerhalb der Stadt zum Leben. Leise spielt ein vertrautes Lied im Radio, das im vorbeirauschenden Wind beinahe untergeht.

Ich kann nicht sagen, wie lange wir bereits fahren, und habe längst die Orientierung verloren. Ich sage kein Wort zu ihm, obwohl mir so viele Gedanken durch den Kopf schwirren, die ausgesprochen werden wollen. Da ist die Sehnsucht, meine Hand nur ein wenig näher an die seine zu legen – der Wunsch, ihm zu sagen, wie sehr mein Herz für ihn schlägt. Schnell sehe ich wieder aus dem Fenster, atme tief ein und hole mich wieder in das Hier und Jetzt. In die Realität. Len und ich sind Freunde. Das sind wir schon immer. Das werden wir immer sein. Da ist nichts anderes zwischen uns. Nichts, was dieses Band der ewigen Freundschaft gefährden dürfte. Ich zwinge mich, dies immer wieder zu denken, denn ich weiß, dass es richtig ist. Es ist richtig, ihm nichts davon zu sagen, denn wahrscheinlich ist da überhaupt nichts. Da hat nichts in meinem Inneren zu sein. Es ist viel zu riskant, denn wenn nur einer liebt, zerstört es unsere Freundschaft für den Rest unserer Zeit.

Als ich wieder zu Len hinüberblicke, bemerke ich, dass er die Sonnenbrille abgenommen hat. Mit einem Blick in dieses Blau, das dem Himmel gleicht, vermischen sich meine Gedanken erneut. Da ist sein schiefes Lächeln, das ein Leuchten und ein Gefühl von Wärme in meinem Herzen ausbreitet, sodass ich kaum mehr leugnen kann, was ich zu vermeiden versuche.

»Was überlegst du?«, fragt Len ganz unvermittelt und stößt mich damit etwas vor den Kopf.

Ob er etwas ahnt? Ob er mir ansieht, wie viel ich in diese Momente interpretiere? Wie unvorstellbar viel mir genau diese gemeinsamen Augenblicke bedeuten? Hier draußen, wo uns niemand sieht oder verurteilen kann? Wo es nur uns und den endlosen Weg gibt, auf dem wir immer zusammen sein werden?

»Ist es der Abschlussball?« Len holt mich damit aus meiner Gedankenwelt.

Der Abschlussball ist tatsächlich nicht, woran ich die ganze Zeit denke, aber er ist eine gute Möglichkeit, der Wahrheit zu entfliehen. Ich lache auf, als hätte er mich dabei ertappt und gebe gespielt zu, dass ich noch immer nicht weiß, mit wem ich dort hingehen werde.

»Aaren wird dich ganz bestimmt noch fragen, Luna. Wäre doch die beste Gelegenheit.« Zum Glück muss Lennon auf die kurvige Straße achten, so entgeht ihm zumindest mein Gesichtsausdruck.

In den letzten Wochen hat Aaren immer wieder sein Interesse an mir gezeigt und wir sind bereits einige Male ausgegangen. Natürlich habe ich Lennon von den Dates erzählt, aber vielleicht nie konkret genug ausgesprochen, was mich an einer ernsthaften Beziehung mit Aaren hindert. Aus irgendeinem Grund geht Len davon aus, dass ich dasselbe Interesse an Aaren habe. Vielleicht sollte ich das auch. Denn an Lennon sollte ich ganz gewiss kein tiefer gehendes Interesse haben. »Ich dachte eigentlich, du würdest mich fragen.« Es sollte humorvoll klingen wie ein alberner Witz, über den sein schönes Lachen ertönen würde. Stattdessen wirkt es vielmehr wie ein kurzatmiger Vorwurf und das gefällt mir überhaupt nicht.

Auch Lennon ist sichtlich überrascht und wirft nur einen schnellen Blick zu mir herüber, bevor er wieder auf die Straße sieht. »Du dachtest daran, dass wir beide auf die Abschlussfeier gehen? Zusammen?« Er wiederholt es, als hätte er die Aussage falsch verstanden. Als müsste es ein Missverständnis sein. Als gäbe es überhaupt keinen Grund, das ernst zu meinen.

»Ja, wieso nicht?«, gebe ich gespielt locker zurück, doch es gelingt mir kaum. Eine Schlinge zieht sich um mein Herz, so fest, dass mir beinahe schlecht wird. Ich sehe schnell wieder aus dem Fenster. Felder ziehen vorbei und die Kornblumen verschwimmen zu schönen blauen Farbklecksen. Ich zwinge mich zu atmen, um meinen schneller werdenden Herzschlag zu übertönen.

»Aber dann würden die anderen denken, wir wären zusammen.« Es ist keine Frage. Nur eine dumpfe Aussage, die im Rauschen des Windes zu mir herüberfliegt.

Die Sekunden verstreichen, während ich abwäge, wie ich reagieren soll. Lachen, weil es auch für mich nicht infrage käme? Entsetzt, wie er so etwas nur denken könnte? Ehrlich sein und ihm sagen, dass … »Seit wann interessiert es denn Lennon Mangoo, was die anderen denken?«, frage ich stattdessen mit einem Grinsen, das er kurz darauf erwidert.

Dadurch scheint die Anspannung gebrochen und die Normalität wiederhergestellt. Zumindest nach außen. Denn in meinem Inneren fühlt es sich an, als würden die Reifen des Cabrios mein Herz zerquetschen. Weil ich zu feige bin, zu meinen Gefühlen zu stehen. *Wieder einmal.* Wie immer, wenn es darum geht, die Freundschaft zwischen uns zu wahren.

Denn nur Freundschaften haben etwas Beständiges, etwas Sicheres. Beziehungen kommen und gehen, wie das Schicksal es dreht und wendet. Und ich bin nicht bereit, dass wir eines Tages aufgrund einer Liebeserklärung getrennte Wege gehen würden. »Ein wirklich großzügiges Geschenk von deinem Vater«, höre ich mich sagen, um das Thema zu wechseln.

Lennon lächelt voller Stolz und nickt mir zu, während ich über die Armatur streiche. »Ja, das Auto werde ich wohl immer in Ehren halten.«

»Das solltest du auch«, antworte ich leise in den Wind, der an uns vorbeizieht und meine Haare zerzaust.

In diesem Augenblick weiß ich noch nicht, dass dieses silberne Cabrio unser Ende sein wird.

Heute,
Jetzt & Hier

Fünf

Zurück in meinem Zimmer holt die Realität mich so niederschmetternd und schlagartig ein, als hätte ein Einbrecher mit fiesem, wissendem Grinsen hinter der Tür gelauert. Ich werde von meiner Trauer und meinem schwarzen Loch fast schon erwartet, als wollten sie mir heimzahlen, dass ich sie für kurze Zeit verlassen habe. Len ist tot, pocht ein Gedanke in meinem Kopf. Du hast ihn gesehen, warst auf seiner Beerdigung. Du hast den Polizisten gehört, hast einen letzten Blick erhascht, bevor sie ein weißes Tuch über seinen Körper legten. Du warst dabei.

Ein Messerstich fährt in mein Herz. Du hättest es vielleicht verhindern können. *Du* hättest es verhindern *müssen.* Vorwürfe, die sich in meinem Kopf anschreien. Schuld, die mir den Krieg erklärt. Ich muss mich setzen, sonst drohe ich zu fallen, unter der Schwere dieser Sätze zu sinken. Atmen, denke ich, doch es gelingt mir kaum. Ich kann damit nicht einmal die Gedanken aufhalten oder unterbrechen. Wie eine Flutwelle sind sie bereits über die Mauer hereingebrochen und zerstören alles, was sie erreichen. Man kann die Wellen nicht aufhalten, wenn sie einmal in Bewegung gesetzt wurden. Dann fließen sie bis ans Ende ihres Weges.

Zitternd sitze ich in der Ecke, lehne mit dem Rücken an der Wand. Alles bebt. Die Welt, mein Herz und mein Verstand. Ich kann nicht mehr. Nicht mehr atmen, mich nicht mehr bewegen. Nicht mehr existieren. Diese innere Flut hat mich erwischt und eingehüllt. Jetzt treibt sie mich weit in die Ferne, immer weiter und irgendwann werde ich so unerreichbar für die Welt sein, dass es kein Zurück mehr gibt.

Plötzlich öffnet sich die Tür und Samika starrt fassungslos auf mich hinab. Ich wusste gar nicht, dass sie im Haus ist. Sie sieht mich an, als hätte sie ein kleines Kind gesucht und es nun heimlich mit einer Schachtel Pralinen in einem Versteck erwischt. Aber hier ist weit und breit kein Versteck, das mir Sicherheit bietet. Und überhaupt keine Pralinen. Hier bin nur ich, in all meiner Leere.

Das Einzige, was vielleicht an geschmolzene Schokolade erinnert, ist mein Herz. Wie ein Schokoladennikolaus, den man auf einer Herdplatte oder an einem Kaminfeuer vergessen hat. Wo ich zuerst glühend warm in diesem Schmerz und dieser Panik zerfließe, verbrenne ich irgendwann. Gehe daran zugrunde und bin nichts weiter als ein schwarz verbrannter Fleck, den man später in den Mülleimer schabt.

»Luna!« Aufgebracht stürzt sie auf mich zu, greift nach meinen Schultern und packt sie meinem Empfinden nach viel zu fest. »Sieh mich an!«

Blinzelnd versuche ich, den Blickkontakt zu halten, dabei droht ihr freundschaftlicher Griff mich zu zerquetschen, mir den letzten Zentimeter Platz zu rauben.

»REDE MIT MIR!«

Es sind nicht ihre Worte, die mich erschrecken, sondern die Lautstärke. Der enorme Druck in ihrer Betonung geht mir bis ins Mark. Alles bebt und jetzt ist es, als würde jemand gegen den letzten stabilen Pfosten treten. Irgendwo knirscht der Zusammenbruch, poltert, knackt und dröhnt. Alles ist zu viel in mir, ich finde keinen Platz, keinen einzigen Millimeter.

Und während mein Herz verbrennt, der Schmerz

meine Lunge zerfrisst, sodass ich kaum mehr atmen kann, schreie ich. Ich schreie und brülle Samika all die Worte an den Kopf, die wie ein Orkan in mir toben, aber nie weiter gelangen, als die Mauer es zulässt. Ich schreie und schreie, doch kein Laut verlässt meine Lippen.

Samika flucht erneut und nimmt ihre Arme von mir, steht auf und läuft angespannt durch den Raum. Sie tritt heftig gegen den Mülleimer und schreit dann gegen die Zimmerwand. Wie ein frustriertes Kind, das gehört werden will. Dabei will ich gehört werden. In all meiner Stille will ich doch einfach nur, dass jemand hinhört.

Es ist Nacht und ich liege in meinem Bett, die Decke bis unters Kinn gezogen. Es wäre längst Zeit zu schlafen, doch nicht einmal das gelingt mir. Wie viele Stunden ich bereits in die Dunkelheit starre, weiß ich nicht. Nach dem Zusammenbruch habe ich mich stillschweigend ins Bett zurückgezogen und nur noch unfreiwillig der aufgebrachten Unterhaltung vor der Tür gelauscht. Meine Mutter hatte Samika angerufen, weil ich fortgelaufen war und sie geglaubt hatte, ich sei zu meiner besten

Freundin gegangen, um endlich zu sprechen. Ihre Diskussion ist bald darauf verstummt und sie hielten es letztendlich für das Beste, mich schlafen zu lassen.

Eine Nacht darüber schlafen. Morgen sieht die Welt schon viel besser aus. Phrasen, die so lächerlich unecht sind, dass sie genauso gut Lügen sein könnten. Verzweiflung und Naivität liegen so nah beieinander, stelle ich in diesem Moment fest. Als würden sie sich umarmen, als könnte das eine nicht ohne das andere existieren. *So wie ich nicht ohne dich existieren kann, Lennon.*

In mir entsteht der Entschluss, morgen wieder diesen einsamen Baum mit der Schaukel aufzusuchen. Ich fühle mich mit dieser verrückten Idee wie eine Irre, die bereits den Verstand verloren hat. Aber es ist so ziemlich der einzige Funken Hoffnung, der mir seit Langem gegeben wurde. Und daran klammere ich mich stärker als an alles andere. Selbst wenn es nur eine Fantasie oder ein psychischer Totalausfall ist, wie Mr. Cerson es vielleicht diagnostizieren würde, dann wäre es mir ebenso egal. *Hauptsache, ich sehe dich für eine kurze Zeit in einer Welt aus Zuckerwatte und Federn wieder.*

Ich erwache am nächsten Morgen mit dem Gedanken daran, Lennon noch einmal wiederzusehen. Denn dieser Wunsch pocht in mir stärker als mein eigener Herzschlag. Wie oft habe ich daran gedacht und mir diesen einen Moment herbeigesehnt. *Dir noch einmal gegenüberzustehen, dir noch einmal zu sagen, was du mir in Wahrheit bedeutest.* Ich seufze. *Nur noch ein einziges Mal in deine Augen zu sehen und dieses warme Leuchten in meinem Inneren zu fühlen. An der Stelle, wo jetzt die schmerzende Dunkelheit wohnt.*

Ich sitze auf meinem Bett und blicke aus dem Fenster, während ich über das Wort »Bereuen« nachdenke. Denn wenn es wahr ist und ich Lennon gestern für den Bruchteil einer Sekunde vor mir gesehen habe, warum habe ich diesen Moment nicht genutzt, um ihm zu sagen, was ich fühle? *Was ich gefühlt habe, wann immer ich bei dir war, Len.*

Meine Mutter stellt das Radio im Badezimmer an. Lauter als notwendig rauscht die Musik durch die Räume, nur um die Stille zu übertönen. Und nach einer Weile, es könnte nur ein Zufall sein, erklingt dieses Lied.

Eines, das mich immer und immer wieder an dich erinnert – dich stärker in meine Gedanken zurückholt als jemals sonst. Dessen Melodie und Worte dich fast vor meinem inneren Auge erscheinen lassen. Als wärst du zum Greifen nahe und bist es dennoch nicht. Lennon, wenn ich dieses Lied höre, zerreißt mein Herz aufs Neue und ein Teil davon wandert dorthin, wo auch immer du jetzt bist. Dieses eine Lied wird ewig uns gehören und niemals eine andere Bedeutung tragen. Weil Momente Melodien sind – und dieses Lied klingt nach uns. Der Wunsch, dich noch einmal zu sehen, noch einmal zu berühren und ein letztes Mal den Klang deiner Stimme zu hören – dein Lachen –, hält noch lange über die drei Minuten an und verschwindet nicht mit dem letzten Ton. Dieses Lied macht mir erneut begreiflich, wie sehr du in meinem Leben fehlst. Ich bin sicher, du wüsstest ebenso wie ich, welches Lied ich meine. Doch es spielt überhaupt keine Rolle mehr, ob du dir dessen ebenso bewusst wärst wie ich. Denn du bist nicht mehr hier, nicht mehr Teil meiner Welt. Von nun an existierst du in einem Himmel aus rosafarbenen Wolken und Federn.

Ich hole tief Luft und kämpfe gegen die Enge in meinem Herzen an. *Was würde ich nur dafür geben, dich noch mal besuchen zu können. Dir dann zu sagen, für welche Gefühle ich ein Leben lang blind war. Doch es ändert nichts an der Tatsache. Egal wie oft mein Herz dabei auch zerbricht, es holt dich dennoch nicht zurück. Auch wenn der Wunsch überhandnimmt und meine Fantasie durchdreht, wirst du mir nicht nochmals lebendig gegenüberstehen. Lennon, ich vermisse dich, aber auch das holt dich nicht zurück. Niemand fragt einen hinterher danach. Und manchmal, Len, manchmal begreift man gewisse Dinge erst, wenn es bereits zu spät dafür ist. Doch ich kann nicht wahrhaben, dass es für uns zu spät ist – dass es von nun an kein Wir mehr gibt. Wir sind viel zu jung, um getrennt zu werden. Wir hatten noch so vieles vor uns. Selbst wenn die Begegnung über den Wolken nur Einbildung ist, so möchte ich mir die Gelegenheit nicht entgehen lassen. Denn vielleicht ist es das Einzige, was mir nach deinem Tod noch bleibt.*

Meine Gedanken schweifen in die Ferne, zu den Sternen empor. Dorthin, wo Erinnerungen aufbewahrt werden. *So denke ich an dich und unsere Momente, die mich hoffentlich niemals verlassen werden.*

Mr. Cerson sitzt mir in unserem Wohnzimmer gegenüber und meine Mutter bringt aufgeregt drei Tassen Tee herein. In ihrem Gesicht liegt eine Mischung aus Hoffnung und Verzweiflung, die sie gerne mit uns teilen möchte. Doch sie wartet wieder und wieder darauf, dass Mr. Cerson eine Verbindung zu mir herstellt, um das Schweigen endgültig aufzulösen. Jede Woche sitzen wir hier und ich höre mir ihre Gespräche an. Und egal wie oft ich ihre Worte zu hören bekomme, meine kehren deshalb nicht in mein Innerstes zurück.

»Vielen Dank«, richtet er das Wort an meine Mutter, bevor er mich ansieht. »Guten Morgen, Luna. Wie geht es dir heute?«

Es ist eine so simple Frage, denn natürlich geht es mir furchtbar, weil ich in dieser Trauer beinahe ertrinke. Aber das ist es gar nicht, was mich in diesem Moment am meisten an dieser Frage stört. Sondern der Fakt, dass wir sie ständig und überall beantworten und es eigentlich gar nicht so meinen. Die Antworten sind wahrscheinlich unter den Top Drei der häufigsten Lügen. Wie geht es dir *wirklich?* Wie oft antworten wir darauf mit Rücksicht auf unsere wahren Emotionen – mit den Lasten auf unseren Schultern oder denen in unseren Herzen. Und wie viele Fragen davon winken wir mit einem fröhlichen »Super und dir?« ab, obwohl dem in Wahrheit nicht so ist.

Ich seufze bei dieser Erkenntnis.

Mr. Cerson fasst es wohl als Antwort auf. »Das ist schon mal sehr gut«, lobt er. Der Blick huscht hinüber zu meiner Mutter, die anscheinend ebenso Stolz empfindet. »Weißt du, was das Besondere an der heutigen Therapiesitzung ist?« Er zieht fragend eine Augenbraue nach oben.

Ganz schön mutig. Da glaubt er, ich hätte seit Wochen auf seine erste Frage geantwortet und er stellt mir direkt die nächste. Ich ziehe wie er eine Augenbraue nach oben und erwidere seinen Blick. Mir ist durchaus bewusst, dass er es mir sowieso verraten wird – unabhängig davon, ob ich ihm antworte, oder nicht.

»Es ist unsere letzte Stunde. Für weitere Therapiestunden benötigen wir einen neuen Antrag. Das heißt, normalerweise wärst du mich nach dem heutigen Tag losgeworden. Na ja, also zumindest vorübergehend.« Er schmunzelt.

Soll das eine Drohung sein oder macht er sich über mich und mein Schweigen lustig? Ich verschränke die Arme und lehne mich im Sessel zurück. Abwartend, auf was er hinauswill.

»Entscheidend wäre, dass wir einen Erfolg vermerken konnten – eine Veränderung.« Seine Worte werden langsam und zäh wie Kaugummi. Als wollte er mir die Zeit lassen, selbst hinter seine Absicht zu kommen.

»Aber da ist überhaupt nichts«, wirft meine Mutter dazwischen. Währenddessen knetet sie unruhig ihre Hände. »Keine Verbesserung, kein Erfolg. Du sprichst immer noch nicht – nicht einmal mit mir! Stattdessen versuchst du, von zu

Hause wegzulaufen!« Vorwürfe poltern in ihrer Stimme.

Mr. Cerson schaut überrascht und irgendwie verwirrt auf. »Weglauftendenzen? Das hatte sie doch bisher nicht gezeigt?«

»Nein«, flüstert meine Mutter leise. »Aber vor ein paar Tagen hat sie einfach das Haus verlassen und ist in den Park gerannt. Ohne auch nur ein einziges Wort zu sagen. Seitdem kam es erneut vor.«

Wie sie es sagt, versetzt es mir einen Stich. Denn ich wollte ihr Bescheid geben, sie darüber informieren oder einfach nur wissen lassen, dass ich diese Traurigkeit nicht länger ertrage. Doch ich kann nicht. Da sind so viele Wörter in meinen Gedanken, aber kein Ton in meiner Stimme.

»Sie kann doch nicht ständig davonlaufen, ohne mit mir darüber zu sprechen!« Meine Mutter sieht hilfesuchend zu Mr. Cerson, der unruhig zwischen uns beiden herblickt.

»Luna«, beginnt er in einer auffallend ruhigen Tonlage, bevor er tief Luft holt. »Ich biete dir nun die letzte Möglichkeit, dich uns mitzuteilen. Sollten wir keinen Erfolg verzeichnen können und stattdessen nun auch von einer Weglauftendenz ausgehen müssen, dann bleibt mir keine andere Wahl, als dich in eine Klinik einzuweisen, damit dir dort geholfen wird. Möchtest du das nicht auch vermeiden?« Abwartend sehen mich beide an.

»Bitte, Luna«, flüstert meine Mutter.

Ich erkenne die Verzweiflung in ihren Augen, den enormen Druck, den sie damit in meinem Inneren aufbauen, und frage mich, was für einen Unterschied es machen würde, die Zeit in einer Klinik abzusitzen. Denn egal, wo ich mich aufhalten werde, es wird mir Lennon nicht zurückbringen. Vielleicht schreckt mich der Gedanke deshalb nicht so sehr ab, wie Mr. Cerson es sich erhofft hatte.

»Erzähl uns, warum du weglaufen willst.« Mr. Cersons Kugelschreiber klickt, er ist bereit, auch nur den kleinsten Hinweis aufzuschreiben.

Doch am Ende der Therapiestunde ist sein Notizblock ebenso leer wie meine Stimme. Denn da ist nichts, was ich dem alten Mann mitteilen möchte. Er würde sowieso nichts davon verstehen, dessen bin ich mir irgendwie sicher. Und deshalb ist es hoffnungslos, mit Worten auf ihn einzureden. Mit Worten aus Schmerz, den er nicht versteht. Schmerz, den ich meiner Familie, meiner Mutter nicht antun will. Da ist niemand, der diesen Verlust so nachempfinden kann. Niemand. Niemand außer Len könnte mich verstehen. *Doch ausgerechnet du musstest gehen, um mich in dieser Aussichtslosigkeit alleinzulassen.*

Am nächsten Morgen kann ich nicht einmal mehr sagen, seit wie vielen Wochen ich wegen meines Schweigens krankgeschrieben bin. Doch für meine Mutter ist nun wieder die Zeit angebrochen, in der sie zumindest für ein paar Stunden ihrem gewohnten Alltag nachgehen muss. Es ist unfair und es tut mir irgendwie auch leid, doch nachdem sie das Haus verlassen hat, atme ich auf. Als würde der Druck entweichen, dass ich ein besserer Mensch sein müsste. Die Erwartungshaltung meiner Mitmenschen, meines Umfelds nimmt ganz plötzlich ab. Dennoch macht es die Einsamkeit nicht stärker. Nichts kann sie weiter steigern, denn sie hat seit Lennons Tod ihren Höhepunkt erreicht.

Ich klettere aus dem Bett und ziehe mich an. Die Bewegungen sind langsam und zäh, aber sie fallen mir allmählich leichter. Weil mich das Ziel motiviert, obwohl es nur ein alter knorriger Baum ist, an dem eine Schaukel hängt. Doch inzwischen ist dieser Platz für mich von Bedeutung geworden. Als möchte ich mir selbst beweisen, dass es nicht möglich ist, Lennon zu besuchen. Als hätte ich mir unsere letzte Begegnung nur eingebildet.

Es ist später Vormittag, als ich Grandmas Lieblingsplatz erreiche. Leichtes Sonnenlicht flackert zwischen den Wolken hindurch und begleitet mich. Das Fahrradfahren erscheint mir wie ein Mechanismus, den ich glücklicherweise noch nicht verlernt habe. Es geschieht einfach, ohne dass ich einen weiteren Gedanken daran verschwenden muss. Nur kann ich nicht mehr in ein Auto steigen und dafür scheinen selbst meine Mitmenschen Verständnis zu haben. Sie nennen es ein Trauma, das sich in mein Gehirn gebrannt und dort verewigt hat. Das durch eine noch so kleine Verknüpfung zu einem Flashback führen kann – sodass ich nochmals genau diesen Abend, diese Gefühle und dieses Geschehen durchleben müsste. Immer und immer wieder.

Ich versuche, diese Gedanken zu verdrängen. Nie wieder werde ich in ein Auto steigen können, dessen bin ich mir absolut sicher. Denn vielleicht wird mich diese Erinnerung noch bis in alle Ewigkeit heimsuchen.

Etwas Erleichterung überkommt mich, als ich die Schaukel einsam und verlassen vorfinde. Eine seltsame Vorstellung, dass vielleicht ein Kind darauf sitzen würde und ich tatenlos danebenstehen und warten müsste. Wieder lasse ich das Fahrrad am unteren Teil des Hügels im Gras liegen und gehe langsam hinauf. Meine Lunge pocht und mein Atem geht stoßweise, aber ich erkenne etwas Hoffnungsvolles daran. Bitte lass es echt gewesen sein, flehe ich und werfe einen kurzen Blick in den Himmel. Bitte lass mich nicht den Verstand verloren haben.

Vorsichtig und fast bedächtig berühre ich die Schaukel mit meinen Fingerspitzen, als wären wir Vertraute. Die Sonne hat sich inzwischen freigekämpft und erleuchtet den Platz in vollem Licht. Bevor ich mich setze, ziehe ich das Tagebuch von Grandma aus meiner Umhängetasche, die ich anschließend achtlos ins Gras fallen lasse.

Mit Schwung gleite ich über den Boden, genieße den schwachen Windhauch, der durch das Schaukeln entsteht. Ich atme aus, als läge die Last der Welt in diesem Atemzug. Was für ein seltsamer Morgen. Vor ein paar Tagen war es noch unvorstellbar, überhaupt das Dachgeschoss, geschweige denn das Haus zu verlassen. Und heute besuche ich in den ersten Morgenstunden einen alten Baum.

Nachdenklich blättere ich in dem alten Tagebuch, während die Schaukel in sachten Bewegungen immer langsamer und weniger ausschweifend wird. Es sind nicht besonders viele Einträge vorhanden, sodass ich sie bereits alle gelesen habe. Sie handeln von Liebeskummer und vielen Fragen, die sich Grandma zu dieser Zeit gestellt hat. Ob sie den Mann, den sie nun geheiratet hat, eines Tages auch so sehr lieben wird wie den Mann, den sie verloren hat? Werden der Schmerz und Kummer in ihrem Herzen jemals nachlassen?

Am meisten fasziniert mich weiterhin der Eintrag über die Glaubwürdigkeit. Er versprüht eine Magie, ein Geheimnis, das ich versuche, zwischen den Zeilen zu erkennen. Ich werde das Gefühl nicht los, dass mir diese Worte mehr sagen wollen, als es Buchstaben nun mal möglich ist.

Nach ein paar Minuten schlage ich das Tagebuch wieder zu und schließe die Augen. Ich habe es oft genug gelesen, deshalb bin ich nicht hier. Mein Warten gilt einzig und allein Lennon und ich hoffe, dass er mich hier und jetzt hören kann. Der Klang seiner Stimme, seine Arme, mit denen er mich festgehalten hat, drängen sich in meine Gedanken. Es hat sich so … echt angefühlt. Sogar den Schlag seines Herzens konnte ich wahrnehmen – oder habe ich nur meinen eigenen Puls gehört? Ich warte auf das Gefühl von Nebel und Zuckerwatte – darauf, dass Federn aus dem Nichts auf einen Boden aus Wolken fallen. *Auf das Gefühl von Frieden und auf den Moment, in dem deine Anwesenheit meinen Worten die notwendige Kraft verleiht. Denn dort, wo du bist, ertönt meine Stimme in einer Selbstverständlichkeit, die ich mir noch immer nicht erklären kann.*

Das Sonnenlicht wärmt mein Gesicht und ich beginne fast, es zu genießen. *Vielleicht bist du meine Stimme, die in einem Leben ohne dich einfach nicht mehr existiert. Weil nur in deiner Nähe alles für mich in Ordnung ist.*

Len, ich habe Angst, dass mir irgendwann die Beispiele und Vergleiche dafür ausgehen werden, wie es sich anfühlt, dass du nicht mehr lebst. Weil egal, wie oft ich von Schmerz und Verlust schreibe, bleibt das tatsächliche Gefühl dahinter so unerklärlich fern. Als könnten all die Menschen da draußen diese Wahrheit gar nicht greifen, nicht verstehen und nicht nachempfinden. Ich bin einerseits froh, dass sie es nicht fühlen müssen – nicht wissen, wie sehr ein Verlust jemanden entzwei und in weitere Tausend Scherben zersprengen kann. Und trotzdem ist es einsam, wenn sie es nicht fühlen. Das Gefühl, das man nicht in diese vorgefertigten Sätze und Phrasen zwängen und irgendwann schon gar nicht mehr in Worte fassen kann, ist so unsagbar trostlos. Es gibt keine Worte, die das beschreiben können und vielleicht sind sie mir deshalb abhandengekommen. Weil es absolut gar nichts gibt, um das Gefühl ausdrücken zu können, wenn jemand es nicht selbst erlebt hat. Du hättest gewusst, wie ich mich fühle, oder etwa nicht?

Ich öffne die Augen, sehe mich um. Schlagartig wird mir bewusst, dass Lennon diesen Verlust niemals gespürt hat – ich hätte diesen Verlust niemals spüren müssen, nicht verstehen können, wenn er noch hier wäre. Doch das ist er nicht und ich scheine nicht noch einmal in den Himmel eingeladen zu werden. Suchend blicke ich hinauf in die Wolken.

Wieso funktioniert es nicht? Ich versuche, einen Grund zu finden, einen Fehler in einem nicht vorhandenen Muster zu erkennen, ohne mich selbst für verrückt zu erklären. Die Sonne blendet mich und es fällt mir schwer, Blickkontakt mit dem Himmel zu halten. *Len, bist du da? Hörst du mich?*

Ich halte eine Hand vor die Augen, um nicht weiter geblendet zu werden. Letztes Mal habe ich dieses helle Licht nur über den Wolken gesehen. Ich zucke zusammen, als würde ich selbst an dieser Erkenntnis erschrecken. *Im Schatten der Welt, gegenüber der Sonne. In einem Fensterrahmen aus Zeit, der mit der Sonne fällt und schwindet.*

Ich springe von der Schaukel – eine viel zu hektische Bewegung, die sich beinahe fremd anfühlt. Mein Herz bebt vor Anstrengung. Unruhig greifen meine Hände nach dem Tagebuch und versuchen, die Seite zu finden, die ich schon viel zu häufig aufgeschlagen habe. Als ich die Zeilen erneut lese, stehe ich vor der Schaukel mit Blickrichtung auf den Baum. Plötzlich erkenne ich die Worte in ihrem wahren Zauber.

So hölzern, alt und hoch wie eine Himmelsleiter empor. Ich starre auf den Baumstamm und folge ihm bis zu den Wolken hinauf. Fassungslosigkeit überkommt mich. *Doch Zeit und Ort sind entscheidend.*

Das letzte Mal habe ich am Nachmittag auf dieser Schaukel gesessen, die Sonne musste also bereits auf der anderen Seite gewesen sein. *Gegenüber der Sonne, im Schatten der Welt.* Ich wiederhole die Worte in Gedanken, als ich um den Baum gehe, bis ich den gesuchten Platz tatsächlich finde. Wenn die Sonne von hier auf den Baum scheint, liegt die Schaukel im direkten Schatten. Als wäre sie für die wahre Welt unsichtbar.

Mir bleibt der Mund offen stehen und gleichzeitig überkommen mich zwei Gedanken. Entweder habe ich das letzte Mal, als ich mir die Begegnung mit Lennon eingebildet habe, den Verstand verloren, oder aber ich habe es hier und jetzt. Doch warum sollte Grandma diese Worte sonst aufs Papier gebracht haben? Weil es die Welt ins Ungleichgewicht stürzen würde, wenn die Menschheit davon wüsste.

Weil man dem Himmel eben keinen Besuch abstattet, schießt es mir durch den Kopf. Für einen Moment bleibt mir die Luft weg. *Auch wenn es nur kurze Zeiten sind, so helfen sie enorm, kaputte Herzen zu heilen* – das sind Grandmas Worte gewesen, als ich sie im Pflegeheim besucht habe. Ob ihre Demenz der Preis dafür ist? Vielleicht musste sie ihr Leben deshalb vergessen, um niemals jemandem zu erzählen, dass es möglich ist, den Himmel zu betreten.

Kopfschüttelnd begebe ich mich den Hang hinunter zu meinem Fahrrad. Nur die Verwirrung begleitet mich stumm an meiner Seite.

Als ich wieder nach Hause komme, verkrieche ich mich ins Dachgeschoss. Die Erkenntnis über den Baum und die Schaukel kommt mir kurios und irreal vor. Dennoch finde ich einen Funken Neugier und Hoffnung darin, den ich nicht bereit bin aufzugeben.

»Luna« steht in großen Buchstaben auf meinem persönlichen Notizbuch. Im Hintergrund sind die Mondphasen zu erkennen. *Ja, mein Name bedeutet Mond und du warst das Sonnenlicht. Wir beide waren*

das Zusammenspiel des Universums. Keiner ohne den anderen und dennoch hast du mich zurückgelassen. Dabei leuchtet der Mond nur so hell, wie die Sonne ihn in ihrem Licht erscheinen lässt. Ohne dich bin ich glanzlos und damit unsichtbar in jeder Nacht. Verloren in der Dunkelheit.

Dabei muss ich unwillkürlich an diesen einen Abend denken, der meine Gefühle deutlicher zum Vorschein gebracht hat, als ich es je für möglich gehalten habe.

Damals, Gestern & Vorbei

Sechs

Die Nacht ist so still und dunkel, dass es genauso gut ein Traum sein könnte. Lennon steht mir nach einer Party direkt gegenüber, so nah, dass es für Freundschaft vielleicht doch zwei Zentimeter zu viel sind. Oder fühlte ich seinen Atem schon immer auf meiner Haut? Gab es je weniger Abstand zwischen uns? Obwohl ich die Antwort genau kenne, wünschte ich in diesem Moment, es würde kein einziges Blatt mehr zwischen uns passen.

»Wir sollten gehen«, flüstert Lennon dicht an meinem Ohr.

Wild flatternde Aufregung durchströmt mich. *Ich will nicht von dir fortgehen. Ich wünschte, wir könnten für immer so nah beieinander sein, doch näher wird niemals möglich sein, denn dann würden sich unsere Gefühle verraten.* Aber ich möchte mich in diesem Moment keinen weiteren Millimeter entfernen. »Wenn du meinst«, bringe ich hervor und halte kurz darauf die Luft an.

Lennons Augen funkeln im Licht der Laterne, die irgendwo hinter uns steht. Die Wand schmiegt sich kühl an meinen Rücken und ich lehne mich immer mehr dagegen, obwohl ich dieser Nähe nicht im Geringsten entfliehen will. *Seiner* Nähe. Doch es wäre zu offensichtlich, sich ihm hier und jetzt in die Arme zu werfen.

»Ja, sollten wir wirklich, sonst …« Doch er vollendet diesen Satz nicht und lässt ihn durch den Moment zwischen Traum und Wirklichkeit schweben. Dort, wo der Fantasie keine Grenzen gesetzt sind und er alles Mögliche damit meinen könnte.

Sonst was?, frage ich Len in Gedanken. Würdest du mich sonst lieben und mir das in einem einzigen Kuss zeigen? Sehnsucht bebt plötzlich in meinem Herzen. Sehnsucht, die ich immer zu unterdrücken versuche, als wollte man kochendes Wasser mit einem bloßen Deckel vom Überschäumen abhalten. Und egal wie lange und stark ich diesen Deckel schon auf den Topf stemme, das Wasser kocht dennoch weiter. Diese Sehnsucht wartet auf dich, ohne dass ich es verhindern kann.

Lennons Gesicht kommt dem meinen näher.

Oder bilde ich mir das nur ein? Es sind nur Millimeter um Millimeter, die das letzte bisschen Luft zwischen unseren Lippen überbrücken. Schmetterlinge schwirren in meinem Bauch und doch rede ich mir krampfhaft ein, dass dort überhaupt keine sind. Dass da nie welche waren. Als würden sich meine Gedanken streiten, gegen das Schwarz und Weiß ankämpfen, obwohl wir uns schon längst in einer fraglichen Grauzone befinden. Mich in Lennon zu verlieben, wäre der größte Fehler aller Zeiten. Es ist diese eine Sache, die auf keinen Fall passieren darf. Aber was, wenn das alles längst geschehen ist? Ab wann kann man noch mal zurückrudern oder es auf die vielen Cocktails und den Alkohol schieben? Vielleicht lassen uns die Party und dieser gesamte Abend ein wenig unbeschwerter sein – aber wie unbeschwert wäre die Wahrheit tatsächlich für unsere ewige Freundschaft?

Lennon stützt sich mit seinem Arm an der Wand hinter mir ab, sodass er nun leicht über mir lehnt. Fast als gäbe es kein Entkommen mehr vor seiner Nähe. Dabei will ich nicht entkommen. Stattdessen wünschte ich, dass dieser Moment zwischen Freundschaft und Liebe für die restliche Zeit verharren würde. Denn der Gedanke, dass ich mich nur einen Bruchteil bewegen müsste, um ihn zu küssen, bringt mich um den Verstand.

Aber dieser eine Kuss, den ich wünsche und fürchte, würde in unserer Grauzone eine Grenze überschreiten. Denn von da an gäbe es kein Zurück mehr. Dann wäre die Wahrheit besiegelt und unsere Gefühle offenbart. *Unsere* Gefühle, ertappe ich meinen bloßen Gedanken. Wer sagt denn, dass Lennons Herz ebenso unter dieser Freundschaft bebt wie das meine? Dass egal, wohin meine Gedanken fliegen, sie irgendwann zu ihm finden? Len, denke ich energisch, als hoffte ich, ihn dadurch telepathisch zu erreichen. Diese Freundschaft ist zu tief, um sie zu riskieren. Wir sind vielleicht Seelenverwandte, so nah und dennoch kein Liebespaar. Paare finden und trennen sich, kommen und gehen wie die Jahreszeiten. Doch bei uns wünsche ich mir nichts mehr als Beständigkeit. Dass wir bleiben werden. Denn ich kenne dich seit dem ersten Tag meines Lebens. Diese Gefühle könnten uns den Kopf kosten und alles ruinieren.

Aber dann könnte ich in aller Öffentlichkeit deine Hand halten. Dort, wo alle es sehen würden. Ich schnappe nach Luft. Ja, wie sehr das Wasser doch kocht und wie viel Kraft es mir abverlangt, den Deckel darauf zu pressen, ohne meine Anstrengung preiszugeben. Ich hüte meine Gefühle wie das größte Geheimnis auf Erden.

Len beugt sich näher zu mir, obwohl es kaum mehr möglich ist, und küsst mich auf die Stirn. Es ist keine hektische Bewegung, sondern so langsam und vorsichtig, als würde er Worte in diese Geste legen. Als wollte er damit Gefühle vermitteln, die nicht da sind. Sonst hätte er mich auf den Mund geküsst, stelle ich beinahe enttäuscht fest. Vielleicht liebt Len mich auch nicht, weil ich wie eine Schwester für ihn bin. Einfach eine *gute* Freundin. Etwas zuckt in mir zusammen, denn Lennon hat eine feste Freundin. Weshalb also sollte er Gefühle für mich hegen? Für das Mädchen, das seit fast zwei Jahrzehnten an seiner Seite ist. Sicherlich verliert es durch diese Beständigkeit seinen Reiz. Trotzdem lese ich Zuneigung heraus, spüre die Wärme durch meine Adern fließen. Fühle mein Herz glücklich aufflattern, dankbar für jede deiner Berührungen. Und der Abdruck deiner Lippen brennt noch lange auf meiner Haut.

Für einen langen Moment sehen wir uns an, doch keiner sagt ein Wort. Bis sich Len fast ruckartig abwendet und die Straße entlanggeht. Er blickt nicht zurück, selbst nicht, als er um die Ecke biegt. Es versetzt mir einen kurzen Stich, dort, wo gerade mein Herz glüht. Das zwischen uns ist eine andere Art von Liebe. Es ist nicht die Liebe einer Beziehung.

Was mich irgendwo im Inneren schmerzhaft trifft, beruhigt mich dennoch. Len würde diese Grenze ebenso wenig überschreiten wie ich. Wir wahren, was es zu wahren gibt, und halten uns an diese seltsam merkwürdige Grauzone, die keiner verstehen mag. Unsere Freundschaft wird in alle Ewigkeit bestehen. Vom ersten bis zum allerletzten Tag. Und keine flüchtige Verliebtheit wird uns das jemals nehmen.

Heute,
Jetzt & Hier

Sieben

Es ist Nachmittag, als meine Mutter das Haus verlässt, um ein paar Einkäufe zu tätigen. Dieses Mal hinterlasse ich ihr sogar einen Zettel mit einer kurzen Notiz. Nur damit sie weiß, dass ich einen Spaziergang mache und sie sich keine Sorgen zu machen braucht. Ich vermute, dass sie dennoch besorgt sein wird. So wie in jeder einzelnen Minute, seit sie von dem Unfall erfahren hat.

Das schlechte Gewissen überkommt mich schleichend. Denn obwohl mich die Erwartungen meiner Mutter weiterhin sehr unter Druck setzen und meine Stimme nicht zurückkehren lassen, versuche ich zum ersten Mal, mich in sie hineinzuversetzen. Wie sie sich wohl gefühlt haben muss, als sie vom Unfall erfahren hat. Welche Sorgen ihre Gedanken durchkreuzten, als sie im Krankenhaus neben meinem Bett wartete, während ich noch bewusstlos war.

Ich seufze fast lautlos. Wahrscheinlich hat sie in den ersten Tagen unter demselben Schock gelitten wie ich. Und nun strafe ich sie mit meinem Schweigen, während ich glaube, nie wieder für etwas Worte finden zu können.

Egal wie oft ich meinen ersten Nachmittag am stillen Platz Revue passieren lasse, kann ich kaum mehr sagen, um was für eine Uhrzeit es sich gehandelt hat. Auch wenn sich der Gedanke, dass es nur eine einmalige Chance oder Einbildung gewesen ist, eingenistet hat, so verfolge ich meine neue Erkenntnis mit ungeahntem Ehrgeiz. Als hätte ich Grandmas Worte entschlüsselt, um nun die Wahrheit dahinter zu erfahren. Die *ganze* Wahrheit.

Meine Beine bewegen sich im Rhythmus der Schaukel, die mit genügend Schwung über den Boden schwebt. Wieder hier zu sitzen, fühlt sich an wie die Bestätigung, dass ich tatsächlich verrückt geworden bin. Ich habe sogar das Gefühl, die Spaziergänger, die zum Glück nur vereinzelt vorbeigehen, sehen mich einen Moment länger und seltsamer an, als sie es normalerweise tun würden. Aber egal wie absurd und bescheuert das hier auch sein mag, ich brauche es. Es ist, als würde sich ein Ertrinkender an einen Fisch klammern, um nicht unterzugehen, obwohl er genau weiß, dass ihn das nicht retten kann.

Die Sonne müht sich immer wieder zwischen den Wolken hervor und ich beobachte den Schein des Lichts, der auf den Baum fällt. Die Schaukel dagegen versinkt im Schatten, während ich spüre, wie mein Herz schneller klopft. Wenn es wahr ist, was Grandma erlebt und aufgeschrieben hat, müsste das der richtige Moment sein.

Also schließe ich die Augen und höre in mein Innerstes hinein. Mit der Bewegung der Schaukel atme ich ein und aus, alles zu seiner Zeit, immer und immer wieder. Es gelangt eine angenehme Ruhe in meine Gedanken und allmählich in mein Herz. Hier ist ein Ort der Auszeit, ein Moment der Freiheit und des Aufatmens. Niemand erwartet meine Worte, niemand verurteilt mich für meine Trauer. Es ist ein winziger Ort im Universum, an dem sogar ich selbst akzeptiere, dass ich einfach nur existiere. Ohne mich einsamer als sonst zu fühlen. Ein Seufzen entweicht mir und ich erschrecke nicht einmal daran. Len würde mich verstehen. Er hat mich immer verstanden, mir immer zugehört. Und er war verdammt noch mal immer für mich da.

Weiche Wolken fangen mich auf und wieder fallen langsam zarte Federn auf mich herab. Woher sie kommen oder was über dem Himmel liegen mag, weiß ich nicht. Aber in der Fantasie scheint alles möglich zu sein. Ich atme hörbar aus und ein Lächeln stiehlt sich auf mein Gesicht. Wie auch immer das sein kann: Es hat erneut funktioniert. Ich bin wieder über den Wolken, bei Len zu Besuch. Trost schleicht sich zwischen die schmerzhaften Momente in meinem Herzen und ich stehe behutsam auf. Alles hier oben wirkt endlos. Im Licht der Sonne schimmern die Wolken und Federn in einem zarten roséfarbenen Ton, der ein friedliches Gefühl auslöst. Harmlos. Alles hier oben wirkt so unschuldig und unendlich. Keine Spur von Schmerz und Traurigkeit, als wäre etwas in mir verblasst und weit in den Hintergrund gerückt.

»Lennon?«, rufe ich leise. Wieder fühle ich mich wackelig auf den Beinen, weil sich die Wolken ungewohnt unter meinen Füßen anfühlen. Wie aus dem Nichts entsteht ein Schatten in dieser rosafarbenen Welt, der immer näher kommt. Und schon bevor er nah genug ist, damit ich Details erkennen könnte, weiß ich bereits, dass er es ist. Mit wild klopfendem Herzen laufe ich ihm entgegen, aber es ist, als müsste ich dazu überhaupt nichts tun. Als würden unsere Herzen wie von selbst zueinanderfinden.

»Len, bist du das wirklich?«, frage ich wieder und meine Stimme kommt mir dabei fremd vor. Wann ist es mir wieder möglich geworden, zu sprechen? Wann sind all die Worte zurückgekehrt, die nicht mehr von einer Mauer eingesperrt werden? Wie kann es sein, dass mir ganze Sätze so spielend leicht über die Lippen gehen, während ich meiner Mutter oder Samika nicht mal mit einem Wort, in einem leisen Flüstern antworten kann? Die Fantasie und der Himmel sind eigenartige Orte, denke ich.

Doch bereits im nächsten Moment gilt dem jungen Mann vor mir meine ganze Aufmerksamkeit. »Das ist verrückt«, bringe ich fassungslos hervor und strecke meine Hand nach ihm aus.

Ein Lächeln huscht über sein Gesicht. Seine blauen Augen leuchten mir so lebendig und schön entgegen, dass angenehme Wärme in meine schmerzenden inneren Wunden sickert. »Ja, das ist es. Es ist verrückt. Aber sie sagten mir bereits, dass uns ein wenig Zeit für Abschied bleiben wird.« Lennon nimmt meine Hand in die seine und zieht mich in eine Umarmung.

Ich fühle seine Haut, seine Stärke, seine Echtheit. Was für ein wundervoller Traum. Niemals hätte ich meine Fantasie für so realistisch gehalten. Wie real kann so etwas Unreales denn eigentlich sein? »Wer? Und wie viel Zeit?« Meine Stimme ist so leise, dass nur er es hören kann. Wir sehen einander an und ich versinke erneut in dem schimmernden Blau seiner Augen. Er ist der Anker in einem Meer aus Chaos, der meinen Untergang verhindert. Er allein scheint meinen Gedanken wieder eine Stimme zu geben.

»Das weiß ich nicht. Vielleicht haben wir nur den Moment«, haucht er zurück.

Und selbst das wird alles wert gewesen sein, auch wenn nicht einmal die Ewigkeit lang genug wäre. *Deine Seite ist der Ort, an dem ich wieder sprechen kann, an dem die Worte und das Gefühl von Leben wieder bei mir sind.* »Len?« Ich lege mein Gesicht an seine Schulter, lausche seinem Herzschlag, der da eigentlich nicht mehr sein dürfte.

»Ja, Luna?«

Doch es ist nichts, denke ich, aber ich traue mich nicht, es zu sagen. *Es ist nur der Klang, die Betonung, die Art, wie du noch einmal meinen Namen sagst. Als wäre alles wie immer – wie früher.* »Ich muss dir etwas sagen«, bringe ich dennoch hervor und ringe nach Luft. Jetzt ist dieser Moment, in dem ich über meinen Schatten springen und diese eine letzte Chance ergreifen muss.

»Nein«, unterbricht Lennon mich sofort und schiebt mich mit beiden Armen ein Stück von sich, damit er mich besser ansehen kann. Etwas Düsteres funkelt in seinen sonst himmelblauen Augen. Ein Hauch von dunklem Grau zieht darüber hinweg, als würde ein Gewitter drohen. »Mir tut es leid. Was geschehen ist, hätte niemals passieren dürfen. Ich hätte es verhindern müssen.«

»Was?« Mir fehlen die Worte und zeitgleich sehne ich mich nach seiner Umarmung. Vielleicht bleibt uns nur der Moment, schreie ich ihm innerlich zu. Und diesen möchte ich sicherlich nicht in Abstand verbringen.

»Was, wenn es eine Sekunde, einen Augenblick gab, in dem ich den Aufprall hätte abwenden oder verhindern können …« Seine Stirn legt sich in Falten, die ich am liebsten mit meinen Fingern glatt streichen möchte. Ebenso wie ich ihm die Vorwürfe, die er an sich selbst richtet, für immer nehmen möchte.

»Daran trägst du keine Schuld«, antworte ich kopfschüttelnd. »Du hast keine Schuld an dem, was passiert ist, und du solltest dich mit solchen Gedanken nicht quälen.«

Doch der düstere Ausdruck verschwindet nicht aus seinem Gesicht. »Das solltest du auch nicht. Dich so damit quälen, meine ich. Aber ich erinnere mich kaum mehr daran, alles ging so schnell und es war dunkel. Regen. Ja, ich glaube, es hat wie aus Eimern geschüttet.«

Ja, denke ich leise und falle zurück in eine Erinnerung. Trüb, nass und voller Nebel. Ich trage dieses wunderschöne Kleid aus einem langen, seidigen Stoff in Rosa. Neben mir sitzt Lennon in einem Hemd, das ihm wie maßgeschneidert passt und so viel erwachsener aussehen lässt, als er eigentlich schon ist. Er fährt den Wagen seines Vaters und ich weiß, dass er auf der Feier nichts getrunken hat, obwohl die Jungs ihn mehr als nur einmal dazu ermutigt haben.

»Ich wollte, dass du sicher nach Hause kommst. Das habe ich dir und deinen Eltern versprochen.« Seine Stimme ist plötzlich ganz rau.

»Wieso hast du mir nicht versprochen, dass auch du sicher mit mir nach Hause kommst.« Tränen mischen sich unter mein Flüstern, meine Hände greifen fester in sein T-Shirt und ich verstecke mich erneut in seiner Umarmung. Die Tropfen verschwinden im weißen Stoff. Ich fühle hier oben nicht dieselbe Traurigkeit, die zu Hause mein Herz zerfrisst. Es ist mehr die erschütternde Erkenntnis, dass ich nicht immer hier sein kann – dass im Himmel nicht wirklich alles endlos ist. Dass Lennon bei diesem Unfall ums Leben kam und dass ich dieser Wahrheit nirgendwo entfliehen kann – nicht einmal im Himmel selbst. Manchmal trügt uns tatsächlich nur der Schein.

»Es tut mir leid, Luna …«, murmelt Lennon dicht an meinem Ohr und seine vertraute Stimme lässt mein Herz vor Freude hüpfen, nur um es gleich darauf wieder aussetzen zu lassen. »Ich habe versprochen, dich zu beschützen. Dass ich – wann immer ich kann – auf dich aufpassen werde.« Er streicht mir eine Haarsträhne zurück, ohne die Nähe zwischen uns aufzulösen.

Die Berührung verursacht ein Kribbeln unter meiner Haut. »Ja, ich weiß. Aber irgendwer hätte auf dich aufpassen müssen, als ich es nicht getan habe.« Meine Stimme versagt. Zitternd hole ich Luft und blinzle die Tränen fort. Da ist noch so vieles, das ich aussprechen will, doch die Worte scheinen unter dieser Last zu zerbersten. »Wie ist das hier möglich?«, frage ich irritiert. »Wie kann es sein, dass du noch hier bist?« Ich ziehe die Stirn in Falten.

Lennon sieht mich liebevoll an. »Es gibt eine Zeitspanne für … *danach.*« Er betont das letzte Wort ganz bewusst. Ich hole tief Luft und versuche seinen Worten zu folgen. »Um Abschied zu finden und loszulassen. Das gilt wohl für beide Seiten.«

Es wird also nicht für immer sein. Ich werde Lennon wieder verlieren, sobald auch im Himmel unsere Zeit abgelaufen ist. Wenn sich auch diese Tür für uns schließt. Irgendwann wird uns das Schicksal wieder entzweireißen und mich erneut darunter leiden lassen. Es wird niemals ein *»Für immer«* geben. Und bei diesem Gedanken bricht mir das Herz in kleine Splitter. »Wie viel Zeit? Wie viele Besuche haben wir noch?«, frage ich.

Er schüttelt wortlos den Kopf.

Im nächsten Moment warte ich darauf, dass einer von uns anfängt, darüber zu lachen, weil es so unwirklich ist. Weil das hier doch nicht die Realität sein kann. Aber anscheinend nehmen wir das beide in meiner seltsamen Fantasie hin.

»Wir müssen aufpassen«, erwidert Lennon und zieht damit meinen Blick auf sich. Seine blauen Augen scheinen etwas in den meinen zu suchen, so eindringlich sieht er mich an. »Die Zeit in deinem Leben vergeht viel schneller als hier oben. Das ist nicht mehr das Gleiche wie in der Zeit, als …«

Als du noch gelebt hast, vollende ich seinen schmerzhaften Satz und versuche, die Tränen zu unterdrücken. Ein Schluchzen bahnt sich in meiner Kehle an. »Ich werde dich trotzdem besuchen, wann immer es mir möglich ist«, gebe ich von mir, während ich gegen die Trauer kämpfe. »Solange ich kann, werde ich diese Chance nutzen. Niemand kann mir vorschreiben, wann es Abschied genug wäre.« *Weil ich mich womöglich nie von dir verabschieden kann. Weil ich mir immer noch ein letztes Mal wünschen würde. Einen letzten Besuch, einen letzten Moment. Einen ersten und letzten Kuss.*

»Lass uns jetzt nicht darüber reden.« Lennons Stimme klingt angespannt und ich finde, er hat recht. Es sollte im Himmel keine Rolle spielen. So vieles sollte hier über den Wolken nicht von Bedeutung sein. Hier sind nur wir. Luna und Lennon. Wir sind wieder vereint und ich kann seine Berührung fühlen, als wäre er niemals gegangen. Als hätte ich niemals auf seiner Beerdigung einen Nervenzusammenbruch erlitten. Als wäre das in einem anderen Leben, in einem anderen Universum oder nur in einem schlechten Traum passiert. »Len, da ist etwas, das …« Meine Stimme verschwimmt allmählich mit den Federn und die Watte umhüllt meine Worte, ehe ich in die wahre Welt zurückkehre. In eine Welt, in der ich eigentlich gar nicht mehr sein will.

»Es wird alles gut werden, Luna.« Er verschwindet vor meinen Augen, denn der Himmel zerbricht und zerfällt in seine Einzelteile, die sich anschließend in Luft auflösen.

»Lennon?«, rufe ich und erhalte keine Antwort mehr. Lediglich der Hall meiner Worte verfolgt mich, als wollte er mich daran erinnern, dass ich sehr wohl in der Lage bin, zu sprechen.

Es regnet inzwischen und die Tropfen rinnen von der Schaukel. Erschöpft reibe ich mir über die Augen, als wäre ich gerade aus einem tiefen und wirren Schlaf erwacht. Irritiert sehe ich mich um, aber weit und breit sind keine Menschen, die mich beobachtet haben könnten. Dann blicke ich in den Himmel, der sich statt mit rosa Watte mit dicken grauen Wolken ziert. Seltsam, denke ich vor mich hin, ehe ich mich auf den Rückweg mache. Sämtliche Gedanken drehen sich in meinem Kopf und zum ersten Mal seit Wochen ist da etwas anderes als Trauer.

Ratlosigkeit.

Als ich zurückkomme, wundere ich mich zuerst über die offene Zimmertür, weil ich mir sicher bin, sie richtig geschlossen zu haben. Langsam schiebe ich mich hindurch und blicke auf Samika, die sich über meine Sachen auf dem Schreibtisch beugt. Sie starrt mir mit erschrockenem, ertapptem Gesichtsausdruck entgegen. »Merkst du denn eigentlich nicht, wie verliebt du klingst?«, ruft Samika aufgebracht und hält ein Buch empor, das meinen Namen und die Mondphasen auf der Vorderseite abzeichnet.

Mein persönliches Notizbuch.

Mit großen Augen sehe ich sie an – nicht wegen ihrer Worte, sondern wegen ihrer Taten. Meine beste Freundin, wie ich dachte, hat meine Aufschriebe ausgegraben und heimlich gelesen. Ein tiefer, bitterer Schmerz fährt durch mein Herz. *Hinterhalt,* flüstert es in meinem Inneren. *Verrat.*

Ich weiß, dass sie unter meiner Stille leiden. Dass besonders meine Mutter an ihrer Verzweiflung zerbricht und ich Samika seit Lennons Tod keine richtige Freundin mehr bin. Vielleicht hat meine Mutter Samika auch gebeten, mich auszufragen oder mehr über mein Schweigen herauszufinden. Aber wie weit darf man als Freundin gehen? Als vermeintlich *beste* Freundin? Sich hinter meinem Rücken an all meine Gefühle, meine gesamte Verletzlichkeit anzuschleichen – sie aus meinem Herzen zu reißen und dann vorwurfsvoll in die Höhe zu halten?

»Los, Luna, sag etwas dazu! Sag, dass du ihn doch geliebt hast!« Ihre Worte sind laut und dennoch so schwach. Als drohten sie, in der Luft zu zerbröckeln.

Die Art, wie sie die Vergangenheit betont, lässt etwas in mir zusammensacken. Tränen und Worte bahnen sich an und ich schlucke, als könnte ich sie dadurch verhindern. Ist das vielleicht dieser magische Zeitpunkt? Der Moment, in dem all der Druck, die Zerrissenheit in mir zu groß wird und ich endlich wieder spreche?

Samika sieht mich immer noch an. Ich wage es kaum zu atmen, so angespannt ist die Situation zwischen uns. Ob ich ihr das jemals verzeihen kann?

Du kannst sprechen, denke ich. Es ist nicht so, als müsstest du es neu erlernen. Du hast es immer getan, nichts an deiner Sprache hat sich seit Lennons Tod verändert. Du kannst das! Es ist in dir und nicht so schwer, wie du denkst. Ein Teil von dir – schon immer. So wie Lennon es einst war.

Die Tränen siegen mit einem zitternden Schluchzen. Ich schlage die Hände vor mein Gesicht und meine Knie geben nach. *Lennon, siehst du das denn nicht? Kannst du nicht jetzt, in diesem Moment, auf mich herabsehen und hören, wie ich leide? An diesen Schmerzen, die dein Verlust angerichtet hat, zugrunde gehe? Wenn du mich hier und jetzt sehen, hören oder spüren kannst, dann bitte – bitte komm zurück, denn ich brauche dich mehr als jedes Wort, jeden verdammten Satz. Lass mich nicht so zurück, tu mir das nicht an.*

»Bitte rede endlich wieder, Luna.« Samikas Stimme erklingt dieses Mal etwas leiser, vorsichtiger neben mir.

Ich weiß, dass eure Verzweiflung groß sein muss, sage ich leise in Gedanken zu ihr. Ich weiß, dass ihr denkt, dass es leichter wäre, wenn ich mit euch sprechen würde. Aber das ändert überhaupt nichts. Das Einzige, was wir tun können, ist, die Scherben zusammenzukehren, zu verbrennen oder in die Tiefe des Meeres zu schütten, damit wir sie nicht mehr sehen müssen. Aber nicht einmal das ändert irgendetwas an dieser Aussichtslosigkeit. Denn wir können absolut gar nichts dagegen tun.

Nachdem Samika mein Zimmer verlassen hat, schnappe ich nach dem Tagebuch und prüfe es sehr genau. Fast schon erleichtert atme ich auf, als ich alles unbeschadet vorfinde. Da ist kein physisches Loch. Keines, das man sehen könnte. Den Schaden, den sie mit ihrer Neugier angerichtet hat, ist für die Außenwelt unsichtbar. Ebenso wie das Loch, das Lennon hinterlassen hat. Andere können es nicht verstehen. Sie sind blind für diesen Schmerz. Und vielleicht sind sie damit auch unschuldig in ihren falschen Handlungen. Denn sie wissen es nicht besser – können es nicht anders begreifen.

Ich klappe das Notizbuch auf und suche nach einer leeren Seite. Mit einem tiefen Atemzug greife ich zu einem Füller und lasse die Worte einfach aus meinen Gedanken direkt auf das Papier fließen.

Traum und Wirklichkeit. Ich weiß, dass du nicht mehr hier bist, Lennon. Ich weiß, dass du in Wirklichkeit nicht mehr existierst, auch wenn ich die anderen richtigen Worte kaum zu denken wage. Ich weiß, dass ich mir dich mehr als alles andere wieder an meine Seite wünsche. Dass ich Nacht für Nacht von dir und den alten Zeiten träume. Von

Sommern am See, von Lachen und Freiheit. Aber ich weiß auch, dass ich vor deinem Grab stand. Ich weiß, dass Träume dich nicht wieder zum Leben erwecken können. Ich weiß, dass sich das Träumen von der Wirklichkeit unterscheidet. Und trotzdem scheint da gerade ein fließender Übergang zu sein, der beide Seiten ein bisschen verwischen will. Obwohl ich doch ganz genau weiß, dass es nicht möglich ist. Denn du bist tot, Len. Und wenn du mich fragen würdest, gibt es keinen Himmel, in dem rosafarbene Federn in Wolken versinken und der Duft von Rosen in der Luft liegt. Es ist normal, dass wir uns nach dem Tod noch eine Begegnung, einen letzten Abschied, noch ein leises Wort wünschen. Aber wieso werde ich das Gefühl nicht los, dass ich dir noch etwas Wichtiges, etwas ganz Elementares zu sagen habe?

Der nächste Morgen bringt mehr Veränderung mit sich, als mir lieb ist. Meine Mutter betritt mein Zimmer, zieht die Vorhänge auseinander und lässt das Licht den blassen Raum fluten. Sie hält ein paar Seiten in ihrer Hand und wirkt nervös. Verschlafen richte ich mich auf und warte ab, was sie zu sagen hat.

»Luna, jetzt wird es sehr ernst. Das sind deine Einweisungspapiere von Mr. Cerson. Du kommst in eine Klinik, dort werden sie dir helfen. Dort geht es anderen genauso wie dir. Und dann wird schon bald alles …« Sie vollendet den Satz nicht, sondern beginnt zu weinen.

So sehr, dass es mir wehtut und ich wünschte, das Sprechen wäre leichter. Stattdessen stehe ich auf, gehe zu ihr und nehme sie in den Arm. Eine ganze Weile halten wir uns so, bis ich bemerke, dass auch mir die Tränen kommen und vielleicht – ja, vielleicht fühlen wir in diesem Moment einen ähnlichen Schmerz. Ich nehme ihr eine der Seiten ab und schreibe mit meinem Füller darauf:

Ja, dann wird alles gut werden.

Meine Mutter bringt ein zaghaftes und trauriges Lächeln zustande. Ich weiß, dass mein Schweigen sie verletzt und sie daran verzweifelt, es nicht ändern zu können. Aber mit diesen Worten gebe ich ihr Hoffnung, die sie greifen kann. Und nicht nur ihr, sondern auch ein bisschen mir selbst.

Am Nachmittag packen wir in angenehmem Schweigen einen großen Koffer und eine Sporttasche. Aus dem Flur erklingt ein altes Lied im Radio. Meine Mutter hakt die beigelegte Checkliste der Klinik ab und verkündet mir die offenen Punkte.

Etwas hat sich verändert. Es ist jetzt ein gemeinsames Projekt und der Druck ihrer Erwartung ist verschwunden. Als hätte sie das Schweigen für den Moment akzeptiert, weil sie weiß, dass sie mir diesen Schmerz nicht nehmen kann. Dass das nur jemand kann, der ebenso fühlt wie ich. So beruhigend diese Vorstellung auch wirkt, verunsichert sie mich zugleich. Noch weiß ich nicht, wo sich genau die Klinik befindet und wie weit sie vom stillen Platz entfernt ist. Vielleicht sollte es nicht meine größte Sorge sein, dass ich dem Himmel keine Besuche mehr abstatten kann, doch hat es für mich die höchste Priorität. Denn egal, ob ich meine Zeit hier oder in der Klinik verbringe, an all dem Schmerz und der Leere in meinem Inneren wird sich nichts ändern. Ob ich hier oder dort im Bett an die Decke starre und meinen Erinnerungen an Lennon nachhänge, wird keinen großen Unterschied machen.

Oder?

Damals, Gesterm & Vorbei

Acht

»Aber ich habe dir doch gesagt, dass es nur eine halbe Stunde ist!«, ruft Lennon, als er aus der Werkstatt tritt. Er trägt eine graue Arbeitshose und an seinen Händen klebt schwarzes Motorenöl, weshalb er mich nur vorsichtig umarmt.

»Eine halbe Stunde Mittagspause ist besser als gar nichts«, antworte ich darauf und lächle ihm zu. Seit er angefangen hat, in der Autowerkstatt zu arbeiten, sehen wir uns nur selten.

Weil wir jetzt erwachsen werden und die Zeiten sich ändern, hat Samika daraufhin gesagt, aber ich habe nur abgewinkt. Selbst wenn sich alles ändern würde, Lennon und mich würde nichts entzweien können.

Irgendwann habe ich angefangen, zwei Mittagessen zu besorgen und ihn in der Pause kurz zu besuchen. Man könnte sagen, dass der Aufwand größer sei als der Nutzen, aber das empfinde ich anders. Diese Minuten sind es wert und ich nehme jede davon gerne auf mich. Denn die Zeit mit Lennon zu verbringen, erfüllt mich mit einer Leichtigkeit, die noch für den restlichen Tag anhält.

Manchmal reden wir über belanglose Dinge, über die Arbeit oder über etwas, das irgendwer gesagt oder behauptet hat. An anderen Tagen begleitet uns eine Stille, in der wir uns nur ansehen und ich beim Anblick seiner Augen sofort lächeln muss. Doch egal wie wir diese Zeit verbringen, unsere Verbundenheit ist da. Heute haben wir beschlossen, mit dem Cabrio an den nächstgelegenen Weiher zu fahren, um dort in Ruhe zu essen. Auch wenn Lennon der Meinung ist, es würde sich nicht lohnen.

»Es ist statistisch gesehen viel erholsamer, seine Pause nicht dort zu verbringen, wo man arbeitet«, erkläre ich ihm, während wir in das Auto steigen.

»Aber ich bin den ganzen Tag von Autos umgeben!« Sein Versuch zu protestieren ist so lachhaft schlecht, dass er selbst grinsen muss und augenblicklich nachgibt.

Es ist nur eine kurze Strecke, die wir zum Weiher fahren müssen. Wir setzen uns am Ufer auf eine Bank. Mein Blick schweift über die vom Sonnenlicht glitzernde Wasseroberfläche, hinüber zu den Bäumen, in denen die Vögel zwitschern, sich in den Himmel erheben und ihre ausgebreiteten Schwingen ein Summen verursachen, das mir eine Gänsehaut beschert. Ruhe und auch etwas Frieden schleichen sich in mein Inneres und Wärme umarmt mein Herz, als ich Lennon dabei beobachte, wie er seine Sonnenbrille abnimmt. *Und selbst für diesen einen Moment, in dem ich einfach nur hier an deiner Seite ankommen und aufatmen kann, allein dafür würde sich jeglicher Aufwand und jede Fahrt bis ans andere Ende der Welt für mich lohnen.*

Lennon erzählt etwas mürrisch von seinem Chef, während er vom Sandwich abbeißt. Seit er das Studium abgebrochen und sich stattdessen für eine solide Ausbildung entschieden hat, arbeitet er in der Autowerkstatt. »Hast du nie darüber nachgedacht, ein Jahr ins Ausland zu gehen? Etwas anderes zu sehen, Neues zu erleben?«, fragt er an mich gewandt.

Ich denke nur einen Moment darüber nach, bevor ich den Kopf schüttle. »Ich mag es hier. Und ich könnte mir nicht vorstellen, irgendwo anders zu sein. Zwar überlege ich, nach der Schule eine Auszeit zu nehmen, aber deshalb muss man doch nicht auf die andere Seite der Welt reisen.« Auch wenn ich Lennon ansehe, dass er sich eine andere Antwort erhofft hat, so ist es die Wahrheit.

»Aber vielleicht warten irgendwo da draußen spannende Abenteuer, Erfahrungen, die uns hier entgehen. Was, wenn wir das irgendwann bereuen?«

»Hmm«, mache ich und blicke gedankenverloren in die Ferne. In meiner Vorstellung sehe ich Lennon in der Hitze Afrikas Menschen in Not helfen oder wie ich im Norden Kanadas mit der Kälte ringe. Doch ich liebe die Sicherheit und die Vertrautheit unserer Heimat, sodass ich nicht das Gefühl von Fernweh verspüre. »Und dann müsste ich dich mitten in der Nacht anrufen, um zu fragen, wie dein Tag war – weil du irgendwo in Amerika acht Stunden Zeitverschiebung hast?« Bei meiner Frage sehe ich ihn mit hochgezogener Augenbraue an, als könnte er dadurch erkennen, wie erschreckend ich diese Vorstellung empfinde.

»Zum Beispiel. Wäre doch irgendwie cool, oder nicht?« Lennon zerknüllt das Papier der Verpackung und wirft es mit einem eleganten Wurf in den Mülleimer, während ich noch einen letzten Bissen vom Sandwich nehme, obwohl mir der Appetit nun irgendwie vergangen ist. Meint er tatsächlich, das sei *cool?*

Wenn es Lennons Wunsch ist und ihn diese Ferne glücklich machen wird, dann wäre es meine Aufgabe, ihn dabei voller Tatendrang zu unterstützen und seine Freude zu teilen. Doch stattdessen löst diese Distanz zwischen uns so etwas wie unterschwellige Panik in mir aus. Und warum beschleicht mich der seltsame Gedanke, dass uns hier ebenfalls bedeutende Momente entgehen, die wir eines Tages, alt und grau, bereuen könnten?

Heute,

Jetzt & Hier

Neun

Das ist es dann wohl, denke ich, als ich das große Gebäude betrete. Es sieht nicht aus wie eine Klinik für psychisch Erkrankte, sondern erinnert mich mehr an ein Hotel einer Wellness-Anlage. Viele tolle Angebote prangen auf Plakaten und Wegweisern.

Die Frau am Empfang heißt mich herzlich willkommen und schiebt mir einen Stapel Unterlagen zu, den ich mir in den nächsten Tagen in Ruhe durchlesen und dann ausgefüllt wieder abgeben soll. Dann schnipst sie einen älteren Herrn herbei, der sich meinen Koffer schnappt und davongeht. Ich schaue kurz irritiert zwischen der Empfangsdame und dem Hausmeister hin und her, doch sie weist ganz deutlich in seine Richtung.

Der Mann in dem blauen Overall wirkt introvertiert und kommt mir damit sehr entgegen. Während wir durch das Gebäude gehen, sehe ich immer wieder nach links und rechts in die Flure, lese auf den Schildern, wo sich was befindet, und bin ein wenig überrumpelt von dieser neuartigen Welt, die sich mir offenbart. Das ist es dann also, denke ich noch mal. Jetzt bist du in einer Klinik gelandet. Und das nur, weil du mit Lennons Tod aufgehört hast zu reden und ihm im Himmel Besuche abstattest. Zum ersten Mal fällt mir tatsächlich auf, wie seltsam das ist und dass da vielleicht doch eine Notwendigkeit an der Entscheidung meiner Mutter besteht, die ich bisher nicht beachtet habe.

»Hier ist Ihr Zimmer«, sagt der Mann und deutet auf eine Tür, die mit den weißen Zahlen *2.17* gekennzeichnet ist. »Sie können Ihr Gepäck ausladen und die Unterlagen ausfüllen. Der erste Termin ist um elf Uhr bei Mr. Kulip.« Er lässt den Koffer stehen, wartet noch eine Sekunde ab, wohl für den Fall, dass ich noch Fragen hätte, und schlurft den Gang zurück.

Mit einem Schlüssel, einem Stapel Papier und einem viel zu großen Koffer stehe ich noch eine ganze Weile vor dieser Tür und fühle mich noch nicht bereit einzuziehen. Gehöre ich wirklich hierher? Muss das tatsächlich sein? Eine psychiatrische Klinik – ernsthaft?

Dann denke ich daran, dass es mir normalerweise möglich sein müsste zu sprechen, so wie ich auch in all den Jahren davor gesprochen habe. Und dass es mir nicht möglich sein dürfte, Lennon im Himmel zu besuchen, auch wenn das vielleicht nur meiner Fantasie entspringt. Das sind zwei verdammt merkwürdige Dinge, die meine Mutter vielleicht doch berechtigt haben, mich hierherzubringen, auch wenn sie von den Besuchen gar nichts weiß. Ich erinnere mich an ihre Hoffnung, an den Funken Zuversicht in ihren Augen, als sie sagte, dass es hier Menschen gebe, denen es ebenfalls so gehe wie mir. Menschen, die mich in all meinem Schmerz und meiner Trauer verstehen werden.

Ich schließe die Tür auf und betrete einen Raum, der nun für eine lange Zeit mein Zuhause sein soll. Über die Schlichtheit des Zimmers bin ich im ersten Moment erleichtert wie auch schockiert. Die Klarheit gibt mir Ruhe und gleichzeitig wirkt es unfassbar kalt und unpersönlich.

Neben dem schmalen, in Weiß gehüllten Bett steht noch ein Nachttisch mit einer Lampe und einem Telefon. Es gibt einen großzügigen Kleiderschrank, in den ich meinen Koffer direkt hineinstelle, ohne überhaupt ans Ausräumen zu denken. Auf der anderen Seite steht ein Schreibtisch, über dem eine große Pinnwand aus Kork hängt. Die einzig bunten Farben in diesem Raum sind die winzigen Stecknadelköpfe darauf.

Beeindruckend finde ich jedoch die große Fensterwand, die gleichzeitig auch den Zugang zum Balkon bildet. Neugierig schiebe ich die dünnen, ebenfalls weißen Gardinen zur Seite und blicke hinaus. Die Balkone aller Patienten befinden sich vermutlich auf dieser Seite, darunter ist eine Wiese, die spärlich als Sportplatz gekennzeichnet ist, und dahinter erstreckt sich ein düsterer dunkelgrüner Wald. Hinter den Bäumen liegen nur noch der Horizont und der Himmel. Wie wunderschön, denke ich, als etwas Sonnenlicht durch die Wolken sickert. Und egal, wie hart die Erkenntnis auch sein mag, dass ich mich hier in einer Klinik für Psychotherapie befinde, ist dieser Platz, diese Aussicht irgendwie beruhigend für mein zerbrochenes Herz.

Die Zeit bis zu meinem ersten Gesprächstermin vergeht, ohne dass ich die Unterlagen angesehen oder meinen Koffer ausgeräumt habe. Jemand holt mich ab, um mich zu dem Zimmer des Therapeuten zu bringen, der mich mit viel Freude, Motivation und Neugierde empfängt.

»Herzlich willkommen, Luna, ich bin Ihr behandelnder Therapeut, Mr. Kulip. Wir werden in den nächsten Wochen viele gemeinsame Gespräche führen, um Ihnen bei Ihrer Problematik weiterzuhelfen. Wenn Sie Fragen haben, melden Sie sich bitte jederzeit.«

Ich lausche seinen schnellen Worten und frage mich, ob ihn irgendjemand darüber informiert hat, dass ich nicht mehr sprechen kann. Dass mir die Worte genommen wurden. Vielleicht weiß er es auch und erhofft sich durch diese Taktik, dass er es nicht erwähnt, dass ich tatsächlich mit Fragen auf ihn zukommen würde.

»Ja richtig, Ihre Mutter erwähnte bei der Anmeldung bereits, dass Sie nicht mehr sprechen. Auch darüber werden wir uns unterh-« Er unterbricht den Satz und verwirft die Anspielung. »Hier sind ein Notizblock und ein Stift. Ich möchte Sie bitten, diese immer bei sich zu tragen, um sich während Ihres Aufenthaltes zu verständigen. Kommunikation ist natürlich ein wichtiger Bestandteil der Therapie.«

Ich nicke und nehme den Block sowie den Kugelschreiber entgegen. Eigentlich eine gute Idee, auf die Mr. Cerson bisher nicht gekommen ist, das muss ich dem neuen Therapeuten wohl lassen. Dennoch fühle ich mich fehl am Platz – in dieser Klinik und gegenüber dem Therapeuten. Es gibt aufgrund des Tapetenwechsels keinen Grund, weshalb ich mich der Welt plötzlich mitteilen möchte. Ich bin mir noch nicht einmal sicher, ob ich überhaupt hierhergehöre. Irgendwo in meinem Inneren sträubt sich noch etwas gegen diesen Ort und die Erkenntnis, fremde Hilfe anzunehmen.

Darauf folgt ein sehr einseitiges Gespräch über sämtliche Verhaltensregeln während des Aufenthalts und dass ich unterschreiben muss, nicht vom Balkon zu springen. Außerdem erhalte ich eine Art Stundenplan, der für alle weiteren Wochen gilt und recht vollgepackt mit verschiedenen Programmen ist. *Überwältigend,* fällt mir dazu als Erstes ein. Denn in den letzten Wochen habe ich es kaum geschafft, mir morgens vor dem Kleiderschrank etwas Vernünftiges zum Anziehen herauszusuchen oder beim Bäcker um die Ecke ein Brot zu kaufen.

»Sie sind nun neu in einer laufenden Gruppe, die Patienten verbleiben unterschiedlich lange und so gibt es immer einen gewissen Wechsel. Sie sind in der Gruppe für junge Erwachsene und werden bereits morgen die anderen kennenlernen. Für heute stehen keine weiteren Therapien an. Kommen Sie in Ruhe an, packen Sie Ihre Sachen aus und leben Sie sich gut ein. Denn Sie werden hier in den nächsten Wochen sehr viel Zeit verbringen.«

Wieder nicke ich nur und glaube, dass es gar nicht wie eine Drohung klingen sollte. Der Therapeut lächelt mir aufmunternd zu und ich überlege, wie es wohl sein muss, einen völlig fremden Menschen vor sich sitzen zu haben, über den man vollkommen ahnungslos ist. Und dennoch soll man versuchen, ihm zu helfen. Bei einem Problem, das man vielleicht selbst nicht begreifen kann. Was für ein seltsamer Job.

Das Zimmer empfängt mich, wie auch zuvor, in seiner Kühle und Verlassenheit. Ich fühle mich fremd, aber selbst dieses Gefühl erscheint mir irgendwie vertraut. Denn das habe ich auch zuletzt in meinen eigenen vier Wänden verspürt.

Aus dem Koffer krame ich mein Notizbuch heraus und schlage eine neue Seite auf. Ein neues Kapitel, das nun auch in meinem Leben beginnen soll. Vielleicht hat dieser Mr. Kulip recht und das Notieren auf einem Blatt Papier ist der erste Schritt zurück zu meinen eigenen Worten. Schließlich sind sie ebenso ein Ausdruck meiner Gedanken wie die Sprache. Also lasse ich sie einfach in Tinte und Buchstaben zwischen die Linien fließen, ohne weiter darüber nachzudenken.

LICHT UND DUNKELHEIT. Du warst wie mein großer Bruder, mein bester Freund, mein engster Vertrauter. Du kanntest meine Welt und alles dahinter. Kanntest meine Geheimnisse, meine Ängste - mein Leben von früher, heute und morgen. Kanntest meine Wünsche und Träume. Lennon, du kanntest mich in all meinem Sein. Du warst meine Welt bis zu dem Tag, als du entschieden hast, zu gehen. Mich zurückzulassen, damit ich in dieser Haltlosigkeit ertrinke. Und zum ersten Mal glaube und begreife ich, dass ich dich doch geliebt habe. In einem Ausmaß, das ich erst jetzt erkennen kann.
Lennon, du warst das Licht, das eine gesamte Stadt hätte erleuchten können, aber im Grunde genommen warst du ein Leben lang mein Licht. Bis du gegangen bist und eine dunkle Schwere hinterlassen hast, in der Menschen nun erfolglos versuchen, Halt zu finden.

Nachdem ich diesen Abschnitt festgehalten habe, starre ich aus dem Fenster, als müsste ich über meine eigenen Gedanken nachdenken. *Darüber, dass du mir so viel mehr bedeutet hast und ich das weder vor dir noch vor mir zugeben konnte. Ob es das ist, was mir nach deinem Tod am meisten zusetzt? Das Bereuen, niemals vollkommen ehrlich gewesen zu sein? Oder dass ich nie mehr herausfinden kann, ob du nicht ebenso gefühlt hast?*

Ich hole tief Luft. Doch, ich kann es noch herausfinden. Solange dort ein Tor in der Nachmittagssonne existiert und ich den Himmel für eine kurze Zeit betreten kann, besteht die Möglichkeit, Lennon danach zu fragen. Wieder überkommen mich die Zweifel, ob diese Besuche real sind oder ob ich mir die Begegnungen lediglich einbilde und die Antworten auf meine Fragen daher nur das wären, was ich hören will. Aber selbst wenn diese Bestätigung nur erfunden wäre, so könnte sie mir das restliche Leben vielleicht erträglicher erscheinen lassen. Wenn ich nur nicht zu feige wäre, die Wahrheit tatsächlich erfahren zu *wollen.* Denn das habe ich in all den Jahren beinahe perfektioniert und diese Situationen immer vermieden – an jeder Stelle und Ecke, bei jeder Möglichkeit, die sich uns bot.

Ich seufze und blicke hinaus, über den Rand des Balkons und über die Baumkronen des Waldes hinweg. Denn je weiter man in die Ferne starrt, desto näher ist man seinen eigenen Gedanken.

Der nächste Morgen beginnt laut dem Plan, den ich erhalten habe, um sieben Uhr dreißig mit einem Frühstück. Um kurz nach sieben klingelt das Telefon in meinem Zimmer und eine junge Dame meldet sich am anderen Ende der Leitung. »Guten Morgen, heute ist Ihr erster Tag. Bitte begeben Sie sich in einer halben Stunde zum Frühstück in den Speisesaal im Erdgeschoss. Anschließend beginnt Ihre erste Gruppentherapiestunde um acht Uhr. In Raum 3.11. Das bedeutet im dritten Obergeschoss.« Dann legt sie prompt auf, sodass ich meine Finger um den Hörer wieder lockere und erst jetzt bemerke, wie verkrampft ich mich daran geklammert habe.

Erleichtert setze ich den Telefonhörer ab und versuche, mich allmählich zu entspannen. Als hätte die Dame gewusst, dass ich nicht antworten würde – als würde dieser Zusatz fett gedruckt und in roten Buchstaben überall in meiner Akte stehen. Der Unterschied zwischen der Klinik und zu Hause liegt darin, dass sie es hier akzeptieren. So hinnehmen und mich nicht mit jedem Satz, jeder Frage herausfordern wollen.

Ich stehe auf und krame eine Jeans und ein weißes T-Shirt aus dem Koffer. In dem kleinen Badezimmer putze ich mir die Zähne und binde meine langen dunkelblonden Haare zusammen. Für einen Augenblick verharre ich und mustere mein eigenes Spiegelbild. Die Naht an meinem Jochbein ist nur noch eine schmale hellrote Linie, die kaum mehr zu sehen ist, wenn mir ein paar Haarsträhnen ins Gesicht fallen. Dieser kleine Strich wird mich immer an den schrecklichsten Tag meines Lebens erinnern. Jedes Mal wird mich diese Erkenntnis einholen, wenn ich mich selbst in einem Spiegel betrachte. Ob auch der innere Schmerz irgendwann vernarben und so unschuldig und zart aussehen wird? Ich wende schnell den Blick ab, bevor Tränen aufsteigen.

Lennon, dein Verlust ist allgegenwärtig, als würde er mich zu jeder Sekunde umarmen und festhalten. So sehr, dass es kein Entkommen gibt. Niemals.

Zum Schluss nehme ich meine kuschelig weiche Strickjacke vom Haken und schlüpfe in die ebenfalls grau gemusterten Turnschuhe. Heute ist mein erster Tag in einer seltsam fremden Welt, denke ich, als ich hinaustrete und beinahe wie selbstverständlich mein Zimmer verlasse. Als würde sich mein Körper wie von selbst an diese Bewegungen erinnern und sie ausführen, ohne es weiter zu hinterfragen. Fast als würde es keine Rolle spielen, dabei hätte ich eine Wahl. Ich könnte mich auch hier im Bett verkriechen und unter der Decke nach nicht vorhandenem Schutz suchen. Die Mitarbeiter dieser Klinik könnten mich nicht dazu zwingen, Teil dieser ganzen Sache zu sein. Es erstaunt mich irgendwie selbst, dass ich diesem Tag dennoch entgegentrete.

Ich falte den Stundenplan zusammen und stecke ihn in die Hosentasche meiner Jeans. Nachdem ich die Zimmertür abgeschlossen habe, folge ich dem Flur bis zum Aufzug, in dem sich bereits viele Menschen tummeln. Ich entscheide mich schnell für die Treppe und husche durch das Treppenhaus nach unten ins Erdgeschoss.

Der Speisesaal ist groß und laut. Überall Gespräche, ständig klappert Geschirr und die Kaffeemaschine surrt permanent wie eine eintönige Hintergrundmelodie. Hier sind für mein Empfinden viel zu viele Menschen und gleichzeitig ist es auch perfekt, um unterzugehen, einfach in der Menge zu verschwinden – in der Masse nicht einmal aufzufallen. Also reihe ich mich ein, schnappe mir ein Tablett vom Stapel und nehme ein Brötchen mit etwas Marmelade. An der Kaffeemaschine wartet man am längsten und einige sind genervt darüber. Ich kann es an ihren Gesprächen hören und beschließe, mich aus der Reihe auszuklinken und mir einen freien Platz zu suchen. Viele unterschiedlich große Tische stehen im Raum verteilt und die meisten Patienten scheinen bereits früh auf zu sein, um einen guten Platz zu ergattern. Darum bemüht, niemanden zu lange anzusehen und meinen Blick ganz unverbindlich über die Tische gleiten zu lassen, suche ich nach einem freien Platz. Hoffentlich spricht mich hier niemand an oder setzt sich zu mir. Wieder spüre ich den Druck, der sich um meinen Hals verstärkt, und die Angst, dass irgendwer Worte erwarten könnte. Ich muss mich zwingen, ruhig zu bleiben und einfach weiterzugehen. Mein Tablett fest umklammernd nehme ich an einem einsamen Tisch in der Ecke Platz, versuche mich nur auf das Frühstück zu konzentrieren und alles um mich herum zu vergessen.

Mein Blick schweift immer wieder durch den Saal und mustert die vielen unterschiedlichen Menschen in ihrer morgendlichen Hektik. In der

Stille ist es sehr viel interessanter, die Leute an ihrer Art und Weise kennenzulernen. Doch auch sie beobachten mich. Ich spüre zum Teil ihre Neugier, als könnte ich sie in ihren Augen funkeln sehen. Ich bin die Neue, wie ein unbeschriebenes Blatt, und keiner weiß etwas über mich. Darüber bin ich im ersten Moment sehr dankbar, aber ich bezweifle, dass dies lange anhalten wird.

Die Stühle im Raum 3.11 sind in einem perfekten Kreis aufgestellt und während alle wahllos ihre Plätze einnehmen, halte ich inne. Es ist meine erste Therapiestunde in einer Gruppe von jungen Erwachsenen, mit denen ich in den nächsten Wochen meine Zeit verbringen soll. Ich halte diesen Stundenplan eines ganzen Aufenthaltes in der Hand und bin froh, dass ich überhaupt den richtigen Raum gefunden habe. Das hier ist alles furchtbar ungewohnt, als wäre ich noch mal in den Moment meines ersten Schultages in einer fremden Klasse zurückversetzt worden. Der Tag, an dem ich vor Unsicherheit und Nervosität kaum in der Lage gewesen bin, meinen Namen zu nennen. Damals hat sich das nach ein paar Tagen gelegt und ich habe Anschluss unter den neuen Mitschülern gefunden.

Inzwischen fühlt sich das ganze Leben ungewohnt an. Zuerst stehe ich einfach nur im Eingang der Tür. Ratlos, in diesem ungewohnten Chaos meinen Platz zu finden. Letztendlich bleibt mir nur der einzig freie Stuhl neben einem Patienten übrig, dessen Glatze mich im ersten Moment abschreckt. Dabei wirkt er nicht krank oder älter als ich. Dieser Anblick ist irritierend und gleichzeitig auch nicht. Vielleicht weil es guttut, dass wir hier alle anders sind. Ich hoffe, mit meinem Schweigen dadurch nicht weiter aufzufallen.

»Es ist für die Entwicklung der Patienten äußerst wichtig, nicht auf den letzten Platz zu warten, sondern von selbst ein Ziel zu fokussieren.« Der Therapeut erscheint hinter mir in der Tür und sieht mich eindringlich an, als hätte ich die Botschaft seiner Worte noch nicht ganz verstanden. Schnell setze ich mich also auf den leeren Stuhl neben den seltsamen glatzköpfigen Jungen.

»Wunderbar, sehr gut«, lobt der Therapeut mich, als hätte ich eine grandiose Aufgabe gemeistert, für die man einen Eintrag im Guinness-Buch der Rekorde erwarten könnte. »Und nun stellen Sie sich bitte alle kurz vor und erzählen Sie, wie es Ihnen heute geht.«

Bei diesen Worten fällt mir das Atmen schwer und ich erstarre. Meine Hände beginnen zu beben und klammern sich krampfhaft an das bisschen

Papier, das mir bleibt. Ein Mädchen, das auf der linken Seite sitzt, beginnt zu sprechen, während sich ein Knoten in meinem Hals bildet. Einen, den ich nicht hinunterschlucken oder verdrängen kann. Da ist er wieder, dieser Druck, der mich nieder zu quetschen droht, weil ich diesen Erwartungen nicht gerecht werden kann. Weil sie Worte erwarten, wo Stille wohnt.

Sie heißt Rachel und lässt beim Erzählen ständig die Gelenke ihrer Finger knacken. Als wäre sie ebenso nervös wie ich. »Ich bin einundzwanzig Jahre alt und schon seit über vier Wochen hier.« Sie schnauft anschließend schwer und ich spüre beinahe ihre Anspannung. Als wäre sie zum Greifen nahe.

»Und weshalb sind Sie hier?«, fragt Mr. Kulip und nickt ihr ermutigend zu.

Mir ist klar, dass ihre Problematik sicherlich in einer der wichtigen Akten steht oder er sie in den vier Wochen bereits kennengelernt hat. Trotzdem muss das Mädchen über seinen Schatten springen und es selbst laut aussprechen. Bei diesem Gedanken wird mir bewusst, dass auch mir diese Aufgabe bevorsteht, auch wenn sie in meinen Ohren wie ein viel zu hochgestecktes, unrealistisches Ziel klingt.

»Depression«, bringt sie hervor.

Der Therapeut nickt zufrieden. Irgendwie wirkt es wie eine Art stilles Lob. Anerkennend, fällt mir dazu ein. Dann stellen sich alle weiteren Patienten vor und sprechen über ihr heutiges Befinden, damit Mr. Kulip einen kurzen Überblick erhält.

All ihre Worte ziehen jedoch ins Nichts, denn sie finden keinen Halt bei mir. Es ist zu viel Bedeutungslosigkeit, die über mich hereinbricht wie ein tosender Wasserfall. Erst als der merkwürdige Junge neben mir Luft holt und zu sprechen beginnt, fokussiert sich meine ganze Aufmerksamkeit auf ihn.

»Ich bin Kris. Mit K geschrieben, weil nichts von mir noch etwas mit dem alten Namen zu tun hat. Ich bin vierundzwanzig Jahre alt und seit fast fünf Wochen hier in der Klinik.« Seine Stimme ist tief und rau, als hätte er ebenso wie ich lange Zeit nicht gesprochen. Dann, viel zu schnell, sieht er mich an. Sein Blick gleicht einer Aufforderung, als wollte er das Ganze besonders zügig hinter sich bringen. Oder als wäre er genervt, weil ständig neue Patienten hier hereinstolpern und er jedes Mal dasselbe erzählen muss. Oder Neugier, denke ich kurz und betrachte seine graugrünen Augen. Neugierig auf das, was ich zu sagen habe?

Das Papier zerknüllt sich zwischen meinen krampfenden Händen. Weil dieses Geräusch mich in der unerträglichen Stille meiner Panik verrät, versuche ich, eine neue Aufgabe für meine Hände zu finden. Mit dem Zeigefinger deute ich zaghaft auf seinen kahlen Schädel.

Kris sieht mich daraufhin fragend an und ich erwidere seinen Blick mit all meiner Ratlosigkeit. Vielleicht ist es eine Möglichkeit, Neugier mit Neugier zu besiegen. »Die Haare meinst du?« Verwirrung steht wie in großen Buchstaben in den Falten auf seiner Stirn. »Du willst wissen, warum ich keine Haare mehr habe?« Er sieht mich an, als wäre es die bescheuertste Frage auf Erden, als wäre er noch niemals etwas so Dummes und Unwichtiges gefragt worden.

Trotzdem erkenne ich keine Wut in seinem Blick. Ich wage kaum zu atmen oder ihm mit einem Nicken zu antworten.

»Weil die Verzweiflung zu groß war und ich nicht mehr wusste, wie ich es anders ausdrücken sollte«, zischt er mir zu. Seine Stimme hat sich grundlegend verändert. Nur noch eine Spur, ein Brummen der ursprünglichen Lautstärke und trotzdem mächtig stark. Wir sehen einander an, halten erstaunlich lange den Blickkontakt. Aber es liegt womöglich nur daran, dass ich mich noch immer nicht bewegen kann, als wäre ich zu Stein erstarrt.

Es ist ein Moment der Innigkeit, den nur der Therapeut zerstört, weil er mit einem knarzenden Stift über das Papier streicht, um sich wohl über Kris' Aussage eine Notiz zu machen.

»Ja, schreiben Sie das ruhig auf«, fährt er den Mann aufgebracht an. »Da kommt einfach ein schweigendes Mädchen in die Klinik spaziert und hat mehr Auffassungsgabe als alle anderen zusammen!« Er steht auf und wirft dabei seinen Stuhl so weit und energisch zurück, dass dieser gegen die Wand kracht.

Ich zucke zusammen, beginne unwillkürlich zu zittern und Tränen steigen in meine Augen. War dieser Raum schon immer so klein und ohne Sauerstoff? Seit wann ist meine Lunge auf ein Minimum geschrumpft? Ich lasse das Papier los und es segelt zu Boden. Mit einer Hand greife ich mir an den Hals, spüre, wie meine eigenen Tränen darauf fallen.

»Kris, bitte verhalten Sie sich ruhig und … Luna? Ist … ist alles in Ordnung bei Ihnen …?« Alle Blicke richten sich auf mich, treffen mich wie vergiftete Pfeile.

Kris reicht mir ganz plötzlich die Hand, die ich mit verschwommenem Blick mustere. Bitte, denke ich wimmernd, sieh einfach weg. Sieh nicht hin, denn eure Blicke nehmen mir die Luft zum Atmen.

»Du musst hier nicht sein, wenn du nicht willst. Man darf den Raum jederzeit verlassen.« Seine Worte glänzen in diesem Moment wie Gold. Die Flucht nach draußen gleicht einem Rettungsring, den er mir in einem Meer aus Verzweiflung zuwirft.

Dabei kenne ich ihn gar nicht und seine aufgewühlte Energie lässt mich unsicher beben. Obwohl ich bisher nicht reagiert habe, hält er mir die Hand noch immer hin. Abwartend, als wären wir Verbündete, die einander nicht im Stich lassen – ganz egal, wie viel Zeit vergeht. Und da spüre ich es ganz deutlich.

Angst, zurückgelassen zu werden. Der Gedanke trifft mich wie ein Blitzschlag und schmerzt in jeder Faser meines Körpers. Zitternd reiche ich ihm meine Hand und als er danach greift, zucke ich zusammen. Leitend, aber nicht zu energisch zieht er mich durch den Raum nach draußen. Doch das nehme ich kaum mehr wahr, alles verschwimmt, alles wird blass. Der Therapeut wettert hinter unseren Rücken eine belehrende Ansprache, doch sie verebbt im Nirgendwo. Als die Tür hinter uns ins Schloss knallt, ist es wie das Schließen der Zugbrücke einer Ritterburg, die all die Pfeile der anderen abwehrt.

Hier draußen ist wieder Sauerstoff, den ich mit einem tiefen Atemzug aufnehme. Ein paarmal atme ich hektisch ein, als hätte ich Angst, meine Lunge würde schon bald versagen.

»Wir können uns hier hinsetzen.« Kris deutet auf den Teppichboden und sinkt an der Wand hinab. Dann herrscht Stille zwischen uns, die ihm unangenehmer ist als mir.

Ich kenne sie bereits sehr viel besser, sie ist wie ein Freund geworden.

»Was du gefragt hast, hat noch keiner gefragt.« Wieder Stille. Jeder von uns starrt auf seine eigenen Hände. »Also, der Therapeut hat gestern in der Gruppenstunde schon erzählt, dass wir eine Neue haben. Und dass du nicht mehr sprechen kannst, weil irgendetwas Schlimmes passiert ist.«

Atmen, denke ich und konzentriere mich darauf, wie sich meine Brust hebt und senkt. Immer und immer wieder. Etwas Gleichbleibendes. Etwas, worauf ich mich verlassen will.

»Das ist schon okay, also du musst nicht antworten. Wir alle haben irgendwie unsere Macken. Deshalb sind wir ja hier. Ich habe halt einfach keine Haare mehr.« Der Junge neben mir grinst und ich verstehe den Hauch von Humor hinter der ernsten Situation.

Last fällt von meinen Schultern, als würde sie neben uns zu Boden sinken und sich dazusetzen. Und obwohl ich es kaum für möglich gehalten habe, erwidere ich seinen Witz mit einem kurzen Lächeln.

»Wenn es einem in der Therapie zu viel wird, darf man für ungefähr zehn Minuten den Raum verlassen. Du musst eben auf dem Klinikgelände bleiben, aber die Zeit reicht auf jeden Fall bis zum Kaffeeautomaten. Möchtest du einen Kaffee?«, fragt er und sieht mich wieder an. Man merkt ihm an, dass er schon eine Weile hier verbracht hat und mit den Abläufen vertraut ist.

Ich nicke ihm zu. Eine warme Tasse, an die man sich klammern kann, hat etwas Verlockendes an sich. Ich folge ihm durch die Flure zu einem kleinen Aufenthaltsraum. Es gibt einen Snack- und Getränkeautomaten, einige Sitzgruppen und eine Theke mit Kaffeemaschine und Mikrowelle. Kris wirft zwei Münzen in eine Kasse und holt Tassen aus einem der Schränke.

»Manchmal sind die Abende lang und einsam, dann treffen sich viele hier. Es hilft, die Zeit nicht immer nur im Zimmer zu verbringen.«

Warum habe ich das Gefühl, dass sein Blick hofft, ich würde zu diesen Menschen gehören? Dabei strahlt er etwas so Angenehmes aus, denn er erwartet keine Antwort. Er spricht einfach weiter, weil er weiß, dass ich es nicht mehr kann.

»Die ersten Tage hier drin sind echt hart. Die Umstellung, die ganzen fremden Leute und dann die … die Therapien.« Er hält kurz inne, als wäre es ein unpassender Moment, das zu erwähnen. Dann reicht er mir eine dampfende Tasse und als wir uns gegenüberstehen, betrachte ich sein Gesicht. Er hat nicht nur eine schmale Statur, auch seine Gesichtszüge haben etwas Feingliedriges an sich, das nur durch die Glatze zerstört wird. Seine Augenbrauen verraten in einem hellen Braunton seine Haarfarbe. Er trägt einen weiten grünen Kapuzenpullover, der wirkt, als hätte man ihn auf seine graugrünen Augen abgestimmt. Aber das ist sicherlich nur Zufall.

»Wir sollten wieder zurück. Mr. Kulip wird bald nach dir sehen wollen«, erklärt er mit tiefer Stimme und will mir höflich den Vortritt lassen, doch ich schüttle den Kopf. Zuerst sieht er mich für wenige Sekunden abwartend an, als wäre er sich nicht sicher, was ich damit sagen möchte. Dann nickt er und geht voran, sodass ich ihm wie ein stiller Schatten folge.

Damals, Gestern & Vorbei

Zehn

Es ist bereits nach Mitternacht und die laute Musik der Party dröhnt selbst im Vorgarten deutlich hörbar, als ich nach draußen trete, um frische Luft zu schnappen. Samika und ich haben schon den ein oder anderen Cocktail getrunken und während meine beste Freundin kaum mehr von der Tanzfläche zu kriegen ist, brauche ich einen kurzen, aber ruhigen Moment für mich. Der Sternenhimmel liegt wie eine ausgebreitete Decke über mir und der Mond leuchtet auf mich herab. Ein Lächeln stiehlt sich auf mein Gesicht. Es ist Vollmond und es passt perfekt. Denn Lennon, Samika und ich sind zusammen, dadurch fühle ich mich vollständig. Wie zwei ständige Begleiter, die zu meiner Linken und Rechten meinen Weg verfolgen. Und ich hoffe, es wird niemals anders sein. Wir drei gegen alles, was uns in der Zukunft noch begegnen wird. Zumindest denke ich das an diesem Abend, als die Sterne mir zuzuflüstern scheinen, dass wir endlos sind.

Dann schiebt Celine die Tür zum Vorgarten auf und taumelt heraus. Ich verkneife es mir absichtlich, die Augen zu verdrehen, doch mein Moment der Ruhe ist damit definitiv vorbei. Denn ich habe das Gefühl, dass es Lens feste Freundin irgendwie auf mich abgesehen hat.

»Hey, Luna«, grüßt sie mich kurz mit erhobener Hand, bevor sie sich neben mich stellt.

»Hey.« Ich erhasche einen schnellen Blick auf das Mädchen neben mir. Ihre dunkelbraunen, langen Locken hüpfen über ihre schmalen Schultern, als sie den Kopf neigt und meinen Blick mit ihren braunen Augen erwidert. »Ist dir auch so furchtbar übel? Irgendwie habe ich das Gefühl, ich hätte das alles nicht trinken sollen ...« Verdeutlichend hält sie sich die flache Hand auf den Magen. »Oh, ich glaube, ich muss mich übergeben.«

Nicht das noch, denke ich, während sich Celine in dem kleinen Garten nach einer passenden Gelegenheit umsieht. »Soll ich dir ein Glas Wasser holen?«, frage ich und mustere sie dabei.

»Ach, das geht bestimmt gleich wieder ... Sag mal, Luna ...« Sie schnappt nach Luft, bevor sie sich der Hecke zuwendet und sich übergibt.

»Celine, ähm …« Ratlos blicke ich auf den mir zugewandten Rücken und überlege, wie ich mich nun verhalten soll. Wir sind nicht die Art von Freundinnen, im Gegenteil. Und irgendwie ist mir die Situation äußerst unangenehm.

»Luna?«, keucht sie und rappelt sich auf, ohne mich anzusehen. »Du warst wirklich nie in Lennon verliebt, oder?«

Ihre Frage trifft mich so unvorbereitet, dass ich einen Moment lang mit offenem Mund stocke. Da Celines Blick jedoch immer noch zur Hecke gewandt ist, kann sie meinen fassungslosen Gesichtsausdruck nicht erkennen. Ist das der Grund gewesen, weshalb sie mir nach draußen gefolgt ist? Wollte sie diesen ständigen unterschwelligen Konkurrenzkampf endlich klarstellen? »Nein!«, antworte ich mit überraschtem Unterton. »Celine, wir sind nur Freunde. *Wirklich*«, setze ich mit Nachdruck hinterher.

Langsam dreht sie sich um. »Wenn du meinst«, murmelt sie erschöpft vor sich hin. »Manchmal habe ich das Gefühl, du bist ihm wichtiger und ich müsste mich erst irgendwie behaupten … Oh.« Celine hält sich die Hand vor den Mund und schließt die Augen, während mein Herz bei ihren Worten einen kurzen Aussetzer hat.

»Vielleicht wäre ein Glas Wasser doch eine gute Idee?«, schlage ich erneut vor und sie nickt dieses Mal eifrig. »Okay, warte hier. Ich bin sofort wieder zurück.«

Warme, stickige Luft schlägt mir entgegen, als ich die Halle wieder betrete und mich durch die Menschen Richtung Bar schlängele. Während ich ein Wasser bestelle und darauf warte, gehen mir Celines Worte nicht aus dem Kopf. Vielleicht hat sie nicht ganz unrecht. Lennon, Samika und ich sind seit der Grundschule ein eingespieltes Team, ein Gespann, das nicht zu trennen ist. Natürlich ist es als Neue dann nicht leicht, bei diesen jahrelangen Freundschaften mitzuhalten. Aber darum geht es doch eigentlich nicht, denn Len liebt Celine, während wir seine Freunde seit Kindheitstagen sind. Das ist doch überhaupt nicht miteinander zu vergleichen. *Oder?*

Als ich das gefüllte Wasserglas zwischen den halb tanzenden und wild gestikulierenden Menschen hindurch balanciere, sehe ich, wie Lennon mir zuwinkt. Anschließend hält er seine Hände seitlich an den Mund und ruft mir etwas Unverständliches zu. Mit der freien Hand deute ich Richtung Ausgang, den ich ansteuere. Er folgt mir kurz darauf.

Erleichtert nehme ich einen tiefen Atemzug der frischen Nachtluft. Mein Blick fällt direkt auf

Celine, die inzwischen auf einem der größeren Steine hockt. »Hier bitte.« Ich reiche ihr das Glas, aus dem sie einen großen Schluck trinkt.

»Danke, Luna. Und sorry wegen der –« Doch sie verstummt sofort, als Len die Tür aufschiebt und einen besorgten Blick in ihre Richtung wirft.

»Hier bist du ja, ich habe dich schon gesucht!« Als er zu ihr läuft und dabei an mir vorbeigeht, legt er mir für einen Moment die Hand auf die Schulter und flüstert ein »Danke«, bevor seine ganze Aufmerksamkeit Celine gilt.

Ich kann nicht anders, als wieder in den Sternenhimmel zu sehen und den Mond zu betrachten. Wir waren bereits vollständig, bevor Celine an Lennons Seite kam. Ich kann mir keinen perfekteren Mond vorstellen als den Vollmond, der er bereits war. Egal wie sehr ich mich bemühe, Celine gegenüber offen und freundlich zu sein, so nagt dennoch irgendetwas an mir. Als würde …

»Ich bringe sie besser nach Hause«, höre ich Lennon sagen, als er seiner Freundin aufhilft.

»Aber, Len, wir wollten doch …? Kommst du dann noch mal zurück?«

Er sieht mich lange an, als sollte das meine Fragen von selbst beantworten. »Tut mir leid, Luna. Das wird wohl nichts, Celine geht vor.«

Aber natürlich, denke ich und weiß, dass er recht hat. Trotzdem versetzt es mir einen seltsamen Stich, den ich nicht wahrhaben will. Sie ist seine Freundin und er liebt sie offensichtlich genug, um auf unser Ritual an jedem vierzehnten August zu verzichten. Und wahrscheinlich ist es nur das, was mir plötzlich zusetzt, während ich ihnen nachblicke. Seit ich denken kann, verbringen Len, Samika und ich die Sternschnuppennacht gemeinsam. Nach der Sommerfestparty überqueren wir die Brücke über den kleinen Bach und stapfen zielstrebig den Hang hinauf. Um oben zwischen Wiesen und Feldern unsere Wünsche bis zum Sonnenaufgang über den Nachthimmel fliegen zu sehen. Es ist eine Tradition, die uns viel bedeutet. Oder bedeutet *hat*. Ich rede mir plötzlich ein, dass es ohne Len nicht dasselbe ist. Haben die Sternschnuppen der letzten Jahre meine Wünsche denn niemals erhört?

Heute,
Jetzt & Hier

Elf

Mr. Kulip reißt gerade die Tür auf, als wir auf den Gruppenraum zusteuern. Er wirkt unruhig, lächelt mir aber zu, als wollte er vermitteln, dass es eigentlich keinen Grund zur Aufregung gibt. »Gut, dass Sie wieder zurück sind. Kommen Sie bitte wieder herein? Luna, hören Sie heute einfach in Ruhe zu und schauen Sie es sich an. Die ersten Tage sind etwas ungewohnt, aber Sie werden sich schnell einfinden.«

Kris schnaubt verächtlich und wir sehen beide zu ihm auf.

»Haben Sie dem etwas hinzuzufügen?«, fragt der Therapeut irritiert.

»Die ersten Tage sind nicht *ungewohnt,* sondern die Hölle. Man wird ins kalte Wasser geworfen und fremde Menschen versuchen, im Inneren herumzustochern, um die Probleme zu durchschauen.« Er verzieht die Mundwinkel zu einem schiefen Grinsen. »Aber Sie haben natürlich recht. Man gewöhnt sich daran.« Kris betritt daraufhin den Gruppenraum und der Therapeut sieht ihm noch einen Moment lang nach. Bevor er sein Wort an mich richten kann, husche ich hinterher und setze mich neben Kris auf den freien Platz.

Selbst wenn es tatsächlich die Hölle ist, so fühlt es sich an, als hätte ich einen Verbündeten gefunden. Und das bereits am ersten Tag.

Nach der Therapiestunde steht die Gruppe auf und fließt in einem einzigen Strom nach draußen, um dort gesammelt in den nächsten Raum zu wandern. Während alle anderen gesprochen haben, bin ich für die Tasse Kaffee äußert dankbar gewesen. Etwas Warmes in meinen Händen, auf das ich immer wieder meine Aufmerksamkeit richten konnte, wenn es mir im Raum unangenehm erschien. Kris selbst hat sich während der Stunde lässig im Stuhl zurückgelehnt und das Gerede ebenfalls nur beiläufig auf sich wirken lassen.

»Als Nächstes haben wir Kunst«, erwähnt er beim Hinausgehen an meiner Seite. »Die Nummern auf dem Plan sind die Räume, aber es ist immer gleich: Die Alten laufen voraus und die Neuen hinterher. Es dauert etwas, bis man hier drin einen Überblick bekommt.«

Einen Überblick, den er bereits hat, während ich mir noch nicht einmal vorstellen kann, wie ich mein eigenes Zimmer wiederfinden soll. Ich nicke ihm zu und hoffe, er versteht, dass ich mich damit für seine Hilfe bedanken will.

»Du kannst schon mal mit den anderen gehen, ich bringe kurz die Tassen zurück«, schlägt er vor und deutet mit einer Hand in die Richtung des Aufenthaltsraums. Ich folge dieser Bewegung mit meinem Blick, bevor ich den anderen Patienten nachsehe. Sie tuscheln und lachen, selbst Rachel scheint in die Gruppe integriert, obwohl sie sich nicht offensichtlich beteiligt. Ich krampfe meine Finger um die Tasse und schüttle den Kopf.

»Du … Du willst die Tasse behalten oder sollen wir gemeinsam –«

An seinem Blick erkenne ich, wie er versucht, eine Antwort abzulesen. Es ist der erste Moment, in dem ich mir wirklich wünsche, ich könnte sprechen. Doch so einfach ist es nicht. Ich deute mit dem Kopf ebenfalls in die genannte Richtung und ein Lächeln zeichnet sich auf seinem Gesicht ab.

»Alles klar, dann gehen wir zusammen.«

Ich atme auf und vielleicht bemerkt er es sogar. Ja, das hier ist eine neue Welt voller Konfrontationen und Schwierigkeiten. Man wird in seinem Leiden herausgefordert, um Möglichkeiten darin zu erkennen.

Gemeinsam bringen wir die Tassen zurück und laufen zum Raum der Kunsttherapie. Eine ältere, schlanke Frau erwartet uns bereits. Sie trägt ein gelbes Bandana um ihre grauen Haare und klatscht beim Sprechen immer wieder in die Hände. Sie wirkt motiviert und voller Tatendrang. Etwas, das ich von mir nicht unbedingt behaupten kann.

»Ich nehme an, Sie konnten sich in der Gruppenstunde schon vorstellen und etwas kennenlernen?«, fragt sie in die Runde.

Automatisch spannt sich mein ganzer Körper an. Jemand könnte verraten, was wirklich geschehen ist, dann müssten wir diesen Vorgang womöglich noch einmal durchgehen. Doch niemand sagt etwas. Rachel sitzt mir gegenüber und sieht mich interessiert an, dann nickt sie eifrig und die Kunstlehrerin klatscht erneut begeistert in die Hände.

Innerlich bin ich erleichtert und unfassbar dankbar, dass die Gruppe mich nicht verraten hat.

»Wunderbar! Dann können wir ja direkt anfangen! Sie können Ihre Sachen holen und fortfahren. Luna«, beim Klang meines Namens zucke ich zusammen, »Sie kommen mit mir. Ich zeige Ihnen die Materialien, damit Sie sich entscheiden können.«

Anschließend stehen alle auf und bewegen sich in einem Chaos, das ich nicht begreife. Manche schnappen sich Stifte und Papier, wieder andere binden sich eine Schürze um und legen einen Tonklumpen vor sich auf ein Brett. Die Gespräche beginnen allmählich und eines der Mädchen lacht. Ich vernehme ihre Freude, als wäre sie zum Greifen nahe, und sehe mich um. Sie sind eine Gruppe, eine Einheit, die sich hier in einer Klinik aus gebrochenen Herzen und gefallenen Vögeln zusammengefunden hat. Und sie scheinen sich wohlzufühlen, obwohl wir alle nicht mehr komplett sind. Obwohl jedem von uns, der hier nun wohnen muss, etwas fehlt.

»Sie können zwischen folgenden Materialien wählen«, beginnt die ältere Frau und deutet dabei auf ein kleines Regal, in dem alles selbsterklärend präsentiert wird. »Sie können aus Ton etwas gestalten oder Ihre Gefühle mit Farbe ausdrücken. Es gibt auch Specksteine, die Sie bearbeiten können, aber das ist für Sie vielleicht kein guter Einstieg …« Sie mustert mich kurz und fährt dann weiter fort. »Für den Anfang empfehle ich immer gerne ein Selbstbild zu gestalten. Dabei nehmen wir einen Umriss von Ihnen auf ein großes Papier und anschließend füllen Sie es aus. Mit dem, was Sie ausmacht.« Sie dreht sich zur Gruppe um und deutet auf einen altmodischen Tageslichtprojektor. »Oder Sie schauen sich einfach erst einmal bei den anderen um und lassen sich inspirieren. Danach melden Sie sich und geben Bescheid, was Sie tun möchten.« Sie nickt mir zu, klatscht dabei in ihre Hände und wendet sich ab, hilft einem anderen Jungen, einen schweren Stein aus dem Lager zu holen.

Ohne Worte kann ich ihr nicht sagen, dass ich nichts tun möchte, weil sich alles davon leer und hoffnungslos anfühlt. Zuerst lasse ich nur das Chaos auf mich wirken, denn in den letzten Wochen war alles in meinem Leben so ruhig und still. Ich wandere langsam durch den Raum und beobachte das Treiben. In der Mitte ist der Kreis aus Stühlen, wo wir anfangs gesessen haben. Doch nun sitzen die Patienten überall verstreut. Manche grenzen sich ab und ziehen sich in ein einsames Eck zurück und andere stellen kleine Gruppen zusammen. Jeder geht seinem persönlichen Projekt nach, das ihn ausdrückt.

Hinter dem glatzköpfigen Jungen bleibe ich stehen. Dabei ertappe ich mich selbst, wie ich direkt auf ihn zugegangen bin, ohne es bemerkt zu haben. Kris dreht sich nicht um, sondern zeichnet mit einem dunklen Kohlestift etwas auf Papier. Es ist ein dunkles, düsteres Bild ohne Farben. Doch die Details sind fein herausgearbeitet und ich erkenne darin die Zeit und Geduld, die er in diese Zeichnung gelegt hat. Seit fünf Wochen ist er bereits hier, erinnere ich mich. Und vielleicht hat er jede Kunsteinheit nur dafür verwendet.

Es stellt einen Mann dar – groß und mit breiten Schultern. Man blickt ihm auf den Rücken, sodass kein Gesicht zu erkennen ist. Er steht gegenüber einer Mauer, als würde er auf seinen eigenen Schatten blicken – der im Vergleich zu dem muskulösen Mann winzig erscheint.

Kris zeichnet neben dem Schatten noch etwas Weiteres, aber das ist noch nicht zu erkennen. Eigentlich sollte ich weitergehen, um andere bei ihren Projekten zu sehen, damit ich etwas Eigenes finden kann. Doch ich verspüre nicht den Drang zu gehen. Viel zu gern würde ich einfach hier stehen bleiben und seine gleichmäßigen Bewegungen beim Zeichnen beobachten. Außerdem scheint in diesem kreativen Treiben niemand mein Stillstehen zu bemerken.

»Wenn du etwas gefunden hast, kannst du dich ja dazusetzen. Hier ist noch frei.« Seine raue Stimme ertönt, ohne dass er sich nach mir umgesehen hat.

Woher weiß er, dass ich es bin, die schweigend hinter ihm steht? Im nächsten Atemzug kann ich mir diese Frage selbst beantworten. Weil das vielleicht sonst keiner macht und es kein anderes Mädchen hier in der Gruppe gibt, das das Sprechen verlernt hat.

Ich fühle mich ertappt und gehe weiter, knete meine Hände, um meine Nerven zu beruhigen. Rachel hat ein Papier in Plakatgröße an eine Wand gehängt und spritzt mit Farbe dagegen. Ich frage mich zuerst, was es darstellen soll, denn außer, dass die Farbkleckse wirr ineinanderfließen, erkenne ich nichts. Bis mir ihr Gesicht auffällt. Sie lächelt und da ist ein begeistertes Leuchten in ihren Augen. Spaß, denke ich und erwidere ihr Lächeln, bevor ich meinen Rundgang fortsetze. Nachdem Kris mich erwischt hat, möchte ich bei niemandem zu lange verweilen.

An einem anderen Tisch arbeiten ein paar Jungs mit groben Bewegungen und verschiedenen Werkzeugen an den Steinen. Es verursacht wahnsinnig viel Staub, der in einer weißen Schicht die Arbeitsfläche sowie den Boden bedeckt. Dort halte ich mich gar nicht lange auf, denn es erscheint mir nicht der passende Ort für mich zu sein. Die Kunstlehrerin hat sich zu einigen Mädchen an den großen Gruppentisch gesetzt und diskutiert mit wilder Gestik über ihre gemalten Bilder, sodass ich mich auch von ihr nicht zu einer Entscheidung gedrängt fühle. In leisen Schritten gehe ich wieder zu Kris und setze mich fast geräuschlos neben ihn – was lächerlich ist, denn er weiß sowieso, dass ich da bin.

Er sieht kurz von seiner Zeichnung auf und nickt mir ganz selbstverständlich zu, als hätte er geahnt, dass das passieren würde. Ich sitze einfach nur neben ihm, konzentriere mich auf das Atmen, als könnte ich eines Tages auch noch verlernen zu existieren. Dann zeichnet er unbeirrt weiter und ich beobachte ihn dabei. Ich betrachte sein Gesicht, das so jung im Vergleich zu dem kahlen Kopf wirkt. Nur seine dunkleren Augenbrauen und Wimpern verraten seine Haarfarbe und ich versuche mir vorzustellen, wie er wohl früher ausgesehen haben muss. Bevor er zu wütend wurde. Was wohl seine Gründe für seinen Aufenthalt hier sind? Welchen Tiefschlag muss er erlitten haben, um so aufgebracht und blindwütig geworden zu sein?

Im Prinzip mache ich genau das, was ich selbst kaum ertragen kann. Angestarrt zu werden, sodass jede Miene, jeder noch so kleine Fehler erkannt wird. Schnell schaue ich weg und inspiziere meine Hände. Eigentlich will ich keine Details in seinem Gesicht erkennen, die mich womöglich an Lennon erinnern könnten. Da gibt es nichts zu vergleichen und es wäre nicht fair – keinem der beiden gegenüber.

»Vielleicht solltest du ein Blatt Papier vor dich legen, damit es so aussieht, als hättest du etwas gefunden. Sonst wird sie bald herüberkommen und dich fragen«, murmelt er mir zu und deutet mit einer Kopfbewegung in die Richtung der Kunsttherapeutin.

Ich verstehe seine Warnung und krame in meiner Handtasche, die ich über den Stuhl gehängt habe, nach dem Notizblock von Mr. Kulip. Aufgeschlagen lege ich ihn vor mich hin und starre ihn an. So viel Platz für so wenig Wörter. Denn auch in den restlichen anderthalb Stunden bleibt das Blatt leer. Die Zeit vergeht schweigend und still, während ich einfach Kris beobachte und warte.

Anschließend stürmt die Gruppe voller Euphorie auf den Gang hinaus und vermischt sich mit unzählig vielen anderen Patienten. Es ist fast zwölf und Zeit für das Mittagessen. An der Kreuzung zum Speisesaal biege ich jedoch in die entgegengesetzte Richtung ab und überlege, mich auf mein Zimmer zurückzuziehen. Als könnte ich in der Menschenmenge problemlos untertauchen. Doch da ist jemand, der mein Fehlen sofort bemerkt.

»Hey.« Kris berührt mich für einen Moment an der Schulter und drängt sich zwischen ein paar Leuten zu mir hindurch. »Komm doch mit uns.« Er deutet auf Rachel, die gegenüber von uns steht und wartet. Ich halte inne, weil ich zuerst nicht weiß, ob ich mit einer ganzen Gruppe Menschen am Tisch sitzen oder vollkommen einsam sein will. Dann nicke ich ihm trotzdem zu und ein Lächeln erscheint auf seinem Gesicht.

Kris geht voran, Rachel und ich tauschen nur kurze Blicke aus und folgen ihm daraufhin. Es hat sich eine Schlange gebildet, in die wir uns einreihen. Kris reicht jedem von uns ein Tablett. »Es gibt immer zwei Menüs zur Auswahl. Du musst dich am Vortag für eins eintragen und deine Marke abgeben«, erklärt Rachel in unruhigen Worten. Sie hält einen kleinen Zettel hoch, auf dem in Großbuchstaben *»MENÜ 1«* abgedruckt ist.

Ich nicke zur Antwort und sie ringt mit sich, ob sie weitersprechen soll. An ihrer Unruhe erkenne ich, wie schwer es jemandem fällt, Unterhaltungen mit einer schweigenden Person zu führen, und wie anstrengend das sein muss. Bisher hat Kris mir nicht das Gefühl vermittelt, als wäre es etwas Ungewohntes, aber in Rachels Gesicht sehe ich es nun ganz deutlich.

Als wir an der Reihe sind, gibt Kris seine Marke ab, dann Rachel und beide erhalten ihr Essen. Plötzlich stehe ich vor einer erhöhten Theke, hinter der eine dickere Frau eine Schöpfkelle hält und laut ruft: »Der Nächste!«

Ich schlucke, halte mich an meinem Tablett fest und starre auf die Frau, die nur so vor Ungeduld strotzt. »Wenn du deine Marke vergessen hast, hinten anstellen, die Portionen verteilen wir dann am Schluss!«, blafft sie wieder und ich spüre den Knoten in meinem Hals, der sich nicht bezwingen lässt.

»Es ist ihr erster Tag«, schaltet sich Kris ein und hält die Hand nach oben, als wollte er die Aufmerksamkeit der dicken Frau auf sich lenken. Dann blickt er auf mich und fragt: »Willst du das Gleiche oder lieber vegetarisch?« Seine Stimme erklingt in einer Geduld, die ich nicht verstehen kann. Denn hinter uns stehen noch immer mehrere hungrige

Patienten, die nur darauf warten, endlich an der Reihe zu sein. Und wir vertrödeln ihre wertvolle Zeit. Mit dem Zeigefinger deute ich auf das Nudelgericht auf seinem Tablett. »Menü Nummer 1, bitte«, ruft er der Frau hinter der Theke zu. Sie überreicht ihm daraufhin einen vollgefüllten Teller, bevor sie den nächsten Patienten auffordert.

Ich nehme den Teller entgegen und lade ihn auf mein Tablett. Anschließend folgen wir Rachel an einen abgelegenen Tisch und setzen uns. Mein Herzschlag bebt, das Adrenalin, das mich kurzzeitig mit der Panik ereilt hat, verebbt erst allmählich.

»Guten Appetit«, wünschen die beiden, bevor sie anfangen zu essen. Ich spüre eine Selbstverständlichkeit, die ich bewundere. Wie einfach es ihnen erscheint, sich in eine Masse aus Menschen zu drängen, ein Mittagessen zu bestellen und zu essen, als wäre alles vollkommen normal. Als wäre das Leben noch normal.

In den letzten Wochen ist mir nämlich genau diese Art von Leben abhandengekommen. Und unter diesem Zwang habe ich das Gefühl gehabt, es erst recht nicht zu überwinden. Hier erscheint mir der Druck fast geringer, obwohl wir ständig irgendwelchen Konfrontationen ausgesetzt sind. Ich blicke auf und sehe in das Gesicht des glatzköpfigen

Jungen. Weil er die Stimme ist, die ich verloren habe. Er versucht nicht, mich zum Sprechen zu zwingen, stattdessen ersetzt er meine Worte, wo sie nötig sind, und sucht die Antworten in meiner Stille. Er rettet mich aus kleinen Alltagssituationen, die für mich unvorstellbar schwierig sind. Und es scheint ihm noch nicht einmal etwas auszumachen.

Am Nachmittag haben wir eine Sporteinheit, die immer wieder unterschiedlich ausfällt, wie ich mir erklären lasse. Wir treffen uns in Sportkleidung vor der Klinik und ein junger Mann begrüßt uns. Anscheinend ist er auch für das morgendliche Frühsportprogramm zuständig und schlägt heute eine große Runde vor, die wir durch einen Wald laufen können.

Ich erinnere mich schlagartig an meinen Versuch, im Park davonzulaufen, und an meine furchtbare Kondition. Außerdem bin ich nicht sonderlich motiviert, den halben Nachmittag durch die Gegend zu wandern. Als wäre der Tag nicht bereits anstrengend genug gewesen. Aber ich habe keine andere Wahl, als mich diesem seltsamen Leben anzuschließen, denn wie Mr. Kulip mir deutlich versichert hat, sind alle Programmpunkte auf dem Stundenplan Pflicht. Sie sollen uns helfen, sich wieder in einen alltagsüblichen Tagesablauf zu integrieren.

Es ist dieselbe Gruppe, die wir auch am Morgen in der Therapie und im Kunstraum waren. Ich erkenne abgesehen von Rachel und Kris noch die vier weiteren Jungs, die aus jeder Aufgabe einen Wettstreit veranstalten wollen, und zwei Mädchen, die jedoch älter als siebenundzwanzig sind und sich deshalb von uns abgrenzen. Oder kommt es mir nur so vor? Ich schaue auf Rachel und Kris, die nebeneinander herlaufen, und schließe zu ihnen auf. Wenn ich mich überhaupt zu jemandem in dieser Gruppe zugehörig fühle, dann zu diesen beiden. Als wären wir ein Trio – so, wie sich auch die anderen in Untergruppen aufgeteilt haben. Mich überrascht mein eigener Gedanke. *Wir. Zugehörig. Zusammen.*

Ein kalter Schauer jagt mir über den Rücken, Lennon taucht vor meinem inneren Auge auf. Tränen drängen an die Oberfläche und ich schnappe nach Luft. Len und ich haben zusammengehört wie die Sonne und der Mond. Wie Tag und Nacht. Himmel und Erde. Nirgendwo war ich so zugehörig wie in seinen Armen. Es wird niemals mehr ein vergleichbares Wir geben. Ich verlangsame mein

Tempo, will plötzlich nicht mehr mit den beiden auf einer Höhe, in einer Gemeinschaft laufen. Alles ist anders. Da wird nie wieder so eine Verbindung sein, denn die einzig wahre habe ich verloren. Keine Gruppe könnte diesen Verlust jemals ersetzen. Ich will überhaupt nicht, dass irgendwer oder irgendjemand auch nur versucht, Lennons Lücke zu füllen.

Der Nachmittag vergeht zäh mit dieser Erkenntnis, denn sie beschleicht mich, wohin wir auch gehen. Kaum erreichen wir die Klinik, stürme ich in mein Zimmer. Ohne auch nur den Moment abzuwarten, in dem Rachel und Kris mich fragen werden, ob ich sie zum Abendessen begleite. Ich muss allein sein, denn noch länger kann ich die Tränen nicht zurückhalten.

Es klopft an der Tür, die ich zaghaft und mit verweinten Augen öffne. Eine Angestellte der Klinik sieht mich leicht mitleidig an. »Sie dürfen keinen der Programmpunkte auslassen, Luna«, sagt sie dennoch ernst. »Wir verzeihen Ihnen das heute, weil es Ihr erster Tag ist. Wenn Sie jedoch mehr als dreimal unentschuldigt fehlen, müssen wir Sie der

Klinik verweisen. Ihre Mitarbeit ist gefragt und entscheidend für den Erfolg. Und dieser ist davon abhängig, einen geregelten Tagesablauf zu erhalten. In Ordnung?«

Ich nicke ihr zu und erinnere mich zeitgleich an Kris' Worte. Die ersten Tage seien nicht nur ungewohnt, sondern die Hölle. Vielleicht versteht er mich doch besser, als ich annehmen möchte.

Damals, Gesterns & Vorbei

Zwölf

»Wow, hast du die gesehen?«, fragt Samika in einem leisen Flüsterton, während ihre Hand gen Himmel deutet. Doch anstatt ihr zu antworten oder ihren Wunsch abzuwarten, bin ich in die Erinnerungen der letzten Jahre versunken. Zurückgeworfen in jene Nächte, in denen Len und ich hier oben auf dem warmen Erdboden dicht an dicht eingeschlafen sind, während Sternschnuppen über unsere Köpfe hinwegflogen. In die Zeiten, in denen wir unter dem schimmernden Mondlicht über Stunden einfach nur geredet haben. Ich denke an meine Wünsche, die ich mit jedem Aufleuchten in den Himmel schickte, in der Hoffnung, diese Momente würden niemals enden.

Und dennoch ist heute genau dieser Tag. Der erste vierzehnte August, an dem diese Verbindung zu reißen droht, weil nicht mehr diese ewig währende Freundschaft, sondern Celine der Mittelpunkt seines Lebens ist. Habe ich nicht immer gewusst, dass dieser Tag kommen würde? Warum fällt es mir nur so verdammt schwer, es nun zu akzeptieren?

»Mensch, Luna«, stöhnt Samika genervt. »Sei nicht sauer deswegen, das war nur eine Ausnahme. Da ist doch jetzt nichts verloren, glaub mir. Wer weiß, ob sie überhaupt lange zusammenbleiben. Und dann wird alles wieder wie vorher sein.«

Samikas Worte strömen durch meinen Kopf und ich versuche, dadurch ruhiger zu werden. Vielleicht hat sie recht und durch diese einmalige Situation ist unsere Freundschaft tatsächlich nicht gefährdet. Doch dieser eine Abend ist das erste Mal nicht wie die anderen zuvor und ich kann nicht anders, als mich bei jeder Sternschnuppe zu fragen: Wird es jemals anders werden? Gibt es da irgendwo eine Zukunft, in der ich ohne Len an meiner Seite sein werde? Ich schüttele den Kopf. Denn jeder meiner Sternschnuppenwünsche hat seit Jahren dieselbe Bedeutung.

Bitte lass Len und mich unendlich sein.

Heute,

Jetzt & Hier

Dreizehn

Am nächsten Morgen treffe ich Rachel und Kris wieder am Speisesaal. Sie wirken, als hätten sie bereits auf mich gewartet, wollten es aber zufällig aussehen lassen.

»Hey, guten Morgen«, begrüßt Kris mich.

Ich erwidere es mit einem schwachen Lächeln. Meine Augen sind rot und geschwollen. Man muss mir die Tränen vom gestrigen Abend noch immer ansehen, dennoch äußert sich niemand dazu. Niemand verurteilt mich wegen der offensichtlichen Trauer.

»Du warst gestern leider nicht zum Abendessen da, deshalb haben wir dir eine Marke für das Mittagessen ausgesucht.« Rachel sieht mich unsicher an und hält zwei Zettelchen in die Luft. »Wir können aber auch tauschen, wenn du lieber das andere

Menü möchtest.« Nervös wartet sie meine Reaktion ab.

Wieder begreife ich, wie schwer es ihr mein Schweigen macht. Ich zwinge mich zu einem dankbaren Lächeln und nehme ihr eine Marke ab. Es ist mir vollkommen egal, welches Mittagessen ich heute auswähle, denn es hat für mich keine Priorität. Dennoch möchte ich die beiden wissen lassen, dass ich ihre Bemühungen sehr zu schätzen weiß. Schließlich retten sie mich damit vor der Frau mit der Schöpfkelle.

Nach dem ruhigen Frühstück habe ich einen Einzeltermin bei Mr. Kulip. »Guten Morgen, Luna! Schön, dass Sie da sind«, begrüßt er mich.

Ich nehme gegenüber von ihm am Tisch Platz.

»Haben Sie Ihren Notizblock dabei? Wir würden heute ein paar Dinge besprechen und dazu benötige ich Ihre Antworten.«

Mit gekonntem Handgriff ziehe ich den leeren Block hervor und klicke mit dem Kugelschreiber.

Neugierig wirft Mr. Kulip einen Blick darauf. »Sie haben ihn also noch nicht verwendet, verstehe. Ich möchte mit Ihnen ein wenig über den gestrigen

Vorfall sprechen und habe Ihnen dazu ein Blatt mitgebracht.« Er schiebt mir ein Papier mit lauter leeren Kreisen herüber. »Bitte tragen Sie hier jeden Tag einmal ein, wie Sie sich fühlen. In Form eines Smileys. Ist super einfach, geht sehr schnell und wird uns helfen, Sie auch ohne Worte einzuschätzen.« Er erklärt es, als wäre es eine wunderbare Idee, während ich mich wie im Kindergarten fühle.

Jeden Tag einen Smiley malen, um auszudrücken, wie ich mich fühle? Wo bin ich denn hier gelandet? Trotzdem nehme ich das Papier an mich und lege es neben den Notizblock.

»Sehr gut. Fürs Erste ist es in Ordnung, wenn Sie nicht sprechen, auch nicht in der Gruppenrunde. Das Personal, das mit Ihnen und Ihrer Gruppe arbeitet, ist darüber informiert und wird das bis auf Weiteres auch so akzeptieren. Allerdings möchte ich, dass Sie sich zumindest auf Papier mitteilen. Sonst wird es schwierig werden.« Ich nicke und er wirkt zufrieden. »Dann habe ich nun ein paar Fragen zu Ihrer Biografie, deren Antworten Sie bitte einfach auf den Block schreiben, einverstanden?«

Wieder klicke ich mit dem Kugelschreiber und begebe mich in Schreibposition, während er sich seinem Laptop zuwendet. In diesen trägt er in der darauffolgenden Zeit alle Antworten ein, die ich ihm notiere. Es sind einfache Fragen, ob ich Geschwister habe, wo ich wohne und wie alt ich bin. Alles Dinge, die meine Mutter oder Mr. Cerson bei der Einweisung wahrscheinlich schon angegeben haben, aber als Einstieg sehr nützlich sind. Es zeigt ihm meine Bereitschaft mitzuarbeiten und ich erhalte ein seltsames Gefühl über die stillen Worte, die ich damit nach außen tragen kann. Automatisch denke ich an Rachel, der ich damit sicherlich viel Unruhe nehmen könnte.

»Super, das war wirklich gut. Jetzt sind wir fast fertig.« Mr. Kulip tippt auf das Papier mit den leeren Kreisen und sieht mich erwartungsvoll an. »Tragen Sie bitte ein, wie Sie sich gestern gefühlt haben, als Sie nicht zum Abendessen erschienen sind«, sagt er und blickt mir in meine rot verweinten Augen.

Zuerst hole ich tief Luft, dann trage ich in den ersten Kreis einen traurigen Smiley ein.

Der Therapeut nickt. »Und jetzt, wie Sie sich heute fühlen. Jetzt gerade.« Er deutet auf den zweiten runden Kreis.

Ich sehe ihn an, fast fragend. Denn es gibt nichts, was ich jetzt im Moment fühle außer den tragischen Verlust von Lennon. Das Loch, das er in meinem Inneren hinterlassen hat. Egal wie sehr ich hineinhorche, um ein anderes Gefühl zu erhaschen, da ist nichts als der bodenlose Verlust. Ich schüttle den Kopf.

»Tragen Sie nur eines davon ein, ohne Bewertung. Einfach nur so, wie es jetzt ist.« Hoffnung flackert in seinem Blick, ich sehe es ganz deutlich. Doch wieder verneine ich und er sieht mich fragend an – versteht das Schweigen nicht. Noch nicht.

Ich nehme meinen Block zur Hand und schreibe etwas auf.

Leer.

Er betrachtet es skeptisch, als hätte er eine schlechte Nachricht erhalten. Ich fühle mich *leer*. Gerade als er nickt und die Akte mit meinem Namen aufräumen will, schreibe ich noch etwas auf den Notizblock.

Nachricht an meine Mutter: Ich brauche bitte mein Fahrrad. Es ist wichtig.

Mr. Kulip sieht mich überrascht an. »Und für was brauchen Sie das? Sie haben doch nicht vor abzuhauen?«, fragt er und nimmt sich selbst einen Kugelschreiber zur Hand. Als müsste er ebenfalls etwas notieren.

Nein.

Dann sehe ich ihn an, doch diese Aussage reicht ihm noch nicht.

Um den Kopf freizubekommen. Es hilft mir, mit dem Fahrrad herumzufahren.

Ich reiße die Seite ab und bevor ich sie ihm über den Tisch schiebe, notiere ich nur noch ein weiteres Wort darauf.

Bitte.

Der Therapeut nickt und sieht mich lange an. »In Ordnung. Aber sollten Sie das ausnutzen, werden Sie das bereuen. Ich warne Sie nur dieses eine Mal. Wenn Sie dreimal fehlen, ohne sich entschuldigt zu haben, oder versuchen, davonzulaufen, werden Sie rausgeworfen. Und glauben Sie mir, das wollen Sie nicht wirklich. Denn da draußen wird Ihnen niemand helfen können.«

Ich nicke, um ihm zu zeigen, dass ich es ernst meine. Er weiß schließlich nicht, dass irgendwo da draußen Lennon im Himmel auf mich wartet und mir helfen wird. Er hat mir immer geholfen.

»Hey, kommst du mit? Wir bleiben noch etwas in der Cafeteria«, spricht Kris mich nach dem Abendessen an. Rachel räumt gerade ihr Tablett auf.

Es war aber ein langer Tag, denke ich und verschränke die Arme vor der Brust. Dieses Alltagsleben ist so anstrengend und bei Nacht zerfressen mich die Gedanken an Lennon. Ich bin viel zu müde, aber das kann ich ihm nicht antworten.

Besonders nicht, als Rachel zu mir herüberkommt und mich anlächelt. »Und? Kommt sie mit?«, fragt sie an Kris gewandt.

Ich fühle mich den beiden gegenüber schrecklich undankbar. Sie sind so darum bemüht, mich in ihre winzig kleine Gruppe zu integrieren, damit wir in diesem Chaos aus Alltag und Therapien selbst nicht so verloren sind. Ich hole tief Luft und nicke ihnen zu.

Kris lächelt und Rachel strahlt anschließend über das ganze Gesicht. »Dann können wir ja Karten spielen. Das wird ein super Abend.«

Gemeinsam steuern wir den Gang entlang in Richtung der Cafeteria und ich wiederhole ihre Worte in Gedanken. Es wird nie wieder gute Abende geben. Len lebt in einer Welt über den Wolken und ich verbringe meine Zeit in einer Klinik, die mich daran hindert, ihn zu besuchen. Zu Fuß ist der Weg zur Schaukel viel zu weit und die Zeitfenster zwischen den Terminen zu kurz. Nur mit dem Bus oder dem Auto wäre dies zu bezwingen. Ich schüttle den Kopf und schlinge meine Arme fester um mich. *Niemals.* Nach allem, was passiert ist, wird das etwas sein, das mir niemals mehr gelingen wird.

»Ich weiß. Die ersten Tage sind wirklich übel. Bald wird es besser«, höre ich Kris plötzlich an meiner Seite sagen. Er muss meine Anspannung bemerkt haben.

Ich blicke zu ihm auf und wünschte, ich könnte seinen Worten Glauben schenken. Doch es wird niemals mehr besser werden. Lennon ist fort und nichts kann ihn je wieder in dieses Leben zurückholen. Doch das Schlimmste daran ist, dass ich ihm niemals gesagt habe, dass ich ihn liebe.

Wir setzen uns an einen der Tische und ich wähle bewusst den Stuhl mit dem Rücken zur Wand. Es vermittelt eine gewisse Sicherheit, dass niemand hinter einem herumschleichen kann.

»Kaffee?«, fragt Kris an uns beide gewandt.

Ich bin irritiert. Abends – um diese Uhrzeit? Die ruhelosen Gedanken lassen mich nicht einmal so schlafen, aber mit einer Tasse Kaffee nach dem Abendessen wäre das sicherlich vollkommen unmöglich.

»Nein, lass mal. Ich habe Tee dabei und …« Sie sieht mich an, hält eine Packung Tee nach oben und erstarrt. Mit großen braunen Augen sieht sie mich an, unsicher und traurig. »Ich weiß noch nicht einmal deinen Namen«, bringt sie leise hervor. Es ist kein Vorwurf, sondern eine bittere Erkenntnis, die sie offensichtlich schwer erschüttert. Ihre Worte schweben einen Moment lang zwischen uns, dann durchbricht sie schnell die Stille. Sie mag dieses Schweigen nicht. Nicht so sehr, wie ich mich damit angefreundet habe. »Vielleicht habe ich das aber auch irgendwie verpasst. Manchmal schweife ich in Gedanken ab, während Mr. Kulip redet, tut mir leid. Möchtest du auch einen Tee?«

Ich nicke und sie verschwindet sofort zur Küchenzeile, wo sich Kris gerade einen Kaffee macht. In der Zwischenzeit krame ich Notizblock und Stift aus meiner Handtasche und schreibe meinen Namen auf das Papier. In großen, deutlichen Buchstaben, die Rachel sofort erfasst, als sie zurückkommt und zwei Tassen in den Händen balanciert.

»Luna? Das ist aber ein schöner Name. Wenn auch etwas … außergewöhnlich.« Ihre Stimme klingt erfreut und irgendwie beruhigt mich das. Es ist schwer zu ertragen, wie viel Mühe sie sich gibt und ich nichts davon erwidern kann.

»Das ist eine mega gute Idee«, fügt Kris hinzu und deutet auf den Notizblock. »Das nenn ich mal ’nen Fortschritt – bereits am zweiten Tag.« Er grinst, als er das sagt, und sieht mich an. Nicht, als würde er sich über mich lustig machen, sondern als würde er mich aufmuntern wollen.

Etwas Vertrautes umarmt mein Herz. Etwas, das ich auch bei Lennons Art und Weise empfunden habe. Doch die Umarmung zieht sich enger und fester um mich, als ich an Len denke, und plötzlich habe ich fast das Gefühl, kaum mehr atmen zu können.

»Hier, der Tee wird dir guttun.« Rachel schiebt mir die Tasse zu.

Ich fühle mich ertappt und in eine andere Zeit zurückversetzt. Diese Worte habe ich schon einmal von meiner Mutter gehört. Ich lese das Etikett, das am Teebeutel hängt. *»Lotusblüten für innere Ruhe und Gelassenheit.«* Ich verziehe das Gesicht, man könnte es fast als Grinsen interpretieren, doch darüber bin ich mir selbst nicht sicher. Welche Ironie, dass wir einen solchen Tee trinken. Ich erinnere mich an Grandmas Worte. Als könnte ein wenig Honigtee all die Probleme aus der Welt schaffen, die wir mit uns tragen.

Da teilt Kris bereits die Karten aus und sagt: »Na also, sie hat sogar Humor.« Und als wäre damit alles gesagt, spielen wir Karten und trinken Tee.

Später, als die Nacht hereinbricht, bittet Kris um eine kurze Raucherpause und Rachel füllt noch einmal unsere Teetassen nach, dabei bin ich längst viel zu müde.

»Komm mit, Luna«, fordert er mich mit seiner tiefen, rauen Stimme und diesem weichen Lächeln auf. Natürlich könnte ich den Kopf schütteln und einfach sitzen bleiben, aber es fällt mir überraschend leicht, seinen Worten zu folgen. Sie haben etwas Friedvolles an sich, seit er mit seiner Stimme meine Worte an der Theke im Speisesaal ersetzt hat.

Als wir nach draußen gehen, ist es bereits Nacht und die meisten Bewohner in ihren Zimmern. Es ist ruhig und wir stellen uns etwas abseits an einen Aschenbecher. Während Kris noch versucht, die Zigarette anzuzünden, gehe ich ein Stück weiter und blicke fragend nach oben. Der Sternenhimmel ist so unendlich weit, dass ich überhaupt nicht weiß, wo ich anfangen soll, nach Lennon zu suchen.

Wenn du mich schon nicht sehen kannst, dann hör wenigstens hin, wenn mein Herz nach dir ruft. Und bitte, Len, antworte einfach. Sag mir einfach, ob du auch schon immer dasselbe gefühlt hast. Ob da nicht von Anfang an mehr zwischen uns war und wir es uns nur nie eingestehen wollten. Ich es mir nie eingestehen wollte – um unsere ewige Freundschaft zu wahren.

Doch nichts dergleichen geschieht und ich erhalte keine Antwort von den Sternen. Hinter mir ertönt das Knirschen von langsamen Schritten und ich weiß, dass es Kris ist, der sich mir nähert, noch bevor er wirklich neben mir steht. Ohne einander anzusehen, starren wir einfach in den Himmel hinauf und warten.

Worauf warten wir denn wirklich?, frage ich mich für einen Augenblick, doch eigentlich ist es vollkommen egal. Die Zeit hat seit Lennons Tod eine andere Bedeutung für mich, denn ohne ihn ist sie auch nur noch halb so viel wert. Kris' Atem lauschend verfolge ich die kleinen Rauchwolken, die sich dabei bilden. Eine Ruhe überkommt mich gemeinsam mit dem vertrauten Schmerz des Vermissens. Kris sagt nichts, in seiner Gegenwart fühlt sich das Schweigen seltsam an. Den Kugelschreiber noch immer in der Hand haltend ziehe ich das verknüllte Stück Papier mit meinem Namen aus meiner Hosentasche und schreibe etwas darauf.

Und obwohl es sich seltsam fremd anfühlt, akzeptiere ich diese Worte auf Papier als einen winzig kleinen Teil von mir – so wie meine Stimme es einst war.

Ich vermisse ihn so sehr.

Den Zettel halte ich Kris in das schwache Licht der fernen Laterne.

Mit verwundertem Blick nimmt er ihn entgegen, liest ihn und sucht mit seinen Augen erneut etwas, das ich nicht beschreiben kann. »Ja, ich weiß«, flüstert er in die Nacht hinein und seufzt. Er nimmt einen Zug von der Zigarette und lässt den gräulichen Rauch in die Nacht aufsteigen. »Ich vermisse ihn auch.«

Ungeachtet dessen, dass wir von unterschiedlichen Personen sprechen, wird mir bewusst, dass unsere Herzen im Moment den gleichen Schmerz in sich tragen und dieser uns auf eine tröstliche Art und Weise vereint.

Es beginnt ein neuer Tag, dem ich verschlafen entgegenblinzle. Sonnenlicht flimmert vom Balkonfenster auf mein Bett und ich stelle den Lärm des Weckers aus. Zu Hause war jeder Tag gleich in seinem Schweigen und seiner Eintönigkeit. Die Tage verschwammen ineinander, sodass ich irgendwann nicht mehr sagen konnte, wie viel Zeit seit dem Krankenhausaufenthalt vergangen ist. Hier dagegen wird mir jeder einzelne Tag, jeder Morgen und jedes Abendessen ganz deutlich bewusst gemacht. Denn ich muss mich an diese Struktur halten, die auf einen kleinen Zettel gedruckt wurde. Ein innerer Impuls sagt mir, dass Rachel und Kris wieder vor dem Speisesaal warten werden.

Dieser Morgen verspricht sommerlich zu werden, also schlüpfe ich in eine Jeans und suche mir ein T-Shirt aus dem Koffer, der noch immer wie am ersten Tag im Kleiderschrank steht. Ich lebe daraus wie eine Reisende, die nie wirklich ankommt. Dabei habe ich die Papiere der Empfangsdame bereits gelesen. Mein geplanter Aufenthalt beläuft sich aktuell auf acht Wochen. Das sind zwei ganze Monate, die ich hier in diesem Zimmer aushalten soll. Ich halte plötzlich inne und starre auf mein müdes Spiegelbild, das mir entgegenblickt. Das ist erst mein dritter Tag von vielen, die folgen werden. Es fühlt sich an wie eine Ewigkeit. Aber ob ich die Ewigkeit hier oder zu Hause verbringe, macht am Ende sowieso keinen Unterschied. Lennon wartet an keinem dieser Orte auf mich und es schmerzt noch immer, das zu denken. Entschlossen nehme ich den Koffer aus dem Schrank heraus und stelle ihn mitten in den Raum. Alles an diesem Anblick ruft förmlich danach, ihn auszuräumen und diesem kahlen Zimmer eine Persönlichkeit zu verleihen. Vielleicht finde ich heute Nachmittag freie Zeit, um mich dieser Aufgabe anzunehmen.

Zuerst muss ich mich beeilen, um Kris und Rachel nicht zu verpassen. Eine mir viel zu fremde Motivation stiehlt sich in mein Inneres und ich nehme sie erschrocken wahr. Plötzlich erkenne ich den Unterschied zwischen den beiden und den bisherigen Erwartungen meiner Mutter: Kris und Rachel erwarten es nicht von mir, den Tag zu beginnen, mit ihnen zu frühstücken oder gar zu sprechen. Sie scheinen es einfach so hinzunehmen, wie es ist. Scheinen mich hinzunehmen, wie ich bin. Und ich wünsche mir zum ersten Mal, ihren Erwartungen gerecht zu werden, obwohl sie überhaupt keine an mich stellen.

Ein seltsames Gefühl beschleicht mich und ich schnappe noch schnell nach dem Notizblock, der auf dem sonst leeren Tisch liegt. Sofort erinnere ich mich an den gestrigen Abend und mein erstes »Gespräch« mit Kris. Es fühlt sich irgendwie an, als hätten wir bereits öfter Kontakt gehabt, aber es ist immer eine sehr einseitige Konversation gewesen, auch wenn er es mich nicht wie Rachel hat spüren lassen. Gestern habe ich ihm zum ersten Mal etwas mitgeteilt und das freiwillig. Er hat keine Frage gestellt oder eine Antwort erwartet. *Ich vermisse ihn so sehr.* Ausgerechnet das habe ich ihm aufgeschrieben. Nichts Belangloses oder Unwichtiges – sondern die absolute, schonungslose Wahrheit. Und er hat den Schmerz erwidert.

Als ich das Erdgeschoss betrete und auf den Speisesaal zusteuere, ist weit und breit kein vertrautes Gesicht zu erkennen. Überrascht sehe ich mich um, doch Rachel und Kris erwarten mich nicht wie am Tag zuvor. Ob ich mich in ihnen getäuscht habe? In diesen Bruchteil der Gemeinschaft zu viel hineininterpretiert habe? Ich schüttle schnell den Kopf. Ich wollte darin gar nichts sehen, kein Vertrauen finden, das am Ende sowieso wieder zerbricht. Keine Gewohnheit für etwas entwickeln, das sich am Ende zwangsläufig in Luft auflöst.

Vielleicht warten sie bereits an unserem Tisch auf mich? Ein kleiner, hoffnungsvoller Gedanke kreuzt meine Überlegungen und ich wünschte, er wäre nicht da. Es gibt kein »Uns« in einer Zeit aus Verlust und Schmerz, also verdränge ich den Wunsch in mir, um die Erwartung klein und schwach zu halten. Am Ende wird man sowieso wieder nur enttäuscht und dieses Gefühl will ich mir tatsächlich ersparen.

Ich betrete den Speisesaal und nehme mir etwas vom Buffet, um anschließend auf den Tisch zuzusteuern, an dem wir gestern gesessen haben. Er ist leer. Niemand sitzt dort. Niemand erwartet mich. Diese gemeinsame Verbindung, die ich mir gestern eingebildet habe, war also ebenso einseitig wie die Unterhaltungen mit Kris.

Gedankenverloren rühre ich meinen Kaffee zum hundertsten Mal um, obwohl bereits jeder noch so kleine Zuckerkristall aufgelöst sein müsste. Plötzlich ist da so viel Zeit zwischen sieben und acht Uhr, bis wieder die morgendliche Gruppenstunde beginnt. Zäh wie Kaugummi zieht sie sich in die Länge.

»Hier steckst du also!«, erklingt eine tiefe Stimme.

Ich blicke auf. Kris steht mit einem Grinsen und seinem Frühstückstablett vor mir. Er trägt eine kurze Sporthose und ein eng anliegendes Funktionsshirt. Insgesamt wirkt er erhitzt und abgehetzt, als hätte er gerade ein Sportprogramm durchlaufen.

»Guten Morgen erst mal«, murmelt er und setzt sich ungefragt neben mich.

Ich bin immer noch wie erstarrt von seinem plötzlichen Erscheinen und irgendwo in meinem Inneren fühlt sich auch meine kleingehaltene Hoffnung überrumpelt.

»Rachel kommt später. Sie wollte zuerst duschen, aber ich halte es keine Sekunde länger ohne einen Kaffee aus«, erklärt er kurzatmig und trinkt anschließend fast gierig aus seiner Tasse.

Bei diesem Satz muss ich unwillkürlich lächeln. Augenblicklich lasse ich den Löffel los, mit dem ich in den letzten Minuten meinen Kaffee umgerührt habe.

»Hattest du heute Morgen keine Lust auf Frühsport oder stand es nicht auf deinem Plan?« Kris hält noch immer die Tasse in den Händen und sieht mich fragend an.

Eine Oder-Frage ist besonders fies. Ich schlucke. Das ist die schwierigste unter den Fragen. Frühsport? Das würde ihr Fehlen vor dem Speisesaal plausibel erklären und damit wären meine Zweifel plötzlich unbegründet. Schnell schiebe ich den fast freudigen Gedanken beiseite und krame in meiner Tasche nach dem Stundenplan und breite ihn neben Kris und mir auf dem Tisch aus.

»Heute ist Donnerstag.« Kris deutet mit dem Zeigefinger auf die Spalte des heutigen Tages – dorthin, wo zwischen *06:30 – 07:15 Uhr* Frühsport steht. Er grinst mich an und ich sehe die stillen Worte in seinem Blick. Die ersten Tage sind hart, vor allem wenn man noch gar nicht weiß, welcher Tag heute überhaupt ist. Und dass es dauern wird, sich hier zurechtzufinden.

Ich zucke unschuldig mit den Schultern und erwidere sein Lächeln. Sie haben mich nicht im Stich gelassen, jubelt eine kleine innere Stimme. Im Gegenteil, ich habe sie vergessen, doch sie nehmen es mir nicht übel. Sie nehmen Rücksicht auf mich, weil sie genau wissen, wie es sich anfühlt. Weil auch sie sich hier in den ersten Tagen einleben mussten und wissen, wie es ist, sich in dieser neuen Welt nach einem Tiefschlag zurechtzufinden. Sie verstehen mich, weil sie genauso sind.

Dieser Gedanke spukt noch lange in meinem Kopf herum. Selbst als wir frühstücken und später Rachel zu uns stößt. Ihre mittellangen schwarzen Haare sind noch etwas feucht und sie trägt ein hübsches rotes Sommerkleid. Es wirkt fast ein bisschen zu aufgesetzt für ein Mädchen, das angeblich wegen einer Depression hier ist.

»Hast du heute wieder einen schlechten Tag?«, fragt Kris an sie gewandt.

Sie zuckt mit den Schultern. »Jeder Tag, an dem man um halb sieben in der Früh zu einer *Nordic Walking*-Tour muss, sollte offiziell als mieser Tag anerkannt werden«, entgegnet sie.

Daraufhin grinsen beide. Ich sehe sie nur ratlos an. »Trage ein rotes Kleid und ziehe damit so viel Aufmerksamkeit auf dich, damit niemand davon ausgeht, dass es dir schlecht gehen könnte. Alte Taktik, funktioniert aber immer wieder hervorragend.« Sie zwinkert mir zu und beißt in ihr Brötchen.

Kris steht plötzlich auf und wirft einen hektischen Blick auf die Uhr. »Ich muss los, sonst schaffe ich es nicht mehr pünktlich zur Gruppenstunde. Bis später!« Er hebt nur kurz die Hand, dann verschwindet er eilig mit seinem Tablett. Obwohl ich bereits längst fertig bin, warte ich noch auf Rachel, die genüsslich frühstückt und mir vom Frühsport erzählt – und davon, wie sehr sie es hasst, morgens durch den Nebel gescheucht zu werden.

»Aber wart nur ab, nächste Woche bist du auch mit dabei.« Sie lächelt und ich erwidere es zaghaft.

Vor ein paar Minuten habe ich noch gedacht, ich hätte mich in diesen zwei Personen, die ich erst seit wenigen Tagen kenne, getäuscht. Dabei sind sie immer noch exakt dieselben Menschen. Unverstellt und voller Echtheit. Ehrlich, denke ich und wiederhole Rachels Worte. Schließlich hätte sie mir die Wahrheit nicht verraten müssen. Und wahrscheinlich ist es den Leuten vollkommen egal, welche Farbe ihr Kleid trägt, solange sie sich damit besser fühlt. Ich starre auf ihren Teller, während ich weiter in Gedanken versinke und einen weiteren schweigenden Tag verbringe.

Damals, Gestern & Vorbei

Vierzehn

Als wir Kinder waren, wollte Lennon in den Pausen des Grundschulunterrichts nicht immer mit mir gesehen werden. Seine Freunde zogen ihn bereits damit auf, riefen im Chor, dass Lennon verliebt sei. Und ganz gleich, ob es stimmte, oder nicht, wenn wir den Pausenhof betraten, gab es einen kurzen Blickkontakt und manchmal hob er auch zum Gruß die Hand. Falls wir uns am Nachmittag treffen würden, wäre diese Distanz längst vergessen und überhaupt nicht mehr spürbar.

Doch an diesem einen Tag gab es Streit zwischen zwei Jungen auf dem Pausenhof, die sich erst laut etwas zuriefen, bevor sich immer mehr Freunde als Verstärkung daruntermischten. Vielleicht war ich nur zur falschen Zeit am falschen Ort – in diesem grell bunten Kleid und der Brille. Die Rangelei geriet außer Kontrolle und ich kann mich nicht mehr daran erinnern, wie ich in diese Sache hineingeraten war, als mich einer der älteren Jungen zu Boden stieß. Hinter mir ertönte Gelächter, während ich das aufgeschürfte Knie musterte und mich allmählich benommen aufrappelte. Dieser Schmerz war nichts im Vergleich zu dem, was ihr Spott in mir auslöste. Aber dann war da plötzlich Lennon. Gerade mal zehn Jahre alt, stellte er sich der Menge und forderte den Jungen heraus, der dafür verantwortlich war. Der andere lachte und irgendwo hörte ich erneut den Spott, den Len immer vermeiden wollte.

»Lennon ist verliebt!«

Zwei Lehrer mischten sich endlich ein und die Menge begann, sich aufzulösen. Bevor sich alle zum Gehen wandten, sprach Len die Worte, die ich niemals vergessen werde.

»Wenn ihr noch einmal irgendetwas passiert, werdet ihr es bereuen.«

Len, wir waren Kinder und ich weiß, dass niemand jemanden vor allem bewahren und beschützen kann. Aber von diesem Tag an fühlte ich mich sicher. Ich wusste, dass es dir von nun an egal war, ob wir zusammen gesehen wurden, oder nicht, und was die anderen dabei tuschelten. Du hattest mich vor aller Augen verteidigt und gezeigt, dass du für mich einstehen wirst, ganz gleich, was die anderen sagen würden.

Du hast mich an diesem Tag gerettet, wie ein Prinz eine Prinzessin vor dem Drachen beschützt. Diese Erinnerung bedeutet mir unfassbar viel und wann immer ich daran zurückdenke, fühlt sie sich warm und geborgen an. Doch inzwischen bin ich keine Prinzessin mehr und du als der Prinz bist fort. Nun bin ich umgeben von Drachen, die sich in Angst und Furcht zeigen und mir das Leben fast unmöglich machen. Glaubst du wirklich, dass ich eines Tages die Kraft aufbringen kann, selbst gegen diese Dämonen aus Schatten und Erinnerung zu kämpfen? Es wäre zu klischeehaft, einfach auf einen anderen Ritter zu warten, der die Drachen in die Flucht schlagen wird. Ist es nicht an uns selbst, unsere Ängste zu besiegen, da sie uns sonst immer und immer wieder folgen werden? Ist es wahr, dass auch Prinzessinnen gegen Drachen in den Kampf ziehen und sie für immer besiegen können?

Heute,
Jetzt & Hier

Fünfzehn

Am Abend ist Rachel bereits müde und verschwindet nach dem Essen schon recht bald in ihr Zimmer. Zuerst überlege ich, ob ich mir Gedanken um das zierliche Mädchen machen soll, dann wird mir bewusst, dass wir hier alle in einer zerrütteten Welt leben und von Zeit zu Zeit Rückzug und Sicherheit benötigen. Kris und ich stehen uns etwas ratlos gegenüber, bis ich bemerke, wie er mich mustert. Ich spüre seine Blicke, die jedes Detail erfassen möchten und nach etwas zu suchen scheinen. Bei der Art, wie er mir ins Gesicht sieht, in meine braunen Augen, nehme ich ein Kribbeln in den Fingerspitzen wahr und Röte steigt mir ins Gesicht. Ich weiß nicht einmal wieso, denn eigentlich sollte es mir vollkommen egal sein, was dieser glatzköpfige Junge in mir sieht. Es war immer nur von Bedeutung, was Lennon von mir denkt. All die Jahre habe ich immer nur alles darangesetzt, dass er mich in einem guten Licht sieht – als hätte er mich dann lieben können.

»Entschuldige«, murmelt Kris plötzlich und sieht weg. Er zieht eine Packung Zigaretten aus der Hosentasche. »Ich gehe noch kurz raus. Willst du …« Er beginnt die Frage zwar, lässt sie dann aber fallen und verstummt.

Dabei spüre ich den Wunsch in mir, dass er diese Frage ausspricht. Ich zucke zusammen. Ich wünsche mir das, weil ich mit einem *Ja* antworten will, und das schockiert mich.

Als ich ihm zunicke, sieht er nicht hin, denn er mustert gerade die Zigarettenschachtel, als hätte er noch nie gelesen, was eigentlich draufsteht. Meine Handtasche liegt im Zimmer, sodass ich keinen Notizblock bei mir trage. Plötzlich fühle ich mich leer und nackt ohne die Worte, die mich kleiden sollten. Die mein Bild nach draußen darstellen müssten. Ohne weiter darüber nachzudenken, berührt meine Hand ganz vorsichtig seinen Arm. Haut an Haut. Kris sieht auf und dieses Mal landet sein Blick noch viel intensiver auf mir. Plötzlich wird mir warm. Ich atme tief ein und gehe einen halben Schritt zurück, bevor ich ihm kaum merklich zunicke. Diesmal sieht er es, denn er lässt mich keinen Moment mehr aus den Augen. Er sucht etwas an mir. Etwas, das hier nicht ist. Seine Suche wird am Ende nicht belohnt werden. Hier ist nur Leere und Hoffnungslosigkeit.

»Dann kommst du also mit?« Er räuspert sich, weil seine Stimme so rau und kratzig klingt.

Ich lächle und er erwidert es. An der Kreuzung zum Treppenhaus halte ich inne und überlege krampfhaft, ob ich nicht doch den Notizblock holen sollte, aber ich entscheide mich dagegen. Vielleicht würde Kris denken, ich hätte es mir anders überlegt, und außerdem beschleicht mich ein seltsames Gefühl, dass er mich auch ohne Worte verstehen wird.

Die Dämmerung bricht über den Abend herein und irgendwo in der Ferne erkenne ich die Mondsichel, die mir ein trauriges Lächeln auf die Lippen zaubert. Vielleicht ist das die Stelle, an der Lennon gerade am Himmel wacht und auf mich herabblickt. Der Platz, an dem er meinen Namen in die Nacht zeichnet.

Gemeinsam gehen wir wieder an dieselbe Stelle wie am Abend zuvor. Dieses Mal ist es noch etwas heller, sodass ich mich genau umsehe. Ich betrachte den Baukomplex, der von einer sonst so friedlichen Natur umgeben ist. Die Balkone der Parteien liegen auf der anderen Seite des Hauses, sodass ich mich vollkommen unbeobachtet fühle, obwohl jederzeit jemand aus dem Fenster blicken könnte. Aber was würden sie schon sehen, außer einem Mädchen, das jedes sein könnte? Niemand sieht in mich hinein, sieht hinter die Trauer und mein Schweigen. Ich wende mich um und mein Blick fällt auf Kris.

Es fühlt sich falsch an, seine Nähe und seine Worte zu suchen – in ihm einen Vertrauten gefunden zu haben, der mich hier durch dieses Chaos aus Alltag führt. Der meine Stimme ist. Wieso habe ich bei ihm das Gefühl, dass er versteht, was ich denke und fühle? Dass er versteht, wie sehr ich leide? Seine Worte bei unserer ersten Begegnung haben mich direkt erreicht, als er sagte, dass wir hier alle unsere Macken und Probleme haben. Aber dass es uns vereint. Dass es keine Fehler, sondern Gemeinsamkeiten sind. Und genau dieses Gefühl vermittelt er auch dort, wo ich keine Gefühle mehr erwartet habe und keine empfinden will.

Kris hat die Zigarette angezündet und ich sehe, wie die Glut in der Dunkelheit aufglimmt. Er lächelt, als der Rauch in den Himmel aufsteigt. Ich folge dem grauen Nebel, bis ich augenblicklich wieder an Len denke. Dabei frage ich mich, ob ich jemals aufhören werde, an ihn zu denken.

»Ich mag es hier draußen, wenn alle schon auf ihren Zimmern sind«, beginnt Kris die Konversation, die ich nicht erwidern kann. »Die meisten rauchen dann abends oben auf ihren Balkonen, aber das ist nicht das Gleiche.«

Ich sehe ihn an, mag den Klang seiner Stimme. Gleichzeitig spüre ich jedoch den Konflikt, den mein Herz mit sich selbst austrägt. Da ist kein Platz für Wärme, Vertrauen und Geborgenheit. Dort ist bis in jeden letzten Winkel nur der Verlust. Kris kommt langsam auf mich zu und gemeinsam folgen wir der Auffahrt, die letztendlich zum Hauptparkplatz und danach zur Straße führt. Nebeneinander schlendern wir wie in Zeitlupe den Weg entlang.

»Du hast jetzt gar keinen Block dabei«, bemerkt er und seine Augen versuchen wieder, in den meinen eine Antwort zu finden.

Ich zucke mit den Schultern und zwinge mich zu einem Lächeln, das er sofort erwidert. Es ist ein schiefes Lächeln, bei dem ein Grübchen zu erkennen ist. Ich bemerke dabei dieses Funkeln in seinen Augen, auch wenn sie noch so unergründlich sind. Tatsächlich wünsche ich mir zum ersten Mal wieder meine Stimme und all meine Worte zurück, damit Kris und ich uns nun nicht in dieser Stille gegenüberstehen müssten. Zuerst haben wir unser Tempo verlangsamt, bis wir innehalten und uns erneut ansehen. Lange, intensive Augenblicke, in denen auch er nicht spricht. Wieder wird mir bei der Art, wie er mich ansieht, warm ums Herz, doch ich versuche, dieses Gefühl im Keim zu ersticken.

»Dir müssen sie ja sehr lange nicht zugehört haben, damit du deine Worte verlierst.« Kris atmet noch ein letztes Mal den Rauch aus, bevor er die Zigarette wegwirft. Dabei war sie noch nicht einmal zur Hälfte abgebrannt. Dann stellt er sich nahe zu mir, ich blicke zu ihm auf. Meine Stirn ist fragend in Falten gelegt und seine Blicke wandern suchend über mein Gesicht. Er steht nicht zu nah und ich fühle mich nicht bedrängt. Aber er steht auch nicht mehr so weit entfernt, als würden sich zwei Fremde unterhalten.

»Wir alle haben unseren Grund, hier zu sein.« Er deutet mit einer Hand auf das große Gebäude neben uns. »Und das ist auch gut so. Uns verbindet alle etwas. Wir gehören hier alle zusammen, sitzen im selben Boot. Und das macht es doch irgendwie … besonders.« Kris neigt den Kopf zur Seite.

Wenn ich meine Stimme nicht bereits verloren

hätte, würde mich dieser Satz sprachlos machen. Ich schnappe kurz nach Luft und versuche, einen klaren Kopf zu behalten, mir nicht einzureden, dass er gerade meinte, dass da etwas Besonderes zwischen uns sein könne. Denn da ist nichts. Da ist überall nur Lennon und er wird es immer sein.

Schnell gehe ich einen Schritt zurück und verschränke die Arme vor der Brust. Entschuldigend hebt Kris die Hände, als würde er allein an dieser Geste bemerken, dass ich mehr Raum brauche. Fast als hätte ich trotz all dieser Natur um uns herum plötzlich keine Luft zum Atmen. Noch einmal sehe ich ganz kurz in seine Augen, dann drehe ich um und gehe mit eiligen Schritten zurück zum Haupteingang der Klinik. Inzwischen ist es fast dunkel, doch ich erkenne den Mann schnell, der mir kurz darauf entgegenkommt. Es ist Mr. Kulip, der Therapeut.

»Luna, ich habe Sie …« Er versucht, ein Gespräch zu beginnen, hebt die Hand, als wollte er mich aufhalten. Doch ich schaue nur kurz zu ihm, bevor ich wortlos an ihm vorbeigehe und nur noch höre, wie er mir etwas hinterherruft. »Bitte kommen Sie morgen nach der Gruppe in mein Büro.«

Dann schließen sich die automatischen Türen der Klinik und ich eile in mein Zimmer. Es waren nicht Kris' Worte, die Schuld an meiner fluchtartigen Reaktion sind, sondern das Pochen in meinem Inneren, das darauf reagiert hat. Dieses Gefühl, das zu ihm aufblickt und Schutz in seinen Worten suchen will. Das ist nicht die Wahrheit, Luna. Die einzige Person, zu der du wirklich gehörst, lebt in einem seltsamen Paralleluniversum und wartet dort auf dich.

Mit Tränen in den Augen falle ich auf mein Bett und seufze. Es ist furchtbar, dass ich Lennon von hier aus nicht besuchen kann. Ich wundere mich nicht einmal über meine unrealistischen Gedanken. Mein Verstand hat aufgegeben, mich von den Besuchen im Himmel fernzuhalten. Fast so, als empfände er es selbst als hoffnungslos.

Hoffnungslos, wiederhole ich in Gedanken. Das ist vielleicht das Wort, das ich in der Gegenwart des glatzköpfigen Jungen auf ein Blatt Papier schreiben sollte. Es ist hoffnungslos, meine Geschichte anzuhören oder auf meine Worte warten zu wollen. Sie sind unwiderruflich fort. Wie Lennon. Ich beiße mir auf die Lippe und lasse den warmen Tränen freien Lauf. Ich muss unbedingt zu dem Ort, von dem Grandma in ihrem Tagebuch geschrieben hat. Ich halte es kaum einen Tag länger aus. Aber um diesen Weg auf mich zu nehmen, muss ich den ersten Besuch meiner Mutter zulassen, damit sie mir das Fahrrad bringen kann.

Wieso muss das Leben so furchtbar kompliziert sein? Ich wische mir die Tränen aus dem Gesicht.

An meiner Zimmertür klopft es plötzlich und ich zucke zusammen. Niemals würde ich jetzt die Tür öffnen. Ist Kris mir womöglich gefolgt? Ob er sich entschuldigen will? Doch mein Rätseln wird sofort von einem Rascheln unterbrochen, als jemand etwas unter der Tür hindurchschiebt. Ich krabble aus dem Bett und schleiche nahezu lautlos auf Zehenspitzen hin, um besser erkennen zu können, was es ist.

Es ist ein eingepackter rosafarbener Teebeutel mit einer Lotusblüte darauf. *»Innere Ruhe«* prangt in großen Buchstaben auf der Vorderseite. Dann entfernen sich Schritte und gleich darauf fällt eine Tür ins Schloss. Automatisch halte ich kurz die Luft an und mir wird bewusst, dass Rachel im selben Gang ihr Zimmer hat und mich gehört haben muss. Mit ihrer Geste erinnert sie mich erneut an Grandma und an die heilende Wirkung von Honigtee.

Anschließend verschränke ich die Arme vor meiner Brust, gleite an der Wand hinab und fange an, bitterlich zu weinen. Rachels Geste berührt mich ebenso wie die Worte, die Kris für mich ausgesprochen hat. Es ist ihre Geborgenheit, die mir Schmerzen zufügt. Denn sie erinnert mich allgegenwärtig, dass diese Nähe am Ende unendlich weit entfernt sein wird.

Beim Frühstück treffe ich auf Rachel, die mich mitleidig ansieht. Ich kann es ihr nicht verübeln, denn meine rot verweinten Augen sprechen lauter als jedes meiner Worte es könnte. Kris finde ich nirgendwo im Speisesaal und obwohl ich es nicht zugeben möchte, macht es mir etwas aus. Hoffentlich habe ich ihn mit meiner Reaktion nicht verletzt oder verscheucht. Denn in Wahrheit soll er sich bitte nicht von mir fernhalten.

Rachel und ich frühstücken in einem Schweigen und um ihr ein lautloses Danke mitzuteilen, ziehe ich den mittlerweile verknitterten Teebeutel aus der Tasche und lege ihn auf den Tisch. Mit einem schwachen Lächeln sehe ich sie an und ihre Augen beginnen zu glitzern. Viel zu schnell schließt sie mich in die Arme, sodass ich mich vor dieser Nähe gar nicht wehren kann.

»Was auch immer es ist«, beginnt sie leise, als sie mich wieder loslässt. »Es tut mir leid. Auch eine

Tasse Tee kann das meistens nicht lösen, aber es ist zumindest ein Anfang.« Sie wartet ab und ich nicke ihr nochmals zu, bevor wir gemeinsam zum Gruppenraum gehen.

Kris sitzt bereits auf einem der Stühle. Er trägt eine schwarze Lederjacke zu seiner Jeans und fährt sich mit der Hand über den Kopf, fast als hätte er vergessen, dass er inzwischen keine Haare mehr hat. Dann bemerkt er uns und sieht auf. Unsere Blicke kreuzen sich und ich vergesse zu atmen. Nicht einmal Rachel sagt etwas zu ihm, als wollte sie es mir einfach gleichtun. Sie sucht einen Platz aus, an dem noch zwei Stühle nebeneinander frei sind, und deutet mir an, mich zu ihr zu setzen. Es dauert einen langen Moment, bevor ich mich von den grauen Augen losreißen und mich wieder bewegen kann. Ich wünschte, Kris könnte alles in diesem Blick hören. All die Gedanken, die ich hineinlege, würden auf kein Blatt Papier passen. Während der ganzen Stunde sagt keiner von uns dreien auch nur ein einziges Wort.

»Hallo, Luna«, begrüßt Mr. Kulip mich wie vereinbart nach der Gruppenstunde in seinem Büro.

Er lächelt nicht, sondern wirkt angespannt. Ich nehme gegenüber von ihm Platz und erkenne das Blatt, das er mir wieder hingelegt hat: Leere Kreise.

»Zu Beginn möchte ich Sie bitten, wieder Ihre heutige Stimmung einzutragen. Damit wir den Verlauf beurteilen können.« Abwartend sieht er mich an, doch ich schüttle nur den Kopf.

Sieht er nicht, dass heute kein guter Tag dafür ist? Dass Lennons Verlust mich in der letzten Nacht stärker eingeholt hat, als ich es in meiner nächtlichen Einsamkeit bisher kannte?

Leer.

Ich schiebe ihm das Papier über den Tisch.

Er wirkt geknickt. Enttäuscht. Natürlich ist er das. Es ist bald eine Woche vergangen und es hat sich absolut gar nichts geändert. Aber was ist schon eine Woche. Ganze sieben davon stehen mir noch bevor. Doch dieses Mal ist das Ziel nicht »eine Veränderung«, sondern ein »Alles ist wieder gut«. Der Anspruch ist ein ganz anderer.

»Als ich gestern Feierabend hatte, habe ich Sie gesehen. Noch bevor Sie mir entgegengekommen sind.« Er mustert mich, wartet meine Reaktion ab.

Doch da ist nichts. Ich fühle mich ausgelaugt und kraftlos, als hätte mir die Verzweiflung in der letzten Nacht jeden Nerv geraubt.

»Sie haben bei einem Mitpatienten Ihrer Gruppe gestanden und sich unterhalten. Sie scheinen einen Draht zueinander gefunden zu haben.« Es ist keine Frage, nur eine Feststellung, mit der er vielleicht ins Schwarze getroffen hat, aber das gebe ich nicht zu.

Nicht einmal die Vorstellung, dass Mr. Kulip uns dabei beobachtet hat, stört mich. Schließlich ist nichts geschehen, nichts Offensichtliches. Nur der Moment, in dem mir klar wurde, dass ich beginne, die beiden einzigen Verbündeten, die ich hier habe, an mich heranzulassen.

»Und dann sind Sie plötzlich zurückgelaufen. Es hat aber nicht wie ein Streit gewirkt«, versucht er es weiter und ich schüttle den Kopf. Mr. Kulip seufzt und wendet sich in seinem Drehstuhl ab, blickt einige Zeit einfach aus dem Fenster. »Ich kann mir vorstellen, dass sich die anderen Therapeuten an Ihrem Schweigen die Zähne ausbeißen würden – aber ich nicht. Ich durchschaue Sie. Sie haben einfach Angst.« Er betont das letzte Wort, woraufhin ich ihm einen skeptischen Blick zuwerfe.

Angst? Das Fragezeichen muss sich wohl auch auf den Falten in meiner Stirn deutlich abbilden. Wovor sollte ich denn noch Angst haben, wenn ich nicht einmal mehr den Tod fürchte? Schließlich wäre das der Weg, Lennon dauerhaft wiederzusehen.

»Die Angst vor dem Verlust hindert Sie daran, alles Neue, alles Emotionale zuzulassen. Sie versuchen sich vor einem neuen Verlust zu schützen, indem Sie einfach gar nichts mehr an sich heranlassen. *Nichts.*« Wieder betont er es ganz bewusst und sieht mich dabei eindringlich an. Wartet auf eine Geste, auf eine Mimik, die mich verraten und seine Mutmaßung bestätigen wird.

Hätte ich meine Worte nicht bereits verloren, hätte ich auch in diesem Moment keine Antwort gewusst.

»Keine Menschen, keine Gefühle und auch keine Worte. Sie haben Ihre Mauern seit dem Verlust so hoch errichtet, dass Sie nichts mehr erreicht, und dadurch glauben Sie unterbewusst, nie wieder etwas verlieren zu können. Aber, Luna ...« Er macht eine bedeutende Pause, holt tief Luft, als wären die nächsten Worte eine schwere Bürde. »Durch diese Abschottung haben Sie auch nichts.« Er schiebt mir das Blatt über den Tisch, auf das ich *»Leer«* geschrieben habe. »Und das Einzige, was Ihnen in Ihrem Schutz bleibt, ist Leere. Also entweder wollen Sie die restliche Ewigkeit in Ihrer Leere ertragen oder Sie müssen sich dem Risiko stellen, Menschen zu verlieren.«

Meine Hände verkrampfen sich und ballen sich

unbewusst zu Fäusten. Nein, denke ich viel zu impulsiv und stehe ruckartig auf. Meine Hände gegen den Tisch gepresst sehe ich ihn an. Nie mehr werde ich diesen Schmerz durchleben, diesen endlosen Verlust in mir ertragen müssen. Sollten mir doch die restliche Ewigkeit die Worte fehlen, wenn ich sie bei Lennon am Ende wiederfinden würde. Ich nehme den Zettel und schreibe in hektischen Buchstaben darauf:

Ich habe keine Angst.

Dann schnappe ich nach meiner Tasche und wende mich zum Gehen um. Kurz bevor meine Hand nach der Türklinke greift, drehe ich mich noch einmal zu ihm um. Der Therapeut seufzt nicht und wirkt nicht mehr enttäuscht darüber, dass ich wieder nicht gesprochen habe. Stattdessen sieht er mich mit einer Geduld und einem Wissen an, die mich unruhig werden lassen.

»Gehen Sie ruhig, wenn Sie das möchten. Weil Sie wissen, dass es wahr ist. Nur deshalb verweigern Sie sich der Situation.« Mit diesen Worten räumt er die Akte in den Schrank und wendet sich wieder seinen restlichen Unterlagen zu. Er erwartet keinen Protest, denn er weiß, dass er bereits die wichtigste Erkenntnis über mich gewonnen hat.

Noch bevor ich sie selbst erkannt habe. Ja,

schleicht sich der bebende Gedanke in meinen Kopf. Ja, ich fürchte, an jedem weiteren Verlust zu zerbrechen, an dem bloßen Gedanken daran. Ja, ich habe Angst vor jedem noch so kleinen Gefühl, das am Ende in bodenlose Trauer kippt, mir das Herz und den Boden entreißt und mich atemlos und einsam zurücklässt.

Ja, er hat recht.

Ich habe unerträgliche Angst, jemals wieder jemanden zu verlieren und es ist deutlich erträglicher, niemanden zu haben, den man verlieren könnte.

Fluchtartig verlasse ich das Zimmer und werfe die Tür lautstark hinter mir zu. In diesem Moment kann ich nicht sagen, ob es schlimmer ist, dass Mr. Kulip oder ich selbst die Wahrheit über mich erfahren habe. Beides fühlt sich an wie Verrat an meinem eigenen Herzen.

Der halbe Tag steht mir noch bevor, doch mit einem Mal fühle ich mich so unfassbar aufgelöst, dass ich kaum einen Moment still stehen kann. Immer wieder hallen die Worte des Therapeuten in meinen Gedanken nach und je öfter ich sie höre, desto wahrer klingen sie.

Während alle Bewohner in Richtung Speisesaal drängen, durchquere ich den Strom in die entgegengesetzte Richtung. Es erinnert mich an diesen Impuls in meinem Inneren, als ich zum ersten Mal nach dem Unfall das Haus verlassen habe, um zu rennen. Um den eigenen Gedanken zu entfliehen. Doch sie sind immer schnell genug, um uns zu folgen. Wie ein Schatten, der, egal wie sich die Sonne dreht und wendet, dennoch da ist und einem dicht auf den Fersen bleibt.

Es lässt mir den gesamten Tag über keine Ruhe und ich ignoriere die anfänglichen Versuche von Kris und Rachel, sich mit mir zu unterhalten. Beide scheinen recht schnell zu bemerken, dass heute etwas anders ist, und sie akzeptieren es überraschend leicht. Weil sie diese Phasen zu Beginn wahrscheinlich ebenso durchgemacht haben und genau wissen, wie sich dieser Wandel anfühlt. Erschreckend, schockierend und … kühl. Denn irgendwie scheine ich die Kälte in mir zum ersten Mal selbst zu fühlen und zu bemerken, wie sehr ich mich von der Wärme der anderen abschotte.

Der Tag vergeht dadurch sehr schleichend und immer wieder gehe ich das Szenario durch, wie ich Len all das sage. Die gesamte Wahrheit, die ich ihm zwanzig Jahre lang verschwiegen habe. Ich fühle mich ertappt bei dem Gedanken daran, dass es das ist, was mir am meisten nach seinem Verlust zusetzt: Nie mehr zu erfahren, ob es anders hätte sein können. Die Reue, es nie versucht zu haben.

Mit einem Blick zum Himmel hoffe ich, dass ich im Licht der Nachmittagssonne noch einmal die Chance haben werde, dies nachzuholen.

Währenddessen & Nebenan

Sechzehn

Kris zieht sich die Kapuze über den Kopf, auch wenn der Therapeut ihn gleich wieder bitten wird, sie herunterzunehmen. Unruhig tritt er vor dem Büro auf der Stelle, ein leises Fluchen entweicht ihm. Er weiß, was ihn heute erwartet. Er weiß ganz genau, was der Therapeut ihm sagen wird. Doch er will es nicht hören.

Nachdem er angeklopft hat und aufgerufen wurde, betritt Kris den Raum und setzt sich an den altvertrauten Tisch. Mr. Kulip begrüßt ihn mit einem wissenden Lächeln. Sosehr Kris den Blickkontakt meidet, so spürt er das Augenmerk des Mannes deutlich auf sich.

»Bitte nehmen Sie die Kapuze ab, Kris. Es bietet Ihnen keinen echten Schutz, das hatten wir doch bereits besprochen«, spricht Mr. Kulip in vertrauten Sätzen.

Kris schiebt sich die Kapuze vom Kopf, ohne darauf zu antworten.

»Wissen Sie, worüber wir heute reden wollen?«, fragt er direkt im Anschluss.

Kris versucht, den Kopf zu schütteln, als könnte er damit nicht nur die Worte des Mannes, sondern auch seine eigenen Gedanken loswerden. Es gelingt ihm nicht. Stattdessen steht da dieser einzigartige Name vor seinem inneren Auge.

Luna.

Als würde sich plötzlich alles um das schweigende Mädchen drehen. Bewusst locker zuckt er mit den Schultern. »Nein, weiß ich nicht«, gibt er zurück.

Mr. Kulip schlägt seine Akte auf und mustert ihn mit hochgezogener Augenbraue. »Aber Sie wissen noch, über was wir geredet haben, bevor sie neu in die Gruppe kam.«

Er verwendet nicht einmal ihren Namen, schießt es Kris durch den Kopf. Als hätte er niemand Bestimmten im Sinn. Dabei liegt es so offensichtlich auf der Hand und natürlich weiß Kris, was sie davor besprochen haben. Und dass er sich überhaupt nicht an diese Vereinbarung gehalten hat.

Der Therapeut hat ihn gewarnt. Vor dem schweigenden Mädchen, das unmittelbar seine Aufmerksamkeit erregen würde. Weil sie sofort in sein

Raster fallen würde. Kris verzieht das Gesicht. Er mag diese Bezeichnung nicht, schon gar nicht gegenüber Luna. Sie ist so anders, so einzigartig, so … still. Und er wird einfach nicht müde daran, in ihrem Blick nach der Antwort zu suchen. Bis er eines Tages fündig werden würde. »Dass ich sie in Ruhe lassen soll, schon klar.« Die Worte kommen ihm nur murmelnd über die Lippen.

Mr. Kulip nickt nachdenklich. »Korrekt. Und wie würden Sie den Vorfall in der ersten Gruppenstunde dann erklären?«

Vorfall. Kann man das wirklich so bezeichnen? Er hat ihr doch nur helfen wollen – in ihrer Verzweiflung und Not. Doch ihm ist bewusst, dass er das dem Therapeuten nicht antworten darf. Denn genau das hat er ihm vor Lunas Ankunft untersagt. *Ihr helfen, zur Stelle eilen und … ihre Stimme zu sein.* Aber genau das sind die Dinge, die ein Leuchten in sein Innerstes bringen. Die ihm helfen, den endlosen Schmerz für einen Augenblick auszublenden. Taten, mit denen er die Schuld bezahlen und reinwaschen will. »Die ersten Tage sind nun mal wirklich schwer.«

»Ja, das mag sein«, ergänzt Mr. Kulip seine Worte. »Aber Sie können ihr den Schmerz nicht nehmen. Im Gegenteil, Sie verzögern dadurch nur ihre

Heilung. Also werden Sie versuchen, sich in Zukunft etwas zurückzunehmen. Zumindest bis zu unserem nächsten Gespräch, damit wir es besser beurteilen können. Verstehen Sie das?«

Nein. Er kann es nicht verstehen – oder will es nicht. Denn es ist, als hörte er Luna in ihrer Stille nach Hilfe rufen. Er ist der Einzige, der ihren Ruf wahrzunehmen scheint. »Ich kann es ja mal versuchen«, sagt er als unverfängliche Antwort.

Mr. Kulip seufzt kurz darauf. »Wir wissen doch beide, was das letztendlich heißt. Sie müssen es wollen und nicht nur das: Sie müssen sogar dagegen ankämpfen.«

Kris zieht sein Handy heraus und ein Blick auf die Uhr verrät ihm, dass das zwanzigminütige Therapiegespräch noch lange nicht vorüber ist. »Ich will es aber nicht. Ich werde nicht gegen ein Mädchen kämpfen, das seine Worte verloren hat. Aber ich schenke Ihnen die letzten freien Minuten Ihrer Zeit. Wenn ich sage, ich kann es versuchen, dann werde ich das tun. Aber ich garantiere Ihnen nicht, mich von Luna fernzuhalten.«

Als er aufsteht, um nach draußen zu gehen, redet der Therapeut weiter auf ihn ein. Gerade, als Kris nach der Türklinke greift und dem Raum mit nur einer schnellen Bewegung entschwinden könnte, hält er mit einem tiefen Atemzug inne und lauscht Mr. Kulips Worten. »Es wäre für Ihre beiden Therapien nicht förderlich. Ich bitte Sie nochmals: Versuchen Sie, sich nicht darauf einzulassen. Es wäre wohl das Beste für Sie beide. Wir sprechen uns in drei Tagen wieder.«

Heute,
Jetzt & Hier

Siebzehn

Der Zigarettenrauch wabert durch die Dunkelheit der Nacht, als Kris und ich mal wieder draußen am Geländer stehen und über die Stadt blicken. Wann ist es eine stillschweigende Vereinbarung geworden, dass wir uns, sobald sich alle Menschen in ihren Betten verkrochen haben und die schwarze Dunkelheit endlich gesiegt hat, hier draußen treffen, um in der Stille zu reden?

Nach diesem Tag und diesem Aufruhr in meinem Inneren kann ich sowieso nicht schlafen. Und obwohl ich nicht ein einziges Wort spreche, genieße ich seine Anwesenheit und unsere eigenartigen Konversationen. Früher mochte ich den Geruch der Zigaretten nicht ebenso wenig den unangenehmen Rauch, der sich nun ganz unfreiwillig in meine Lunge drängt. Wie ich immer angewidert das

Gesicht verzogen und wild mit den Händen gefuchtelt habe, um den Rauch zu vertreiben. Wie ich die rauchende Gesellschaft mit verachtenden Blicken gestraft habe, während sie mich nicht einmal bemerkte. Doch inzwischen ist es anders geworden und es kommt mir merkwürdig vor.

Vertrautheit schwebt in nebligen Schwaden in den Himmel und riecht dabei nach Tabak. Dieses angenehme Gefühl deiner Anwesenheit geht daraus hervor und ich lasse mich von dem Rauch einhüllen, ohne zu fliehen. Dass du da bist, beginnt mich zu beruhigen, mich aufatmen zu lassen, auch wenn dabei dieser Nikotin verpestete Rauch in meine Lungenflügel gelangt. Du machst meine Welt erträglicher und trotz deiner Zigaretten auch angenehmer.

Stumm strecke ich meine Hand in die Luft.

Kris blickt mit ratlos großen Augen zurück. »Was? Die Kippe meinst du?« Entsetzen und Fassungslosigkeit schwingen in seiner Stimme, doch ohne zu zögern, reicht er mir die Zigarette. Ich drehe und wende sie in meinen Fingern, betrachte viel zu lange die glimmende Glut. Aber anstatt sich zu beschweren, mich eines Besseren zu belehren, lässt er mich in einer Engelsgeduld einfach so dastehen, mit meinen eigenen Gedanken. Er wartet. Auf mich. Er hat diese Geduld, die mich eines Tages heilen wird. Da bin ich mir irgendwie sicher.

Ich nehme einen Zug und horche in den Rauch hinein, der meiner Lunge mit einem wilden Husten wieder entweicht. Kris verkneift sich ein Lachen, das sehe ich ihm deutlich an. Dabei funkeln seine Augen und ich kann nicht sagen, ob es sich wirklich um Schadenfreude handelt. Lange Momente stehen zwischen uns, bevor ich den Blickkontakt abbreche und ihm die Zigarette zurückgebe. Noch ein letztes Mal huste ich den Rauch in die Nacht, bevor ich die Hand zum Abschied hebe. Der Glanz in seinen Augen verschwindet.

»Okay. Gute Nacht, Luna. Schade, dass unser Abend heute so kurz war. Die fehlende Zeit werde ich dir morgen mit anrechnen, okay?«, ruft er mir hinterher, ohne eine Antwort zu erwarten.

Trotzdem lächle ich heimlich, obwohl ich ihm längst den Rücken gekehrt habe. Ich freue mich darüber, was er gesagt hat, und ein bisschen darauf, morgen ein paar Minuten mehr in gemeinsamem Schweigen zu verbringen. Denn er ist der Einzige, der meine Stille erträglicher macht. Der Rauch bleibt ein Teil von mir und hüllt mich in einen Nebel, anstatt mich in den endlosen Fragen versinken zu lassen.

Als ich am nächsten Morgen die Stufen ins Erdgeschoss hinablaufe, verfolgt mich weiterhin die Erkenntnis, die Mr. Kulip mir so schonungslos an den Kopf geworfen hat. Dass ich mich vor meinen eigenen Emotionen verschließe, anstatt sie zuzulassen. So wie in all den Jahren, als ich nie erkannt habe, was ich wirklich fühle.

Ich liebe dich, Len. Diese Worte dröhnen in meinem Kopf bei jedem Atemzug, den ich mache – bei jedem Schritt, den ich gehe. Bei jeder Treppenstufe, die ich steige, höre ich jedes einzelne Wort in mir rufen.

Ich.

Liebe.

Dich.

Es wiederholt sich immer und immer wieder. Ich kann an nichts anderes denken, es verfolgt mich, wohin ich auch gehe. Dieser Gedanke hat sich in mir festgesetzt wie ein Kaugummi, den man nach zu langer Zeit nicht mehr von den Turnschuhen abbekommt. Er pocht in mir und schreit mich an, doch ich kann ihn nicht aussprechen. Wann immer er sich so stark anfühlt, dass ich das Gefühl habe, es nun wirklich laut zu sagen, diese drei Worte über die Lippen zu bringen, schweige ich letztendlich doch.

Wie?, frage ich mich. Wie soll ich jemals sagen können, dass ich jemanden liebe, der bereits gestorben ist? Wie könnte ich zugeben, dass ich mein eigenes Versprechen gebrochen habe? Wie kann man sich in jemanden verlieben, der bereits gegangen – unter der Erde vergraben und über den Wolken zu Hause ist? Wie kann mein Herz etwas so Irres, Unwahres und Schmerzhaftes zulassen?

ICH LIEBE DICH – schreit mir weiterhin jeder Schritt entgegen und ich kann nichts, aber auch gar nichts dagegen tun. Denn die Wahrheit, die dem Kern dieser Aussage entspringt, ist bereits so tief verankert, mit meinem Herzen verwoben, dass ich sie mir nicht mehr entreißen kann.

Wenn mir eines in diesem Moment bewusst ist, dann, dass ich es dir endlich sagen muss. Dass Mr. Kulip vielleicht recht in seiner Annahme hat, dass es niemals besser werde, wenn ich dir nicht endlich meine Gefühle gestehe. Endlich diesen Schmerz überwinde, um Neues zulassen zu können. Denn womöglich ist das der einzige Grund für die unwirklichen Besuche im Himmel – dass ich endlich ehrlich zu mir selbst sein muss. Und auch zu dir, Len.

Vor dem Speisesaal entdecke ich weder den glatzköpfigen Jungen noch Rachel. Suchend sehe ich mich weiter um, werfe einen kurzen Blick auf die Tische, doch ich bin allein unter all den vielen fremden Menschen. Sie sind noch nicht da.

Heute ist es also an mir, auf die beiden zu warten, und mir wird bewusst, wie mein morgendlicher Blick jedes Mal direkt auf diesen kleinen Ort hier gerichtet ist. Weil ich hoffe, eins der beiden vertrauten Gesichter zu erkennen. Aber ich warte und fühle meine innere Anspannung mit jeder vergehenden Minute. Als hätte ich erneut vor der Hoffnungslosigkeit Angst oder auch davor, in Wahrheit unter all den Menschen verloren zu sein.

Der Aufzug gegenüber öffnet sich und einige Menschen drängen heraus. Es ist mir ein Rätsel, weshalb sie sich so gerne dort hineinzwängen, während man einfach die Treppen nehmen kann. Unter ihnen erkenne ich ein schlankes Mädchen, das mir schnell zulächelt. Es ist Rachel und ich bin froh und erleichtert, dass sie mich sofort bemerkt hat. Nur Kris finde ich nirgendwo im Gedränge und mein Herz schlägt zwei Takte schneller als sonst. Er ist doch die Stimme, die in meinem Alltag fehlt.

»Guten Morgen«, begrüßt Rachel mich und ich

nicke ihr zu, um es zu erwidern. »Du bist heute ja schon früh auf.«

Dann schleicht sich eine unangenehme Stille zwischen uns. Rachel kaut auf ihrer Unterlippe und lässt wieder einmal die Gelenke ihrer Finger knacken, während sie ihr Gewicht von einem Fuß auf den anderen verlagert. In meiner stummen Gegenwart ist sie so unruhig, dass es mir leidtut. Aber dennoch kann ich nicht einfach etwas sagen, um ihr Leiden zu durchbrechen. Stattdessen vergeht die Zeit schleichend langsam.

Als der Aufzug erneut hält, springt ein Junge heraus, den ich zuerst nicht erkenne. Die schwarze Kapuze seines Pullovers hat er tief ins Gesicht gezogen, als würde er demnächst eine Bank überfallen wollen. Dass es Kris ist, sehe ich aber an der Art, wie er geht und sich in einer lässigen Bewegung die Kapuze vom Kopf streicht, als er zu uns herüberkommt.

»Guten Morgen, Kris!«, flötet Rachel ihm entgegen und hebt erleichtert die Hand. Tonnenschwere Anspannung fällt von ihr ab, das spüre ich ganz deutlich.

Meine Gegenwart muss wahnsinnig anstrengend für meine Mitmenschen sein. Augenblicklich denke ich an meine Mutter, die unter der Stille ebenso sehr gelitten hat.

»Hey«, bringt Kris hervor und wirkt abgehetzt. »Bin wohl etwas spät dran.« Er wirft mir ein winzig kleines Lächeln zu, eigentlich nur ein Heben seines linken Mundwinkels. Dennoch freue ich mich irgendwie darüber und erwidere es, ohne auch nur darüber nachzudenken.

»Kein Problem«, meint Rachel und geht voran in den Speiseraum. Kris sieht mich an, suchend, als würde er meine heutige Laune nur mit einem Blick in meine Augen verstehen wollen.

Ich nicke einfach nur, denn dem ist nichts hinzuzufügen. Außer dass heute ein seltsamer Tag ist. Meine Mutter wird später zu einem Gespräch mit mir und Mr. Kulip erscheinen und mein Fahrrad mitbringen. Ein Gespräch. Aber es ist meine einzige Möglichkeit, endlich Lennon zu besuchen. Wenn er denn noch da ist. Meine Hände verkrampfen sich um das Frühstückstablett und Kris mustert mich fragend. Er sieht es mir an, dass etwas nicht stimmt. Dass da irgendwo tief in meinem Inneren etwas verborgen liegt. Die Wahrheit über meine Gefühle, die ich Lennon gestehen muss. Aber ich weiß nicht, ob ich, selbst wenn ich es könnte, Kris von diesem Geheimnis erzählen würde.

Meine Mutter begrüßt mich mit einer überschwänglichen Umarmung und drückt mich lange an sich. Sie sieht mich an, als wäre sie dankbar, mich endlich besuchen zu dürfen. Unser Abschied ist ihr schwergefallen und sie hat noch lange mit mir vor dem Klinikgebäude gestanden und auf mich eingeredet. Wahrscheinlich mehr, um sich selbst in dieser getroffenen Entscheidung zu bestätigen, als mich tatsächlich beruhigen zu wollen. Dennoch erkenne ich heute keinen Vorwurf in ihrem Blick. Ich habe diese Zeit gebraucht, um mich hier, in dieser falschen Realität, zurechtzufinden. Wir setzen uns zu Mr. Kulip an den Schreibtisch, der meine Mutter freundlich begrüßt.

Das Gespräch verläuft sehr einseitig und darüber bin ich irgendwie froh. Während Mr. Kulip meine Mutter über den aktuellen Stand und darüber informiert, was er inzwischen über mich herausgefunden hat, bietet sich für meine Mutter die Möglichkeit, all ihre Fragen loszuwerden und neue Hoffnung zu schöpfen. Es ist für alle eine Win-win-Situation, denn ich erhalte am Ende mein Fahrrad zurück und damit auch ein Gefühl von Freiheit. Erleichtert atme ich aus, Anspannung fällt von meinen Schultern, wie Mr. Kulip und meine Mutter bemerken.

»Luna erklärte bereits, dass sie das Fahrradfahren als Ausgleich benötigt, und solange sie nicht abhaut, kann es die Therapie tatsächlich fördern.« Er nickt meiner Mutter vielversprechend zu, woraufhin sie lächelt. Auch ich werfe ihr ein Lächeln zu und erkenne es in ihren Augen nun ganz deutlich: Dankbarkeit, dass ich hier die Hilfe finde, die ich benötige. Doch wir werden sehen. Zuerst muss ich diese Hilfe dort suchen, wo niemand sie vermutet: Im Himmel. Bei Lennon, dem Menschen, der mir alles bedeutet hat.

Mit bebendem Herzen blicke ich auf die Uhr, um den wichtigen Moment nicht zu verpassen. Der Weg von der Klinik, die auf der anderen Seite der Stadt liegt, zum stillen Platz hat mir mehr Zeit und Ausdauer abverlangt, als ich vermutet habe. Aber jetzt bin ich endlich wieder hier, Sonnenlicht scheint mir entgegen, als wollte es mich freudig empfangen. Dabei bleibt mir nur wenig Zeit, denn ich muss bereits zum Abendessen zurück in der Klinik sein. Das sind die Regeln. Ich erinnere mich an Lennons Worte, dass die Zeit im realen Leben schneller vergehe, und ich darf mich auf keinen Fall erwischen lassen. Das hatte Mr. Kulip klar und deutlich ausgedrückt.

Mit der Bewegung der Schaukel fliegen meine Gedanken in die Höhe, verschwinden in den Wolken, die starke Ähnlichkeit mit Zuckerwatte haben. Erst als ich von dem rosa Sonnenlicht geflutet werde, entspannt sich mein Herz und die verloren geglaubte Fröhlichkeit strömt hinein. Hier oben ist es leicht, fast einfach, diese Gefühle wieder zu empfinden. Sie kehren so plötzlich zurück, als wären sie niemals fort gewesen. Es ist keine Schwierigkeit, die Mauern für Len fallen zu lassen. Zumindest dachte ich genau das mein Leben lang. Dass er der Mensch ist, der mich am besten und in meiner gesamten Art und Weise kennt. Dabei musste ich heute erkennen, dass ich ihm das wichtigste Detail all die Jahre verschwiegen habe.

Ich hole tief Luft, denn in der Ferne mache ich den Mann aus, den ich in den letzten Jahren immer für meinen besten Freund gehalten habe, obwohl er so viel mehr war als das. Und heute ist der Tag der Tage, an dem ich ihm das sagen werde.

»Hey«, begrüßt er mich dieses Mal mit einer Umarmung, die ich in der Tiefe meines Herzens abzuspeichern versuche. Er ist kein Geist oder ein unsichtbarer Schatten, wie es uns in Filmen dargestellt wird. Es ist Lennon, ich kann ihn sehen, fühlen und in meinem Herzen spüren.

»Hey«, erwidere ich und blicke in seine Augen, deren Blau mich immer wieder fasziniert hat und in das ich mich irgendwie auch … *verliebt* habe. Wie soll ich nur weiterleben, ohne mich in diesem blauen Funkeln zu verlieren? »Len, i-ich muss dir heute etwas sagen«, bringe ich nervös hervor.

Er mustert mich fragend. »Okay? Klar, wir sind beste Freunde, natürlich kannst du mir alles sagen. Egal, was es ist, sag es einfach.« Ein zaghaftes Lächeln huscht über sein Gesicht.

Ich hole erneut tief Luft. Meine Hände zittern und dennoch zwinge ich mich zur Wahrheit. Vielleicht ist das hier die letzte Chance für alles. Der letzte Moment, in dem auch ich die Wahrheit über seine Gefühle erfahren würde. Oder möchte ich tatsächlich den Rest meines Lebens mit dieser Reue leben? Mit dem Vorwurf, es in seiner Gegenwart nie laut ausgesprochen zu haben? »Ich habe dich mit jedem Millimeter meines Herzens geliebt. Und ich tue es immer noch. So sehr, dass es mich innerlich in Tausend Scherben zerbricht, mich jeglichem Sinn des Weiterkämpfens beraubt und ich keinen weiteren Tag mehr ohne dich ertragen kann. Len, ich … ich liebe dich und ich bitte dich mit allem, was ich noch habe – auch wenn es nicht mehr ist als mich selbst –, komm zurück oder lass mich bitte hier bei dir bleiben.«

In seinen Augen spiegelt sich meine Traurigkeit, die auch seine eigene zu sein scheint. Beinahe glaube ich, das Knirschen seines gebrochenen Herzens unter dem heftigen Pulsschlag meiner Aufregung zu hören.

»Unsere Zeit ist vorbei, Luna. Unsere Chance war nur ein Bruchteil des Universums, ein Hauch eines Lebens, das nun vergangen ist. Ich kann nicht zu dir zurückkehren und du gehörst nicht hierher. Das hier ist nicht dein Platz, denn er gehört nur denen, die gegangen sind.«

»Dann werde auch ich gehen«, flüstere ich, bevor ich auch nur einen Moment länger darüber nachgedacht habe.

Augenblicklich verfinstert sich Lennons Gesicht. »Ich warne dich. Das werde ich in keiner Sekunde deines restlichen Lebens zulassen. Wir werden nie mehr zusammen sein können, versteh das doch. Bitte.«

»Len! Ich liebe dich!«, rufe ich ihm unter aufsteigenden Tränen entgegen. »Verstehst du das nicht? Oder hat der Himmel dich taub gemacht?«

Er holt tief Luft, verkrampft seine Finger. Das Leuchten um ihn herum wirkt plötzlich eine Nuance blasser. »Es tut mir leid«, flüstert er. »Es tut mir wirklich leid, aber was ich dir sage, ist die Wahrheit.«

Und die Wahrheit zerreißt mir das Herz erneut. Wo nur noch die Millionen scharfkantigen, splitterartigen Scherben meines Inneren waren, scheint nun ein Panzer darüber hinweg zu rollen und all diese Reste meines Lebens zu erdrücken. Wie um alles in der Welt, frage ich mein Schicksal in Gedanken, wie soll es einem Liebenden unter diesen quälenden Voraussetzungen noch möglich sein zu leben? Geschweige denn, um dieses Leben zu kämpfen? »Lennon, bitte. Ich brauche dich mehr als dieses Leben, das da auf mich wartet. Was ist da noch, was mich hält, wenn du dort nicht mehr bist? Welchen Sinn soll ich noch finden, wenn du einfach nie zurückkehren wirst? Wie kannst du erwarten, dass ich diesen Verlust jemals ertragen kann? Deinen Verlust? Wie kannst du mir so etwas nur antun?«

Die Tränen haben inzwischen gesiegt und stehlen mir die Worte, bevor ich sie gänzlich ausgesprochen habe. In diesem Moment mache ich mir keine Gedanken darüber, ob einem auch im Himmel die schwarze Wimperntusche über das Gesicht läuft, oder nicht. Ob hier dafür alles viel zu perfekt ist. Doch nichts am Himmel erscheint mir so perfekt, wie man es mir auf eine tröstliche Art und Weise vermittelt hat. Absolut gar nichts an diesem flammenden inneren Schmerz hat etwas Tröstliches oder gar Heiliges. Ich dachte, man stirbt, bevor man den Himmel betritt – doch bei mir scheint es andersherum zu sein. »Bitte, Len«, flehe ich leise. »Bitte sag etwas dazu. Gibt es denn gar nichts, was du dabei empfindest?«

Er weicht meinem suchenden Blick aus, bevor er in langsamen, fast vorsichtigen Worten antwortet. »Liebe entsteht nicht im Verstand und lässt sich nicht verhandeln. Ebenso wenig wie der Tod verhandelbar ist, Luna.« Lennon zieht mich in seine Arme und alles daran fühlt sich echt an. Seine Nähe, die geborgene Stärke seiner Arme, seine Art, die mich in Vertrauen hüllt.

Bitte, flehe ich ein letztes Mal mein Schicksal an. Bitte lass diesen Moment nie mehr vorüberziehen, lass ihn bitte unendlich werden. Denn wenn ich schon zwischen Himmel und Hölle, dem Leben und der Liebe entscheiden muss, dann will ich bis in alle Zeit in diesen Armen liegen und nie mehr aufwachen. Nie mehr, bettele ich, doch es schlägt auf dieselbe Taubheit, von der auch Lennon betroffen scheint. Denn wenn ich eines über den Himmel gelernt habe, dann, dass er taub ist.

Es ist stockfinster, als ich mich wieder auf der Schaukel vorfinde und verwirrt blinzle. Abrupt kehren das Dröhnen der Leere und der Schmerz der Traurigkeit in mein Inneres zurück. Ich seufze und sehe mich um, bevor mir die Dunkelheit schlagartig bewusst wird. Hektisch krame ich mein Handy hervor und blicke auf die Uhr.

Es ist bereits halb zehn.

Ich habe das Abendessen verpasst.

Ich schlucke, spüre meinen rasenden Pulsschlag und vernehme den flachen Atem. Panik steigt in mir auf, vermischt sich mit der bebenden Angst. Ich bin kaum in der Lage zu stehen, so zittrig sind meine Beine, doch ich bewege mich langsam, wie in Trance, zurück zum Fahrrad, das unten am Hang im Gras liegt. Ich muss sofort zurück, hämmert ein warnender Gedanke in meinem Kopf. Ich habe das Abendessen verpasst und es ist bereits das zweite Mal, dass ich unentschuldigt fehle. Und obwohl ich nicht wirklich gern in dieser Klinik bin, ist es mir irgendwie wichtig dortzubleiben.

Ich war nicht da, weil ich jemandem im Himmel besucht habe. Um meine Liebe zu gestehen, die nicht erwidert wird. Weil es zu spät ist. Weil ich niemals erfahren werde, was alles möglich gewesen wäre, wenn ich früher über meinen Schatten gesprungen wäre. Doch ich verscheuche diese Gedanken, dränge sie zwanghaft in den Hintergrund, denn das wahre Leben überrollt mich zeitgleich. *Ich muss sofort zurück,* redet das schlechte Gewissen weiter auf mich ein. Womöglich haben sie mein Fehlen bemerkt, vielleicht sogar schon meine Mutter informiert oder begonnen, nach mir zu suchen. Mir wird plötzlich kalt und meine Hände sind immer noch ganz zittrig, als ich mit dem Fahrrad den Rückweg antrete. Was für ein absolut furchtbarer Tag.

Vor der Auffahrt zur Klinik versagt mir die Lunge und ich steige ab, um es das letzte Stück hinaufzuschieben. Schwer atmend keuche ich, doch es lenkt mich von der harten Erkenntnis des Abends ab. Meine Gedanken drehen sich noch immer viel zu wirr im Kreis und ich kann schon längst nicht mehr klar denken. Als ich fast den Haupteingang im schwachen Licht sehe, erkenne ich am Rande den Umriss einer Person. Einer vertrauten Person, von der leichte Rauchschwaden in den Himmel aufsteigen. Ich halte inne, verfalle in eine Schockstarre. Mein Herzschlag setzt kurz aus.

»Luna?«, fragt eine tiefe Stimme, die mir Tränen in die Augen zu treiben droht. Wenn ich gerade irgendjemandem auf dieser Erde mitteilen könnte, wie furchtbar ich mich genau in diesem Moment fühle, dann vielleicht ihm.

Er wirft die Zigarette zu Boden und tritt kurz darauf den kleinen glimmenden Punkt aus. Anhand seiner Schritte höre ich, wie er sich mir nähert und erst allmählich ins Licht der Laterne tritt. »Hey, wo warst du denn so spät noch?«, fragt er und berührt mit seiner Hand besorgt meine Schulter. Mit suchendem Blick mustert er mein Gesicht und scheint die Tränen darin zu erkennen. Oder die verwischte Mascara, die wohl inzwischen in schwarzen Bahnen meine Wangen ziert.

»Schschsch ... Ist schon gut, ist schon ...« Dann verstummt er, denn er begreift, dass nichts in unserer Welt wirklich in Ordnung ist. Stattdessen zieht Kris mich in seine Arme und ich versinke im Schutz seiner Lederjacke, die nach einer Mischung aus Rauch und Parfüm riecht.

Ich spüre die Wärme, die von ihm ausgeht, und zum ersten Mal seit Langem versuche ich mich nicht, ihr zu entziehen. Sondern lasse sie langsam zu mir herübergleiten und mich von ihr einhüllen, auch wenn sie mein zerstörtes Inneres nicht erreichen kann.

»Sie haben dich beim Abendessen gesucht«, sagt er nach einer gefühlten Ewigkeit der Stille. »Ich habe ihnen gesagt, dass du sehr müde warst und dich schon hingelegt hast. So kam auch keiner auf die Idee, im Zimmer nach dir zu sehen. Ach und vom Abendessen habe ich dir etwas aufgehoben, falls du noch möchtest.« Kris lacht leise auf, als wäre es total lächerlich, dass es jetzt noch darauf ankommen würde. Dann sieht er mich lange an, so wie immer, wenn er versucht, aus mir schlau zu werden. Tiefer zu blicken, als die anderen es überhaupt versuchen. »Es tut mir leid«, bringt er dann ganz leise hervor.

Ich sehe ihn nur ratlos an. Inzwischen erkenne ich bereits die kurzen Haare auf seinem Kopf, die nachgewachsen sind.

»Was auch immer dir zugestoßen ist, wodurch du aufgehört hast zu reden … Es tut mir leid. Ehrlich.«

Irgendwo im Inneren bebt mein Herz, flattert, als könnte es jeden Moment davonfliegen. Dabei ist es noch immer in diesem Käfig gefangen und findet keinen Ausweg. Dieses Mal beginne ich diese Umarmung, scheine einfach darin zu verschwinden und ihm durch diese Berührung mit Dank für seine Worte zu antworten.

Liebes Herz, denke ich leise. Deine Aufgabe ist es, Blut zu pumpen, nicht mehr und nicht weniger als das. Also bitte, vergiss all die Schmerzen, all die Schmetterlinge und auch all das dazwischen. Lass uns nichts mehr tun, als zu leben. Nicht mehr und nicht weniger als das, aber bitte – verschone mich mit Emotionen, die darüber hinausgehen. Bitte, tu mir das nie wieder an. Denn den nächsten Verlust ertrage ich nicht mehr.

Währenddessen & Nebenan

Achtzehn

Dieses Mädchen ist vollkommen anders. Kris wird das Gefühl einfach nicht los, sie beschützen zu müssen. Auch wenn Mr. Kulip ständig versucht, ihn vom Gegenteil zu überzeugen. Doch als sie heute Abend mit ihrem Fahrrad, den verweinten Augen und zitternden Händen um die Ecke kam, war er verloren. Alles an ihr ruft doch geradezu nach Hilfe, auch wenn er noch nicht versteht, was sie dermaßen plagt.

Und wo, um alles in der Welt, ist sie so spät noch mit dem Fahrrad unterwegs gewesen? Ob sie jemanden besucht hat? Eventuell ihren Freund? Ob sie gestritten haben? All diese Fragen kreisen durch seine Gedanken und finden kein Ende.

Es ist erschreckend, wie sehr er Luna bereits mag und wie wenig er über sie weiß. Und es macht ihn wahnsinnig, es nicht zu erfahren. Gleichzeitig will er sie mit seinen Fragen nicht überrumpeln und womöglich verschrecken.

Kris reibt sich mit der Hand über die müden Augen. Er versucht ja geduldig zu sein und darauf zu warten, bis sie selbst bereit ist, darüber zu sprechen. Doch manchmal bringt es ihn um den Verstand. Wie damals, als seine Mutter ihn in ihrer aufdringlichen Art und Weise gebeten hat, wieder bei seinen Eltern einzuziehen, um eine Leere zu füllen, die sie nicht ertragen konnte. Obwohl er weiß, dass es falsch ist, ihr wegen dieser Bitte Vorwürfe zu machen, so wird er das Gefühl nicht los, diesen Erwartungen standhalten zu müssen, obwohl er das gar nicht will.

Ebenso wie bei Luna und den Ratschlägen von Mr. Kulip, gegen die er zwanghaft versucht anzukämpfen.

Heute, Jetzt & Hier

Neunzehn

Als ich die Augen aufschlage und mich in meinem Zimmer wiederfinde, entweicht mir ein genervtes Stöhnen. Es ist mitten in der Nacht und ich bin aus einem schlechten Traum aufgeschreckt. Diese ungerechte Welt, fluche ich in Gedanken, doch es hätte keinen Unterschied gemacht, es laut hinauszurufen. Das Leben ist das Ungerechteste, was mir in diesem Universum je untergekommen ist. Mit einem Seufzen stehe ich auf, reibe mir die Augen. Durch die Balkontür nehme ich das sanfte Leuchten des Mondes wahr und muss unwillkürlich lächeln. Lennon hat es immer gemocht, dass mein Name Mond bedeutet. Ohne weiter darüber nachzudenken, stehe ich auf und trete auf den Balkon hinaus. Es ist eine angenehm laue Sommernacht, weswegen ich in Shorts und einem Top nicht friere. Und während meine Gedanken noch immer um diesen seltsamen Traum kreisen, blicke ich einfach nur auf den Mond, der sich ein bisschen nach zu Hause anfühlt.

Im Traum stehe ich auf einer hohen Klippe, an deren Rand sich verzweifelt zwei Menschen mit ihren Händen klammern. Sie könnten jeden Moment abstürzen, in den unendlichen Tiefen des Meeres ihr Leben verlieren. Im Unterbewusstsein weiß ich, dass mir nur sehr wenig Zeit bleibt, um einen von ihnen zu retten. Dass jede Sekunde ausschlaggebend ist. Es sind Kris und Lennon – und ich kann mich nur für einen entscheiden.

Ein Seufzen entweicht mir erneut, doch weit und breit ist niemand, der es hören könnte. *Ich hatte Angst, Len. Angst, ich könnte nicht gut genug sein. Nicht gut genug für dich. Dich zu lieben, war für mich anscheinend keine Schwierigkeit – im Gegenteil, ich halte mich für vollkommen blind, das Ganze nicht schon viel früher erkannt zu haben. Vielleicht weil ich dir nicht mehr bieten konnte als das Mädchen, das du einfach schon immer kanntest. Ich wusste, dass ich an dir nie etwas zu befürchten hatte. Vor dir hatte ich keine Angst, es gab nie einen Grund, vor dir zurückzuweichen oder dir nicht zu vertrauen. Aber keine Angst zu haben und Liebe zu empfinden, ist nicht das Gleiche. Dazwischen liegt noch ein ganzes Universum, das ich erst jetzt erkennen kann. Es ist nicht die Angst vor dir, sondern die Angst um dich. Verdammt. Mr. Kulip scheint tatsächlich recht zu behalten. Ich fürchtete schon immer deinen Verlust. Denn normalerweise beginnt es erst mit diesen drei magischen Worten, aber bei uns hatte ich ständig das Gefühl, sie könnten alles, was wir hatten, beenden.*

Ich war dir gegenüber nicht echt, Lennon. Nicht ganz ich selbst. Stattdessen war ich immer diejenige, die danach strebte, dass du mich mochtest. Heute erkenne ich rückblickend, dass ich insgeheim nur eines wollte: Dass du mich ebenso liebst. Doch ich habe mich nie getraut, es einzusehen. Ich habe dich geliebt, aber ich konnte dir nie in meiner ganzen Wahrheit gegenüberstehen.

Len, du kanntest mich vom ersten Tag an – wir sind fast wie Geschwister aufgewachsen. Wie eine übertriebene Perfektionistin versuchte ich, Makel auszuwischen und zu verblenden, sodass du sie nicht bemerkst. Ich habe ganz unbewusst und heimlich versucht, perfekt für dich zu sein, damit du mich liebst. Nur um es am Ende, erst nach deinem Tod, selbst zu begreifen. Wie konnte ich nur so blind sein? Wie konnte ich nur so feige sein, dir meine Fehler vorzuenthalten? Sie entscheiden doch über die Tiefe der Verbundenheit – und nicht die Oberflächlichkeit. Und in meiner Einsamkeit verfolgen mich die quälenden Gedanken, ob du mich auch in meiner Echt-

heit, mit all meinen Makeln und Fehlern hättest lieben können, wäre ich mutig genug gewesen, es nur ein einziges Mal laut auszusprechen und dir zu zeigen. Dir zu beweisen, dass wir die Menschen wegen ihrer guten Seiten mögen – doch wir lieben sie wegen ihrer Fehler und Eigenheiten.

In Gedanken schweife ich zurück zu dem Moment, als ich Lennon meine Liebe gestanden habe. Gefühle, die er nicht erwidert hat. Denn aus seinem Mund konnte ich nur hören, dass bereits alles vorbei ist. Dass für uns keine Chance mehr existiert. Vielleicht nie existiert hat.

Ich gehe zurück ins Zimmer und krame den rosafarbenen Teebeutel heraus, den Rachel mir am Abend meiner Traurigkeit unter der Tür durchgeschoben hat. Im Badezimmer fülle ich heißes Wasser in einen Becher und werfe den Tee hinein. Auch wenn es nicht kocht, hoffe ich, dass es ausreichen wird. Dass manchmal auch unperfekt gut genug ist. Anschließend gehe ich damit zurück auf den Balkon und betrachte weiter den Mondschein.

Was würde ich nur alles dafür geben, um immer noch einen letzten Augenblick bei dir zu sein. Dieses Funkeln, Strahlen und Leuchten deiner Augen in einem blauen Meer aus Licht, das mein ganzes Herz, mein ganzes Leben in einem schwachen Lächeln zerbricht. Ja, dein

Verlust hat mich entzweigerissen und die Welt unter meinen Füßen ins Wanken gebracht, sodass ich nicht mehr selbstständig mit beiden Beinen im Leben stehen kann. Doch was mich innerlich auffrisst, zerstört und ruiniert, ist die Einsicht, dass ich meine Liebe für dich erst nach deinem Verlust begriffen habe. Und diese Erkenntnis bringt die ungewollte Wahrheit mit sich, dass du unwiderruflich fort bist. Dass dein Verlust endgültig sein wird.

Der Mond ist zur Hälfte in Dunkelheit gehüllt und ich erkenne mich genau darin wieder. *Len, ich höre es dich noch sagen, dass mein Name so viel mehr bedeutet als die Buchstaben, die ihn schreiben. Vielleicht hattest du auch damit recht, denn ein Teil von mir, meine Liebe zu dir, blieb immer unentdeckt – wie die verborgene Seite des Mondes. War das die Bedeutung deiner Worte? Werde ich das jemals erfahren?*

Die Wärme der Teetasse überträgt sich allmählich auf meine zitternden Finger. Aber was, wenn ich der Neumond bin, der aus dieser endlosen Leere und Dunkelheit nun Stück für Stück zurückfinden muss, um irgendwann wieder ganz er selbst zu sein?

Denn wenn ich ehrlich bin, Lennon – zu dir und vor allem zu mir selbst –, dann habe ich in diesem Traum nicht dich gerettet, weil du nicht mehr gerettet werden kannst und es an der Zeit ist, dich in den Himmel gehen zu lassen, wo du bereits bist. Auch wenn dein Verlust mir das Sonnenlicht nimmt, in dem ich als Mond in all den düsteren Nächten dennoch hell erstrahle, so ist es an der Zeit zu erkennen, dass ich dich nicht mehr halten kann.

Am nächsten Morgen stehe ich meinem Spiegelbild gegenüber und betrachte mich lange, bevor ich zum Frühstück in den Speiseraum muss. Ich versuche, eine Veränderung zu finden, etwas, das mich eventuell nach außen hin verraten könnte. Doch außer den verweinten roten Augen, die längst nicht mehr ungewöhnlich sind, ist da nichts, was eine Veränderung, eine neue Erkenntnis vermuten lässt. Dieses Chaos ist nur in meinem Inneren.

An meiner Zimmertür ertönt ein Klopfen, das mich aus den Gedanken reißt. »Luna? Bist du noch da?«

Ich erkenne die zaghafte, zögerliche Stimme von Rachel und in mir regt sich der Impuls, ihr zu antworten. Doch er erlischt ebenso schnell, wie er aufgetaucht ist, und ich eile zur Tür, um ihr zu öffnen.

Rachel steht mir gegenüber und wirkt im Gegensatz zu mir wach und gewappnet für einen erneuten Tag in dieser Klinik, abseits der realen Welt. »Guten Morgen«, bringt sie hervor.

Ich antworte ihr mit einem stillen Lächeln.

»Ich wohne nur zwei Zimmer weiter und dachte, wir können gemeinsam zum Frühstück gehen – wenn du möchtest.« Die letzten Wörter fügt sie noch hinzu, als könnte ich ihr Angebot verneinen und die Tür vor ihrer Nase zufallen lassen.

Stattdessen nicke ich, greife nach meiner Tasche mit dem Notizblock und folge ihr nach draußen. Wir laufen schweigend nebeneinanderher und ich begreife, wie viel Überwindung es Rachel kostet, diese Stille auszuhalten und zu akzeptieren. Und ich bin unheimlich dankbar dafür.

Bevor wir das Treppenhaus erreichen, deutet sie auf den Aufzug. »Du fährst normalerweise nicht mit dem Aufzug, stimmt's?«

Ich schüttle den Kopf und sie steuert daraufhin automatisch die Treppe an. Wieder hüllen wir uns in Schweigen und schlechtes Gewissen steigt in mir auf. Freundinnen würden nun darüber reden, welche Gründe es dafür gibt, oder ich würde ihr eine Geschichte erzählen, die das Ganze plausibel erklärt. Doch wie sollen wir Freundinnen sein, wenn die Gespräche fehlen, die uns verbinden sollen?

Während wir die Stufen nach unten steigen, denke ich an Samika, die seit der Schulzeit meine beste Freundin ist. Wir haben so viel gemeinsam erlebt und dennoch – oder gerade deswegen – will sie mein Schweigen nicht akzeptieren. Sie sträubt sich dagegen, als könnte es davon besser werden. Ich erinnere mich mit geballten Fäusten an den Moment, als sie mein Tagebuch gelesen und provozierend in die Höhe gehalten hat. Durch diese Aktion hat sie nicht nur mein Innerstes nach außen gekehrt, sondern auch irgendwie mein Vertrauen verloren.

Ja, vielleicht hätte ich mit ihr reden sollen – ihr von der Leere und dem endlosen Schmerz über Lennons Verlust erzählen sollen. Vielleicht sogar eingestehen, dass ich Len geliebt und es erst nach seinem Tod begriffen habe. Aber ich kann es einfach nicht, denn die Worte sind fort. Als hätte man sie mir gestohlen und noch nicht wieder in einem Fundbüro abgegeben. Selbst nachdem sie die Worte über meine Trauer gelesen und sozusagen in meine Seele geblickt hat, war da nicht mehr Verständnis als zuvor. Womöglich überwiegt die Verzweiflung in ihr momentan so viel stärker.

Mit einem Blick auf Rachel spüre ich ein Gefühl von Wärme in meiner inneren Leere. Sie meint es auf ihre ganz eigene Art und Weise gut mit mir, auch wenn ich ihr diese Geste noch nicht zurückgeben kann. Noch kann ich ihr keine gute Freundin sein, aber innerlich entsteht der Wunsch, dass ich es eines Tages sein werde.

Etliche Tage später tummeln sich wie an jedem Morgen die murmelnden Menschen vor dem Speiseraum. Ich halte automatisch Ausschau nach Kris. Rachel und ich gehen bereits nach drinnen und laden uns Brötchen, Cornflakes und Obst auf die Tabletts, bevor wir einen geeigneten Tisch mit drei freien Plätzen ansteuern. Rachel läuft langsam und balanciert in Zeitlupe ihre randvolle Teetasse. Als wir den Tisch erreichen und sie sich setzt, grinst sie erleichtert. Dabei mustere ich ihr Gesicht einen Moment länger und meine, ihr anzusehen, dass sie heute einen guten Tag hat. So sind die Tage hier anscheinend aufgeteilt – in gut oder schlecht, hell oder dunkel. Noch kann ich nicht sagen, was heute für ein Tag für mich ist. Obwohl jeder meine verweinten Augen sehen kann und ich dadurch offensichtlich eine schlechte Nacht hinter mir habe, so hege ich die leichte Hoffnung, dass Rachels optimistische Art auf mich abfärben könnte. Auch wenn sie niemals die schwarze Leere in meinem Herzen füllen wird.

»Ich habe das Teetrinken erst hier in der Klinik angefangen«, beginnt sie und ich höre ihr aufmerksam zu. »Sie sagten, die Wärme sei hilfreich. Und natürlich die Aufschrift.« Rachel deutet auf den Teebeutel, auf dem noch immer *»Innere Ruhe«* geschrieben steht.

Ich grinse und sie erwidert es.

»Ja, ich weiß. Als wäre es damit getan. Als ob Tee trinken helfen würde.« Ihre Worte erinnern mich erneut an Grandma. »Aber so ist es gar nicht. Sie versuchen, uns hier nur einen Schubs in die richtige Richtung zu geben. Letztendlich müssen wir uns selbst heilen. Das ist das Schwerste, aber die einzige Möglichkeit, uns selbst zu retten.« Ihre Stimme wird leiser und sie sieht mich nicht mehr an, sondern starrt stattdessen auf ihr Tablett.

Ich lege den Apfel zurück, von dem ich eben abgebissen habe, und krame den Notizblock aus meiner Handtasche.

Ich fühle mich manchmal nicht so, als ob ich mich noch retten könnte.

Rachel beobachtet gebannt, wie ich die Buchstaben zu Papier bringe. Dann schiebe ich ihr den Notizblock so hin, dass sie die Schrift richtig herum lesen kann, und sehe sie an. Sie seufzt. »Ja, ich weiß. Aber wir wollen doch manchmal auch zurück, oder nicht? Normal sein so wie die anderen. *Leben.* Und an anderen Tagen glaube ich, nicht einmal aus dem Bett aufstehen zu können.« Sie mustert mich.

Ich frage mich, ob sie damit insgeheim wissen wollte, ob ich das Sprechen vermisse. Ob es mir fehlt. Doch so einfach ist es nicht zu beschreiben. Da ist etwas in mir, das diese Worte verschluckt hat, weil es der Meinung ist, dass nichts, was ich auch sagen könnte, das Ausmaß des Gefühls beschreiben kann.

Bevor ich dazu eine Antwort parat habe, kommt Kris an unseren Tisch gelaufen und begrüßt uns mit verschlafenem Blick. Kaffee ist über seinen Tassenrand geschwappt und flutet sein Tablett.

»Guten Morgen, deine Feinmotorik schläft wohl noch.« Rachel deutet auf den verschütteten Fleck und beginnt zu kichern.

Kris verdreht die Augen, doch seine Mundwinkel heben sich und ich weiß, dass er ihr das nicht übel nimmt. »Wenn es nach mir ginge, würde ich den Kaffee auch direkt aus der Maschine trinken. Und dass man hier vor sieben Uhr keinen Kaffee bekommt, ist auch die reinste Zumutung!« Er nimmt einen Schluck aus seiner Tasse und verbrennt sich dabei anscheinend, denn er verzieht das Gesicht zu einer schmerzvollen Miene.

Ich muss mir bei diesem Anblick unwillkürlich ein Grinsen verkneifen, doch es scheint mir nicht besonders gut zu gelingen, denn auch Rachel hält sich prustend die Hand vor den Mund.

»Na wunderbar, dann hat sich das Aufstehen heute ja schon gelohnt, wenn ich euch beide damit zum Lachen bringen konnte. Aber ich würde jetzt trotzdem in Ruhe meinen Kaffee trinken, bevor uns heute dieses ganze Drama erwartet, okay?«

»Okay«, erwidert Rachel mit einem Grinsen.

Ich schnappe nach dem Stift und schreibe etwas auf den Notizblock.

Okay.

Kris sieht mich an und etwas an seinem Blick ist anders. Als hätte er ein winziges Detail an mir entdeckt, durch das er mich nun besser verstehen würde.

Unser Tagesablauf in der Klinik bleibt einheitlich, fast schon vertraut. Nach dem Frühstück sind wir in der Gruppentherapie und Mr. Kulip erzählt uns etwas von Gefühlen und über die Macht von Ängsten. Und manchmal habe ich den Eindruck, der Therapeut würde mich einen Augenblick länger ansehen als sonst.

Am Nachmittag befinden wir uns wieder im Kunstraum und alle gehen beschäftigt ihren Projekten nach. Nur ich sitze wieder schweigend neben Kris und beobachte ihn bei seiner düsteren Zeichnung.

Stört es dich, dass ich zuschaue?

Kris sieht mich an, nachdem er die Frage auf meinem Notizblock gelesen hat. »Solange es dich nicht stört, dass ich kein grandioser Künstler bin«, gibt er als Antwort zurück.

Ich erwidere sein Lächeln.

»Sie sagen, in der Kunsttherapie können wir uns besser ausdrücken als in den Gesprächen. Es gibt uns die Freiheit, das zu sagen, was wir nicht in Worte packen können.« Er lässt die Sätze für einen langen Moment einfach zwischen uns schweben und hält den Blickkontakt mit mir, bevor er sich wieder der Kohlezeichnung auf seinem Papier widmet. Und während er zeichnet, hallt die Bedeutung seiner Worte in mir nach. Welche Zeichnung würde für meine Stille entstehen? Was würde ich malen, um auszudrücken, was ich nicht sagen kann?

Ich sitze lange mit dem Bleistift in der Hand vor meinem Notizblock und grüble darüber. Am Ende der Zeit sind nur ein paar wenige Striche auf dem Blatt zu sehen, die noch keinen Aufschluss darüber geben, was sie einmal darstellen sollen.

Dennoch liegt in Rachels Blick etwas Anerkennendes, als sie sich nach dem Aufräumen zu uns gesellt. »Das ist doch schon gut. Es wird doch.«

Es klingt, als würde man einem Kleinkind, das seinen ersten, wackeligen Schritt gewagt hat, Mut zusprechen wollen. Doch bevor ich mich darüber empören kann, bemerke ich, wie wahr sich dieser Vergleich doch tatsächlich anfühlt. Wir alle sind gefallen, haben uns vielleicht das Knie aufgeschürft oder das Handgelenk verstaucht, als wir einen heftigen Aufprall verhindern wollten. Deshalb sind wir zu schwach, zu ratlos, um uns alleine und selbstständig zu erheben und unseren Weg fortzusetzen. Ich blicke Rachel einen langen Moment nach und begreife, dass wir alle jemanden brauchen, der uns seine Hand reicht, um wieder aufzustehen.

Nach dem Abendessen sitzen wir noch im Aufenthaltsraum, trinken Tee und spielen Karten. Rachel gewinnt zweimal in Folge und in ihrem Lachen finde ich die Antwort auf meine Frage vom Morgen: Auch wenn es eine schlechte Nacht war, so war es heute kein schlechter Tag. Ich würde deshalb nicht sagen, dass es ein guter Tag war, aber dennoch fühlt es sich wie ein kleiner Sieg an.

Als Kris zum Rauchen nach draußen geht, begleite ich ihn, obwohl er mich nicht danach fragt. Dennoch folge ich ihm still in die Dunkelheit der Nacht, wo wir nur vom Schein der Straßenlaterne erwartet werden. Und den unzähligen Sternen über unseren Köpfen, zu denen ich augenblicklich emporschaue.

»Luna, ich muss dir noch etwas sagen. Aber irgendwie wusste ich noch nicht, wie ich das formulieren soll«, bringt Kris plötzlich hervor, noch bevor er seine Zigarette anzündet.

Mein Puls stockt, meine Hände beginnen zu beben und ich schnappe nach Luft. Zuletzt haben sich Lennons Worte so ähnlich angehört und dabei nach Abschied und Schmerz geklungen.

Kris mustert mich, dann spielt er nervös am Feuerzeug herum und betrachtet immer wieder die Flamme, die kurz aufleuchtet. Meine Nervosität hat mich inzwischen überrumpelt und vollkommen eingehüllt. »Morgen steht Konfrontationstherapie auf dem Programm.« Er spricht es aus, als müsste mich bereits das bloße Wort in Angst und Schrecken versetzen. Dabei verstehe ich noch nicht, was er mir damit sagen will.

»Das ist echt … hart und gerade beim ersten Mal zerreißt es einen irgendwie. Ich möchte dich vorwarnen, aber ich bin nicht sicher, ob man das überhaupt kann.« Kris seufzt und hält die Zigarette in die Flamme, bis der glimmende Punkt aufleuchtet. »Sie provozieren uns genau damit, was uns am stärksten verletzt. Eigentlich wollen sie irgendwie auch, dass man es zulässt und sich nicht davor verschließt, denn dann ist uns der Zugang zu uns selbst am größten. Aber es fühlt sich im ersten Moment nicht so an, Luna. Im Gegenteil, es kommt dir vor, als würden sie dein Herz herausschneiden und es zertreten. Aber später, einige Zeit danach, geht es uns besser. Weil der Schmerz dadurch einen Weg nach draußen findet und wir ihn nicht mehr allein herumtragen müssen.«

Rauch steigt in den Himmel hinauf und ich betrachte Kris bei diesen Bewegungen gebannt, als könnte ich mich daran festklammern, um mich nicht in der Angst, die seine Worte in mir auslösen, zu verlieren. Dabei kenne ich genau dieses Gefühl, das er beschrieben hat, und ich schätze auch seine Art, mich vor diesem Schmerz warnen zu wollen. Doch der Verlust meines Herzens ist mir durchaus schon bekannt.

»Es tut mir leid, ich will dich nicht beunruhigen.

Aber ich wollte dich da auch nicht unwissend hineinrennen lassen. Egal, wie schwer es morgen wird, wir werden alle leiden, und genau das ist es, was uns zusammenschweißt. Wir sitzen hier alle im selben Boot und morgen wirst du es an Rachels Kleid erkennen. Es wird ein schlechter Tag werden. Für uns alle.«

Währenddessen & Nebenan

Zwanzig

Kris steht auf dem Balkon seines Zimmers und lässt seinen Blick über die Baumkronen schweifen, hinter denen irgendwo der Badesee liegt. Er erinnert sich noch viel zu genau an seine erste Konfrontationstherapie und ein Schaudern fährt ihm bei dieser Erinnerung über den Rücken:

Mr. Kulip ist mit der gesamten Gruppe an den nahe gelegenen See gelaufen, während sich in Kris' Kehle ein gigantischer Kloß bildete, der beinahe drohte, ihm die Luft abzuschnüren. So langsam er auch einen Schritt vor den anderen setzte, um das Unvermeidliche hinauszuzögern, erreichten sie den Badesee früher als erhofft. Und dann standen sie einfach nur da und starrten auf die glitzernde Wasseroberfläche, auf die sanften Bewegungen, die der angenehme Wind darauf auslöste. Während der

Stoff des T-Shirts verschwitzt vor Hitze an seinem Rücken klebte, verspürte er überhaupt nicht den Drang, sich der Wasserlinie auch nur einen weiteren Schritt zu nähern, obwohl ihn noch circa zwanzig Meter davon trennten. Schweißperlen traten auf seine Stirn und er sah unruhig zur gegenüberliegenden Seite des Sees. Weit und breit waren keine anderen Menschen zu sehen und dies jagte ihm zusätzlich Angst ein. Adrenalin rauschte durch seine Adern und ließ seine Hände verkrampfen, während sein Atem immer wieder stockte.

»Gehen Sie zehn Schritte näher. Sie können laut mitzählen, das hilft meistens dabei, zu …«

Ohne auf den vollständigen Satz des Therapeuten zu warten, stapfte Kris drauflos. Er wollte es hinter sich bringen und so schnell wie möglich von hier verschwinden. Und er wollte vor den anderen aus der Gruppe nicht wie ein Vollidiot dastehen, auch wenn ihm die Panik bereits wie ein hungriger Tiger im Nacken saß.

»Sieben. Acht.«

Eine Ente flatterte erschrocken aus dem hohen Schilf und platschte mit lautem Protest in den See. Wassertropfen schossen empor und allein das Geräusch ließ Kris innehalten. Wie konnte ein Mensch das jemals ertragen? Und wieso um alles in der Welt war ein so kleines Geräusch in der Lage, einen so unendlich weit zurückwerfen?

»Kris, zählen Sie weiter! Bleiben Sie gedanklich im Hier und Jetzt«, rief Mr. Kulip ihm energisch zu, nachdem bestimmt Minuten vergangen waren.

Gefangen in der eigenen Erinnerung. Er straffte die Schultern, schloss die Augen und ging weiter zielstrebig voran. Nicht darüber nachdenken. Die Erinnerung nicht siegen lassen. Das Hier und Jetzt …

»Zehn.« Kris öffnete die Augen und holte tief Luft. Der See lag direkt vor ihm und so einladend er auf alle anderen der Gruppe wohl wirken musste, so abstoßend und grässlich war er für Kris.

»Sehr gut«, ertönte Mr. Kulips vertraute Stimme im Hintergrund. »Zählen Sie nun langsam bis zehn, dann kehren Sie wieder um und zählen die zehn Schritte erneut. Atmen Sie ruhig.«

Während Kris mit dem Zählen begann, verkrampfte sich sein Herz. Bilder, die er verdrängen wollte, schoben sich vor sein inneres Auge. Rufe und Stimmen, die er so niemals gehört hatte, setzten sich aus Panik und Fantasie zusammen.

»Fünf …«

Kris kehrte ganz plötzlich um und zählte keinen einzigen Schritt laut zurück. Auch hielt er nicht inne, als er Mr. Kulip und die Gruppe erreichte, sondern stapfte zielstrebig an ihnen vorbei. Erst als er für seine Verhältnisse weit genug vom See entfernt war, hielt er an und holte tief Luft. Als der Therapeut mit den restlichen Patienten aufgeholt hatte, legte er Kris kurz die Hand auf die Schulter. Eine Geste des Mitgefühls und Stolzes.

»Beim nächsten Mal wird es besser werden. Sie machen das schon.«

Kris fährt sich mit einer Hand über den Hinterkopf und vertreibt dabei die Erinnerung an diesen vergangenen Tag. Die Vorstellung, dass auch Luna etwas derart Schmerzhaftes durchstehen soll, schmerzt ihn sehr. Doch auch die eigene Konfrontation, die ihm im Leben immer wieder begegnen wird, beunruhigt ihn. Denn keiner der Patienten weiß, wer morgen zur Konfrontationstherapie aufgerufen wird. Es könnte jeden von ihnen treffen.

Heute,
Jetzt & Hier

Einundzwanzig

Kris behält mit seinen Worten recht, denn am nächsten Tag begrüßt Rachel mich in einem knallroten Kleid mit weißen Punkten vor meiner Zimmertür. Sie lächelt nicht, sondern knetet nervös ihre Hände. »Hey, Luna, bist du bereit?« Ihre Stimme ist noch leiser als sonst, zögerlich und besorgt. Ihre Stirn liegt in Falten und ihre Augen wirken müde.

Kein »Guten Morgen«. Womöglich wären mir diese Details ohne Kris' Vorwarnung gar nicht aufgefallen und deshalb bin ich dankbar dafür, heute vorbereitet zu sein. Auch wenn man sich darauf nicht vorbereiten kann, wie mir scheint. Wie sollte man sich gegen das Schrecklichste jemals wappnen können?

Zur Begrüßung ziehe ich den Notizblock aus

meiner Tasche, auf den ich bereits im Vorfeld die Worte für den heutigen Tag geschrieben habe:

Wir schaffen das heute. Zusammen.

Als Rachel die Worte liest, blinzelt sie kurz darauf heftig und verkneift sich die Tränen. »Ja, das werden wir. Trotzdem habe ich furchtbare Angst.«

Diese Angst wird auch nicht weniger, als wir durch das Treppenhaus laufen. Selbst beim Frühstück sprechen wir drei kein Wort, als gäbe es an diesem Tag nichts weiter zu sagen. Als wären wir alle nur dankbar, wenn dieser Tag endlich vorbei wäre.

Gemeinsam betreten wir den Therapie-Gruppenraum und mir fällt sofort auf, dass die Stühle anders aufgestellt sind. Ein einzelner steht in der Mitte des Stuhlkreises. Niemand setzt sich oder spricht, bis Mr. Kulip den Raum betritt und uns begrüßt. Doch keiner der Patienten reagiert darauf.

»Es ist nur zu eurem Besten«, sagte Mr. Kulip und mustert jeden Einzelnen von uns. »Die Konfrontationstherapie ist wichtiger Bestandteil, um beispielsweise ein Trauma zu durchbrechen oder Ängste zu bewältigen. Manchmal müssen wir uns gewissen Situationen erneut stellen, um sie zu verarbeiten und neue Wege daraus zu entwickeln. Deshalb sind wir heute hier und ich weiß, dass es Ihnen nicht leichtfallen wird. Aber erst dann wird es besser werden. Bitte nehmen Sie Platz.«

Zögernd folgen wir der Anweisung des Therapeuten und noch einen Augenblick lang hallen seine Worte in meinen Gedanken nach. Zum ersten Mal hat Mr. Kulip das Wort *uns* benutzt, anstatt uns mit Sie anzusprechen. Eine Art Verbundenheit, die uns wohl zeigen soll, dass wir mit der heutigen Aufgabe nicht alleine sind. Dennoch beben meine Finger und mein Blick wandert unsicher zu Kris. Rachel lässt die Gelenke ihrer Hände vor Nervosität knacken und bei dem Geräusch zucke ich unwillkürlich zusammen.

Ein seltsamer Morgen in einer verdammt seltsamen Welt, seit Lennon fort ist und der Autounfall unsere Leben zerstört hat. Trümmer und Glasscherben fliegen vor meinem inneren Auge vorbei und versetzen mich zurück in einen Moment, den ich am liebsten für immer vergessen wollte. So sehr, dass ich die Erklärungen von Mr. Kulip nicht wahrnehme und sich mein Körper vor Angst verkrampft.

Ich höre das Quietschen von Autoreifen auf dem nassen Asphalt und irgendwo in der Ferne dröhnt die Hupe des LKWs. Doch diese Warnung erreicht uns viel zu spät und …

»Luna? Ist alles okay?«

Erschrocken schnappe ich nach Luft und blinzle mehrere Male, bevor ich Kris zwischen all den alten Erinnerungen erkennen kann. Seine grauen Augen mustern mich und versuchen mal wieder, einen Hauch einer Antwort in meinem Gesicht zu erahnen. Ich starre auf meine Hände, blicke in den Raum, in all die ratlosen Gesichter. Adrenalin und Angst pulsieren durch meine Adern.

»Luna, möchten Sie anfangen? Kommen Sie.« Mr. Kulip winkt mich mit einer einladenden Geste zu sich.

Ich fühle mich unfähig, den Kopf zu schütteln, geschweige denn zu gehen. Nur ein verzweifeltes Keuchen entweicht meiner Kehle, als ich versuche, tief Luft zu holen. Doch selbst das scheint mir kaum mehr zu gelingen.

»Normalerweise hilft es den Betroffenen sehr, über die Situation zu sprechen. Dadurch gelangen unsere emotionalen Blockaden nach außen. Diese Erkenntnis ist entscheidend, damit man sich selbst von dieser Last befreien kann.« Mr. Kulip fährt auch ohne meine Antwort ganz unbeirrt fort. Ich weiß nicht, ob ich ihm vollständig folgen kann.

»Mr. Kulip, ist das wirklich so eine gute Idee …«, ertönt eine tiefe Stimme neben mir. Auch wenn ich ihn nicht ansehe, sondern weiterhin starr vor Angst auf meine Hände blicke, weiß ich, dass Kris erneut versucht, meine Stimme zu sein. Er trägt genau die Worte nach draußen, die ich verloren habe, und ich bemerke die Zweifel in seiner Stimme. Die Zweifel, ob ich dafür schon bereit bin, denn eigentlich kennen wir diese Antwort bereits.

Ich bin es nicht und vielleicht werde ich niemals bereit sein, über deinen Verlust auch nur ein einziges Wort zu verlieren. Plötzlich denke ich an die magischen Begegnungen zwischen Wolken und Rosenduft, als mir das Sprechen so leichtfiel. In Lennons Nähe existieren keine Mauern um mein Herz, die mein Ich mitsamt meinen Worten und Gefühlen vor der Welt verbarrikadieren. Als würden sie bei seiner Anwesenheit zerschmelzen wie das Wachs in einer lichterloh brennenden Kerze.

»Stellen Sie sich einfach vor, vor Ihnen steht ein Auto. Egal welches Modell und welche Farbe, das überlassen wir Ihnen. Und Sie müssen nichts mehr tun, als einzusteigen. Sie müssen nicht einmal fahren. Außer Ihnen ist niemand sonst auf der Straße. Nur Sie und das Auto. Es gibt überhaupt keine Gefahr. Stellen Sie sich einfach nur vor, Sie würden einsteigen. Schritt für Schritt.«

Ich schließe die Augen. Nicht, weil ich mir Mr.

Kulips Worte tatsächlich vorstellen möchte, sondern um all den Blicken auszuweichen, die sich sofort auf mich richten. Egal wie sehr ich versuche, mich gegen die Erinnerung zu wehren oder an etwas Unbeschwertes und Einfaches wie eine Blumenwiese zu denken, so gelingt es mir nicht. Mr. Kulips Worte werden real und vor meinem inneren Auge erscheint das silbergraue Cabrio. Kratzer und Dellen verraten, dass es sich um genau jenes Cabrio handelt, das Lennon so geliebt hat und welches ich heute stärker verachte als jedes andere Auto der Welt. Es hat mir Len entrissen und niemals, unter keinen Umständen, würde ich je wieder in dieses Fahrzeug einsteigen.

Mr. Kulip redet weiter, doch ich nehme seine Worte nicht mehr bewusst wahr. Stattdessen bewege ich mich in langsamen Schritten auf das Cabrio zu und greife ganz plötzlich nach der Tür.

Ein Schauer jagt über meinen Rücken und ich kneife die Augen fester zusammen, als müsste ich diese Bilder dadurch nicht mehr sehen. Wie ein Film spult sich dieses Szenario ab, ohne dass ich noch einschreiten kann. Als wäre ich dieser Erinnerung und Mr. Kulips Worten machtlos ausgeliefert.

Ich öffne die Tür und stehe verdächtig nahe am Sitz, jeden Moment bereit, tatsächlich einzusteigen.

Mich überkommt ein Zittern und ich höre ein Schluchzen, von dem ich nicht weiß, ob es von mir stammt. Ich erinnere mich an den Abend, an die Party, auf der ich getanzt habe, und an den Blick, den Lennon mir zugeworfen hat. Als wäre da mehr gewesen. Als wäre da irgendetwas zwischen uns. Dann die Heimfahrt und unser Lied im Radio, die Melodie, die mein Herz berührt, und wann immer ich es höre, nur an ihn denken muss. Die Momente ziehen wie Schnappschüsse an mir vorbei. Der prasselnde Regen, die kurvige dunkle Straße.

Ich weiß, dass du mich sicher nach Hause bringen wirst. Weil du mich immer beschützt hast – in keiner Sekunde meines Lebens habe ich je daran gezweifelt. Dann tauchen die Lichter des LKWs auf, blenden uns für einen Moment, bis wir bemerken, dass er sich auf der falschen Fahrbahn befindet. Die Reifen des Cabrios quietschen und schlittern über den nassen Asphalt und …

Ohne es selbst zu bemerken oder die anderen Personen wahrzunehmen, sinke ich vom Stuhl herab, klammere die Arme um meine Beine und rolle mich wimmernd am Boden zusammen. Ich kann das nicht mehr, ich ertrage diesen Schmerz keine Sekunde länger. Ich zerbreche daran und dennoch kann ich diese Erinnerung aus Gedanken nicht selbst bekämpfen oder unterbrechen.

»Ich denke, es reicht«, vernehme ich irgendwo eine laute Stimme. »Luna? Luna?« Jemand berührt meinen Arm und mir entfährt dabei ein kurzer Schrei. Erst als ich die Augen langsam öffne, sehe ich Kris vor mir. »Luna? Du hattest einen Flashback, aber du bist hier, okay? Kannst du versuchen aufzustehen? Nicht darüber nachdenken.«

Es fällt mir schwer, Kris' Worten zu folgen, geschweige denn, sie tatsächlich zu verstehen. Meine Kehle ist trocken, mein Blick verschwommen und meine Augen schmerzen, als hätte ich lange Zeit geweint. Doch ich erinnere mich nicht bewusst daran, erinnere mich nur an die Bilder, an die Angst und an die grenzenlose Leere, die auch jetzt nicht abklingt.

Es hat etwas Vertrautes, mit Kris den Gruppenraum zu verlassen und nach draußen zu gehen, um wieder zu atmen. Wir laufen den Gang nebeneinander auf und ab, obwohl meine Beine so sehr zittern, dass ich glaube, für jeden Schritt unfähig zu sein. Doch es wird nach und nach besser, als würde zumindest mein Körper wieder in die Realität zurückfinden.

Mr. Kulip ist uns gefolgt, aber anscheinend wartet er noch auf den richtigen Moment, um mich anzusprechen. »Es tut mir leid, Luna. Bitte entschuldigen Sie, aber Sie haben das wirklich sehr sehr gut gemacht. Ich bin stolz auf Sie. Wenn Sie Hilfe benötigen, können Sie heute jederzeit auf mich zukommen, ansonsten sehen wir uns morgen im Einzelgespräch. Nehmen Sie sich den restlichen Tag frei, ich werde Sie für die weiteren Aktivitäten abmelden.« Er nickt mir nochmals zu.

Ich erwidere es kurz, bevor ich mir über die nassen Wangen wische. Auch wenn ich es in diesem Moment nicht formulieren kann, so hoffe ich, dass er die stille Zustimmung dennoch verstanden hat.

Ich weiß nicht, wie viele Minuten oder Ewigkeiten Kris und ich auf dem Flur auf und ablaufen. Schritt für Schritt, ohne ein einziges Wort. Bis sich meine Atmung, meine Tränen und auch meine Beine wieder beruhigt haben und beinahe alles wieder normal wirkt.

Als die Gruppenstunde endet, ist Rachel die Erste, die hinausstürmt und zu uns kommt. »O Luna, es tut mir so furchtbar leid!«, entfährt es ihr sofort.

Ich sehe ihr an, dass sie mit der Überlegung ringt, mich zu umarmen.

»Ich glaube, sie hat es so weit schon überstanden. Das war ja nicht gerade ohne«, antwortet Kris für mich.

Mal wieder wünsche ich mir zu sprechen. Einfach nur, um den beiden mitzuteilen, dass ich ihnen unendlich dankbar bin. Doch auch nach diesem Ereignis wollen die Worte nicht über meine Lippen gelangen.

»Vielleicht sollten wir heute Abend runter in die Bar gehen und das mit ein paar Cocktails hinter uns lassen?« Rachels Vorschlag wirkt auf mich zuerst absurd. Als würden sich uns all unsere Probleme, Sorgen und Ängste in den Weg stellen, um so etwas Alltägliches zu verhindern. Kris sieht mich abwartend an und ich zucke ratlos mit den Schultern.

»Ein Versuch wäre es tatsächlich wert. Schlimmer kann es nicht mehr werden, oder?« Und damit behält er verdammt noch mal recht.

Der Himmel erstrahlt in einem zarten Rosa und ich atme erleichtert auf. Der bereits bekannte Duft von Rosen umgibt diesen seltsamen Ort und eine Feder landet sanft auf meiner Haut. Eine Zufriedenheit durchströmt meinen Körper und überwiegt diese bittere Verzweiflung in meinem Inneren. Mein letzter Besuch bei Lennon war ganz anders verlaufen, als ich es mir vorgestellt hatte, und ist in einem ungünstigen Moment zu Ende gewesen. Doch heute benötige ich seine Hilfe und auch seine Nähe.

Lennon und ich haben nie wirklich gestritten, zumindest kann ich mich nicht daran erinnern. Wenn sind es nur Kleinigkeiten gewesen, über die man schnell hinweggesehen hat. Aber dieses Mal? Jetzt liegt die Wahrheit auf dem Tisch. Ich erkenne seinen Umriss. Nach zwanzig Jahren habe ich ihm meine Gefühle offenbart, die er nicht erwidert. Zum ersten Mal steht etwas zwischen uns, dabei sollte ausgerechnet die Liebe Nähe schaffen. Doch wie ich es in all den Jahren befürchtet habe, schafft sie in Wahrheit nur Distanz.

»Len?«, rufe ich ihm fast vorsichtig zu.

Er kommt näher. Ich sehe ihm die gemischten Gefühle an, dennoch freut er sich sichtlich über meinen erneuten Besuch. Gleichzeitig wirkt er unglücklich. Auch er spürt diese Distanz, diese Unsicherheit. »Hey, Luna. Schön, dass du hier bist und nicht –«

»Ich wollte es nicht so zu Ende gehen lassen«, höre ich mich sagen.

Er bleibt nur ein paar Schritte von mir entfernt stehen. Lennon seufzt. Verzweiflung liegt so deutlich darin, als hätte er es laut ausgesprochen. »Ja, da hast du wohl recht, aber den Abschied kann man sich nicht immer aussuchen.« Er betrachtet die fallenden Federn, sieht mich nicht direkt an.

»Wer weiß, wie viele Besuche uns noch bleiben. Du hast selbst gesagt, dass dieses Zeitfenster jederzeit vorbei sein könnte. Und dann? Dann sehe ich dich nie wieder!« Meine Stimme bebt, irgendwo drängen bereits Tränen an die Oberfläche, dabei wollte ich stark und selbstsicher sein. Doch das bin ich nicht – in diesem Kampf um eine verlorene Liebe.

»So ist es normalerweise auch, wenn Menschen … *sterben.*« Seine Augen funkeln mich an, ein dunkelblauer Schatten liegt in seinem Blick.

Ich schlucke, fühle, wie meine Knie weich werden. So habe ich mir das wirklich nicht vorgestellt – dass er mich mit seinem Tod so eiskalt konfrontieren würde. Ihn mir vor die Füße wirft, als müsste ich es endlich anerkennen. Dabei wollte ich hier bei ihm Schutz suchen so wie damals, als ein Pflaster über dem blutigen Knie ausgereicht hat. »Es ist unser Schicksal, dass das noch nicht unser Ende war. Weil wir mehr bedeuten und wir –«

Doch er unterbricht mich sofort. »Luna, wir können nicht mehr zusammen sein. Nie mehr. Ich habe diesen entscheidenden Abend nicht überlebt. Wir beide haben den Zeitpunkt füreinander verpasst und dieser kommt nicht wieder zurück – auch nicht hier. Das hier ist nicht … *echt.* Nicht das wahre Leben. Und du bist die Einzige von uns, die genau dorthin zurückmuss. Für mich besteht diese Chance schon lange nicht mehr, auch wenn es mir schwerfällt, das endgültig einzusehen.« Er holt tief Luft und sieht mich an.

Es ist nicht mehr das leuchtende Blau, das mir entgegenstrahlt und mich sonst so verzaubert hat. Sein Blick ist düster und das schmerzt beinahe noch mehr als seine Worte. »Und wenn ich einfach nur bereue, dich nie mit allem, was ich fühle, geküsst zu haben?«, bringe ich unter den Tränen hervor und es kostet mich sämtliche Überwindung. »Wenn ich einfach nicht mit dieser Reue leben kann?«, rufe ich anschließend lauter, doch zur Antwort erhalte ich nur den wehmütigen Blick aus seinen Augen.

Die Wahrheit verletzt uns beide und ich verfluche in Gedanken mein eigenes Versprechen, mit dem ich uns schützen wollte. Stattdessen habe ich unsere Herzen damit entzweigerissen. »Ich habe doch immer nur das Richtige getan! Ich habe deine Beziehung gerettet und dafür gesorgt, dass sich unsere Leben nicht verändern! Ich habe das getan, was richtig ist, und nicht das, was mein Herz all die Jahre wollte. Das habe ich für uns getan, Len. Für *dich.*

Damit du und ich das bleiben, was wir sind. Du hast ja keine Vorstellung davon, wie es geworden wäre, wenn es nicht funktioniert hätte!« Diese Worte werfe ich ihm brüllend an den Kopf und habe mit zwei großen Schritten die physische Distanz zwischen uns überwunden. Doch da ist noch so viel mehr. Meine Fäuste hämmern verzweifelt gegen seine Brust, Tränen glühen auf meinen erhitzten Wangen. Ich kann einfach nicht fassen, dass er diesen Abschied endgültig hinnehmen will.

Dann schnappt Len nach meinen Händen, hält inne und sieht mich an. Meine Arme zittern vor Aufruhr und auch vor Freude über seine Berührung. Doch das ist nicht die Berührung, die ich mir immer gewünscht habe. Da ist Ablehnung zwischen uns, die sich Realität nennt. Denn in Wirklichkeit ist er nicht mehr hier und Lennon hat leider recht – auch wenn mein Verstand das nicht begreifen, nicht einmal erfassen kann.

»Und wenn es doch funktioniert hätte? Woher nimmst du das Recht, das zu entscheiden?«, spricht er in langsamen, bedachten Worten.

Ich hole tief Luft, versuche das heftige Beben in meinem Herzen zu ignorieren. *Was sagt er da?* »Ich habe das einzig Richtige getan! Es gab keine andere Wahl für uns, denn …«

»Man hat immer eine Wahl, Luna!«, unterbricht er mich plötzlich laut. Erst jetzt bemerke ich, wie ruhig er zuvor noch war. Er wollte keinen Streit, keinen Widerstand. Nur die Wahrheit – und mein Leben.

»Wenn man immer eine Wahl hat, warum hast du mich dann verlassen?« Ich verschwinde in seinen Armen, schmiege mich an ihn und wünsche mir, dass damit die Probleme und die Distanz verfliegen.

Doch Lennon schiebt mich von sich und versucht, diese Ablehnung auch mit seinem Blick auszudrücken. Hier und jetzt ist der Zeitpunkt gekommen, diese Ungewissheit aus der Welt zu räumen, das spüre ich – sehe es ihm an.

Ich bin einfach nicht bereit dafür, weder für die Wahrheit noch für die Realität ohne ihn. Ich möchte die Zeit zurückdrehen, als ich noch nicht den Mut hatte, ihm meine Gefühle zu gestehen. Als ich noch nicht dazu gezwungen war, es hier im Himmel nachzuholen. Tränen drängen sich zwischen meine Wut, die Verzweiflung und die Sehnsucht. Ich weiß, wie unfair diese Worte sind und wie schmerzhaft vorwurfsvoll sie klingen. Doch ich kann nicht anders, als die Schuld reflexartig abzuwenden. Denn noch kann ich mir nicht eingestehen, dass es mein Versprechen war, das mir jetzt gerade das Herz bricht. Es waren meine Worte, dass wir uns niemals ineinander verlieben würden. Weil das alles zerstört hätte. Weil wir sonst nicht Freunde bis in die Ewigkeit hätten sein können. Wieso glaubte ich jemals, mit dieser unsichtbaren Distanz auszukommen? Wenn doch jeder einzelne Millimeter Abstand zwischen uns zu viel war?

Lennon schweigt und ich sehe, wie er mit sich hadert. Natürlich hätte er den Ausgang des Abends verhindern wollen oder sich anders entschieden, hätte er denn eine Wahl gehabt. Aber man hat eben nicht immer eine Wahl. Das ist eine Lüge, ein Irrglaube. Manchmal wird für einen entschieden – so wie Lennon an diesem heutigen Tag über mich entscheidet.

»Luna, bitte … Ich bin nicht mehr am Leben und ich komme nicht mehr zurück. Aber du – du musst dich für das Leben entscheiden und nicht für den Himmel. An beiden Seiten der Münze festzuhalten, funktioniert nicht. Es kann nur eine obere Seite geben. Und wenn es so endet, dann war es immer so, wie du es dir erträumt hast. Unsere Freundschaft bestand unser ganzes Leben. Vom ersten bis zum letzten Tag waren wir unzertrennlich vereint – niemand hätte uns das nehmen können. Dein

Versprechen blieb wahr, Luna. Das einzig Richtige, das du jetzt noch für uns tun kannst, ist loszulassen, um zu leben.«

Ich sitze auf dem Balkon der Klinik und halte mein Tagebuch in der Hand. Der heutige Himmelsbesuch hat im Streit begonnen und damit geendet, mir die Augen zu öffnen. Dabei fühlt sich mein Blick keineswegs klarer an und die Tränen schaffen es auch nicht, den Schmerz aus meinem Herzen hinaus zu spülen.

Liebe oder Leben, schreibe ich in geschwungenen Buchstaben in das Buch.

Du musst dich endlich entscheiden. An beiden Seiten der Münze festzuhalten, funktioniert nicht. Es kann nur eine obere Seite geben, wiederholen sich seine Worte in meinem Kopf. Ich seufze und wische mir die Tränen von den Wangen.

Len, es fühlt sich an, als wäre ich bei deinem Tod gestorben, während du versucht hast, in einer Zwischenwelt weiterzuexistieren. Aber das ist nicht richtig, nicht der Lauf der Dinge. Als hätten wir das Schicksal betrogen

Und versucht, das Universum zu verschieben. Was wir getan haben, ist falsch, egal, wie sehr die Wahrheit schmerzt.

Während ich diese Zeilen auf das Papier schreibe, stolpert mein Herz. Mit bebenden Fingern lese ich die Worte erneut und atme hörbar laut aus. Ja, denke ich. Mein Unterbewusstsein hat es bereits erkannt, sogar beinahe verstanden. Es können nie beide Seiten gewinnen, außer es wäre ein endloser Kampf, aber auch dann gäbe es niemals einen Sieg. Zitternd lege ich den Stift beiseite und schaue lange in den Himmel hinauf. Meine Gedanken kreisen um diese eigenartige Begegnung zwischen Federn und Wolken. Es dauert lange, bis ich die richtigen Worte finde, und während ich sie schreibe, tropfen die Tränen auf das Papier, verwischen an manchen Stellen die Tinte.

Ich habe immer versucht, das Richtige zu tun, doch für dich war ich bereit, all das Falsche als richtig anzuerkennen. Es tut mir leid, Len. Es tut mir mit jeder Faser meines Körpers leid, dass ich dich nicht früher so aufrichtig geliebt habe, wie ich es heute tue. Bitte verzeih mir.

Heute, Jetzt & Hier

Zweiundzwanzig

Jemand klopft an meine Zimmertür und ich weiß, dass es Rachel ist, um mich zu unserem abendlichen Ausflug abzuholen. Als ich ihr öffne, steht sie in einem schlichten blauen Kleid vor mir. Ihre Haare hat sie zu einer Hochsteckfrisur drapiert und ihre Augen mit dunklem Kajal betont. Anscheinend versteht sie mein Staunen, denn sie kichert kurz, bevor sie mein Zimmer betritt. Es fühlt sich nicht so schwer an, wie ich es zuerst vermutet habe, dass sie nun in meinem einzigen Rückzugsort steht und sich interessiert umsieht. Erst habe ich gedacht, etwas in mir würde sich dagegen sträuben.

Sie streift durch den Raum und betrachtet die unpersönliche Leere. »Und was möchtest du anziehen? Vielleicht auch ein Kleid?«, fragt Rachel an mich gewandt.

Ich habe es mir bereits schwierig vorgestellt, dass wir uns gemeinsam für unseren Ausgehabend fertig machen, da Rachel die Stille kaum ertragen kann. Ich deute also auf meinen Koffer, der in der Mitte des Raumes liegt. Die Schranktüren sind offen und die Fächer weiterhin leer.

Rachel sieht mich ungläubig an. »Hattest du denn noch gar keine Zeit, dich hier einzurichten? Komm, wir können ihn zusammen auspacken, wenn du willst, und dir dann etwas Hübsches zum Anziehen raussuchen. Es gibt so wenig Gelegenheiten, ein schönes Kleid zu tragen, findest du nicht?«

Ich schüttle hastig den Kopf. Vielleicht etwas zu energisch.

Rachel mustert mich ratlos. »Ähm ... also du meinst ... kein Kleid?«, hakt sie unsicher nach.

Ich nicke ihr mit einem vorsichtigen Lächeln zu. Das letzte Mal, als ich ein Kleid getragen habe, war der Tag seiner Beerdigung, dabei hätte der Anlass nicht furchtbarer sein können.

Um der Stille auszuweichen, öffnet Rachel den Reißverschluss meines Koffers und wir beide knien auf dem Boden, als hätten wir soeben einen geheimen Schatz ausgegraben.

»Bist du denn vorher nie ausgegangen?«

Ich erinnere mich an die Abende mit Samika und

Lennon. Wir gehörten nicht zu denen, die jedes Wochenende auf einer anderen Party verbrachten, aber wir waren dennoch hin und wieder gemeinsam unterwegs. Haben dabei glitzernde Kleider mit Pailletten und dazu hohe Schuhe getragen, doch diese Zeit scheint mir plötzlich sehr weit entfernt. Samikas aufgedrehte Art, die bunten Cocktails und die dröhnend laute Musik waren das Gegenteil von dem, was ich heute bin. Die Stille selbst. Nur der Weg nach Hause war ebenfalls leise, wenn Lennon mich bis zur Kreuzung begleitet hat. Wenn wir uns im Nebel des Alkohols angeschwiegen und zwanghaft versucht haben, den anderen nicht zu küssen. Vielleicht waren genau diese Momente der Grund, warum ich überhaupt mit auf die Partys gegangen bin.

Als Antwort nicke ich Rachel also langsam zu.

Sie verzieht das Gesicht. »Irgendwie kann Kris das viel besser. Also die Fragen so zu stellen, dass die Antworten eindeutiger sind. Aber ich übe noch!« Sie grinst und ich kann gar nicht anders, als plötzlich zu schmunzeln. »Also du warst schon häufiger auf Partys?«, fragt sie erneut und ich antworte ihr mit einem nach oben zeigenden Daumen. Sie grinst erneut. »Okay, dann werden wir doch sicherlich auch etwas für dich finden. Und deine Haare, möchtest du die offen lassen?«

Nach über einer Stunde haben wir den Großteil des Koffers ausgeräumt und im Kleiderschrank verstaut. Ich habe mich für eine schwarze, eng anliegende Jeans entschieden, die ein paar Risse aufweist, aber voller Erinnerungen steckt. Dazu hat Rachel ein schwarzes Top aus einem seidig leichten Stoff ausgesucht und meine Haare zu einem langen Fischgrätenzopf geflochten, der mir nun über der Schulter liegt. Gerade als es an der Tür klopft, habe ich mich fertig geschminkt und schlüpfe in meine Lieblingssneakers.

»Und? Seid ihr so weit?«, fragt eine tiefe Stimme hinter der Tür und ich wirble herum. Rachels wissendes Grinsen verrät mir, dass es wohl abgesprochen war, dass Kris uns abholt.

Ich schnappe nur noch nach meiner Handtasche und einer leichten Jacke, bevor es losgehen kann. Als Rachel mich abwartend ansieht, forme ich mit den Lippen ein lautloses *Danke* und umarme sie. Es fühlt sich an, als hätte uns diese gemeinsame Zeit einander viel nähergebracht, und ich bin ihr sehr dankbar für ihre Geduld. Auch wenn ich die Ereignisse des gesamten Tages, zuerst in der Therapie und anschließend bei Lennon, deshalb nicht verdrängen kann, so kommt die Ablenkung heute sehr gelegen.

Ich öffne Kris die Tür und bin zuerst sehr überrascht, denn statt eines lässigen Kapuzenpullovers, der seine Glatze die meiste Zeit verbirgt, trägt er ein schwarzes T-Shirt. Seine hellbraunen Haare sind inzwischen schon fast sichtbar.

»Hi, Kris!«, ruft Rachel. »Sieht sie nicht toll aus?«

Er sieht mich einen Moment länger an als sonst. Jedoch mustert er nur meine Augen, als könnte er darin etwas sehen, was für niemand anderen zugänglich ist. »Ihr seht beide wirklich toll aus«, antwortet er dann.

Ich kann mir ein Lächeln nicht verkneifen, während Rachel sich bedankt.

Als wir hinausgehen, ist die Sommerluft immer noch angenehm warm, obwohl es inzwischen zwanzig Uhr ist. Wir verlassen das Klinikgelände, als hätten wir einen Grund zum Feiern, als gäbe es irgendwo eine Party, die wir auf keinen Fall verpassen dürften. Dabei sind wir verlorene Seelen in einer kaputten Welt, die irgendwie versuchen, nur nicht unterzugehen. Ich schaue Kris und Rachel lange an und das warme Gefühl von Zusammenhalt breitet sich in mir aus. Wir sind trotz des Verlustes nicht allein und das tröstet mich stärker, als ich es für möglich gehalten hätte.

Die Bar ist nur zwei Straßen entfernt und mit bunten Lichtern hell erleuchtet. Wir entscheiden uns für einen Platz im Freien. Ein junger Mann bringt uns kurz darauf die Karten, auf denen in unterschiedlichen Farben Cocktails abgebildet sind. Zuerst sagt keiner der beiden etwas und ich versuche, mich zu entspannen und mich daran zu erinnern, wie solche Abende früher verlaufen sind. Hat es sich jemals so falsch und gleichzeitig richtig angefühlt, sich schick zu machen und einen schlechten Tag einfach mit einem Abend des Vergessens zu bekämpfen? Ich fühle mich unwohl, weil ich befürchte, die Leute könnten uns für falsch halten. Denn in Wahrheit gibt es nichts zu feiern, keinen Grund, dem Leben dankbar und fröhlich entgegenzutreten, wo wir uns doch in einer Klinik befinden. Oder doch? Ist das vielleicht der wahre Grund? Gehört es manchmal sogar dazu? Wir sind wie Artisten auf einer Bühne, die nur uns selbst gehört, und wir entscheiden, was wir all den Zuschauern, den Menschen unseres Umfelds bereit sind zu zeigen. Vieles davon mag nur Show sein, eine Fassade, hinter der wir unsere Traurigkeit verbergen. Und dennoch glaube ich allmählich zu erkennen, weshalb wir wirklich hier sind. Weil uns genau diese Normalität, die uns schon viel zu lange fehlt, guttut. Dabei brauchen wir nichts mehr als etwas Normalität in unseren wirren Leben aus Haltlosigkeit und Angst.

»Es ist schon ewig her, seit ich das letzte Mal einen Cocktail getrunken habe – und dennoch bestellt man irgendwie immer das Gleiche, oder nicht?«, durchbricht Rachel die nachdenkliche Stille.

Ich lächle ihr verständnisvoll zu und ziehe anschließend meinen Kugelschreiber aus der Handtasche.

»Schmeckt das nicht sowieso alles gleich? Nach Farbe und Zucker?« Kris verzieht den Mund zu einem Grinsen und Rachel boxt ihn freundschaftlich in die Seite.

Währenddessen habe ich in langsamen Buchstaben etwas auf eine leere Serviette geschrieben.

Ich habe das auch immer so gemacht.
Immer stundenlang überlegt und dann
trotzdem die gleiche Pizza bestellt.

Gespannt lesen die beiden meine Worte und Rachel scheint sich sehr darüber zu freuen. »Das ist irgendwie typisch für Leute wie wir«, sagt sie dann.

Ich würde gerne nachfragen. *Leute wie wir?* Doch sie scheint es bereits an meinem Stirnrunzeln abzulesen.

»Sicherheit. Wir versuchen doch einfach nur in allem Sicherheit zu finden, oder nicht?« Sie sieht uns fragend an, doch nicht einmal Kris antwortet darauf.

»Okay, Augen zu und irgendwer sagt dann Stopp. Bestellen wir nicht das Gleiche wie immer.«

Rachel stimmt Kris' Vorschlag sofort zu und ich erkenne etwas Euphorie in ihren Augen, sodass auch ich nicke. Ja, wir sind Artisten auf einer dunklen Bühne zwischen Rauchschwaden und trauriger Musik. Doch in uns verborgen liegen das Licht und all die Farben, die uns wieder lebendig erscheinen lassen.

Wir bestellen halb lachend Cocktails, deren Namen ich noch niemals zuvor gehört habe, und warten gespannt darauf, was uns erwarten wird. Auch wenn ich nicht damit gerechnet habe, fällt mir das Lachen nicht annähernd so schwer wie vermutet. Kris mustert mich kurz darauf so intensiv, dass ich den Blick in seine graugrünen Augen abwenden muss. Ob Rachel das bemerkt hat oder habe ich mir diese langen Momente nur eingebildet?

»Ich bin wahrscheinlich nur noch zwei Wochen hier.« Kris wirft diese Worte so plötzlich in die Runde, dass ich erschrocken nach Luft schnappe.

Nur noch zwei Wochen? Wie kann das denn sein? Mir wird schlagartig bewusst, dass ich bereits seit drei Wochen in dieser Klinik wohne und Kris schon einige Zeit vor mir hier war. Der Puls rauscht in meinen Ohren und ich glaube, die Angst vor dem Verlust in meinem Inneren leise flüstern zu hören.

»In zwei Wochen schon?«, bringt Rachel meine Überraschung zum Ausdruck. »Aber vielleicht bekommst du noch eine Verlängerung? Mr. Kulip könnte dir einen neuen Antrag stellen und …« Sie bricht mitten im Satz ab, weil Kris den Kopf schüttelt und sich auf die Lippe beißt.

»Er hat schon mit mir gesprochen, keine weitere Verlängerung. Ich habe die maximale Zeit von zehn Wochen dann erreicht. Ich dachte nur, ich sollte euch das rechtzeitig …« Sein Blick verfängt sich mit dem meinen und ich frage mich, was an einem Abschied rechtzeitig sein könnte. Nicht einmal die Abschiede von Lennon konnten das bieten, was ich mir anfangs davon erhofft hatte.

Doch bevor Kris es sich anders überlegt und weiterspricht, steuert der junge Herr mit einem Tablett voll bunter Cocktails unseren Tisch an. »Ein Long Island Iced Tea, Dream Day und Flying Kangoroo.« Er stellt die drei Getränke in die Tischmitte und Rachel verzieht bei den seltsamen Namen das Gesicht. Doch keiner greift nach einem der Gläser.

»Entschuldigung, ich wollte jetzt nicht den Abend kaputtmachen, aber ich dachte, ihr solltet das vielleicht wissen. Bis dahin müsst ihr mich noch jeden weiteren Tag aushalten!« Er schnappt sich den Long Island Iced Tea. »Den hier trinke dann wohl besser ich, sonst muss ich euch beide noch den ganzen Rückweg weit tragen. Und die anderen zwei sehen sowieso viel zu bunt aus«, beschließt Kris und hält seinen Cocktail in die Höhe, um mit uns anzustoßen.

Dabei sehen wir uns wieder in die Augen und etwas in mir verändert sich erneut. Wie auch zuvor spüre ich etwas Ungeahntes, das ich kaum in Worte fassen kann, weshalb ich seinem Blick wieder ausweiche. Ich nehme den ersten Schluck und Säure schlägt mir entgegen, die mich sofort das Gesicht verziehen lässt. Zumindest vernehme ich das Lachen von Rachel und Kris.

»Das war ja eine richtig gute Idee, nicht auf die Sicherheit zu setzen«, sagt Rachel lachend. »Aber das hier schmeckt gar nicht so schlecht!«

Der Abend bricht über uns herein und mit den Stunden auch die weiteren Cocktails, deren Farben im Schein der Lichterketten und Laternen viel zu grell für unsere schwarzen Leben leuchten. Inzwischen hat sich eine träge, aber angenehme Wärme in meinem Inneren ausgebreitet, die ich wohl dem dritten Cocktail zu verdanken habe. Meistens redet

Rachel über alte Zeiten, ihre Arbeitsstelle, in die sie nicht mehr zurück möchte, und über die Trennung von ihrem Freund, der sie mit einer anderen betrogen und anschließend für sie verlassen hat. Obwohl sie manchmal gähnt, scheint es ihr gutzutun, sich alles von der Seele zu reden, was ihre Depression ausgelöst hat.

Und vielleicht täte es mir ebenfalls gut, ertappe ich mich bei dem kurzen Gedanken. So wie ich Lennon die Worte an den Kopf geworfen habe, damit er weiß, wie sehr ich die Feigheit meiner Gefühle immer bereuen werde. Ich schlucke und greife schnell nach dem Glas. Meine Worte haben alles zerstört – damals wie heute. Das Versprechen, das ich Lennon und mir beinahe aufgezwungen habe, damit wir immer beste Freunde bleiben, hat uns die Möglichkeiten auf *mehr* zerstört und die Wahrheit hat es am Ende nicht besser gemacht. Vielleicht sollte ich noch ein letztes Mal zu ihm gehen und mich entschuldigen. Für alles, was ich uns in den letzten Jahren damit angetan habe. Selbst wenn es zu spät ist, um noch etwas zu ändern, so könnten wir einander zumindest verzeihen. Nur um uns dann, eines Tages, tatsächlich voneinander zu verabschieden. Meine Hände fühlen sich zittrig an. Im Leben sind wir umzingelt von Abschieden und

Verlusten. Sie lauern in jedem Morgen und in jedem weiteren Tag. Darin, wenn wir morgens im Radio von Flugzeugabstürzen oder Autounfällen hören oder erfahren, wie häufig Menschen dem Krebs erliegen oder anderen seltenen und doch tödlichen Krankheiten zum Opfer fallen. Viel zu oft erhalten wir keinen Abschied, keine zweite Chance, all die Worte zu sagen, die wir uns zu Lebzeiten nicht getraut haben, laut auszusprechen. Vielleicht ist es die Kunst des Lebens, den Menschen, die wir lieben, die wichtigen Dinge an einem jeden Tag zu sagen, um den richtigen Zeitpunkt nicht zu verpassen. Vielleicht nicht immer mit Worten, aber mit unserer eigenen Art und Weise – mit winzigen Taten und Gesten.

Ich nehme den letzten großen Schluck aus meinem Glas und versuche, mich auf Rachels Worte zu konzentrieren.

»Es ist langsam spät, vielleicht sollten wir schon mal bezahlen?«, fragt Kris in die Runde.

Rachel gähnt zur Antwort. »Gute Idee.« Mehr sagt sie nicht mehr. Kurz darauf bezahlen wir die Getränke und machen uns auf den Heimweg. Obwohl es inzwischen nach zweiundzwanzig Uhr ist, ist es immer noch erstaunlich warm. Oder es ist nur das geborgene Gefühl in meinem Inneren.

Als wir das Klinikgebäude erreichen, verlangsamt Kris sein Schritttempo, um sich eine Zigarette anzuzünden.

»Wäre es okay, wenn ich schon mal nach oben gehe? Luna, du bleibst doch bestimmt noch etwas mit Kris draußen, oder?«, fragt Rachel und reibt sich müde über das Gesicht.

Ich nicke ihr zu und umarme sie anschließend. Sie verabschiedet sich auch von Kris und verschwindet kurz darauf zwischen den Glastüren.

»Sie sah wirklich schon sehr müde aus. Es war ein anstrengender Tag. Für uns alle.« Während Kris spricht, höre ich das Klicken seines Feuerzeugs. Sanfter Wind zieht über die Auffahrt und die Flamme erlischt sofort. Obwohl es bereits sehr dunkel ist, erkenne ich Kris im Schein der letzten Laterne. Als ich nur noch einen Schritt von ihm entfernt stehe, halte ich meine Hände vor die Zigarette, um sie vor dem Wind zu schützen. Kris sagt nichts, sondern versucht erneut, die Flamme auflodern zu lassen. Dabei berühren sich für einen Moment unsere Finger. Wieder beschleicht mich ein Gefühl, das ich nicht deuten kann. Dennoch versuche ich meine Hände weiterhin ruhig zu halten, bis es Kris gelingt, die Zigarette anzuzünden. Sofort lasse ich meine Arme sinken und verschränke sie hinter dem Rücken.

»Es tut mir leid«, bringt Kris zwischen den Atemzügen aus Rauch hervor. Stirnrunzelnd sehe ich ihn an. »An so einem Tag wie heute sollte man nicht sagen, dass man bald nicht mehr dazugehören wird. Ehrlich gesagt kann ich es mir noch gar nicht vorstellen, wieder nach Hause zu gehen. Sind es wirklich schon zwei Monate? Ich meine, wann hat es angefangen, sich normal anzufühlen? Wann habe ich akzeptiert, dass es okay ist, hier zu sein?«

Abwartend suche ich seinen Blick. Auch ich kann kaum glauben, dass ich inzwischen seit drei Wochen hier bin und wieder einen geregelten Alltag habe. Kris' Fragen wiederholen sich in meinen Gedanken. *Wann habe ich akzeptiert, dass es okay ist, hier zu sein?*

Denn das ist es inzwischen. Die anfängliche Skepsis ist verschwunden und ich habe angefangen, die Hilfe darin zu erkennen und anzunehmen. Oder glaube ich das im Moment nur, weil ich drei verschiedene Cocktails getrunken habe? Ich schüttle den Kopf. Denn selbst, wenn ich noch nicht wieder bereit bin zu sprechen, so hat sich bereits vieles verändert. Ich habe mich verändert und mein Blick wandert wieder zu Kris. Noch weiß ich gar nichts über ihn. Über sein normales Leben vor dem Tiefpunkt, der Klinik und der Therapie. Wie er wohl war und was ihn dazu veranlasst hat, sich die Haare komplett abzurasieren. Ich schlucke und ertappe mich mit dieser Neugier selbst. Auch er weiß überhaupt nichts über mich, außer der Therapeut hätte als Vorwarnung etwas erwähnt. Aber auch sie wissen noch längst nicht genug, um das hier zu verstehen. Da ich doch selbst erst in meiner Stille begriffen habe, dass ich mehr für Lennon empfinde, als ich es mir eingestehen wollte.

»Weißt du, ich glaube, niemand will hierherkommen müssen. Am Anfang weigern wir uns doch alle einzusehen, dass wir Hilfe brauchen. Niemand will Schwäche zeigen, nicht in der heutigen Gesellschaft. Dabei ist es überhaupt nicht verwerflich. Findest du nicht, dass wir eigentlich mutig sind hierherzukommen? Mutig genug, uns den Problemen zu stellen, um danach wieder in das echte Leben zurückzukehren?« Er macht eine nachdenkliche Pause, Rauch schwebt nach oben und bedeckt den Himmel über uns.

Als er weiterspricht, ist seine Stimme sehr leise. »Ich weiß nicht, ob ich schon wieder bereit bin. Für das echte Leben, meine ich. Denkst du, dass man in zehn Wochen geheilt werden kann?«

Ich schüttle den Kopf und krame kurz darauf hektisch in meiner Tasche. Wieso habe ich ausgerechnet heute keinen Notizblock dabei? Ein frustriertes Schnauben entweicht mir.

»Suchst du etwas zu schreiben?«, fragt Kris und ein seltsames Lächeln umspielt seine Mundwinkel. »Ich habe gehofft, dass es so sein würde und dir aus der Bar eine Serviette mitgenommen.« Mit einem stolzen Grinsen hält er eine weiße, zerknitterte Serviette in die Höhe.

Ich muss es unwillkürlich erwidern. Dankbar nehme ich sie ihm ab und schreibe in möglichst kleinen Buchstaben mit einem Kugelschreiber darauf:

Ich glaube nicht, dass wir nach zehn Wochen geheilt sind und einfach so in unser altes Leben zurückkehren können. Vielmehr erhalten wir hier die Erkenntnis über uns selbst, damit wir uns auf unserem weiteren Weg selbst heilen können.

Ich reiche sie Kris und er hält sie ins Licht der Laterne, um es lesen zu können.

»Wow. Du bist erst drei Wochen hier und scheinst es echt schon verstanden zu haben.« Er holt tief Luft. »Luna?«

Ich horche auf und mein Herz setzt für einen Moment einfach aus. Es ist die Art, wie er die Zigarette wegwirft, obwohl sie noch nicht einmal zur Hälfte abgebrannt ist, und den glimmenden Punkt austritt. Und die Art, wie er meinen Namen bedächtig zwischen uns stehen lässt.

»Du warst heute sehr tapfer. Das wollte ich dir noch sagen. Auch wenn es echt … wehtat, dich so zu sehen. Es muss schrecklich gewesen sein. Aber ich will dich nicht daran erinnern, i-ich wollte dir das nur sagen. Du kannst wirklich stolz auf dich sein.«

Ich lächle ihm vorsichtig zu und auch sein Mundwinkel hebt sich zu einem kurzen, wenn auch traurigen Lächeln. Mit einem weiteren Schritt auf ihn zu gelange ich an die Serviette, um als Antwort etwas darauf zu schreiben.

Danke.

Kris lächelt. »Darf ich dich etwas fragen?«

Ganz unbewusst erstarre ich, halte inne und warte ab. Suchend sieht er mich an und ich bemerke, wie nah wir uns inzwischen sind. Wir stehen direkt nebeneinander, fast so wie damals, als … Ich verscheuche diesen Gedanken und vielleicht lässt der Alkohol dies leichter geschehen, als es mir sonst möglich wäre. Also nicke ich ihm zu.

»Fällt es dir nicht manchmal unfassbar schwer, nichts zu sagen? Du musst nicht darauf antworten, wenn du nicht willst.« Kris hebt sofort entschuldigend die Hände, doch ich denke einen Moment über seine Frage nach. Er wartet geduldig ab, bis ich den Kopf schüttle.

Manchmal vielleicht. Zum Beispiel, wenn ich sehe, wie schwierig es für Rachel ist. Aber meistens ist es einfach nur das Gefühl, dass es nichts mehr zu sagen gibt. Es würde sowieso niemand verstehen.

Ob er es überhaupt lesen kann, so klein und wacklig wie ich geschrieben habe? Einen Moment hoffe ich, dass er es nicht kann, weil ich so unüberlegt etwas preisgegeben habe. Während er liest, versuche ich ruhig zu bleiben und einfach abzuwarten.

»Und was, wenn doch? Wenn es hier in dieser Klinik tatsächlich jemanden gibt, der genau das verstehen würde? Der genau den gleichen Schmerz empfindet? Wären deine Worte es dann vielleicht wert, gesprochen und erhört zu werden?« Er spricht leise, fast schon bedächtig. Einen Moment lang sehen wir uns nur an, bevor ich mit den Schultern zucke.

Vielleicht.

Kris holt tief Luft und geht ein paar Schritte hin und her. Die folgenden Sätze scheinen ihm sichtlich schwerzufallen. »Mein Bruder ist letztes Jahr ertrunken. In einem See im Gebirge. Er hat mich vorher gefragt, ob ich mitkommen wolle, und ich habe

Nein gesagt. Ich hatte einfach keine Lust. Also ist er alleine gegangen und seitdem vergeht kein einziger Tag, an dem ich mir keine Vorwürfe mache. An dem ich meine Entscheidung nicht zutiefst bereue.«

Ich bin wie erstarrt, während Kris noch ein paar nervöse Worte vor sich hinmurmelt und nebenbei hektisch versucht, eine neue Zigarette anzuzünden. Der Wind setzt wieder alles daran, dies nicht geschehen zu lassen. Ich atme tief ein, befreie mich aus meiner Starre und gehe zu ihm, halte meine Hände hoch und berühre dabei ganz absichtlich die seinen. Ein stiller Trost. Unsere Blicke treffen sich, doch etwas ist genau in diesem Moment anders. Dieses Mal versuche ich, in seinen Augen mehr zu erkennen, als da vielleicht ist. Mehr Worte herauszulesen, als jene, die er eben gesprochen hat.

»Danke«, flüstert Kris leise.

Ich bin mir nicht sicher, ob er damit meint, dass die Zigarette glimmt oder ob er die leichte Berührung und ihre tiefergehende Bedeutung verstanden hat.

»Weißt du, du hast heute in der Therapie … in dem Flashback … etwas geflüstert. Es … es war so leise, aber … ich wusste auch nicht, ob ich es dir sagen sollte. Aber ich will ehrlich zu dir sein. Ich glaube, du hast einen Namen gesagt. Und wenn man eins und eins zusammenzählt, was Mr. Kulip mit dem Auto gesagt hat, dann ...« Kris sieht mich mit großen, traurigen Augen an, doch als er den Satz nicht vollendet, sieht er plötzlich weg. »Entschuldigung, das wollte ich alles gar nicht sagen. I-Ich sollte wohl auch keine Cocktails trinken.« Er schüttelt den Kopf und fährt sich mit der freien Hand über die wenigen Haare.

Meine Gedanken drehen sich, dabei kann ich mich an diese Momente kaum erinnern. Alles scheint wie durch einen dichten Nebel verschleiert. Ich weiß nicht, was mich mehr lähmt: Kris' tragische Geschichte oder die Vorstellung, vor allen anderen unter Tränen und wimmernd am Boden kauernd, Lennons Namen geflüstert zu haben. Ob es mir nur wegen der Cocktails nicht vollkommen unangenehm oder peinlich ist? Stattdessen gilt meine gesamte Aufmerksamkeit Kris und wie der Rauch aus seinen Lungen entweicht.

Das tut mir sehr leid.

Doch das ist noch lange nicht alles. Plötzlich sind da mehr Worte in meinem Inneren, als auf der restlichen Serviette noch Platz dafür wäre. Seine Geschichte berührt mich sehr und erreicht in mir etwas, das unsere Verbundenheit zu stärken scheint. Vielleicht hat er recht? Wenn es jemanden gäbe, der genauso fühlen würde wie ich – wäre er es dann nicht wert, die Worte zu hören? Um einander Trost zu spenden und Halt zu geben? Doch ein weiterer Gedanke schleicht sich ein. Kris wird die Klinik in zwei Wochen verlassen. Ein Abschied steht uns bereits zu einem festen Termin bevor. Er wird mich hier zurücklassen. Genau wie Lennon es einst tat. Und zurück in seinem alten Leben wird er sich vielleicht nicht weiter an das Mädchen erinnern, das seine Hilfe gebraucht hätte. Seine Stimme und sein zerbrochenes, geduldiges Herz.

Gerade als ich ihm die Serviette reichen will und uns nur noch ein kleiner Schritt voneinander trennt, ziehe ich den Arm zurück. Kris sieht mich an und obwohl er mit dem Rücken zur Laterne steht und ich die Umrisse seines Gesichtes nur noch schwach erkennen kann, spüre ich seinen suchenden und hoffenden Blick auf mir. Ich lasse die Serviette einfach los und sie fällt langsam und achtlos zu Boden. In diesem Moment glaube ich, dass Worte tatsächlich nicht mehr von Bedeutung sind. Nicht jetzt, nicht zwischen uns. Denn es fühlt sich an, als könnte Kris die Stimme auch in meiner Stille hören.

Er zieht mich vorsichtig, fast fragend in eine Umarmung. Ich schmiege mich an ihn und schließe die

Augen. Ja, ich bin sicher, dass eine Berührung so viel mehr sagen kann, als Worte fähig wären. Ich höre seinen Herzschlag und glaube, es im Gleichklang mit dem meinen wahrzunehmen. Oder ist auch das nur eine Einbildung? Ich weiß nicht, wie lange wir so dastehen, doch irgendwann streicht Kris ganz vorsichtig durch meine Haare. Als er spricht, spüre ich die Bewegung seiner Lippen an meinem Ohr. »Danke, dass du hier bist.«

Es spielt keine Rolle, ob er damit sagen will, dass ich in die Klinik eingewiesen wurde, oder ob er nur gemeint hat, dass ich nach der Bar noch auf eine Zigarette länger draußen geblieben bin. Denn in diesem Moment sind unsere Worte nur ein winziger Hauch der Bedeutung dieser Nähe, die mein Herz zwischen Rauch und Laternenlicht erwärmt.

Währenddessen & Nebenan

Dreiundzwanzig

Kris wirft das Hemd über die Stuhllehne und lässt sich auf das Bett fallen. In seinen Gedanken sind unzählige Fragen auf der Suche nach Antworten. Doch während er an die Decke über sich starrt, versucht er dieses Gefühl abzuspeichern, das Luna ihm vor wenigen Minuten gegeben hat. Als könnte er den Moment für immer behalten und nie mehr loslassen. Weil er zu kostbar ist, um im Rausch des Alkohols zu verfliegen.

Er kann nicht glauben, dass er ihr heute so vieles über sich offenbart hat. Aber die Situation hat es irgendwie ergeben und sich danach angefühlt. Dieses Gefühl, sie halten und beschützen zu wollen und sie gleichzeitig zurücklassen zu müssen. Mr. Kulip würde ausflippen, wenn er davon erfahren würde. Denn Kris hat damit so ziemlich gegen jede der vereinbarten Regeln verstoßen, die ihm der Therapeut empfohlen hat.

Aber er kann es sehen. Etwas in Luna verändert sich. Sie selbst verändert sich so stark, dass der Schritt in die Richtung der Worte vielleicht gar nicht mehr so groß ist. Ob er dann noch hier sein wird, um den Klang ihrer Stimme zu hören? Zu erfahren, wie es ist, wenn sie das erste Mal seinen Namen ausspricht? Oder wie ihre Geschichte klingt, die ihr die Worte geraubt hat? Ein Seufzen entweicht ihm. Er will es unbedingt erfahren, jedoch ist er nicht sicher, wie viel Zeit dafür noch nötig ist und ob die letzten beiden Wochen ausreichen würden.

Doch Luna braucht ihn und er braucht sie. Vor ihr liegt ein steiniger Abschnitt des Weges, denn noch muss sie ihre eigene Geschichte bekämpfen und irgendwann darüber reden. Ob er jemals erfahren wird, was ihr tatsächlich zugestoßen war? So neugierig er auch ist, ebenso fürchtet er sich davor. Er musste ihr diesen Vertrauensvorschuss heute geben, damit sie ihm vielleicht irgendwann ihre Geschichte anvertrauen würde. Aber vielleicht würde das niemals geschehen? Vielleicht würde der Kontakt nach der Klinik abbrechen und jeder seinem bisherigen Leben nachgehen. Und dann würde er niemals erfahren, wer Luna tatsächlich ist.

Lennon.

Diesen Namen hat sie immer und immer wiederholt. Sie hat ihn unter Tränen geflüstert und gewimmert, sodass Kris beinahe das Herz in Stücke zersprungen wäre. Das Auto, der Name, die Tränen und das Schweigen. Die Puzzlestücke ergeben langsam eine Vorstellung, aber sie sind noch lange kein vollständiges Bild. Ein Autounfall, an dem sie die Schuld trug? Und wer steckt hinter diesem Namen? Ein Verwandter? Ihr fester Freund?

Da sind noch zu viele Fragezeichen hinter dem Schweigen und ihren faszinierenden Augen. Dennoch glaubt er weiterhin, den schmerzhaften Verlust in ihrem Herzen zu sehen und vor allem zu *verstehen.* Denn er fühlt ihn ebenso und ist in den letzten Wochen auf der Suche gewesen, nach jemandem, der denselben Schmerz fühlt wie er selbst.

An jedem verdammten Tag.

Heute, Jetzt & Hier

Vierundzwanzig

Am nächsten Morgen dröhnt der Wecker unangenehm laut und ich presse mir das Kopfkissen auf die Ohren, als müsste ich ihn dadurch nicht mehr hören. Keine zehn Minuten später ertönt das hartnäckige Geräusch erneut und verschafft mir damit Kopfschmerzen. Es war fast Mitternacht, als ich am vergangenen Abend in mein Zimmer schlich und glücklicherweise von niemandem bemerkt wurde. Denn streng genommen hätte ein dritter Regelverstoß meinen Rauswurf bedeuten können, hätte ich für den gestrigen Tag keine Sondergenehmigung vom Therapeuten erhalten.

Mit einem Blick auf die Uhr stelle ich überrascht fest, dass es bereits kurz vor sieben ist und wir uns schon bald zum Frühstück treffen. Mit einem Stöhnen lasse ich mich zurück ins Kissen fallen und kann mich nur unter größter Anstrengung zwingen, nicht nochmals einzuschlafen und stattdessen aufzustehen.

Ich nehme eine kurze Dusche, in der Hoffnung, sie könnte einen Teil der Kopfschmerzen und der Müdigkeit vertreiben. Stattdessen gerate ich etwas unter Zeitdruck, während ich meine Haare föhne und mir etwas zum Anziehen heraussuche.

Auch Rachel scheint verschlafen zu haben, denn sie klopft eine Viertelstunde später als üblich bei mir an die Tür. Als ich ihr öffne, sieht sie mich mit zusammengekniffenen Augen an und ihre Haare sind zu einem unordentlichen Pferdeschwanz zusammengebunden.

Ich lächle ihr zur Begrüßung verständnisvoll zu.

»Sag mal, hast du auch so Kopfschmerzen?« Sie fasst sich an die Schläfe, um ihre Worte zu verdeutlichen. Mit einem Nicken greife ich nach Notizblock sowie Handtasche und deute ihr an, dass ich bereit bin. »O Mann, ich schwöre, dass ich das nächste Mal nur sichere Cocktails bestelle!«

Kris erwartet uns unten vor dem Speisesaal wie vermutet in einem lässigen khakifarbenen Kapuzenpullover, unter dem sich fast die Hälfte seines Gesichts verbirgt. Als sich unsere Blicke treffen, bemerke ich dennoch das Heben seiner Mundwinkel.

»Morgen …«, murmelt Rachel im Vorbeigehen. »Hast du auch Kopfschmerzen? Bitte sag mir nicht, dass es nur mich erwischt hat.«

Ich muss unwillkürlich grinsen und Kris lacht kurz auf. »Wenn es dich beruhigt, dann ist meine Antwort: Ein bisschen. War ein seltsamer Tag, was?« Er sieht mich unter seiner Kapuze hervor an.

»Ja und heute lohnt es sich definitiv, an der Kaffeemaschine anzustehen! Gibst du mir bitte mal drei Tassen?«

Das Frühstück verläuft verhältnismäßig ruhig, denn selbst Kris und Rachel sprechen kaum. Wir alle hängen unseren müden Gedanken nach. Dank des Alkohols muss ich so schnell eingeschlafen sein, dass überhaupt keine Zeit geblieben ist, in Ruhe über das Gespräch mit Kris nachzudenken. Er hat mir seine Geschichte offenbart und vielleicht auch auf die meine gewartet. Und trotzdem habe ich weiterhin geschwiegen. Fast beschleicht mich das schlechte Gewissen, doch ich vertreibe den Gedanken schnell. Da war doch irgendwie mehr. Oder war das nur der Mischung aus Alkohol und Verzweiflung zuzuschreiben? Sofort erinnert mich die Situation an den Abend, als Lennon nach der Party an der Wand lehnte und mich beinahe geküsst … Ich schüttle den Kopf. Daran darf ich nicht zurückdenken. Und schon gar nicht möchte ich genau solche Situationen miteinander vergleichen. Sie bleiben alle einzigartig – jede für sich.

»Stimmt etwas nicht?«, fragt Kris vorsichtig und rührt mehr Zucker in seinen Kaffee. Ihm muss aufgefallen sein, dass ich mit etwas hadere. Doch ich schüttle leicht den Kopf und deute mit dem Zeigefinger an die Schläfe wie zuvor Rachel, um ebenfalls auf die Kopfschmerzen anzuspielen. Kris scheint das zu akzeptieren, auch wenn er nicht ganz überzeugt wirkt.

»Zum Glück ist heute nicht Donnerstag.«

Bei seiner Bemerkung stöhnt Rachel genervt auf. »Nach so einem Abend zum Frühsport – das können die nicht machen. Das wäre echt zu viel!«

Später stehe ich einen Moment länger als sonst vor dem Büro von Mr. Kulip und halte inne. Atme ein, atme aus. Ich verspüre eine Unsicherheit, weil ich nicht sagen kann, was mich heute erwarten wird. Ob er Lennons Namen ebenfalls gehört hat? Ob das der Anfang von allem ist – das erste gesprochene Wort wie bei einem Kleinkind? Ob von jetzt an alles gut wird, auch wenn ich mich daran gar nicht erinnere?

Ich klopfe an und Mr. Kulip bittet mich herein. Wie auch in den letzten Therapiestunden nehme ich Platz und sehe das Papier vor mir liegen, in das ich jedes Mal eintragen soll, wie es mir geht. Was ich denn noch jenseits der abgrundtiefen Leere fühle.

»Guten Morgen, Luna. Schön, dass Sie hier sind, wir haben heute einiges zu besprechen. Ihre Konfrontationstherapie war sehr eindeutig und das wird uns auf jeden Fall weiterhelfen. Wie geht es Ihnen jetzt damit? Geht es Ihnen schlechter als bisher? Konnten Sie irgendeine Veränderung wahrnehmen?« Mr. Kulips Worte sind wie immer sehr schnell und ich muss mich konzentrieren, all seinen Fragen zu folgen.

Ich nicke kurz, um ihm mitzuteilen, dass ich darüber nachdenken werde, bevor ich aus dem Fenster blicke und meine Gedanken schweifen lasse.

Ich erinnere mich an die Begegnungen mit Lennon, von der Wahrheit, die mich zutiefst verletzt hat. Dass es niemals mehr ein *»Wir«* geben wird. An den Traum und an Lennons Worte, dass ich mich für das Leben entscheiden, mich nun vollkommen allein aufraffen müsse. Und ich denke daran, dass ich hier in der Klinik nicht mehr alleine bin. Dass da Kris ist, der mein Schweigen nicht nur akzeptiert, sondern auch zu verstehen scheint. An seine gestrige Umarmung, die sich so tröstlich und warm angefühlt hat.

Es fühlt sich falsch und richtig zur selben Zeit an. Falsch, als würde ich Lennon hintergehen, und richtig, weil Kris mir eine Stütze ist, wo jeglicher Halt in mir zerbrochen war. Kris ist es auch gewesen, der mir von seinem Verlust erzählt hat. Dieses furchtbare Ereignis erschüttert mich noch immer und gleichzeitig kann ich einen winzigen Anteil seines Schmerzes spüren. Vielleicht ist das tatsächlich das Einzige, das uns heilen kann. Jemand, der versteht, wie wir fühlen, leiden und zerbrechen.

Ich hole tief Luft und sehe Mr. Kulip wieder an, der mich erwartungsvoll mustert. Mit dem Kugelschreiber male ich einen leicht lächelnden Smiley in das leere Feld. Es ist das erste fröhliche Gesicht in der gesamten Folge der letzten drei Wochen.

Die Augen des Therapeuten weiten sich, bevor er begeistert lächelt. »Sie machen große Fortschritte, Luna. Wirklich hervorragend!« Mr. Kulip sieht mich an und es klingt nicht nach den Floskeln, die man als Therapeut eben von sich gibt, sondern es sind Worte der Ehrlichkeit.

Vorsichtig lächle ich zurück – dankbar dafür, dass er die winzigen Fortschritte anerkennt, obwohl ich noch immer kein einziges Wort sagen kann. Ob ich den Mann unterschätzt habe? Ob er mein Schweigen tatsächlich besser lesen kann, als ich es anfangs für möglich gehalten habe?

»Wir werden die Konfrontationstherapie in weiteren zwei oder drei Wochen wiederholen. Bis dahin nutzen Sie bitte weiterhin den Kontakt mit den anderen Patienten aus Ihrer Gruppe – in dem Maß, wie es Ihnen möglich ist. Wir werden daran arbeiten, dass Sie Abschied nehmen können, und helfen Ihnen dabei, die Worte, die Sie gerne noch gesagt hätten, zu formulieren. Das hilft den Betroffenen immer sehr. Sie müssen noch nichts aufschreiben, aber Sie können sich bis zu unserem nächsten Termin gerne ein paar Gedanken machen.«

Mr. Kulip entlässt mich mit dieser Hausaufgabe und ich verharre im Flur vor seinem Büro noch einen Moment. *Abschiedsworte formulieren.* Hätte ich nicht bereits die Möglichkeit gehabt, Lennon über den Wolken zu besuchen, dann hätte mich diese Aufgabe sicherlich überfordert und komplett aus der Bahn geworfen. Stattdessen fühle ich mich überraschend ruhig. Denn ich habe Lennon bereits das gesagt, was ich ihm unbedingt mitteilen musste, weil ich den Moment zu Lebzeiten verpasst habe. Und Lennon hat es gehört, er weiß nun von meinen Gefühlen. Obwohl seine Worte hart waren und mich schwer getroffen haben, so hat er mir auf seine ganz eigene Art gezeigt, dass es richtig war. Denn wir waren unser Leben lang unzertrennliche beste Freunde. Es gab absolut nichts, das uns in all den Jahren trennen konnte. Stattdessen hat er mir verdeutlicht, dass ich dieses Leben zu leben habe.

Ich hole tief Luft und gehe langsam zurück auf mein Zimmer, um darüber nachzudenken, was Lennon und Mr. Kulip tatsächlich von mir verlangen.

Für Kris.
Du bist die Stimme, die ich verloren habe, und dafür bin ich dir sehr dankbar. Danke dafür, dass du mich vor der Frau in der Kantine rettest, als wäre es eine Leichtigkeit. Danke, dass du keine Worte von mir erwartest - du bist anders als all die anderen bisher. Und besonders.
Weil du meine kaputte Welt ein bisschen besser machst, Kris. Nichts daran ändert die Tatsache, dass mein Leben ein Scherbenhaufen ist und auch du kannst Vergangenes nicht vergessen machen. Aber du lässt all den Schmerz etwas erträglicher erscheinen und bringst ein Licht in die Dunkelheit, von der ich glaubte, sie wäre endlos. Auch du hast jemanden verloren und trägst eine Schwere in dir, die ich in ihrem Ausmaß nur erahnen kann. Denn ich weiß, wie

es ist, wenn niemand die wahre Tiefe der Traurigkeit sieht. Das ist etwas, das einzig und allein in uns liegt und von niemandem außerhalb beurteilt werden kann. Aber ich schaue in deine Augen, in deinen Blick, in dem ein Verständnis liegt, das mich über all den Verlust hinweg zu trösten versucht. Du hast eine Vorsicht an dir, die, obwohl sie zurückweicht, um mir Raum und Zeit zu bieten, mir näher entgegenkommt, als jeder auf mich zugegangene Schritt. Eine Rücksicht ohne Forderung, denn ich habe dich nie darum gebeten, mir deine Worte in der Stille zu überlassen. Doch du scheinst selbst in meinem Schweigen zu erkennen, wann ich dich brauche.

Ich glaube, dass wir nicht nur jemand Wichtigen in unserem Leben, sondern vor allem uns selbst verloren haben. Und hier sollen wir zu uns selbst zurückfinden. Durch Geduld und Zeit, in der die Erwartungen an uns andere sind als die, die wir bisher kannten. Als könnten wir hier etwas freier sein als auf dem Rest der Erde. Hier werden wir beschützt, sodass wir nur gegen unsere eigenen Schatten kämpfen müssen und nicht gegen den Alltag und andere unrealistische Erwartungen.

Deine Art hat mich dazu gebracht, dass ich wieder vertrauen will. Etwas, wovon ich glaubte, es in dieser furchtbaren Welt nie wiederzufinden. Weil letztendlich alles in Verlust enden wird. Nichts ist jemals von Dauer. Aber wenn es wahr ist, was Mr. Kulip sagt, werde ich die restliche Zeit in Schweigen und Abschottung verbringen müssen, weil ich nicht über meinen Schatten springen kann. Dabei ist die Dunkelheit so endlos, dass ich mich gegen sie machtlos fühle. Und ich frage mich, wie du es geschafft hast, diesen Verlust zu überwinden, die Schatten zu besiegen. Oder ob man das alleine vielleicht gar nicht schaffen kann. Dass man die Einsamkeit des Herzens nur zu zweit besiegen kann.

Ja, vielleicht hat Mr. Kulip recht, denn so langsam glaube ich, ihn mehr und mehr zu verstehen. Irgendwann würde ich in dieser inneren Einsamkeit ertrinken - dem Schmerz und der Dunkelheit eines Tages nachgeben und in der Trauer letztendlich untergehen. Diese Kälte in meinem Herzen ist in der Lage, mich tatsächlich zu zerstören.

Bis du aufgetaucht bist. Deine Art, meine Schwäche anzusehen und zu akzeptieren, scheint das Eis in Wärme verwandeln zu können. In winzig kleinen Augenblicken kann ich es spüren. Und ich kann es zum ersten Mal fühlen, dass da mehr ist als nur ein schwarzes Loch in meiner Brust. Denn wenn du bei mir bist, höre ich jenes Herz schlagen, das mir vor Monaten geraubt wurde.

Das Schlimmste daran ist irgendwie, wie klischeehaft und abgedroschen all die Worte über solche Gefühle klingen, wie erbärmlich und abgestumpft, weil diese Phrasen schon viel zu oft verwendet wurden. Sie sind nichts im Vergleich zu dem Gefühl, das ich in mir trage, wenn ich dein Gesicht vor mir sehe. Für dich möchte ich vollkommen neue Wörter erfinden, die überhaupt erst in der Lage wären, diese einzigartige Mischung aus Dankbarkeit und Verständnis in all ihrer Deutlichkeit zu beschreiben. Doch kein einzelnes Wort scheint dem auch nur annähernd gerecht zu werden.

Unsere Begegnung ist nur eine Aneinanderreihung von Zufällen, die es so vielleicht nie gegeben hätte. Aber entgegen aller Wahrscheinlichkeit trotzdem gegeben hat. Vielleicht ist es ja Schicksal. Dass gebrochene Herzen nur gemeinsam heilen. Natürlich könnte die Angst mir noch Fakten liefern, die mich von dir fernhalten sollen. Denn Verlust ist allgegenwärtig, schlummert in jedem Moment. Und du hast den deinen bereits angekündigt. Was sind schon zwei Wochen? Kris, ich hadere mit mir selbst, denn ich weiß nicht, ob ich einen weiteren Verlust ertragen kann. Und ob ich so naiv sein kann, diesem geplanten Verlust dennoch blind in die Arme zu laufen. Ich dachte zuerst, es sei noch nicht zu spät, um sich abzuwenden, damit

dein Verlust in vierzehn Tagen erträglich sein würde. Bis gestern, als ich bei deiner Umarmung mein Herz spüren konnte. Wie es dieser inneren Wärme bereits verfallen ist.
Dieses fast fremde, längst vergessene Gefühl kann weder der Verstand noch die Angst beeinflussen. Es bleibt unvergesslich und unverfälscht. Es ist deine Art, auf mich einzugehen - in all meiner Verletzlichkeit. Dein stillschweigendes Verständnis und deine fremde Geborgenheit, die mir Halt geben. Halt, den ich dringender benötige denn je.
Ich dachte, ich sei nie wieder fähig, etwas anderes als Schmerz, Trauer und Verlust zu fühlen. Aber seit gestern ist da wieder etwas anderes, Kris. Hoffnung. Denn deine Art heilt für einen Moment all die schmerzhaften Risse in mir und letztendlich wird mich das zusammenhalten und verhindern, dass ich mich selbst verliere. Und dafür möchte ich dir danken, mehr als Worte es sagen könnten. Denn, Kris, ich ...

Ich lege den Stift zur Seite, ohne den Satz zu beenden, und atme tief ein. Mr. Kulip hat mir aufgetragen, mir Gedanken über die Worte für Lennon zu machen, stattdessen sind es Sätze, die ich Kris eines Tages sagen möchte. Weil mein Herz diese Therapie bereits viel besser zu verstehen scheint als mein

Kopf. Ich atme hörbar laut aus und beginne innerlich, diesem Gefühl nachzugeben, ohne es bewusst hervorgerufen zu haben.

In der Kunsttherapie blicke ich auf mein Plakat mit dem Umriss meines Körpers. Nun soll ich diese leere Umrandung mit dem füllen, was mich ausmacht.

Ich sitze mit Kris an einem der Tische und beobachte ihn jetzt, wie er seine Zeichnung fertigstellt. Als er den Kohlestift aus der Hand legt und seine schwarzen Finger betrachtet, wird er plötzlich ungewohnt still. Kris sieht mich nicht an und auch nicht sein fertiges Werk. Fast als wollte er es nicht wahrhaben. Ich bin nicht sicher, ob ich es überhaupt sehen darf. Man blickt auf den Rücken eines kräftigen Mannes, der mir überproportional groß erscheint und auf der Mauer gegenüber nur einen winzigen kauernden Schatten hinterlässt. Als wäre der Mann nur ein kleiner Junge.

Nachdem Kris seine von der Kohle verfärbten Finger gefühlte Ewigkeiten betrachtet hat, sieht er zu mir auf und räuspert sich. »Kommst du mit? Ich möchte schnell nach draußen. Rauchen.« Er spricht leise, kurz angebunden.

Kaum merklich nicke ich ihm zu und wir stehen auf. Die Therapeutin bemerkt uns kaum, denn sie ist viel zu sehr in die verschiedenen Gespräche und Fragen vertieft. Kris schnappt im Gehen ganz beiläufig nach seiner Zeichnung. Ich folge ihm still und ohne Notizblock. Es ist nicht der richtige Zeitpunkt, um jetzt Fragen zu stellen, denn etwas Schweres, Erdrückendes liegt in der Luft. Ich kann es spüren, aber vor allem sehe ich es in seinen Augen.

Als wir nach draußen treten, holt Kris tief Luft. Etwas steht ihm bevor, ich kann es jedoch nur erahnen. Wir gehen weiter und halten auch nicht an der Stelle, an der wir normalerweise in der Dunkelheit schweigen und dem Rauch beim Aufsteigen in den Himmel zusehen. Stattdessen geht Kris weiter über die Wiese in Richtung des Waldes, in dem wir beim Frühsport manchmal joggen müssen. Obwohl er so zielstrebig vorangeht, habe ich das Gefühl, dass er kein direktes Ziel vor Augen hat.

Mitten auf der Wiese bleibt er plötzlich stehen und sieht sich um, bevor er die Zeichnung vor sich hält und betrachtet. Seine Stirn ist gerunzelt und seine Augen etwas zusammengekniffen. Mit der freien Hand kramt er das Feuerzeug aus seiner

Hosentasche und bevor ich sein Vorhaben begreifen kann, hält er die Flamme an das Papier.

Ein Zucken geht durch meinen Körper, obwohl ich nicht den Drang verspüre, ihn davon abzuhalten oder eines Besseren belehren zu wollen. Ich bin lediglich von der Tat überrascht und von dem Anblick, wie die Zeichnung, die er nun über Wochen angefertigt hat, so plötzlich verglimmt.

»Wir können andere nicht immer beschützen. Nicht immer für sie da sein. Egal, ob wir größer, älter oder stärker sind. Es wird immer Momente geben, in denen sie nur für sich selbst kämpfen können. Und Mr. Kulip sagt, man müsse sie auch sich selbst überlassen. Wir dürfen ihnen nicht immer aufhelfen, wenn sie gefallen sind. Sie müssen ihre eigene Stärke entwickeln und den Willen finden weiterzumachen.« Kris entfährt nur ein Schnauben. »Es fällt mir nur so verdammt schwer. Ich ertrage den Anblick einfach nicht. Ich halte das nicht aus. Die Schuldgefühle überkommen mich sonst.«

Allmählich begreife ich seine Zeichnung sowie seinen Schmerz und seine Aufgabe, die er lernen soll zu verstehen. Die Vorwürfe, mit denen er wegen seines kleineren Bruders hadert, fühlen sich vertraut an. Ich spüre das Verständnis für seine Situation in meinem Herzen flackern. Gleichzeitig wandern aber auch seine Worte tiefer in meinen Verstand. Als seine Zeichnung fast vollkommen abgebrannt ist, lässt Kris die letzte Ecke los und sie segelt in Flammen zu Boden. Wir starren auf diesen einzigen Fleck, an dem nur noch kleine Ascheflocken verraten, was geschehen ist.

»Loslassen ist doch beschissen«, sagt er dann, ohne aufzusehen. Seine Stimme ist ganz rau und bebt. Ich fühle mich so leer ohne den Notizblock, so machtlos ohne Worte. Fast unsichtbar stehe ich einfach nur neben ihm, ohne ihm in diesem Moment wirklich beizustehen. Vorsichtig, fast in Zeitlupe, bewege ich meine Hand in seine Richtung. Zitternd verschränke ich meine Finger mit den seinen und erst nachdem wir einen langen Moment so dastehen, sieht Kris mich an. Lächelnd.

Noch eine ganze Weile warten wir ab, sind stille Zeugen dieser Tat. Eine Art von Abschied und zeitgleich ein Wachrütteln, wie es mir scheint. Denn seine Worte rumoren in mir und egal, wo sie versuchen zu landen oder anzukommen, wirbeln mehrere neue Fragen und Erkenntnisse auf.

Kris möchte mir helfen, aufzustehen und weiterzuleben. Er möchte mir in der Dunkelheit und im Kampf gegen die Schatten und Ängste beistehen. Aber das ist es nicht, weshalb wir wirklich hier sind.

Wir müssen selbst den Willen in uns finden, weitermachen zu wollen. Und wir müssen selbst beginnen, diesen Kampf zu kämpfen. Erst wenn wir dazu bereit sind, können wir Unterstützung und Verbündete erhalten. Aber der Anfang davon liegt in uns selbst.

Wir werden unterbrochen, als die Kunsttherapeutin laut rufend aus dem Gebäude tritt und uns zu sich winkt. Augenblicklich lösen sich unsere Hände voneinander und ich kann nicht einmal mehr sagen, wie lange wir einfach so in der Stille dastanden. Kris erklärt ihr flüchtig, dass es das Ziel seiner Therapie gewesen sei und er dies mit Mr. Kulip so vereinbart habe. Dass alles in Ordnung sei. Und dass er nun ein neues Bild malen werde.

Doch zurück im Kunstraum sitzen wir die restliche Zeit vor leeren Seiten und hängen unseren Gedanken nach. Manchmal kreuzen sich unsere Blicke und sie sagen mehr als tausend Worte. Dieser Tag, denke ich in mich hinein, ist endlos bedeutend für uns. Für Kris, der sich eingestehen muss, dass er keine Schuld am Tod seines kleinen Bruders hat, weil er ihn nicht immer und zu jeder Zeit beschützen konnte. Aber auch ebenso für mich. Weil ich weiß, dass es an der Zeit ist, mich zu erheben, egal wie schwer und dunkel die Wahrheit sein wird.

Und weil ich weiß, dass Kris da ist und mir beistehen wird. Ein Lächeln schleicht sich still und heimlich auf meine Lippen, das sofort wieder erstirbt. Ich dachte, auch Lennon würde immer da sein. Am Abgrund neben mir stehen und mir aufhelfen. Außerdem weiß ich von Kris bereits, dass er in zwei Wochen abreisen und fort sein wird. Mir ist bewusst, dass er mich zurücklassen wird und trotzdem kann ich mich nicht gegen seine Anwesenheit wehren, geschweige denn, mich auf diesen Verlust vorbereiten.

Ich reiße meinen Blick von ihm los und blicke aus dem Fenster. Vor meinem inneren Auge wiederholen sich seine heutigen Worte. Ein Seufzen entweicht mir kaum hörbar und Kris sieht sofort auf – das bemerke ich jedoch nur aus dem Augenwinkel. Es ist an der Zeit, sich der Welt und all ihren Schatten zu stellen. Ob es auch über den Wolken umzingelt von rosafarbener Zuckerwatte und Federn Schatten gibt?

Am Abend begleite ich Kris nach draußen in die Dunkelheit, obwohl er mich nicht einmal danach gefragt hat. Rachel ist bereits auf ihr Zimmer verschwunden, denn sie mag weder die Kälte noch die Nächte an sich. Inzwischen scheint es da zwischen Kris und mir eine stille Vereinbarung zu geben, dass diese Momente unter den Sternen uns gehören.

Unter der Laterne, der Ort, wo wir sonst stehen und den Mond über uns betrachten, versucht Kris, die Zigarette anzuzünden, und ich vernehme das vertraute Klacken des Feuerzeuges. Ich taste nach dem kantigen Notizblock in meiner Handtasche, als ich mich ihm nähere, doch Kris scheint nicht die Absicht zu haben, an unserem gewohnten Platz stehen zu bleiben.

»Da drüben steht eine Parkbank, falls du heute eventuell länger …«

Ohne mir darüber bewusst zu sein, nicke ich, noch bevor er vollständig ausgesprochen hat. Erst dann betrachte ich die dunkle Richtung, in die er deutet. Dort ist weit und breit kein Licht und irgendwo dahinter liegt der Wald, der bei Nacht deutlich bedrohlicher wirkt als bei Tageslicht. Kurze Zweifel durchkreuzen meine Gedanken, ob es tatsächlich eine kluge Entscheidung wäre. Ob ich ihm vielleicht gar nicht so sehr vertrauen sollte, wie mein Herz es längst beschlossen hat. Wir kennen uns schließlich gerade mal drei Wochen und es scheint mir kein ausreichender Zeitraum zu sein, um sich jemandem blind anzuschließen. Oder etwa doch?

Ich folge Kris in die Dunkelheit, in der ich beinahe meine eigene Hand nicht vor Augen sehen kann. In zaghaften und vorsichtigen Schritten tapse ich über das Gras, fürchte, jeden Moment über etwas zu stolpern und zu fallen. Bis seine Hand nach der meinen greift und mich festhält. Nicht zu stark und es fühlt sich nicht bedrohlich an. Im Gegenteil. Etwas flutet durch mich hindurch, das mir früher in Lennons Anwesenheit gefehlt hat. Denn obwohl ich die beiden auf keinen Fall vergleichen will, so versucht Kris erst gar nicht zu verbergen, dass da irgendeine Verbindung zwischen uns besteht. Und ich bin dankbar dafür. Zielsicher leitet er mich durch die Dunkelheit. Ich folge nur dem winzigen, glimmenden Punkt seiner Zigarette und seiner Hand, durch die ich mich nicht mehr verloren fühle. Mit einem Blick in den Sternenhimmel sende ich Lennon eine Entschuldigung und bitte gleichzeitig um Verzeihung.

Es tut mir leid, Len. Ich bin hin- und hergerissen. Doch in all den Jahren an deiner Seite habe ich versucht, das Richtige zu tun, und gegen das Gefühl in meinem Herzen gehandelt. Dabei ist es womöglich das einzig Richtige, seinem Herz dahin zu folgen, wohin es einen zieht.

Währenddessen & Nebenan

Fünfundzwanzig

Sie folgt Kris zu der Parkbank. Inmitten der Dunkelheit vertraut sie ihm ganz offensichtlich stärker, als er erwartet hätte. Sie hat sogar zugestimmt, bevor Kris die Frage überhaupt vollenden konnte. Ihre Hand liegt so selbstverständlich in seiner und es ist keine dieser zufälligen Berührungen der letzten Tage. Heute in der Kunsttherapie hat sich etwas zwischen ihnen verändert, es ist beinahe greifbar. Ob sie die Bedeutung hinter seinen Worten verstanden hat? Ob sie nach seiner Abreise wissen wird, was für sie zu tun ist? Kris atmet tief aus. Es ist fast schmerzhaft, so sehr möchte er ihr helfen, ihr diesen Kampf gegen die eigenen Dämonen abnehmen. Nur um ihr diesen Schmerz zu ersparen. Doch erst im Anschluss wird es besser werden. Und vielleicht werden dann auch ihre Worte wieder zurückkehren.

Als sie die Parkbank erreichen, fällt es Kris schwer, ihre Hand wieder loszulassen. Doch er erinnert sich an Mr. Kulips Worte. Dass es nicht möglich ist, Menschen rund um die Uhr zu beschützen. Dass sie ihre eigenen Freiräume benötigen, um sich selbst zu entfalten. Um sich selbst verwirklichen zu können. Er weiß so wenig über dieses schweigende Mädchen und dennoch hat er das Gefühl, Luna bereits sehr genau zu kennen. Auf eine andere, innigere Art und Weise, obwohl sie sich noch niemals zuvor unterhalten haben. Ob er sie dennoch nach einem richtigen Date fragen sollte? Oder ist das nur die Panik, die in ihm aufflackert, weil ihm bewusst wird, dass er sie in zwei Wochen zurücklassen muss? Sollten diese Abende zwischen Dämmerung und Laternenlicht nicht einfach genug sein?

Sie sieht zu Kris auf, unsicher oder fast schon fragend. Es ist zu dunkel, um ihre Augen tatsächlich zu erkennen und die Wahrheit darin zu ergründen. *Verdammt.* Dieser Anblick bringt ihn nicht zum ersten Mal aus dem Konzept. Wie oft hat er bereits versucht, aus ihrer Mimik etwas herauszulesen oder ein Detail zu finden, aus dem er schlau würde. Kris ist sich nach drei Wochen noch nicht darüber im Klaren, ob es ihr Schweigen ist, das ihn so sehr an ihr fasziniert, oder ob es tatsächlich, wie Mr. Kulip sagt, genau sein

»Schema« ist. Versuchen, jemanden rund um die Uhr festzuhalten, um eine alte Schuld zu begleichen.

Er fährt sich mit der Hand über den Kopf und kann die nachwachsenden Haare bereits spüren. Es ist nicht ihr Schweigen, ihr hübsches Gesicht oder der Drang, die Neue in die Gruppe zu integrieren. Da ist doch irgendwie mehr. Der Schmerz, der sie verbindet, und der jeweilige Verlust, der sie entzweigerissen hat. Schließlich hat er auch zu Rachel eine bedeutende Freundschaft entwickelt und sich bereits viele Abende mit ihr in der Cafeteria über tiefgründige Themen unterhalten – obwohl Rachel überhaupt nicht in dieses Schema passt.

Doch wer war dieser Lennon, den sie verloren hat? Und plagen sie ebenfalls Vorwürfe und Schuldgefühle? War es vielleicht sogar ihr fester Freund, über den sie noch lange nicht hinwegkommen wird?

Kris schüttelt kaum merklich den Kopf. Über so etwas wollte er eigentlich nicht nachdenken. Stattdessen hofft er, dass sie ihm eines Tages die Wahrheit anvertrauen wird. Von sich aus, ohne dass er wilde Theorien aufstellen müsste. Und in Worten. Dass er einfach nur ihrer Stimme lauschen könnte. Doch je länger er sich das wünscht, desto schneller rennt ihm die Zeit davon. Er ist sich nicht sicher, ob zwei Wochen ausreichend sind.

Er blickt in die Dunkelheit, dorthin, wo er ihr Gesicht vermutet. »Könntest du dir vielleicht vorstellen ...« Er räuspert sich kurz. »Also, dass wir uns noch mal in der Bar verabreden? Zu ... zweit? Nächste Woche vielleicht?«

Zum ersten Mal fallen ihm die Worte fast etwas schwer. Er wollte nicht erwähnen, dass es wie ein Abschied werden sollte. Dass es die letzte Woche sein würde. Denn Kris hofft weiterhin, es gäbe ein Danach. Ein Kontakt außerhalb dieser geschützten Klinik. Ein Wiedersehen in der Realität – zwischen Alltag, Angst und der absoluten Wahrheit.

Die Frage ist vollkommen dämlich gewesen, denn er kann nicht sehen, ob sie lächelt, nickt oder vielleicht mit überraschtem Blick abweisend den Kopf schüttelt. Und sie würde nicht mit Worten darauf antworten. Er würde es heute also nicht erfahren und sie morgen vielleicht noch einmal fragen müssen.

Im nächsten Moment tastet Lunas Hand in der Dunkelheit nach seiner. Seine Mundwinkel heben sich unwillkürlich und er verschränkt kurz darauf die Finger mit den ihren. Dieser Abend auf der Parkbank vergeht schweigend, aber Luna lässt seine Hand nicht mehr los, bis sie den Eingang der Klinik erreichen. Und für Kris ist dies ein ganz eindeutiges »Ja« auf seine Frage.

Heute, Jetzt & Hier

Sechsundzwanzig

Warme Sonnenstrahlen fluten das Klinikzimmer und wecken mich auf, noch bevor der Wecker klingelt. Ich hole tief Luft und frage mich, ob heute der Tag ist, an dem ich sprechen oder woran ich merken werde, dass der richtige Zeitpunkt gekommen ist. Wird es diesen einzigartigen Moment tatsächlich geben? Und wird es mich endlose Überwindung kosten oder die Situation alles wie von selbst regeln? Wie wird es sich anfühlen, wenn ich bereit dazu bin? Wird der Tag dann tatsächlich ein anderer sein?

Langsam richte ich mich auf, blicke mich um. Es fühlt sich vertraut an, mein eigener Rückzugsort in einer sicheren, abgeschotteten Blase, fernab der Realität. Hier sind wir so sicher wie vielleicht nirgendwo sonst. Und wo ich anfangs überhaupt nicht hier sein wollte, versuche ich mir heute vorzustellen, wie es sein muss, wenn man bereits nächste Woche abreisen soll. Wenn all das hier für einen von uns vorbei sein wird. Für *Kris.*

Zurück in das echte Leben, in die wahre Welt.

Sind wir dafür denn bereit? Wird sich Kris am Tag der Abreise ebenfalls anders fühlen, so als hätte sich etwas Grundlegendes verändert? Ein Seufzen entweicht mir. Ich will nicht in seiner Haut stecken – eine Woche vor der Rückkehr. Und gleichzeitig will ich auch nicht mehr in der meinen sein, denn ich sehe diesen Abschied lichterloh vor mir aufleuchten. In neonfarbenen Warnsignalen dröhnt er mir entgegen. Ich sehe ihn und kann dennoch nicht mehr umkehren – Kris und seine angenehme Nähe nicht ignorieren. Dabei weiß ich vom Verlust, vom endlosen Schmerz, den er in mir auslösen und wachrütteln wird. Er wird alles bestätigen, was Lennon mir bewiesen hat. Dass Abschiede mich in Stücke reißen, mir die Luft zum Atmen rauben und vielleicht auch mein Herz in kleine Splitter zersprengen, bis es nicht mehr fähig ist zu schlagen. Ja, ich glaube, keinen weiteren Verlust mehr zu ertragen. Ich will schützend die Hände vor das Gesicht halten, alles von mir schieben und gleichzeitig leise flüsternd jemanden um Hilfe bitten. Doch in einer

Woche wird Kris nicht mehr zur Stelle eilen, um meine Stimme zu sein. Ich werde in meiner Stille ertrinken wie ein Stein, der sich zuerst Sprung für Sprung über Wasser hält, bevor er auf den Meeresgrund sinkt. Ich schlinge die Arme um meine angewinkelten Beine, während ich noch immer auf dem Bett sitze und in den Sonnenaufgang blicke.

Len, als du gegangen bist ... Als der Aufprall des LKWs dich mit fortgerissen hat, ohne dass uns noch ein letzter Moment geblieben ist, hast du meine Worte dabei tatsächlich mit dir genommen? Oder sind sie noch immer hier – waren vielleicht sogar die gesamte Zeit über zum Greifen nah, direkt nebenan?

Ich weiß noch nicht, was meine ersten Worte nach der langen Stille sein werden – ob heute der Tag dafür ist oder ob ich noch unzählig viele Sonnenaufgänge bis dahin beobachten werde. Und vor allem weiß ich nicht, ob ich Kris jemals in der Dunkelheit antworten werde. Ob er meine Stimme einmal hören wird, wenn Blicke und Berührungen nicht genug aussagen können. Die Wichtigkeit der Worte ist mir gestern auf der Parkbank bewusst geworden. Und wenn die Worte niemals fort waren? Wenn sie noch immer in meinem Inneren schlummern, dort warten, bis ich bereit bin, ihnen wieder Raum zu geben? Etwas zuckt durch mich hindurch.

Etwas Neuem Raum zu bieten. Mit einem Mal kann ich Kris' Namen vor meinem inneren Auge sehen. Es ist einzig und allein an mir zu entscheiden, ob ich bereit bin, je wieder einen weiteren Verlust in Kauf zu nehmen und dafür die Geborgenheit zu fühlen, die Kris' Anwesenheit mir spendet. Oder die …

Ich schwinge mich aus dem Bett und vertreibe die Gedanken daran. Und letztendlich beginnt der Tag wie all die anderen zuvor: mit einem schweigsamen Frühstück zusammen mit Rachel und Kris. Nichts ist anders, weder an ihnen noch an der Gruppenstunde, die pünktlich um acht Uhr beginnt.

Das Einzige, was sich verändert hat, sind meine Gedanken. Und vielleicht die Art, wie ich Kris mustere, während er mich für einen Moment nicht ansieht.

»Und wie fühlen Sie sich heute, Luna?«, fragt Mr. Kulip, als ich mich an den Tisch in seinem Büro setze. Ich hebe einen Mundwinkel und er erwidert diese Geste sofort. »Ein Versuch war es zumindest wert«, ergänzt er anschließend und schiebt mir das Blatt Papier mit den gesichtslosen Smileys zu.

Nach einem tiefen Atemzug höre ich in mich hinein, lauschend warte ich auf das Gefühl, das in mir schlummert. Natürlich vermisse ich Lennon, dieser Schmerz scheint alles zu überblenden, droht auch den Rest bereits im Keim zu ersticken. Doch da ist noch etwas. Das Gefühl, nun verstanden zu werden. Die Hoffnung, dass doch nicht alles aussichtslos scheint, weil ich glaubte, niemand könnte meinen Schmerz auch nur erahnen, ihn begreifen oder gar verstehen. *Ob Kris mich eines Tages so verstehen wird wie einst du, Len? Ob überhaupt irgendjemand mit nur einem* einzigen *Blick in mein Herz sehen wird, wie es mir geht oder wie sehr eine Umarmung alles wiedergutmachen kann? Dieser Vergleich ist nicht fair, Lennon. Und ich will dich und Kris nicht vergleichen, keiner von euch beiden hätte das verdient. Aber vielleicht ist das einfach menschlich, womöglich können wir das überhaupt nicht steuern oder unterdrücken. Und wahrscheinlich wird nie wieder jemand wie du sein und ich werde mit dieser Erkenntnis jeden einzelnen Tag leben müssen.*

Aber was, wenn da noch mehr ist? Wenn dieses Mal genug Zeit wäre, um zu sagen, dass –

»Brauchen Sie noch einen Moment?« Mr. Kulip reißt mich aus meinen Gedanken und ich schüttle kurz den Kopf, um zurück in das kleine Büro zu finden.

Etwas ist anders, denke ich und zeichne einen

Smiley in den leeren Kreis, der nur einen Mundwinkel leicht anhebt. Doch ich lege den Stift noch nicht zurück.

Etwas ist anders, schreibe ich darunter, ohne länger darüber nachzudenken.

Das Gesicht des Therapeuten leuchtet auf, als er diese Worte sieht. Er mustert mich lange mit einem Schmunzeln, ohne etwas zu sagen. Ich sehe es auch in seinem Blick, in seiner begeisterten Mimik. Ja, etwas hat sich verändert. Nach einer gefühlten Ewigkeit fragt er weiter. »Können Sie denn in etwa beschreiben, was es genau ist? In welche Richtung es geht?«

Ich wende den Kugelschreiber nervös in meiner Hand, suche nach der einen Antwort auf seine Frage. Letztendlich schüttle ich den Kopf, doch Mr. Kulip wirkt weiterhin sehr zufrieden. Noch nicht, denke ich, als ich den Kugelschreiber zurücklege. Der Therapeut wird sich noch etwas gedulden müssen.

»Das ist wirklich sehr, sehr gut, Luna. Wir werden in den nächsten ein bis zwei Wochen eine erneute Konfrontationstherapie mit Ihnen durchführen. Ich weiß, es ist furchtbar und wird Ihnen erneut wehtun, doch es wird besser werden. Ganz bestimmt.«

Während er spricht und mich eindringlich ansieht, erkenne ich, dass er uns in Wahrheit nur beschützen will. Mr. Kulip will nicht in unseren schmerzenden Wunden stochern, um aus Neugier mehr über uns zu erfahren. Er tut all dies, damit wir es selbst erkennen und annehmen können. Ich lächle ihm zu.

»Das sind großartige Fortschritte, Luna. Wirklich. Sie können sehr stolz auf sich sein. In den nächsten Wochen wird noch einiges passieren, da bin ich sicher. Aber belassen wir es für heute erst einmal dabei. Wir sehen uns wieder am Montag, in Ordnung?«

Erneut nicke ich ihm zu, denn es gibt nichts, was ich ihm unbedingt erzählen möchte. Das Wochenende steht kurz bevor und vielleicht bleibt mir an diesen Tagen genug Zeit, um über diese winzige Veränderung nachzudenken. Doch gerade, als er den Kugelschreiber und das Blatt mit den Smileys zur Seite räumen will, hebe ich die Hand, will nach dem Stift greifen. Für einen Moment scheint Mr. Kulip zu überlegen, als fragte er sich, ob nun der Zeitpunkt sei, von dem an ich ohne Stift und Papier auskommen müsse. Als könnte man bereits von mir erwarten, dass ich inzwischen in der Lage wäre, diesen Wunsch laut auszusprechen. Doch letztendlich reicht er mir den Kugelschreiber und ich notiere die folgenden Worte auf dem Papier:

Nächste Woche.

Mr. Kulip sieht mich verwirrt mit einer hochgezogenen Augenbraue an.

Die Konfrontationstherapie bitte nächste Woche.

Und in stillen Gedanken füge ich hinzu: Weil Kris dann noch hier sein wird, um mich aufzufangen, wenn ich in die bodenlose Tiefe falle. Bevor ein erneuter Verlust mich in Stücke zerreißen wird.

Der Therapeut mustert erst meine Worte auf dem Blatt, dann mein Gesicht. Als wollte er meine bloßen Gedanken dadurch erhören. Vielleicht ahnt er bereits, dass es mit Kris' Abreise zusammenhängt, doch er spricht es nicht an. Und zum ersten Mal frage ich mich, was Kris in seinen Einzelgesprächen vielleicht über mich erzählt. Ob Mr. Kulip die andere Seite unserer stillen Gespräche bereits kennt. Mit durchdringendem Blick betrachte ich den Mann mir gegenüber. Weiß er von unseren nächtlichen Begegnungen und dem verbrannten Bild, das Kris über Wochen im Kunstunterricht gezeichnet hat? Hat Kris ihm verraten, welchen Namen ich leise unter Tränen geflüstert habe? Kurz verspüre ich den Wunsch, den Therapeuten darüber auszufragen. Ihn zu bitten, all die Informationen, die ihm über mich zugetragen wurden, auszuhändigen. Schwarz auf weiß. Doch kurz darauf erlischt dieser Drang, denn es ist nicht wirklich von Bedeutung. Das Einzige, was hier in dieser Klinik entscheidend ist, ist, dass wir es selbst verstehen und annehmen können. Dass wir lernen, mit unserem Schmerz umzugehen und die verbliebenen Narben als einen Teil von uns selbst anzuerkennen. Die Fehler der anderen und unsere eigenen zu akzeptieren, damit uns weder die Schuld noch die Vorwürfe zerfressen.

Ja, etwas ist anders, denke ich erneut. Ich erinnere mich an den ersten Tag zurück, als ich dieses Gebäude hier betrat. Als ich glaubte, ich täte dies für meine Mutter oder vielleicht auch für Mr. Cerson. Für die Menschen, die es für das Beste hielten, mich fortzuschicken, damit ich voller Fröhlichkeit und Euphorie zurückkehren würde.

Dies ist nicht der Morgen, an dem ich einfach zu sprechen beginne, als hätte ich meine Stimme niemals verloren. Es ist der Tag, an dem ich begreife, dass wir selbst die Veränderung sind. Und diese Veränderung ist der Schlüssel für eine verborgene Tür, die uns zurück in unsere alten Leben bringt.

Bin ich bereit, den Schmerz in etwas anderes zu

verändern? Ihn anzunehmen, als Teil meiner Selbst? Und kann ich eines Tages tatsächlich durch diese Tür gehen, um die Stimme in meinen Worten zurückzuerlangen?

Ich hole tief Luft und schiebe das Blatt Papier über die Tischplatte zu Mr. Kulip. Mit einem langsamen Nicken fährt er fort, als wäre die Zeit während meiner Erkenntnis stehen geblieben. Vielleicht wird es einfach unser Geheimnis bleiben, dass er bereits sehr viel mehr über mich weiß, als er tatsächlich äußert. Aber das spielt keine Rolle. Denn inzwischen fange ich an, mich durch seine Augen zu sehen. Ich fange an, mich hinter all meinem Schweigen zu erkennen.

»In Ordnung, nächste Woche dann. Halten Sie durch, Luna. Sie sind sehr viel stärker, als Sie es selbst für möglich halten.«

Mr. Kulips Worte wandern noch Stunden nach der Einzelstunde durch meine Gedanken und kommen nur schwer zur Ruhe. Sommerliche Temperaturen stehen uns bevor und um uns herum unterhalten sich die Menschen über ihre geplanten Ausflüge am Wochenende. Den einzigen Ort, den ich besuchen möchte, ist nicht von der Wettervorhersage abhängig. Ich werde über den Wolken schweben und Lennons Herzschlag dicht an meinem Ohr hören. Ich werde in seine hellblauen Augen blicken und wissen, dass alles vorbei ist. Ein Knoten bildet sich in meinem Hals und es raubt mir langsam den Atem.

Len, dein Verlust umgibt mich in jedem einzelnen Moment, seit uns die Lichter des LKWs geblendet haben. Seit das silberne Cabrio von der Straße abkam und alles seinen furchtbaren und tragischen Lauf nahm – unaufhaltsam wurde. Ich glaubte, deinen Verlust nicht ertragen zu können. Oder zumindest nur, indem ich mich an Kris' Worte klammerte. Und letztendlich auch an seine Nähe, an das Gefühl von Verständnis, das hin und wieder in seinem Blick schlummert. Dabei hält der Verlust an mir fest, schlingt sich immer enger um mich, bis ich kaum mehr Luft holen kann. Ich sehe den Verlust von Kris auf mich zurasen wie einst der Lastwagen, der mir die Sprache verschlug und dafür Trauer und endlosen Schmerz brachte. Kris' Abreise kommt auf mich zu, doch ich bin wie gelähmt, kann mich aus dieser Starre nicht befreien, den blendenden Lichtern nicht entfliehen. Ich sehe mich selbst am weiteren Verlust zerbrechen, die Scherben dann zu winzig, um sie noch ein weiteres Mal zusammenzufügen.

Mein Blick wandert hinüber zu Kris, der gerade mit einem anderen Jungen aus der Gruppe spricht. Wir befinden uns im Aufenthaltsraum und Rachel liest gedankenverloren in einem Buch. Doch ich blende alles um uns herum aus, sehe nur den glatzköpfigen Jungen in seiner Lederjacke. Lässig lehnt er am Türrahmen der Terrasse, als könnte ihm nichts auf der Welt etwas anhaben. Aber da ist noch so viel mehr. Ich habe seine leidende Seite gesehen. Die, die unter den Schuldgefühlen beinahe zugrunde geht. Die Seite, die eines Tages vielleicht versteht, wie ich mich fühle. Und weshalb ich nicht einfach über meinen Schatten springen kann. Denn wenn ich es könnte, würde ich Kris in diesem Moment etwas sagen. Ihn darum bitten zu bleiben. In meinem Leben, auch nach der Klinik. Oder sich zumindest von mir abzuwenden, damit ich aus dem Lichtkegel des anrauschenden LKWs treten kann.

Etwas in mir zieht sich zusammen. Ich will nämlich überhaupt nicht, dass er sich von mir fernhält. Denn seine Anwesenheit ist das Einzige, das mich an jedem Tag durch dieses Chaos führt. Wieso glaube ich, ohne ihn nicht mehr in der Realität zu bestehen? Ist es denn nicht genau das, was Mr. Kulip andeuten will? Dass wir selbst gegen unsere Schatten ankämpfen und bestehen müssen, weil wir nicht immer beschützt werden können? Weil einfach überhaupt nichts für immer und ewig währt? Weil ein Abschied überall und jederzeit sein könnte?

Lennon wird mich nicht retten.

Kris wird mich nicht retten können.

Ich bin die Einzige, die mich aus dieser Stille befreien kann. Erschrocken schnappe ich nach Luft.

Ruckartig stehe ich auf, schiebe den Stuhl hektisch zurück an den Tisch und gehe zielstrebig nach draußen. Rachel sieht verwirrt von ihrem Buch auf, doch ich beachte sie nicht. Ich warte nicht einmal darauf, ob sich Kris aus seiner Unterhaltung abwendet, um mein Verschwinden zu bemerken. Ich verlasse das Gebäude und laufe in Richtung Wald. Ohne ein Ziel vor Augen konzentriere ich mich einfach nur auf die Ruhe, die mich umgibt. Auf das sanfte Zwitschern der Vögel in den Baumwipfeln, auf den Sonnenschein, der sich warm auf meinen Armen anfühlt. Auf die sommerliche Luft, die mit jedem Atemzug in mein Innerstes gelangt.

Ich bin stärker, als ich es selbst für möglich halte, wiederhole ich die Worte von Mr. Kulip in Gedanken. Ich bin stark. Ich werde diesen weiteren Verlust ertragen müssen. Denn er rückt unaufhaltsam näher.

Wir halten die *erste große* Liebe für das einzig Wahre – für das Wertvollste, das uns im Leben widerfahren kann und nach dem wir ständig auf der Suche sind. Es ist das, worauf all die kleinen Prinzessinnen in ihren Märchen warten und die uns letztendlich lehren, es als Mädchen ebenso zu tun. Und in all den Jahren, unser halbes Leben lang, streben wir nach etwas, das nicht annähernd an das herankommt, was wir wirklich finden können.

Obwohl sich *wahre* Liebe im Offensichtlichen nur in einem anderen Wort unterscheidet, ist sie alles oder nichts. Sie ist das Ehrlichste, was zwei Menschen sein können.

Das ist, wonach wir sehnen, aber nicht suchen sollten. Denn diese Liebe wird dich einfach finden, ohne dass du sie gesucht hast. Sie wird dich in all ihrer Wärme und ihrem Glücklichsein überfluten und ich wünsche dir, dass sie dich von da an niemals mehr alleine lässt.

Man verliebt sich nicht im ersten Moment, in diesem magischen ersten Augenblick, in dem sich zwei Menschen ansehen und sofort wissen, dass sie füreinander bestimmt sind. Das ist einzig und allein die Oberflächlichkeit daran, die man nur umgeht, indem man einen zweiten Blick, seine Geschichte und irgendwann auch sein Herz riskiert.

Und wer alles verloren hat, ist irgendwann bereit, alles zu riskieren. Denn es zählt nichts mehr, als dass der Schmerz endlich verblasst, in den Hintergrund schwindet.

Ich seufze.

Len, heute wünschte ich, dass ich das für uns zugelassen hätte. Die wahre Liebe – diese eine, die für immer und ewig bleibt. Für die weit und breit kein Verlust in Sicht ist. Aber ich habe unserer Freundschaft genau das Gegenteil vorgeschrieben, weil ich dachte, es sei der einzige Weg, den Verlust eines Tages aufzuhalten.

Das war vielleicht ein Fehler, den ich immer bereuen werde. Und ich werde ihn kein zweites Mal aufs Spiel setzen. Len, du wirst in gewisser Weise immer meine erste Liebe bleiben. Denn ich habe dich in all den Jahren geliebt, auch wenn ich es selbst nicht begreifen wollte. Diese Liebe wurde nicht erwidert, weil ich dich darum gebeten habe. Aber genau das ist das Einzige, was dich im freien Fall halten wird.

Geliebt zu werden.

Währenddessen & Nebenan

Siebenundzwanzig

Es ist Samstag und die Sonne leuchtet vom Himmel. Einige aus der Gruppe haben sich bereits verabredet und wollen sich heute Nachmittag im Freibad treffen. Ein Schauer läuft Kris über den Rücken. Allein der Gedanke ist für ihn so unvorstellbar, dass sich Gänsehaut auf seinen Armen bildet, obwohl er gerade auf der Parkbank vor dem Klinikgebäude in der Sonne sitzt.

Seit dem Frühstück hat er Luna nicht wieder gesehen. Ihm ist nicht entgangen, dass sie sich seit ein paar Tagen anders verhält. Abweisend, fast schon distanziert. Aber morgens, wenn sie die Treppen zum Speisesaal herunterkommt und ihn erblickt, ist da weiterhin das Lächeln und das Leuchten in ihren Augen. Deshalb kann er es ihr nicht verübeln. Vielleicht hat sie gerade sehr ernste

Gespräche mit Mr. Kulip. Ob sie vielleicht über ihn sprechen …?

Er verscheucht den Gedanken sofort. Es hat sicherlich nicht mit seiner Abreise zu tun, das redet er sich wahrscheinlich nur ein. Noch fünf Tage. Am Freitag würde er in seine kleine Einliegerwohnung zurückkehren, in den bereits vergessenen Alltag, und womöglich müsste er sich bald wieder einer neuen Arbeit stellen. Das Leben wird weitergehen, hat Mr. Kulip ihm gesagt.

Er fährt sich mit der Hand über den Kopf und beschließt, an Lunas Zimmertür zu klopfen und sie zu bitten, mit ihm auszugehen. Heute Abend. Oder einfach nur die Eisdiele in der Innenstadt zu besuchen. Solange sie ihn nicht bitten würde, mit den anderen ins Freibad zu gehen, kann eigentlich nichts schiefgehen … *Oder?*

Es dauert gefühlte Ewigkeiten, bis Luna die Zimmertür öffnet und ihm verwundert entgegenblickt. Ihre langen dunkelblonden Haare sind offen und reichen ihr bis an die Rippen, während sie Jeans und ein T-Shirt trägt, auf dem *»Nope not today«* steht. Kris schluckt und versucht angestrengt, sich davon nicht beirren zu lassen. Vielleicht gibt es gute und schlechte Momente, um nach einem Date zu fragen. Und womöglich ist dies ein ungünstiger, doch er hat das Gefühl, die Zeit würde ihn drängen. Oder seine eigene Ungeduld.

»Hey ... hast du Lust, zur Eisdiele runterzulaufen? Es ist ziemlich warm heute und ...« *Nichts und,* schießt es ihm durch den Kopf und er schweigt augenblicklich, vollendet den Satz nicht.

Luna mustert ihn mit leicht zur Seite geneigtem Kopf. Dann dreht sie sich einfach um, kehrt in ihr Zimmer zurück und lässt die Tür nur einen schmalen Spaltbreit offen. Kris' Stirn legt sich in Falten. Es scheint ihm absolut unangemessen, ihr einfach zu folgen oder noch mal nachzuhaken. Aber hätte sie nicht einfach mit dem Kopf schütteln können? Das wäre ebenso enttäuschend, aber wesentlich eindeutiger gewesen.

Kurz darauf kommt Luna zurück und hält einen Zettel in der Hand, den sie ihm entgegenstreckt.

Drei Minuten.

Das ist alles, doch es zaubert ihm unwillkürlich ein Lächeln ins Gesicht. »Alles klar, ich warte solange hier!«, sagt er, bevor sie die Tür schließt.

Heute, Jetzt & Hier

Achtundzwanzig

Ich schließe die Tür hinter mir und lehne mich mit dem Rücken dagegen. Mit einem tiefen Atemzug versuche ich mir einzureden, dass ich innerlich nicht darauf gewartet habe, wieder Zeit mit Kris zu verbringen. Denn die letzten Tage waren noch stiller als sonst und ich habe unsere Begegnungen zwischen Nacht und Dämmerung vermisst. Aber es ist nicht mal mehr ganz eine Woche, denn nächsten Samstag wird Kris fort sein. Seit meiner Therapiestunde am Mittwoch habe ich es gerade mal drei Tage geschafft, mich irgendwie von ihm fernzuhalten. Und selbst wenn ich leugnen möchte, dass mein Herz vor Freude schneller schlägt, seit Kris vor der Tür steht, so kann ich es nicht.

Ich kann mich nicht weiter selbst belügen oder gar von ihm fernhalten. Denn ich sehne mich nach seiner Stimme, seiner Nähe wie nach der Luft zum Atmen. Und die Vorstellung, mit ihm heute Mittag mit einem Eis in der Hand durch die Innenstadt zu laufen, löst fremdartige Begeisterung in mir aus. Vor ein paar Wochen wäre ein solcher Ausflug undenkbar gewesen.

Ich entscheide mich für ein türkisfarbenes Top und passende Schuhe. Meine Haare binde ich mir zusammen und packe den Notizblock in eine kleine Handtasche. Mit einem prüfenden Blick sehe ich in den Spiegel und lausche in mich hinein. Ich dachte, nur etwas sei anders. Nur eine Kleinigkeit hätte sich inzwischen verändert. Aber das ist nicht wahr. Plötzlich ist *alles* anders. Ich spüre es. Und ich kann es in den graugrünen Augen schimmern sehen, als ich Kris die Tür öffne und er mich anlächelt. Mein Herz schlägt lauter denn je und ich fühle Freude, wo lange Zeit nur schwarze Leere war.

Die Innenstadt ist voller Menschen, die in Gruppen zusammenstehen und lachen oder in Cafés sitzen und die Sonne genießen. Der Anblick ist so ungewohnt und ich frage mich, wann ich zuletzt so jemand gewesen bin. Es scheint eine Ewigkeit her zu sein, als ich mit Samika und Len für eine gemütliche Shoppingtour in der Stadt unterwegs war. Das ist der erste Schritt zurück in die Realität und vielleicht hilft es Kris zu sehen, dass sich in der Welt da draußen überhaupt nichts verändert hat. Und dass wir immer noch in Kontakt sein könnten. Oder tröstet mich das mehr über die Abreise hinweg als ihn?

Später setzen wir uns auf den Rand eines großen Stadtbrunnens und ich krame meinen Notizblock hervor. Ich verschwende nur einen kurzen Gedanken daran, was die Menschen um uns herum dabei nun denken könnten. Doch da es auch Kris nicht zu stören scheint, beginne ich darauf zu schreiben.

Ich schulde dir noch eine Antwort. Ja, ich würde gerne nächste Woche mit dir noch mal in die Bar gehen.

Sein Gesichtsausdruck verändert sich langsam, als würde er meine auf Papier geschriebenen Worte erst verarbeiten müssen. Dann strahlt Kris mich an, als hätte ich sehr viel mehr gesagt, als auf dem Notizblock steht. »Ist das dann eine Art Date?«, fragt er mit einem Grinsen, das mir ein kurzes Lachen entlockt. Doch letztendlich nicke ich ihm mit einem Schmunzeln zu. »Wenn du dir jeden beliebigen Ort aussuchen könntest, an dem wir dieses Date verbringen könnten … Wo würdest du gerne sein?«

Ich denke darüber nach, welche Orte für mich tatsächlich von Bedeutung wären. Dabei habe ich bereits den Himmel besucht und dort beobachtet, wie friedlich Federn in den Wolken versinken. Doch selbst der Ort, an dem nur rosafarbenes Licht schimmert, konnte mir nicht das geben, wonach ich gesucht habe. Kein Ort der Welt könnte das.

Hier gefällt es mir gerade sehr gut. Hier bei dir.

Mein Herz pocht schneller als gewöhnlich. Und ich glaube, auch wahrzunehmen, wie Kris' Herz für ein paar Momente hektischer schlägt als zuvor, obwohl ich das nur vermuten kann.

Zurück in meinem Zimmer setze ich mich auf den Balkon und starre gedankenverloren in den Himmel hinauf.

Ich bin verliebt. Es ist vollkommen belanglos, ob ich es denke, weiß oder glaube. Denn das Einzige, was daran tatsächlich zählt, ist dieses Gefühl, das für mich keinen Namen kennt, weil ich es nicht einzuordnen weiß. Aber dieses Gefühl ist unbezahlbar. Dieses Flimmern, das nicht von der Oberflächlichkeit, der Augenfarbe oder einem Makel entschieden wird. Dieses flüssige Gold in deinem Herzen ist entweder da, wenn du diese eine Person anschaust und an nichts anderes mehr denken kannst, oder eben nicht. Das ist etwas, das du dir nicht aussuchst – sondern dich einfach finden wird.

Der Nachmittag in der Stadt war wunderschön und hat mir gezeigt, dass wir tatsächlich wieder fähig wären, am echten Leben teilzunehmen. Zusammen sind wir fähig, ganz gewöhnlich an einem Stadtbrunnen zu sitzen und eine Eiswaffel in der Hand zu halten.

Plötzlich überkommt mich der Drang, die Eindrücke dieses Nachmittags festzuhalten. Ich krame mein Notizbuch mit dem Aufdruck der Mondphasen aus meinem Koffer hervor. Zum ersten Mal seit ich hier in der Klinik bin, setze ich mich in diesem Zimmer an den Schreibtisch und halte die Gedanken in schwungvoller Schrift fest. Denn auch Grandma hat ihre Gedanken und Gefühle niedergeschrieben und die Vorstellung, es ihr gleichzutun, hat etwas Tröstliches an sich.

Ist da ein Vermissen, das in mir flüstert?
Ein Rufen nach dir, obwohl du gerade eben
noch hier warst? Hier neben mir, mit all
deiner Wärme und den vorsichtigen

Berührungen, wenn sich unsere Hände kurz streiften? Kann das wirklich wahr sein? Es ist nicht mein Verstand, sind keine Gedanken, die nach dir Ausschau halten und deinen Namen in die Welt rufen. Es ist mein Herz, das dich stärker vermisst, als ich es jemals für möglich gehalten hätte. Und das, obwohl du gerade erst bei mir warst.
Was ist das für ein Gefühl, das nach dir sehnt, nach dir ruft, obwohl du nur ein paar Zimmer weit entfernt bist? Was ist das für eine verdammte Sehnsucht, wo ich mir immer Weite und Abstand wünschte?
Du rettest mich aus einer endlos dunklen Tiefe - dieselbe, in der auch du dich erst zurechtfinden musstest -, nur um mich zurück ans Sonnenlicht zu bringen, um mir zu zeigen, wie schön das Leben da draußen sein kann.
Du hast mich gefunden, als ich niemanden gesucht habe. Wir warten immer auf den perfekten Augenblick, in dem alles passt. Obwohl wir wissen, dass diese Zeitpunkte uns einzig und allein in kitschigen Filmen so vorgespielt werden, hoffen wir dennoch ein winziges bisschen darauf. Darauf, dass am Ende alles perfekt wird.

Diese Welt und dieses Leben sind keineswegs perfekt. Ebenso wenig gibt es den richtigen Zeitpunkt für die Liebe oder für den Tod. Wir warten also auf etwas, das nicht eintreffen, sondern völlig unerwartet über uns hereinbrechen wird. Es wird uns zuerst aus dem Gleichgewicht reißen, uns schwanken und in der Entscheidung verzweifeln lassen, bevor wir am Ende damit umgehen und es akzeptieren können.
Du hast mich bereits auf eine so weite Entfernung erreicht. Mit deiner geduldigen Art, mir Raum zu geben, kamst du mir näher als jeder auf mich zugegangene Schritt. Ich versprach den anderen - meiner Mutter und Samika -, dass sich Geduld lohnen und um ein Vielfaches auszahlen würde. Nur eure Geduld war sehr knapp bemessen, denn ihr habt sie verglichen an denen, die gesund und ohne Tiefe sind. Du kannst keine Tiefe ohne Geschichte bekommen - und keine Besonderheit in der Leere. Ihr seid an diesem Konflikt gescheitert, den ich ebenso in mir trage. Eine stählerne Mauer, die ein

Herz aus brüchigem Porzellan beschützt. Du kannst die Mauer nicht mit Kraft einreißen, zertreten, ignorieren und zerstören - denn genau diese Erschütterung würde auch das Porzellanherz in Scherben zerspringen lassen.
Deine Geduld scheint groß genug, um die Mauer in deiner angenehmen Wärme schmelzen zu lassen. Deine Berührungen so voller Vorsicht, dass kein Riss im Porzellan entsteht. Du wirst belohnt werden, da bin ich plötzlich sicher. Denn mit jedem Entgegenkommen sinkt die Mauer, wird kleiner und zuversichtlicher. Und schon jetzt bist du anderen Meilen voraus, auch wenn das überhaupt nicht von Bedeutung ist.
Du wirst belohnt werden, nicht weil es um die Erfüllung einer Erwartung geht, die unter Druck geschaffen wurde - sondern weil mein Herz es will.
Ich liebe die Wahrheit in jedem einzelnen Moment mit dir. Ich liebe den Blick in deine Augen, wenn sie mich ansehen und versuchen, meine Worte in der Stille zu lesen. Ich liebe, dass ich echt sein kann und du mich dennoch so unglaublich gut behandelst. Ich liebe, dass ich

bei dir angekommen bin und meine Angst so sehr abgemildert wird, dass ich manchmal nicht sicher bin, ob sie noch da ist. Ich liebe, dass ich zum ersten Mal fühlen kann, wie es ist, wahrhaftig geliebt zu werden. Für sein echtes Ich, ohne Mauern und Verstecken. Ohne Masken und falsch aufgetragene Stärke. Stattdessen für Schwächen und Fehler, für Narben und Ängste.

Und es tut mir leid, dass ich für dich nicht perfekt sein, dass ich vielleicht niemals so gut für dich sein kann, wie du es für mich bist. Weil ich dafür vielleicht schon zu geprägt bin und mich manchmal eben doch alte Zeiten einholen, mich Flashbacks an regnerische Nächte mit LKWs überrennen, in denen ich dann gefangen bin. In denen ich plötzlich nicht erkennen kann, dass es jetzt ein so viel anderes Leben ist, das ich an deiner Seite leben könnte.

Es tut mir leid, dass ich Sorge habe, für dich zu wenig zu sein. Nicht um etwas an mir zu überspielen, sondern weil du es verdient hättest. Weil es sich für dich lohnen würde, alles und mehr zu geben. Vielleicht sogar auch meine Worte und die ganze

Geschichte, die mit ihnen verschwand.
Für dich möchte ich der beste Mensch sein, der ich sein kann. Weil du der beste Mensch bist, den es für mich geben könnte. Und ich danke dir, dass ich dich finden durfte, um den Weg ins Leben zurückzufinden.

Ein Seufzen entweicht mir und ich lege mein Gesicht in die aufgestützten Hände. Ich kam hierher, um mich selbst zu finden und mich der Finsternis meiner Gedanken um Lennon zu entziehen. Ich kam nicht hierher, um mich in jemanden zu verlieben, der ebenso Probleme hat wie ich. Ob es Zeit wäre, Mr. Kulip davon zu berichten?

Währenddessen & Nebenan

Neunundzwanzig

Mit leisen Schritten huscht Kris in den Aufenthaltsraum. Er ist im Moment viel zu aufgewühlt, um jetzt zu schlafen. Kris erinnert sich an Rachels Worte, dass ein Tee am Abend das Beste sei, um ruhig einschlafen zu können. Auch wenn man überhaupt keinen Tee mag.

Ihm bleiben weniger als sechs Tage. Wie um alles in der Welt konnte er sich in Luna verlieben, obwohl er in wenigen Tagen abreisen würde? Und wie kann man sich in jemanden verlieben, der noch nicht ein einziges Wort gesprochen hat?

Kris fährt sich unruhig über den Kopf. Das Date soll nächste Woche in der Bar stattfinden und gleich am Montag würde er einen Tisch für sie reservieren. Auch wenn das in der kleinen Bar um die Ecke vermutlich kaum notwendig ist, so soll es ein richtiges Date sein. Auch wenn sie nicht wirklich weit weg konnten, dieser eine Abend würde vielleicht entscheidend sein.

Und das macht ihn verdammt noch mal nervös. Bisher hat ihn noch kein einziges Date unruhig werden lassen. Doch Luna stellt seine ganze Welt auf den Kopf und je näher der Abschied rückt, desto stärker will er ihr sagen, dass …

Heute, Jetzt & Hier

Dreißig

Wie immer in den Gruppentherapien sitzen wir bereits im Kreis und warten auf den Therapeuten. Zu meiner Linken lehnt sich Kris lässig gegen die Stuhllehne, während Rachel rechts von mir ihre Gelenke in den Fingern knacken lässt. Dabei sollte ich jeden Grund haben, um innerlich angespannt zu sein. Doch das Gegenteil ist der Fall. Ich bin ruhig und spüre eine warme Vorfreude auf das morgige Date in meinem Herzen – die sofort erlischt, als Mr. Kulip mich nach einer kurzen Begrüßung hektisch nach draußen bittet.

»Luna, bitte entschuldigen Sie, dass wir nicht mehr darüber sprechen konnten, aber Ihre Konfrontationstherapie wird gleich heute sein. Einige Termine haben sich verschoben und wir werden deshalb am Donnerstag nur eine verkürzte Gruppenstunde haben, die für eine Konfrontationstherapie leider nicht ausreichen wird. Auch wenn das jetzt ziemlich plötzlich ist, bin ich sicher, dass Sie das schaffen werden. Wäre das in Ordnung für Sie?«

Ja, ich bin vollkommen überrumpelt. Aber nächste Woche wäre es zu spät. Kris wäre bereits fort, niemand würde mich halten, wenn ich fallen würde. Deshalb nicke ich dem Therapeuten etwas abwesend zu. Konfrontationstherapie. Jetzt. An einem Montagmorgen, der so voller Vorfreude begann. Ich hole tief Luft und Mr. Kulip sieht mich fragend an.

»Sie schaffen das, Luna. Und Sie wissen, Sie sind nicht allein.« Er öffnet die Tür zum Gruppenraum, während sich meine Gedanken um seinen letzten Satz winden.

Ich bin nicht allein. Das dachte ich auch in all den Jahren, in denen Lennon an meiner Seite war, und ich fühlte mich noch vor wenigen Wochen einsamer denn je. Aber er hat recht. Ich bin nicht allein. Selbst wenn Kris am Freitag abreisen wird, sind da noch Rachel, der Therapeut, meine Familie und … Ich schlucke heftig, doch es bildet sich ein Knoten in meinem Hals.

Nur Lennon ist nicht mehr da. Und das werde ich nun endlich akzeptieren müssen.

Mr. Kulip bittet alle aus unserer Gruppe nach draußen auf den Parkplatz, der etwas abseits der Parkbank liegt, auf der Kris und ich uns spätabends noch unterhalten haben. Ich ahne Böses und laufe langsamer als der Rest der Gruppe, als könnte ich in Vergessenheit geraten und einfach heimlich verschwinden. Rachel taucht jedoch an meiner Seite auf und sieht mich ziemlich mitleidig an. Sie wissen, was passieren wird. Der Therapeut hat die Gruppe informiert, dass heute kurzfristig meine zweite Konfrontationstherapie draußen auf dem Parkplatz stattfinden wird. Dann legt sie mir eine Hand auf die Schulter und sagt: »Das kam jetzt so überraschend, dass nicht mal Zeit für ein rotes Kleid war.«

Für jeden anderen wäre dieser Satz so unbedeutend und verwirrend, doch ich versuche mich an einem dankbaren Lächeln. Ich weiß, dass das rote Kleid nur ein Symbol ist – eine Metapher, die uns Mut in schweren Zeiten geben soll. Vielleicht wird es nicht so schwer, rede ich mir ein, denn ich bin nicht allein und werde die Kraft finden, mich aufzuraffen. So wie Kris es gesagt hat. Man kann erst gerettet werden, wenn man dazu bereit ist, aufzustehen.

Bevor wir das Auto erreichen, vor dem Mr. Kulip

demonstrativ steht, werfe ich einen Blick in den Himmel.

Len, ich bin bereit, mich zu erheben und gegen die Dunkelheit zu kämpfen, wenn du mich lässt. Bitte hilf mir, diesen Montag zu überstehen.

Der Therapeut öffnet mit einem Klicken ein dunkelgraues Auto, das sein eigenes ist und nun für therapeutische Zwecke herhalten soll. Sein Blick in meine Richtung versucht mir noch etwas zu sagen, als wollte er mir helfen oder sich entschuldigen. Und aus dem Augenwinkel sehe ich, wie Kris nach meiner Hand greifen möchte – sich jedoch im letzten Moment dagegen entscheidet und seinen Arm wieder sinken lässt.

Ich bin nicht allein. Ich bin stark. Ich schaffe das. Es ist nur ein Auto.

Die Worte kreisen unaufhaltsam in meinen Gedanken, sodass ich den Anfang verpasse, als Mr. Kulip zu erklären beginnt.

»Luna?«, fragt er kurz verunsichert und ich blinzle erschrocken. »Bitte kommen Sie näher an das Auto und öffnen Sie eine beliebige Tür – es muss nicht die Beifahrertür sein. Sie müssen nicht einsteigen. Lassen Sie die Emotionen zu, die über Sie kommen, aber versuchen Sie, die Situationen zu trennen. Finden Sie Unterschiede, um einen kompletten Flashback zu verhindern. Atmen Sie tief durch. Manchmal kann ein Schritt zurück auch helfen, um sich noch mal zu sammeln.« Er macht eine kurze Pause und wiederholt seine Worte, als wollte er, dass ich sie ganz bewusst begreife. »Sie schaffen das, Luna. Sie sind nicht allein.«

Ich hole tief Luft, blicke erst zu Kris, dann zu Rachel und dann zu den Wolken empor. Ich bin umgeben von Halt, obwohl sich meine Knie wacklig anfühlen und meine Hände zittern. Fast alle Blicke richten sich auf mich, manche versuchen auch absichtlich wegzusehen, um es mir wohl nicht zu erschweren.

Und dann gehe ich einen Schritt nach dem anderen auf das dunkelgraue Auto zu, das zum Glück kein silbernes Cabrio ist. Dennoch scheinen die Bilder zwischen dem Hier und Jetzt mit dem Tag des Unfalls zu verschwimmen. Ich höre mich über etwas lachen, das Lennon gesagt hat. Fühle das seidige rosafarbene Abschlusskleid unter meinen Fingerspitzen und die schmerzenden Füße von den Absätzen der Schuhe. Ich bin nicht mehr auf einem Parkplatz, umgeben von Patienten, sondern ich versinke immer stärker in einem Strudel aus Erinnerungen. Len will mir die Tür aufhalten, greift gerade danach, als ich heftig den Kopf schüttle.

Finde Unterschiede, Luna. Das hier ist kein Cabrio. Len ist nicht hier. Wir waren nicht auf einer Party. Das ist nur ein Test. Ich bin stärker als die Schatten aus Verlust und Angst. Ich bin nicht allein. Ich schaffe es, die Tür selbst zu öffnen. Len ist nicht hier.

Mich trennen nur noch wenige Schritte von dem Auto, vielleicht zwei oder drei. Allmählich sehe ich die Unterschiede klarer: Zuerst blicke ich auf meine Hand, die sich langsam und zögernd hebt, um nach der Tür zu greifen, während ich mich weiter auf das Auto zubewege. Ich sehe meine türkisfarbenen Sneakers und die Jeans, die überhaupt nichts mit dem Abend des Unfalls zu tun haben. Tief Luft holen, sage ich mir in Gedanken leise, und atme für einen Moment durch. Wenige Millimeter, bevor meine Fingerspitzen den Türgriff erreichen, halte ich inne – blicke zurück in all die bedeutenden Gesichter. Kris, Rachel und Mr. Kulip. Ihre Blicke sind kaum zu deuten, doch damit halte ich mich nicht weiter auf. Ich bin nicht allein. Sie werden mir helfen, für mich da sein. Doch vielleicht brauche ich sie gar nicht. Vielleicht kann ich es schaffen. Nein, ich *werde* es schaffen.

Als ich die Autotür öffne, höre ich bewusst das Klicken und spüre in den Moment hinein. Doch ich weiß, dass es nicht jene Nacht ist, als der LKW mir einen der wichtigsten Menschen nahm. Auch wenn diese Erinnerung immer wieder an die Oberfläche drängen will, so schaffe ich es wie durch eine magische Kraft, im Hier und Jetzt zu bleiben. Die Tür steht offen und ich blicke in das Innere des Autos. Plötzlich wirkt es wie eine Leichtigkeit, als könnte ich einsteigen und wäre jeglicher Art von Erinnerung gewappnet. Doch das bin ich nicht. Als ich über den Sitz auf der Rückbank streiche, schließe ich die Augen. Der Moment, als unser Lied im Radio wie durch Zufall ertönte. Der Augenblick, als ich dachte, stärker könnte ich niemals mehr für ihn empfinden. Der Gedanke, dass ich es ihm endlich sagen musste. Der Abend, an dem ich vielleicht über meinen Schatten springen wollte. Doch die Schatten verschwinden im grellen Licht des auf uns zurasenden LKWs. Sie blenden mich und ich höre Len etwas fluchen.

»Nein«, flüstere ich fast krächzend und habe die aufsteigenden Tränen kaum bemerkt. »Len …«

Ich möchte ihm sagen, dass er etwas tun soll. Dass wir etwas anders machen müssen, um diesen Moment zu verändern, um seinen Tod abzuwenden. Ich möchte schreien, als würde das den LKW-Fahrer noch rechtzeitig zur Vernunft bringen. Ich möchte noch einmal sagen, dass ich mich verliebt habe, bevor die Glasscherben mein Gesicht schmerzhaft treffen und der Ruck am Sicherheitsgurt mir fast die Schulter bricht.

»Luna«, höre ich jemanden in der Ferne rufen und ich glaube zuerst, es ist Lennon. Doch ich erinnere mich. Len hat nach dem Aufprall nichts mehr gesagt, es gibt keine Chance – keine winzige Möglichkeit, diesen Moment rückgängig zu machen oder zu verändern. Das hier ist nicht derselbe Ort, nicht dasselbe Auto. Ich muss dagegen ankämpfen, ich muss stärker sein als –

»Luna.«

Ich fühle mich noch immer zurückversetzt auf die regennasse Straße, auf der all die Dunkelheit in meinem Inneren ihren Ursprung fand. Doch plötzlich steht mir da Kris gegenüber und weit und breit sehe ich nirgendwo Lennon zwischen den Überresten des Cabrios liegen. Nur Kris. Seine Hände vorsichtig in die Höhe gehalten wie bei einem Überfall oder wenn man ein scheues Tier nicht erschrecken möchte.

Ich wische mir die Tränen aus den Augen, lasse sie geschlossen und hole tief Luft. Vielleicht werde ich nicht mehr in ein Auto steigen können, aber ich bin stärker als der Verlust. Ich schaffe das.

Als ich meine Augen wieder öffne, sehe ich in die ratlosen Gesichter der Mitpatienten und in das von Mr. Kulip. Ich stehe mit dem Rücken zum Auto, blicke in die Runde und meine Hand liegt noch immer auf dem ledernen Sitz. Kris ist ein paar Schritte weiter vorgegangen, als wollte er mir helfen, uns aber eine unsichtbare Linie trennen. Und ich erinnere mich an seine Worte, an sein Mantra, das ihm sicherlich Mr. Kulip immer und immer wieder gesagt hat. *Wir können sie nicht immer beschützen. Manchmal müssen wir uns selbst retten.*

Mein Blick fällt auf das Auto und ich schließe vorsichtig die Tür, bevor ich in langsamen Schritten zurückkehre. Mit zitternden Knien und verweinten Augen erreiche ich Kris und falle in seine Umarmung. Ich atme auf und im Hintergrund höre ich Mr. Kulip klatschen. Die anderen steigen mit ein und ich spüre etwas Neues in mir aufsteigen.

Stärke.

Es wird nicht einfach vorüber sein wie eine Phase. Man kann nicht lange genug abwarten, damit es sich von selbst beseitigt. Wir müssen diesen Konflikt in unserem Inneren lösen und ich glaube, das ist mir heute gelungen.

Nachdem Mr. Kulip voller Begeisterung und Stolz die Konfrontationstherapie beendet, lächle ich ihm als Antwort einfach zu. Die Worte sind nach diesem Erfolg vielleicht gar nicht mehr so ungreifbar weit entfernt, wie ich anfangs dachte.

Als wir beim Mittagessen in der Cafeteria sitzen, liegt eine unangenehme Stille über uns. Ob Kris und Rachel mich nach der Konfrontationstherapie in Ruhe lassen wollen, um mir Zeit zu geben? Das wäre zumindest eine logische Erklärung dafür, dass sich selbst Kris auffallend ruhig verhält. Ich lege meine Gabel neben den Teller und krame nach dem Notizblock in meiner Tasche.

Es geht mir gut. Ihr könnt ganz normal reden.

Die beiden tauschen kurz fragende Blicke aus, bevor sich Kris' Miene aufhellt.

»Entschuldige bitte, wir waren uns nicht sicher, wie es dir dieses Mal –«, beginnt Rachel, doch sie bricht den Satz ab.

»Deine letzte Konfrontationstherapie war ziemlich heftig, deshalb wollten wir dir Zeit geben. Aber heute war es ja richtig …« Kris hält inne.

Er wollte *gut* sagen, doch ich kann verstehen, weshalb er es nicht wagt auszusprechen. Dabei fühle ich mich nicht sonderlich schlecht, vielmehr etwas erschöpft und gleichzeitig stärker als zuvor. Vielleicht sollte ich versuchen, das Thema zu wechseln, damit die bedrückte Stimmung nicht den restlichen Tag belasten würde.

Spielen wir heute Abend wieder Karten?

Ich schiebe den Notizblock in die Mitte des Tisches und beide sehen mit einem leichten Schmunzeln auf.

»Einverstanden, aber ihr habt keine Chance gegen mich!«, sagt Rachel kichernd.

Den restlichen Nachmittag und den nächsten Tag über erwähnt niemand mehr die Konfrontationstherapie. Als hätten wir dieses Thema einfach abgehakt.

Währenddessen & Nebenan

Einunddreißig

»Hallo, Kris, setzen Sie sich bitte. Das ist heute Ihr letztes Einzelgespräch und in zwei Tagen ist Ihre Abreise. Wie fühlen Sie sich?«

Niedergeschlagen. Frustriert. Verzweifelt. Es sind beinahe dieselben Worte, mit denen er vor zehn Wochen eingeliefert worden ist. Kris fährt sich mit der Hand über die kurzen Haare und holt tief Luft. »Ich bin echt ratlos, Mr. Kulip. Wegen Luna.«

Der Therapeut macht ein unzufriedenes Gesicht, als hätte er heute im letzten Termin ursprünglich über etwas anderes sprechen wollen. »Okay, sprechen wir über Luna. Belastet Sie der Abschied? Das … Zurücklassen?«

Kris nickt, etwas überrascht, dass Mr. Kulip dieses Thema einfach zulässt. In den letzten Stunden haben sie viel darüber gesprochen, dass er zu Luna keine starke Bindung aufbauen und den Drang, sie beschützen zu wollen, unterdrücken sollte. Doch heute ist es anscheinend in Ordnung, es zuzulassen. »Ganz genau. Sie ist jetzt seit fünf Wochen hier und ich habe das Gefühl, wir verstehen uns. Dass da einfach mehr ist. Jetzt reise ich in zwei Tagen ab und wir haben uns noch nicht einmal unterhalten.« Ein Seufzen entweicht ihm. »Ich habe so sehr gehofft, sie würde noch vor meiner Abreise zu sprechen beginnen. Dass ich sie endlich *wirklich* verstehen kann.«

Mr. Kulip legt die Unterlagen zur Seite, die er zuvor in den Händen gehalten hat, und sieht ihn bedächtig an. »Sie beide sind einander sehr ähnlich, doch jeder verarbeitet sein Trauma auf eine andere Weise. Während Sie versuchen, eine Art innere Schuld zu begleichen, hat sich Luna der Welt verschlossen – aus Angst vor einem erneuten Verlust. Wie Sie wissen, darf ich nicht über andere Patienten sprechen, aber … was glauben Sie, wie sich Luna fühlt, in dem Wissen, dass Sie in zwei Tagen fort sein werden?«

Kris weicht dem suchenden Blick des Therapeuten aus und seine Gedanken beginnen, sich wie wild zu drehen. Luna leidet unter der Angst des Verlustes ebenso sehr wie er. Und sie lebt in dem

Wissen, dass sie erneut jemanden verlieren wird, zu dem sie Vertrauen entwickelt hat. Luna wird glauben …

»Sie müssen keine Schuld begleichen, Kris«, versucht der Therapeut es erneut in ruhigen Worten. »Sie werden Ihre Schuld hier in der Klinik lassen und sind dann frei. Frei von Schuld. Wiederholen Sie das noch mal.«

Kris atmet hörbar laut auf. »Ich bin frei von Schuld.«

»Sehr gut. Sie sind nicht dafür verantwortlich.« Die Stimme des Mannes ist ruhig und einfühlsam, während sich Kris erneut über den Kopf streicht.

»Und wenn ich es gerne wäre? Wenn ich es einfach nicht anders ertragen kann?« Verzweiflung mischt sich in seinen Unterton.

»Kris, Sie sind frei von Schuld. Es gibt absolut nichts mehr, das Sie begleichen müssen. Merken Sie sich diese Worte, sie werden Ihnen helfen.«

Die letzte Einzelstunde bei Mr. Kulip hat ihn derart aufgewühlt, dass er sich die Kapuze seines Sweatshirts über den Kopf zieht und ziellos nach draußen steuert. Er braucht Abstand und Luft. Und etwas, das er mit all der aufbrausenden Wut anbrüllen und verantwortlich machen kann.

Angenehm kühle Luft schwappt ihm entgegen, als er die automatisch öffnende Tür hinter sich lässt. Ohne darüber nachzudenken, folgt er dem schmalen Pfad in Richtung der ersten Bäume, dorthin, wo die Gruppe beim Morgensport entlangläuft. Kris hat nicht wirklich ein Ziel vor Augen, aber der Wald scheint ihm aktuell ein angemessener Ort für seine Gefühlslage zu sein.

Er will sich nicht von Luna fernhalten. Nicht in diesen letzten Tagen, die seine einzige Chance auf ein Gespräch mit ihr sind. Nicht wenn er sich jeden Moment nach ihrer stillen Nähe sehnt. Aber verdammt, er will ihre Therapie auch nicht verhindern und sie an ihren Aufgaben wachsen lassen … Wütend kickt er gegen einen Stein, der kurz darauf in der Weite der Wiese verschwindet. Die Bilder seines kleinen Bruders kehren in seine Gedanken zurück. Der heute vielleicht noch hier wäre, hätte er ihn niemals alleine zurückgelassen.

Der erste Baum, der ihm auf dem Weg Richtung Wald entgegenkommt, ist noch nicht allzu weit von der Eingangstür der Klinik entfernt. Dennoch kann sich Kris keinen Moment länger zurückhalten

– die Unruhe in seinem Inneren gewinnt die Oberhand und lässt sich nun nicht mehr bändigen.

Verzweiflung tobt in seinen Fäusten, die immer wieder gegen den Baum hämmern. Tiefe, dunkle Schreie ertönen aus seiner Kehle, während er den Schmerz in seinen Knöcheln kaum wahrnimmt. Schuld und Trauer übermannen ihn dermaßen stark, dass er nicht sagen kann, wie lange er auf den Baum einschlägt und ihm sinnlose Vorwürfe entgegenbringt.

»Ich bin frei von Schuld«, flüstert er heiser, doch diese Worte erreichen ihn selbst nicht. Denn die Schuld ist überall.

»Bitte, Kris, hör auf.«

Seine Hände, seine Worte und auch sein Herz erstarren in diesem winzig kleinen Moment, als er sich langsam umdreht und in Lunas wunderschönes Gesicht blickt.

Heute, Jetzt & Hier

Zweiunddreißig

Meine brüchige Stimme ist nur ein Flüstern, doch Kris zuckt so plötzlich zusammen, als würden ihm diese vier Worte fast Schmerzen bereiten. Seine Hände verharren bebend in der Luft, bevor er sich wie in Zeitlupe zu mir umdreht. Ich bin plötzlich selbst nicht sicher, ob ich diese Worte soeben tatsächlich ausgesprochen habe, doch er scheint sie ebenfalls gehört zu haben. Suchend sieht er mich an und dabei kann ich bis auf den tiefen Grund seiner Seele schauen. Als würde ich in meine eigene hineinblicken.

Kris' Lippen bewegen sich, doch er bringt keinen Ton heraus. Als hätte meine Stimme ihm die Worte geraubt, als hätten wir wie in einem Film auf magische Weise die Rollen getauscht. Dabei ist das hier so echt, dass selbst ich es fühlen kann. Dass sich da in all meiner Leere und Dunkelheit langsam ein Gefühl von Wärme und Sicherheit ausbreitet und Worte bildet.

»Bitte«, ist zuerst alles, was Kris sagt, und die Silben schweben kurzzeitig einfach zwischen uns. »Bitte … sag das noch mal.« Seine Hände sinken langsam und ich sehe, dass zwei der Knöchel blutig aufgeplatzt sind. Dabei sieht er mich an, als wollte sein Blick mich nie mehr loslassen. Als wollte er den Klang meiner Stimme, selbst das leiseste Flüstern aufgreifen und sich daran klammern. Ich schlucke, spüre dieses Mal ganz bewusst die Überwindung in mir. Die Worte, die sich wie ein Puzzle zusammensetzen und in mir Teil eines Ganzen werden.

»Die Vorwürfe zerfressen uns innerlich, aber sie ändern rein gar nichts«, bringe ich leise hervor und versuche seinem Blick zuerst auszuweichen. Doch etwas zieht mich immer wieder zu ihm und seinen grauen, unergründlichen Augen.

Seine Mundwinkel heben sich ganz leicht, bevor er sich aus seiner Starre befreien kann und sich mit einem lauten Atemzug über Kopf fährt. »Verdammt, Luna, du …« Kris hadert mit sich, sucht nach Worten, die ihm doch sonst niemals ausgehen. Zögernd kommt er einen Schritt auf mich zu, abschätzend und noch immer erwartungsvoll auf alles Weitere, was ich nun von mir geben würde. Gleichzeitig flackert da auch Aufregung in seinen Augen. Die Aufregung vor etwas Neuem, Unbekanntem.

Kris steht dicht vor mir, fast als würde er überlegen, mich jeden Moment fest in die Arme zu schließen. Dennoch können wir den Blick nicht voneinander lassen und mustern uns, während die Sekunden einfach verstreichen.

Langsam, ganz bedächtig hebt Kris die Hände und streicht mir eine Haarsträhne hinter das Ohr. Seine rauen Finger berühren dabei sachte mein Gesicht und fahren kurz darauf meinen Hals hinunter. Obwohl ich gerade meine Stimme wiedergefunden habe, ist da plötzlich kein einziges Wort mehr in meinen Gedanken. Schon gar nicht, als Kris seine Lippen auf die meinen legt und dieser Kuss mein Herz zum Beben bringt.

»… du hast die schönste Stimme, die ich jemals gehört habe«, flüstert er leise und lehnt seine Stirn an meine. »Verdammt, Luna, ich kann es gar nicht glauben.«

Meine Hände zittern und es überträgt sich zuerst auf meine Arme und dann auf meinen ganzen Körper. Ein Lächeln huscht über mein Gesicht, bevor ich mich in eine Umarmung von Kris schmiege und genau diesen Halt finde, der mir vor Monaten entrissen wurde.

Das ist er also, denke ich mit geschlossenen Augen in mich hinein. Der Moment, in dem ich meine Stimme wiederfand, obwohl der Morgen so unbedeutend begann wie unzählige zuvor. Der Moment, in dem offensichtlich wird, dass zwischen Kris und mir die ganze Zeit etwas existierte, das trotz der Stille so ausdrucksstark war.

Und der Moment, der mir klar werden lässt, dass dieses Gefühl von Liebe mich in zwei Tagen zerreißen wird.

Hand in Hand laufen wir Richtung Klinikgebäude, während die Stille uns begleitet wie ein treuer Freund. Wir setzen uns auf die Parkbank und Kris holt hörbar laut Luft. Als könnte er die gesamte Situation noch gar nicht glauben.

»Es … tut mir wahnsinnig leid, Kris«, sage ich leise und sehe ihn dabei nicht an. »Ich verstehe selbst nicht, weshalb … *jetzt.* Weshalb nicht schon vor … Tagen oder Wochen.«

Er legt seine Finger unter mein Kinn und hebt es an, damit wir einander ansehen. »Mir tut es leid. Ich wollte nicht, dass du mich so siehst. Es macht mich nur fertig, am Freitag abzureisen.« Ein trauriges Lächeln bildet sich auf seinen Lippen und ich erwidere es vorsichtig. »Du bist so stark, Luna. Und du wirst das überwinden. Ich kann einfach nicht glauben, deine Stimme zu hören. Das ist wirklich … unbeschreiblich.«

Ich kuschle mich an seine Seite und lasse meinen Blick in die Ferne schweifen. Dieser besondere Moment ist von meinem Herz bestimmt worden, denn ich habe mir in keiner Sekunde vorgenommen, ausgerechnet jetzt wieder zu sprechen. Es ist einfach passiert. Weil ich den Anblick, wie Kris leidet, nicht ertragen kann. »Als wäre meine Stimme niemals fort gewesen«, höre ich mich leise sagen. »Als hätte nur der Sinn gefehlt, die Worte wieder zu formulieren.« Doch nach allem, was Kris für mich getan, auf sich genommen hat, ist er es wert, alle Worte dieser Welt von mir zu hören. »Und der Kuss?«, frage ich dann leise und sehe zu ihm hoch.

Ein kurzes Lachen huscht über sein Gesicht. »Entschuldige, das kam einfach so über mich. Du hattest keinen Notizblock dabei, deshalb habe ich gar nicht erst gefragt«, neckt er mich und beugt sich langsam zu mir herüber.

»Schon okay«, flüstere ich. Meine Stimme ist noch immer ungewohnt und leise. »Du musst deshalb nicht fragen.«

Und als wollte er sich das kein zweites Mal sagen lassen, küsst er mich erneut.

Währenddessen & Nebenan

Dreiunddreißig

»Bitte, geh heute Abend mit mir aus«, bittet Kris Luna beim Frühstück an diesem letzten Donnerstag. Es ist absichtlich keine Frage, damit sie gar nicht auf die Idee käme, abzulehnen.

Mit einem sanften Lächeln nickt sie ihm zu. »In Ordnung. Aber zuerst sagen wir es Rachel und dann Mr. Kulip.«

Nach dem gestrigen Ereignis haben sie das Geheimnis um Lunas Stimme den restlichen Nachmittag über für sich behalten und niemandem mitgeteilt. Sie beide saßen lange auf der Parkbank und spazierten anschließend noch durch den Wald. Manchmal haben Luna und Kris einfach geschwiegen und einander mit einem Lächeln auf den Lippen und einem Funkeln in den Augen angesehen. Und die restliche Zeit hat er sie mit sämtlichen Entweder-oder-Fragen gelöchert, die ihm eingefallen waren. *Katze oder Hund? Stadt oder Land? Pizza oder Pasta?* Fragen, die man meist beim ersten Date abklapperte und hier und da über gemeinsame Antworten lachte. Doch so vertraut ihm Luna in den letzten fünf Wochen auch geworden ist, so hat Kris all diese Fragen noch nicht einmal gestellt.

Beinahe jedes Mal, wenn ihre Stimme ertönt, schnappt er nach Luft und kann kaum glauben, dass er dieses Wunder tatsächlich noch vor seiner Abreise erfahren durfte. Dabei ist es so viel mehr als der unfassbare therapeutische Erfolg, über den sich Mr. Kulip bestimmt endlos freuen wird. Ein bisschen fühlt es sich nämlich an, als hätte sie es für Kris getan. Als wäre sie einzig und allein für ihn über diesen Schatten gesprungen. Und das bedeutete ihm mehr als alles andere.

Heute, Jetzt & Hier

Vierunddreißig

Als Rachel auf uns zusteuert, lächelt sie unwissend und balanciert ihr Tablett vorsichtig an unseren Tisch. »Hey, guten Morgen – ihr seid heute ja schon früh auf!«

»Guten Morgen«, erwidere ich.

Rachels Gesicht erstarrt. Für einen Moment befürchte ich, sie könnte ihr Tablett auf der Stelle fallen lassen. Vor meinem inneren Auge sehe ich bereits die Kaffeetasse in unzählige Einzelteile zerspringen.

»Okay, setz dich erst mal …« Kris schiebt ihr einen Stuhl hin und nimmt ihr das Tablett ab.

Rachel wirkt plötzlich ganz blass und sieht mich vollkommen überwältigt an. »D-Du …?«, stottert sie mit fragendem Blick.

Ich nicke ihr vorsichtig zu. »Entschuldigung«, murmle ich mit einem schlechten Gewissen. »Vielleicht hätte ich dich irgendwie vorwarnen sollen?«

Rachel schüttelt energisch den Kopf. »Nein, ich meine – ich freue mich nur so und bin gleichzeitig –«

»Überwältigt?«, versucht Kris, ihren Satz zu beenden, und grinst mich an.

»Es tut mir leid, wirklich. Ich wollte euch nicht erschrecken. Es ist selbst noch etwas … ungewohnt.« Ich lege meine Hand auf Rachels, um sicherzugehen, dass sie den Schreck wirklich gut verkraftet.

»Und wie kam es dazu? Einfach heute oder ist etwas passiert? Ich meine, das ist ja großartig! Hast du es schon Mr. Kulip erzählt?« Plötzlich leuchten ihre Augen mit einer Begeisterung, die mir in den letzten Wochen irgendwie fremd war.

Ich begreife, wie erleichtert Rachel sein muss, nachdem ihr mein Schweigen immer sehr schwergefallen war. Ein Stich trifft mich zwischen den Lungenflügeln und ich schnappe hektisch nach Luft. Ebenso wie meiner Mutter. Der Moment würde kommen, in dem ich das erste Mal nach langer Zeit wieder mit meiner Mutter sprechen würde. »Ich denke, es war einfach so weit«, erkläre ich ohne Details, um ihre Frage schnellstmöglich zu beantworten. »Und Mr. Kulip werde ich es noch vor der Gruppenstunde sagen. Ich weiß nur noch nicht, wie ich das anstellen soll, ohne ihn zu erschrecken.« Ich unterdrücke ein Grinsen, während Rachel leise kichert.

»Das ist echt verrückt, ich freue mich so sehr – ehrlich! Sollen wir heute Abend noch ein letztes Mal in die Bar gehen? Das müssen wir doch einfach feiern! Außerdem ist es dein letzter Abend, Kris.«

Ganz plötzlich kehrt wieder die Stille ein und ich versuche hilfesuchend, Kris' Blick aufzufangen, als könnten wir unsere Antworten noch mal abgleichen, bevor wir Rachels Gefühle verletzen würden. Das wäre nämlich das Letzte, was ich will.

»Äh ja, wir müssen dir da noch etwas sagen, Rachel …« Kris kratzt sich am Hinterkopf und sieht sie mit einer unschuldig verzogenen Miene an.

»Oh«, macht Rachel und sieht zwischen uns beiden hin und her. »Ihr habt ein Date, oder?«

»Sozusagen«, ergänze ich und sehe sie unsicher an. »Bitte entschuldige, das ist alles so plötzlich und –«

Doch Rachel winkt mit einem Grinsen ab, wofür ich ihr endlos dankbar bin. »Ich habe das schon vermutet und es war doch klar, dass ihr euch kurz vor dem Abschied noch überwinden müsst! Wann sonst hätte das endlich etwas werden sollen?« Nun legt sie ihre Hand mitfühlend auf die meine. »Ich freue mich für euch. Aber vergesst mich nicht und lasst uns das auf jeden Fall noch feiern – gemeinsam!«

Ich verschränke die zitternden Hände hinter meinem Rücken, als ich vor dem Zimmer nervös auf und ab laufe. Alle anderen aus unserer Gruppe sitzen bereits auf den im Kreis aufgestellten Stühlen. Nur ich warte hier und versuche, Mr. Kulip abzufangen, um ihm die Neuigkeit zu vermitteln.

Ich selbst bin immer noch absolut verwirrt darüber, wie all das so schnell passieren konnte. Doch Rachel hat vermutlich recht, Kris' morgige Abreise hat uns wohl unbewusst unter Druck gesetzt. Beim bloßen Gedanken daran wird mir plötzlich schlecht. Es ist kaum vorzustellen, wie dieser Klinikalltag ohne Kris verlaufen würde. Und wie sehr er mir fehlen wird, jetzt, wo wir einander so nahe sind.

Mr. Kulip trägt einen Stapel Akten, als er eilig um die Ecke biegt und auf mich zusteuert. Ich hebe meine Hand, um seine Aufmerksamkeit auf mich zu lenken und er reagiert sofort. Er scheint zu bemerken, dass etwas nicht stimmt.

»Guten Morgen, Luna, ist alles in Ordnung?«, fragt er bereits von Weitem.

Ich nicke ihm zu und räuspere mich lautstark, um ihn nicht wie Rachel zu erschrecken. Gerade, als er wieder den Mund öffnet, um seine Vermutung auszusprechen, murmle ich vorsichtig: »Guten Morgen, Mr. Kulip.«

Dem Therapeuten bleibt vor Schreck der Mund offen stehen, bevor er kurz darauf voller Stolz lächelt und mich mit einem breiten Grinsen mustert. »Luna, i-ich bin überwältigt. Das ist ja fantastisch!«, ruft er aus und ich lächle. Seine Stimme bestätigt das ohne Zweifel.

»Danke ... Ich dachte, Sie sollten das wissen. Also vor der Gruppenstunde.«

»Vielen Dank, Luna. Das freut mich wirklich sehr, kommen Sie heute Nachmittag bitte kurz in mein Büro, dass wir uns ein wenig darüber unterhalten können. Aber vorab ...« Er legt mir eine Hand auf die Schulter und sieht mich bedeutungsvoll an. »Sie können unfassbar stolz sein. Das ist ein bedeutender Tag und ein enormer Fortschritt für Sie.« Dann deutet er mir an, in den Gruppenraum zu gehen.

Ich folge seiner Aufforderung. Auf dem leeren Stuhl zwischen Rachel und Kris nehme ich Platz und lächle in mich hinein. Ich fühle mich zum ersten Mal seit Langem frei und gleichzeitig geborgen.

Am Nachmittag laufe ich zu Mr. Kulips Büro, während unterschiedliche Gedanken durch meinen Kopf schwirren. Besonders der Moment, als ich heute zum ersten Mal mein Essen in der Kantine selbst bestellt und den Gesichtsausdruck der Dame mit der großen Schöpfkelle gesehen habe, die mir daraufhin verdutzt einen Teller voll Spaghetti reichte.

Unsicher, was mich im heutigen Gespräch erwarten würde, klopfe ich an. Als der Therapeut mich hereinruft, trete ich ein. Wie kann sich an einem einzigen Tag so vieles verändern, obwohl nur ein Bruchteil der Welt anders ist? Bei diesem Gedanken stockt mir kurz der Atem. Es ist dieselbe Frage, die ich mir am Tag des Unfalls mindestens hundertmal gestellt habe. Ich schlucke heftig gegen den Kloß in meinem Hals an und hole anschließend tief Luft.

»Hallo, Mr. Kulip«, erwidere ich die Begrüßung des Therapeuten und nehme an dem kleinen Tisch Platz. Ja, ich fühle es. Alles scheint sich verändert zu haben, dabei habe ich mich ganz besonders verändert. Und es scheint an der Zeit, endlich mit jemandem darüber zu reden, für was ich in all den Jahren so verdammt blind war. Obwohl Mr. Kulip noch gar keine Frage gestellt hat, beginne ich mit meiner Antwort.

»Ich habe ihn geliebt. All die Jahre habe ich ihn geliebt, ohne es mir eingestanden zu haben«, bringe ich leise hervor und betrachte meine Hände. Ich schaffe es nicht, Mr. Kulip anzusehen. Auch wenn er gar nicht danach gefragt hat, fühle ich mich nach den langen Wochen seiner Geduld dazu verpflichtet, ihm endlich die Wahrheit zu sagen. »Weil ich dachte, dann wären wir für immer und ewig. Niemand ... absolut niemand hat mich so sehr verstanden, wie ... wie L-« Meine Stimme versagt, ich bringe diesen Namen nicht über die Lippen und spüre die aufsteigenden Tränen in meinen Augen. Dennoch sprudeln die Worte aus mir heraus, als hätte ich sie viel zu lange zurückgehalten. Als wurde exakt dieser wunde Punkt getroffen, von dem Mr. Cerson immer gesprochen hat, an dem ich endlich über alles reden würde. Dieser Zeitpunkt ist jetzt und der Therapeut gegenüber lauscht einfach meinen Worten.

»Und dann war er von einem Tag auf den anderen nicht mehr da. Dieser Verlust hat mich zerrissen und ich dachte, es gäbe rein gar nichts mehr, was mich halten könnte. Es war das Gefühl, dass keiner diesen Verlust nachempfinden oder verstehen könnte. Doch Sie hatten von Anfang an recht, Mr. Kulip. Ich habe mich verschlossen, um keinen weiteren Verlust mehr ertragen zu müssen, aus Angst, daran zugrunde zu gehen. Dadurch war alles so … unendlich leer. Ich konnte nicht sprechen, selbst wenn ich es gewollt hätte. Es fühlte sich an, als könnte ich Millionen Wörter und Sätze bilden und dennoch kein Einzelner je verstehen, wie enorm dieser Verlust schmerzt. Und dann kam Kris. Er hat mir gezeigt, dass er mich versteht, weil er ebenso darunter leidet, dass er genauso fühlt wie ich. Zuerst wollte ich es nicht wahrhaben, aber dann …«

Ich mache eine lange Pause und sehe zu Mr. Kulip hoch. Einige Momente verstreichen, ohne dass er mich auffordert weiterzusprechen.

»Dann habe ich mich in ihn verliebt und ich weiß, dass es mir morgen das Herz brechen wird. Dass ich in alte Muster fallen werde und da niemand ist, der mich erneut auffangen wird.« Eine Träne kullert über meine Wange.

»Aber, Luna, Sie –«, versucht der Therapeut mich zu unterbrechen, doch ich schüttle den Kopf, woraufhin die Tränen auf den Tisch tropfen.

»Glauben Sie wirklich, ich kann es schaffen? Einen erneuten Verlust ertragen?« Abwartend blicke ich ihm in die Augen, woraufhin er nur langsam nickt.

»Ja, davon bin ich absolut überzeugt. Sie haben in nur fünf Wochen eine wahnsinnige Entwicklung gemacht. Sie werden es schaffen. Ganz sicher.« Ein gutmütiges Lächeln schleicht sich auf seine Lippen und ich wische mir mit dem Handrücken über die Augen. »Luna, erinnern Sie sich an die Aufgabe, als Sie sich überlegen sollten, was Sie zum Abschied vielleicht noch gerne gesagt hätten? Damit Sie loslassen können? Möchten Sie es eventuell versuchen?«, fragt er vorsichtig.

Ich hole tief Luft. Ich habe die letzten Wochen häufig darüber nachgedacht, wann ich mich letztendlich von Len verabschieden und wie dieser Abschied wohl aussehen würde. Selbstverständlich kann ich Mr. Kulip nicht erzählen, dass ich ihn bereits im Himmel besucht und ihm meine Liebe gestanden habe, die nicht erwidert wurde. Dennoch möchte ich, dem Therapeuten zuliebe, nach allem, was er für mich getan hat, die Aufgabe bewältigen und schließe dafür die Augen.

»Ich habe dich all die Jahre geliebt und es selbst nicht sehen wollen. Nach deinem Tod habe ich es endlos bereut, dir das nie gestanden zu haben, und habe geglaubt, ich wäre nie wieder fähig, etwas derart Intensives zu empfinden. Aber damit lag ich falsch. Diese einseitige Liebe war nicht erfüllt, sondern nur wie ein Neumond auf der langwierigen Suche nach seiner zweiten Hälfte, die ihn vollkommen macht. Das Geheimnis lautet nämlich, nicht nur zu lieben, sondern auch geliebt zu werden. Mit all seinen Ängsten und Schwächen. So wie Kris mich liebt. Das ist einzigartig. Und deshalb werde ich morgen stark genug sein, auch diesen Abschied zu verkraften.« Als ich die Augen wieder öffne, sieht Mr. Kulip mich sprachlos an.

Sein Blick hat sich verändert und seine Augen schimmern beinahe etwas glasig.

»Mr. Kulip? Ich danke Ihnen für alles, das Sie getan haben, um mir zu helfen. *Danke*«, bringe ich leise hervor.

Einer seiner Mundwinkel hebt sich zu einem leichten Lächeln. »Ich danke Ihnen, Luna. Und ich bin sehr, sehr stolz auf Sie.«

Als ich mich am Abend für das Date mit Kris vorbereite, hockt Rachel in meinem Zimmer auf der Bettkante und hilft mir, das perfekte Outfit für diesen Anlass zu finden. Ich bin froh, dass sie so positiv und verständnisvoll reagiert hat. Wir haben uns für ein schlichtes weiß geblümtes Kleid und flache Ballerinas entschieden.

»Bist du aufgeregt?«, fragt Rachel irgendwann, nachdem wir passende Ohrringe ausgesucht haben.

»Eigentlich nicht«, antworte ich mit einem Schmunzeln und überlege, ob es nicht an der Zeit wäre, ihr von dem Kuss zu erzählen. »Wir haben uns … gestern schon das erste Mal geküsst«, gestehe ich ihr kleinlaut.

Ihre Augen weiten sich. »Und wie lange wolltest du das noch vor mir geheim halten?!« Halb lachend springt sie vom Bett auf und nimmt mich euphorisch in die Arme.

»Na ja, es ist gerade alles … ziemlich viel, oder nicht?«

Rachel stimmt mir mit eifrigem Nicken zu. »Ach, Luna, ich bin ja so froh, dass wir endlich über all das … *reden* können.« Während sie das sagt, strahlt sie über das ganze Gesicht.

»Ja«, erwidere ich leise. »Das bin ich auch.«

Währenddessen & Nebenan

Fünfunddreißig

Kris kann nicht sagen, wann er zuletzt etwas so sehr gefühlt hat wie den ersten Kuss mit Luna. Zuerst diese gesamte Wut, die Verzweiflung und die Erkenntnis, sie letztendlich loslassen zu müssen. Selbst der Schmerz der aufgesprungenen Knöchel war nichts im Vergleich dazu, als Lunas Stimme zum ersten Mal in seiner Gegenwart Worte formte. Sacht, leise. Er hat ihre Überwindung in diesem Moment beinahe greifen können.

Sie hat für mich gesprochen, war der einzige Gedanke, der durch Kris' Kopf kreiste, denn weit und breit ist niemand zu sehen gewesen. Einzig und allein ihn wollte sie davor bewahren, an dem Chaos seiner Gedanken zugrunde zu gehen. Plötzlich waren all die Gefühle, die für dieses einzigartige Mädchen bereits in seinem Inneren geschlummert hatten, vollkommen präsent. Und es war nicht nur Dankbarkeit für ihre Worte, die sein Herz höherschlagen ließen. Der Kuss war alles, was man in diesem Moment hätte ausdrücken können.

Die Dämmerung bricht über die kleine Stadt herein, als Kris auf dem Balkon auf und ab geht und sich Gedanken über die heutige Verabredung macht. Es ist sein letzter Abend hier und morgen wird er nach einem Abschlussgespräch mit Mr. Kulip und einem großen dunklen Koffer die Einfahrt hinabgehen und sich zwingen müssen, nicht auf das zurückzublicken, was er in dem Moment zu verlieren droht. Ob der heutige Abend alles verändern könnte? Luna und er kennen sich seit fünf Wochen auf eine Art und Weise, die man nicht beschreiben und schon gar nicht in Worte fassen kann. Dennoch ist es heute das erste offizielle Date, an das unglaublich hohe Erwartungen gestellt werden. Es ist der letzte Abend. Vielleicht auch die letzte Möglichkeit, mehr daraus werden zu lassen. Kris kann einfach nicht zulassen, dass diese Verbindung schon morgen beendet sein soll. Doch sind sie überhaupt bereit für etwas … *Ernstes?* Zwei gebrochene Menschen, die durch die Therapie erst wieder lernen müssen, in der normalen Welt klarzukommen? Ein Seufzen entweicht ihm unabsichtlich. Aber was stärkt ein verletztes Herz mehr als die Liebe?

Heute,
Jetzt & Hier

Sechsunddreißig

Als Kris mich später unten in der Auffahrt der Klinik erwartet, nimmt mir der Anblick für einen Moment die Luft zum Atmen. Kris, den ich bisher nur in weiten Sweatshirts gesehen habe, trägt ein schmal geschnittenes schwarzes Hemd und in seinen Händen hält er nervös eine einzelne rote Rose, mit der er im schimmernden Licht der Laterne steht. Allein daran glaube ich zu erkennen, wie viel ihm all das bedeutet: Die Worte, der Kuss und dieser eine letzte Abend, der uns heute bleibt. Als könnte die heutige Nacht noch alles verändern.

»Hey«, beginnt Kris. »Du siehst fantastisch aus.« Ein Lächeln umspielt seine Lippen, während ich auf ihn zukomme.

»Danke, du aber auch«, erwidere ich und mustere seine Arme, die durch das Hemd viel deutlicher betont werden. Ich trete in den Lichtkegel der Laterne.

Er reicht mir die Rose. »Die ist für dich. Weil es ein besonderer Abend werden soll.«

Mit einem dankbaren Lächeln nehme ich sie entgegen und sehe Kris lange in die Augen. »Das ist er doch schon«, erwidere ich dann leise, als wäre sich meine Stimme teilweise noch unsicher, wie man die Worte spricht, die mir durch die Gedanken kreisen.

Etwas in seinem Blick leuchtet auf, als er sagt: »Ja, absolut.«

Als wir die kleine Bar erreichen, hält Kris noch immer meine Hand und der Kellner begrüßt uns wissend. Kris hat uns einen Tisch am äußeren Bereich reserviert, auf dem bereits Kerzenlicht schimmert und eine kleine, schmale Vase für die Rose bereitsteht. Während wir Platz nehmen, spüre ich meinen Herzschlag vor Aufregung gegen meine Rippen pochen. Obwohl ich schon vor Jahren mit Aaren auf Dates gewesen bin, ist das hier etwas vollkommen anderes. Denn zwischen Kris und mir hat sich in der Stille etwas angebahnt, das ich nicht beschreiben kann. Deshalb fühlt es sich nicht nach dem ersten unwissenden Date an, bei dem man noch nicht weiß, wer einem da wirklich gegenübersitzt. Was für eine Art Person sich hinter dem Lächeln verbirgt und ob sich aus diesem ersten Treffen wahre Gefühle entwickeln könnten. Nachdenklich mustere ich Kris und muss unwillkürlich lächeln.

Als ich hierher in diese Klinik kam, war ich unfähig, mich meinen Gefühlen und den Menschen in meinem Umfeld zu öffnen. Aus Angst vor Verlust – aus Sorge, alte Narben könnten schmerzhaft wieder aufreißen. Doch heute sitze ich diesem Jungen gegenüber und kann meine Emotionen keinen Moment länger leugnen. Seine Art hat mich verändert. *Ich* habe mich dadurch verändert und hoffe, dass es mich für den morgigen Abschied stark machen wird.

Der Kellner bringt uns die Speisekarten und während er uns das Tagesessen empfiehlt, klappt Kris die Karte bereits auf. Mit einem Schmunzeln lege ich nur meine Hände darauf, ohne sie zu öffnen. »Ich nehme bitte eine Pizza. Nummer achtundvierzig. Vielen Dank«, sage ich und reiche die Karte dem Kellner. Kris entscheidet sich kurz darauf ebenfalls für ein Gericht und anschließend sind wir wieder unter uns.

»Woher kam das so plötzlich?«, fragt er mit einem Grinsen.

Ich habe bereits damit gerechnet. »Früher, wenn wir Pizza essen waren, habe ich Ewigkeiten überlegt und gegrübelt und letztendlich immer die Nummer achtundvierzig genommen. Heute habe ich das ein wenig abgekürzt«, erkläre ich.

»Und wenn in diesem Restaurant diese Nummer eine ganz andere Pizza ist?« Er zieht fragend eine Augenbraue nach oben.

»Dann ist es an der Zeit für etwas Neues.«

Zuerst schleichen sich ein Schmunzeln und eine nachdenkliche Stille zwischen uns, die Kris kurz darauf wieder auflöst. Als wäre er es leid, das Schweigen auch nur einen einzigen Tag länger auszuhalten. »Weißt du, es gibt so viele typische Fragen, die man sich normalerweise beim ersten Date stellt und obwohl ich das Gefühl habe, dass wir uns inzwischen ewig kennen, weiß ich nicht einmal die einfachsten Sachen über dich.« Er klingt nachdenklich, fast wehmütig, aber keineswegs vorwurfsvoll.

Und ich kann ihn irgendwie verstehen. Morgen ist der Zeitpunkt, an dem unsere gemeinsame Zeit ablaufen wird, und es gibt noch unzählige Themen, über die wir uns noch nicht ausgetauscht haben. Mein Herz wird plötzlich schwer. Denn ich schulde ihm immer noch meine Geschichte, die ich ihm in all meinem Schweigen vorenthalten habe. Ich hole tief Luft. Auch wenn ich diesen Abend nicht mit einer Entschuldigung beginnen wollte, so scheint es mir im Moment das Richtige zu sein. »Es tut mir leid, Kris. Wirklich. Dass ich die letzten Wochen einfach nicht gesprochen habe, obwohl du so viel für mich getan hast. Ich kann nicht einmal erklären, was mich in diesem Moment tatsächlich dazu veranlasst hat. Bisher dachte ich, der Tag, an dem ich wieder sprechen würde, würde sich anders anfühlen. Bereits mit einem anderen Gefühl beginnen – wie eine Vorahnung. Aber so war es nicht. Es kam einfach über mich, in dem Moment, in dem ich dich an dem Baum gesehen habe. Und ich schulde dir noch so viele Antworten, dass –«

»Hey«, unterbricht Kris mich mit einem vorsichtigen Lächeln, bei dem mein Herz zu glühen beginnt. »Du schuldest mir nichts, Luna. Nichts, was ich getan habe, sollte dich unter Druck setzen oder beeinflussen. Aber natürlich habe ich gehofft, deine Stimme vor meiner Abreise nur einmal zu hören.« Er macht eine kurze Pause. »Das hier ist so viel mehr, als ich für möglich gehalten hätte.«

»Auch der Kuss?«, frage ich.

Kris' Mundwinkel verziehen sich zu einem Grinsen, als er sich über die kurzen, stoppeligen Haare fährt. »Ja, ganz besonders der Kuss.«

Später, als uns der Kellner das Essen serviert, sind wir bereits bei sämtlichen Entweder-oder-Fragen angelangt, die Kris anscheinend niemals ausgehen. Als hätte er all diese Fragen gesammelt und innerlich nur darauf gewartet, sie mir eines Tages zu stellen. »Strand oder Berge?«, fragt er, bevor er anschließend einen Schluck aus seinem Glas trinkt.

»Strand«, antworte ich sofort, ohne zu zögern. »Ich liebe das Meer, das Geräusch der Wellen und wenn die Luft nach Salz riecht. Und du?«

Er überlegt ebenfalls nur sehr kurz. »Du hast recht, definitiv Meer.«

Hund oder Katze? Kaffee oder Tee? Buch oder Film? Nachdem wir beinahe fast unzählige Fragen beantwortet und diskutiert haben, fragt er: »Hast du eigentlich ein Tattoo?«

Ich schüttle den Kopf. »Nein, du etwa?«

»Fast. Ich habe in drei Wochen einen Termin.« Kris dreht sich die Spaghetti auf den Löffel.

»O wow, was für ein Motiv wird es denn? Und bist du dir ganz sicher damit? Ich meine –« Doch ich breche den Satz ab und lasse die Worte so zwischen uns stehen.

»Das Motiv werde ich dir noch nicht verraten«, sagt er mit einem Grinsen. »Aber ja, ich bin mir absolut sicher. Du kannst ja mitkommen und es dir ansehen, wenn du willst«, schlägt er vor, während ich von meiner Pizza ein Stück abschneide.

»Ja, vielleicht.« Ob es tatsächlich ein Danach geben wird? Ob wir uns wiedersehen werden und vielleicht sogar … zusammen sein könnten? »Kris, glaubst du denn wirklich, wir –«, beginne ich zaghaft und lege dabei das Besteck zur Seite.

Er unterbricht mich sofort. »Lass uns heute noch nicht über morgen sprechen. Okay? Das wird schon schwer genug.« Er fährt sich mit der Hand über die Haare und weicht meinem Blick aus. Als würde er mit den nächsten Worten schwer ringen. »Du hast eigentlich etwas Besseres als das verdient.« Seine Stimme ist plötzlich rau, so als hätte er gerade erst eine Zigarette geraucht.

»Kris, nein, ich …« Ich hole tief Luft, da die Worte wie schwere Steine auf meinem Herzen liegen. »Nach diesem Autounfall glaubte ich, nie wieder auch nur einen weiteren Verlust zu ertragen. Mir fehlten die Worte, weil ich der Überzeugung war, niemand könnte auch nur annähernd diesen tragischen Verlust verstehen. *Mich* verstehen. Dann kam ich hierher und es dauerte nur wenige Tage, bis Mr. Kulip mich durchschaute. Zuerst wollte ich es selbst nicht wahrhaben und habe seine Worte ignoriert. Doch er hatte recht. Aus Angst, keinen weiteren Verlust je wieder ertragen zu können, habe ich mich von den Menschen in meinem Umfeld abgewandt und dabei meine Emotionen verbarrikadiert. Ich dachte, ich wäre nie wieder in der Lage, auch nur irgendetwas außer dieser abgrundtiefen Leere zu fühlen. Und dann traf ich dich.« Ich mache eine kurze Pause und sehe von meinen Händen auf in sein Gesicht.

Seine Mundwinkel zucken dabei unwillkürlich.

»Also bitte sag mir, Kris, was soll denn besser für mich sein, als – nach allem, was passiert ist – wieder zu sprechen und … zu fühlen?«, frage ich vorsichtig mit einem Lächeln, das er sofort erwidert.

Kris widerspricht nicht. Wir wissen beide, dass nichts daran alte Zeiten verändern oder zurückholen kann. Aber wir wissen, dass wir uns gefunden haben, egal wie schlecht der Zeitpunkt und egal wie seltsam die Umstände sein mögen. Wenn ich Kris ansehe, ergibt trotz allem die Welt wieder einen Sinn. Da ist ein Sternenfunkeln am Nachthimmel zu erkennen, das mich aufblicken lässt. Da sind wieder Worte in meinem Schweigen, die zurück ins Leben gefunden haben.

»Ich habe mich in dich verliebt, Luna«, flüstert er und greift nach meinen Händen. »Und ich hoffe, irgendwann kannst du das auch. Vielleicht nicht heute und nicht morgen bei unserem … Abschied. Aber ich sehe es in deinen Augen, wenn du mich ansiehst, dass da so viel mehr ist. So ist es doch, oder nicht?«

Seine Liebe sickert langsam in die tiefen Furchen meines Herzens. Er liebt mich. Das hat er wirklich gesagt, auch wenn ich es kaum glauben, kaum begreifen kann, ist es dennoch wahr. Schließlich weiß ich es längst, habe es gefühlt, noch bevor ich es selbst verstanden habe. Und ich spüre auch jetzt dieses Pochen in meinem langsam heilenden Herzen, das in seiner Gegenwart stärker schlägt.

Lennon, ich werde dich nie vergessen, du wirst immer da sein – wirst in meinem Herzen den Fensterplatz behalten, bis auf alle Ewigkeit. Aber ich werde leben, Schritt für Schritt, Tag für Tag und anschließend Jahr für Jahr. Die Zeit wird kommen, da werde ich wieder lachen und lieben. Du warst mein Herz ebenso wie mein Untergang. Dadurch wirst du auch wieder mein Auftrieb sein, meine Entscheidung für das Leben. Dich zu verlieren, hat mich zerstört, aber auch gezeigt, wie wertvoll das Leben tatsächlich ist.

Und wenn ich ehrlich bin, Len, wenn ich ihn sehe, dann sehe ich das, was du niemals für mich werden konntest.

Währenddessen & Nebenan

Siebenunddreißig

Er will nicht schlafen. Nicht nachdem, was heute geschehen ist und was ihm morgen bevorstehen wird. Kris kann nicht sagen, wie er sich das Date mit Luna ursprünglich vorgestellt hat, aber so ganz bestimmt nicht. In den letzten Wochen versuchte er, anhand ihrer Blicke mehr abzulesen. Mehr Emotionen, mehr über das, was sie wohl denkt. Und zum ersten Mal offenbart sie ihm ihre wahren Gefühle in Worten.

Der morgige Abschied würde hart werden und er hofft, sich bei der Abschlussrunde nichts anmerken zu lassen. Es ist von Anfang an klar gewesen, dass er nur für eine begrenzte Zeit hierbleiben würde. Bis zu dem Tag von Lunas Ankunft störte ihn das auch nicht. Doch mit ihr veränderte sich die Zeit in der Klinik. Und obwohl Mr. Kulip ihn gebeten hat, sich von ihr fernzuhalten, sind seine Gefühle stärker gewesen.

Es kostete ihn sehr viel Überwindung, ihr seine Gefühle zu gestehen. Und auch wenn er nicht zu viel Druck hatte aufbauen wollen, konnte er die Enttäuschung spüren, dass sie diese nicht sofort erwiderte. *Sie braucht mehr Zeit. Es ist gerade alles etwas viel.*

Kris reibt sich mit der Hand über den Hinterkopf und steht auf. Mit einem kurzen Blick auf die Uhr beschließt er, noch auf den Balkon hinauszugehen. *01:52 Uhr.*

Die Luft hier draußen ist kühl, doch an Schlaf ist für ihn momentan sowieso nicht zu denken. Vielleicht sollte er heute einen von diesen Tees trinken, die Rachel ständig in ihrer Handtasche herumträgt und jeden Abend in der Cafeteria aufbrüht. Ein Seufzen entweicht ihm. Morgen würde er nach Hause zurückkehren wie der verlorene Sohn, der er nicht ist. Bevor er in die Klinik eingewiesen wurde, hatte er bei seiner Tante in der Einliegerwohnung ihres Hauses gewohnt, weil er sich nach dem Tod seines Bruders mit seinen Eltern zerstritten hatte.

Der Therapeut legt ihm nahe, sich wieder zu versöhnen, da auch seine Eltern sehr unter diesem Verlust leiden und ihm sicherlich keine Schuld daran geben. Und weil es seine Familie ist.

Seine Gedanken kreisen immer weiter um die Abreise und werfen ihn manchmal zurück zu dem Liebesgeständnis an Luna. Ihre Augen haben dabei geleuchtet und obwohl sie es nicht sofort erwidert hat, konnte er spüren, dass sie ebenso fühlte.

Zehn Wochen hat er nun hier verbracht und bereits viel länger ist er schon nicht mehr bei der Arbeit gewesen. Auch das sei ein weiterer Schritt in Richtung Realität, wie Mr. Kulip es nennt. Kris muss gestehen, dass er an manchen Tagen die Arbeit mit dem Holz in der kleinen Schreinerei im Nachbarort vermisst. Auch wenn sein Vater damals nicht mit seiner Wahl für die Ausbildung einverstanden gewesen ist, haben sie sich inzwischen damit abgefunden, dass Kris nicht wie sein großer Bruder ist.

Genau wie sein Vater entschied sich dieser für einen Bürojob in einem Finanzinstitut, was für Kris niemals infrage gekommen wäre, weshalb er auch früh in eine eigene Wohnung gezogen war. Sein kleiner Bruder dagegen hat noch zu Hause gewohnt und seine Mutter die Aufgaben als Hausfrau sehr genossen. Nach dem Tod setzte auch ihr diese plötzliche Lücke schwer zu und sie bat Kris, wieder nach Hause zu ziehen. Doch er kann und will niemals den Platz seines Bruders einnehmen, und als er immer schwerer mit der Depression zu kämpfen und damit seinen Job in der Schreinerei verloren hatte, zog er zu seiner Tante, die ihm die Miete erließ, bis er nach der Therapie einen neuen Job finden würde.

Mr. Kulip unterstützte ihn bei den Bewerbungen und spricht ihm weiterhin Mut zu. Er verdankt diesem Therapeuten unglaublich viel und hofft sehr auf diesen Neuanfang, den er ihm nach der Entlassung prophezeit hat. Er sei nun so weit, um alles wieder in korrekte Bahnen zu lenken, hat der Mann gesagt und Kris dabei lange angesehen. An manchen Tagen spürt er diese Zuversicht und Hoffnung ebenfalls, doch an Tagen wie heute nagen die Zweifel wieder an ihm.

Kris holt tief Luft und wirft erneut einen Blick auf die Uhr. *04:26 Uhr. Verdammt.*

Leise geht er zurück in sein Zimmer und schließt die Balkontür. Keine Chance, er würde heute keinen Schlaf finden und in knapp zwei Stunden würde die Cafeteria mit dem Kaffeeautomaten öffnen. Er zieht sich einen seiner Kapuzenpullover über den Kopf, schiebt seinen Geldbeutel in die Hosentasche und verlässt so leise wie möglich das Zimmer. Das Unausweichliche steht nun bevor und es gibt keinen Ausweg mehr.

Heute, Jetzt & Hier

Achtunddreißig

Das ist er also. Der Tag, der mir das Herz brechen wird. Erneut. Kris' Abreise ist wie ein schwarz markierter Tag im Kalender. Etwas, das man immer und immer wieder verdrängt. Doch dann ist es einfach so weit. Unumkehrbar. Während mein Herz flattert wie die Flügel eines Kolibris, fühlt sich mein Körper an wie Blei. Womöglich kann ich heute nicht aufstehen, würde das Frühstück verpassen, die Abschlussrunde und vielleicht auch das Mittagessen. Das wären dann genug Regelverstöße, um mich ebenfalls heute in die Realität zu entlassen. Doch Mr. Kulip ist der Meinung, dazu sei ich noch nicht bereit. Aber ob ich es für einen weiteren Verlust bin?

Niemals.

Mir entweicht ein schwerfälliges Seufzen. *Ich kann einfach nicht,* hämmert es in meinem Kopf.

Neben mir auf dem Nachttisch liegt der Brief in einem weißen Umschlag. Es sind die Worte, die ich bereits vor einiger Zeit für Kris zu Papier gebracht habe. In einer Zeit, in der ich noch nicht in der Lage war zu sprechen. In der heutigen Gruppensitzung möchte ich Kris diesen Brief überreichen. Der Therapeut hat uns gebeten, für die Abschlussrunde ein paar Worte schriftlich festzuhalten. Es werde die Entlassung enorm erleichtern, wenn man die positiven Sätze auch zu Hause noch lesen und verinnerlichen könne. Auch wenn ich die Worte nicht speziell für seinen Abschied notiert habe, so passen sie perfekt dafür. Denn sie sind echt und vollkommen unverfälscht von meinem Herzen auf dem Papier gelandet. Außerdem habe ich den letzten Satz vervollständigt.

Denn, Kris, ich ... habe mich auch in dich verliebt.

Und das ist wahr. Dieses warme, geborgene Gefühl in seiner Nähe und der Kuss, der einfach alles verändert hat. Die Worte, die zurückgekehrt sind, seit ich zugelassen habe, wie wichtig er mir ist. Ja, ich habe mich unsterblich in Kris verliebt und ausgerechnet heute wird er die Klinik und damit unsere Heile-Welt-Blase verlassen, in der wir die letzten fünf Wochen gelebt haben. Denn da draußen warten Realität, Alltag und Herzschmerz auf uns.

Nach langem Abwägen der Vor- und Nachteile schaffe ich es dennoch, mich aus dem Bett zu quälen und etwas Passendes anzuziehen. Für den Bruchteil einer Sekunde erinnere ich mich an Lennons Beerdigung und die darauffolgenden Tage, an denen ich ununterbrochen schwarz getragen habe. Wann habe ich damit eigentlich aufgehört?

Ich entscheide mich für Jeans sowie ein dunkelblaues Top und binde meine Haare zu einem Zopf zusammen. Nachdem ich mich im Bad für den Tag vorbereitet habe, schnappe ich mir den Brief vom Nachttisch und tausche ihn in meiner kleinen Handtasche gegen den Notizblock aus. Ihm würde ich heute keine Gelegenheit bieten, wieder gebraucht zu werden.

Nur wenige Minuten später klopft Rachel an meine Zimmertür, um mich abzuholen. Ihre traurige und gleichzeitig verständnisvolle Miene sagt alles über das Bevorstehende aus. »Hey«, sagt sie nur zur Begrüßung, anstatt ihres bisherigen *Guten Morgen.* Außerdem trägt sie seit Langem mal wieder ihr rotes Kleid mit den weißen Punkten.

»Hey, Rachel«, erwidere ich und umarme sie. »Machen wir einfach das Beste daraus.« Mein Herz zieht sich bei diesen Worten schmerzhaft zusammen und mein Verstand fragt mich innerlich, was ich heute Positives finden soll. Doch es sind exakt die Worte, die uns bei den Konfrontationstherapien begleitet haben. Und Mr. Kulip hat recht. So schmerzhaft sie auch sind, sie bringen etwas Besseres zum Vorschein.

Kris erwartet uns unten vor der Cafeteria und begrüßt mich lediglich mit einem Lächeln. Wir haben nach unserer Verabredung beschlossen, dass es besser wäre, unsere Gefühle innerhalb der Klinik vor den anderen zu verheimlichen. Rachel habe ich selbstverständlich von dem Date erzählt.

»Hey, da seid ihr ja ... Ich habe euch schon Tabletts, Kaffee und Brötchen geholt. Steht alles am Tisch.« Als wir gemeinsam in die Cafeteria eintreten, fällt mein Blick auf die endlos scheinende Schlange vor dem Kaffeeautomaten. Rachel scheint dies ebenfalls zu bemerken und verzieht ihr Gesicht zu einer nachdenklichen Miene.

»Du bist heute schon ziemlich lange wach, oder?«, frage ich leise, während wir noch Marmelade und Schokocreme holen, bevor wir an unseren Tisch gehen.

Als Kris meinem Blick ausweicht und sich mit der flachen Hand über den Hinterkopf fährt, kenne ich seine Antwort bereits. »Eine Weile, ja.«

»Schon okay«, erwidere ich. »Wir schaffen das.«

Während ich diese Worte sage, hoffe ich innerlich, dass mein eigenes Herz sie ebenfalls wahrgenommen hat und für glaubwürdig hält. Denn ich kann mir einfach keinen Morgen vorstellen, an dem mich nicht Kris' müdes Lächeln vor der Cafeteria erwartet.

Das Frühstück verläuft erschreckend ruhig und es scheint mir, als wäre der Flur zum Gruppenraum ewig. Wie in Zeitlupe laufen wir drei nebeneinanderher und schweigen uns weiterhin an, als hätten nun alle verlernt zu sprechen. Kurz bevor wir den Raum erreichen, schnappt Kris nach unseren Händen und hält für einen Moment inne. »Das heute ist kein Abschied auf Dauer. Wir sehen uns wieder. Draußen, in der echten Welt.« Er versucht sich zaghaft an einem Lächeln, das leider nicht sehr überzeugend wirkt. Dennoch nicke ich tatkräftig und Rachel pflichtet mir sofort bei.

»Natürlich! Wir haben noch eine Feier nachzuholen und …« Doch sie wird unterbrochen, als Mr. Kulip bereits den Gang herunterkommt. Er sieht uns, nickt uns zu und verlangsamt dann deutlich seine Schritte. Als wollte er uns noch ein wenig mehr Zeit verschaffen.

Auch die Ewigkeit wäre nicht genug, schießt es mir schlagartig durch den Kopf und ich verscheuche den Gedanken schnell. »Wir wohnen hier doch alle in der Gegend, kein Grund, dass wir nicht weiterhin in Kontakt bleiben. Und wir werden uns alle noch mal wiedersehen, *versprochen.*« Ein letzter durchdringender Blick zu den beiden, bevor wir gemeinsam mit Mr. Kulip den Gruppenraum betreten.

Während wir Platz nehmen, kreisen meine Gedanken um das letzte Wort, das ich soeben gesagt habe. Ich hasste dieses Wort bereits vor dem Autounfall, doch nach Lennons Tod erst recht. *Für immer und ewig, versprochen. Nur wir beide, versprochen.* Unzählige Versprechen zerbrechen täglich und Lennon und ich waren nur eines von vielen. Ich habe nicht nur das Vertrauen in die Ewigkeit, sondern auch in die Versprechen selbst verloren. Dennoch ging mir das Wort heute wie von selbst über die Lippen und noch immer fühle ich die Überzeugung in meinem Herzen. Kris, Rachel und ich haben hier so viel zusammen durchgemacht, schlechte Momente geteilt, die uns nur noch stärker zusammengeschweißt haben. Nein, ich habe absolut keine Zweifel, dass wir uns nach diesem Aufenthalt wiedersehen und in die Arme schließen werden.

»Guten Morgen zusammen«, begrüßt Mr. Kulip die Gruppe. »Wie letztes Mal angekündigt steht uns heute eine Abschiedsrunde bevor, und ich habe euch gebeten, schriftlich ein paar Worte festzuhalten. Kris?« Der Therapeut sieht in unsere Richtung, doch Kris scheint überhaupt nicht darauf zu reagieren.

Wie in Trance blickt er aus dem Fenster und lange Momente vergehen. Mit einem tiefen Atemzug seufzt er plötzlich und erhebt sich von seinem Stuhl, den er kurz darauf in die Mitte des Kreises zieht. Seine sonst so locker lässige Art ist verflogen, stattdessen wirken seine Bewegungen träge und schwerfällig.

Alle Blicke sind auf ihn gerichtet und ich erinnere mich an meine allererste Therapiestunde in diesem Raum – der Tag, an dem Kris mich vor genau diesen Augen rettete, die mich beinahe zu ersticken drohten. Jetzt sitzt er hier und lässt diese Abschlussrunde über sich ergehen, als würde es ihn gar keine Überwindung kosten. Dabei kann ich das Gegenteil fühlen, als sich unsere Blicke kurzzeitig kreuzen.

Das erste Mädchen im Stuhlkreis beginnt, reicht Kris einen Zettel und erzählt in schnellen Sätzen, dass es kaum etwas über Kris sagen kann, weil es erst seit Kurzem in der Gruppe ist.

Der Nächste, einer der älteren Jungen, mit denen Kris schon das ein oder andere Mal zusammenstand, startet mit einem Handschlag, der Kris ein kurzes Lächeln entlockt. »Schade, dass du gehst. Ich fand dich ziemlich cool und wünsche dir für zu Hause alles Gute. Hoffentlich klappt alles, was du hier gelernt und dir vorgenommen hast«, sagt er.

Kris dankt ihm wortlos mit einem Nicken. So vergeht die Runde, bis bereits mehr als die Hälfte ihre Abschiedswünsche zum Besten gegeben haben und sie bei Rachel und mir angelangt ist.

»Ach, Kris, es fällt mir so schwer, jetzt alle Wörter auf die Reihe zu bekommen«, beginnt Rachel und wieder lässt sie nervös die Gelenke ihrer Finger knacken, wie immer, wenn sie angespannt oder nervös ist. »Wir sind beide am selben Tag hier angereist und das hat uns direkt verbündet, wenn man das so sagen kann. Ich bewundere deine Art, mit vielen Dingen so gelassen umzugehen. Ich wünsche dir die Kraft, all das, was du hier mitnehmen kannst, auch in deinem privaten Umfeld umzusetzen. Und du weißt ja, wir werden uns auf jeden Fall noch mal treffen – das lasse ich mir nicht entgehen!« Mit einem leisen Lachen überreicht sie ihm ihren Zettel und er grinst ihr dankbar entgegen.

Dann bin ich an der Reihe und eine Art stählernes Seil schnürt sich um mein Herz, raubt mir beinahe die Luft und die Wörter. Für einen Moment, in dem sich Kris mir zuwendet, glaube ich, dem Ganzen hier nicht gewachsen zu sein. Dem Abschied, dem Verlust, der Liebe. Hinter Kris sitzt Mr. Kulip, der mir kaum merklich unterstützend zunickt.

»Kris, ich weiß überhaupt gar nicht, wie ich anfangen oder was ich sagen soll … Wir haben hier fünf Wochen jeden Tag gemeinsam verbracht, fast jedes Frühstück, Mittag- und Abendessen. Jeden Frühsport am Donnerstag und bei Einbruch der Dunkelheit noch für ein paar Minuten unter der Laterne gestanden. Ohne dass wir auch nur ein einziges Wort gesprochen haben – bis vorgestern. Trotzdem gab es so viele innige Momente, die uns zusammen stark gemacht haben. Als ich mit Tränen in den Augen in der Einfahrt stand oder du dein Bild aus der Kunsttherapie verbrannt hast. Als du mir deine Worte in der Cafeteria bei der Frau mit der Schöpfkelle geliehen und mir nach der Konfrontationstherapie zur Seite gestanden hast. Es gäbe einfach so viel zu sagen, aber deshalb bekommst du ja noch den hier …« Ich reiche ihm in einer umständlichen Verrenkung den Briefumschlag mit seinem Namen, den er nur zögernd annimmt und mich musternd betrachtet. »Kris, ich habe mich in dich verliebt«, bringe ich ganz plötzlich hervor. Es stört mich mit einem Mal überhaupt nicht, dass alle hier sind und uns anstarren und zuhören.

Kris' Augen weiten sich zuerst, bevor sich ein glückliches Strahlen auf seinem Gesicht ausbreitet.

»Deshalb weiß ich, dass du ein guter Mensch bist und all das schaffen wirst, was dich zu Hause erwartet. Und dass wir uns definitiv wiedersehen werden. Dieser Abschied heute ist nicht von Dauer«, wiederhole ich seine Worte von vorhin und er schmunzelt darüber. Dann steht er auf, kommt auf mich zu und zieht mich in eine enge Umarmung.

»Danke«, murmelt er in mein Ohr, bevor er mich anschließend vor allen auf die Wange küsst und sich zurück auf seinen Platz setzt. Ich spüre Röte auf meinem Gesicht aufsteigen und die heiße Stelle unterhalb meines Jochbeins prickeln, die seine Lippen soeben noch berührt haben. Während die Abschlussrunde fortfährt, ignoriere ich die weiteren Worte und lausche nur noch meinem bebenden Herzen, während Kris mir immer wieder verstohlene Blicke zuwirft.

Heute, Jetzt & Hier

Neununddreißig

Zuerst hatte ich das Gefühl, die Zeit bis zum endgültigen Abschied würde nie vergehen. Doch jetzt steht Kris mit seinem Koffer in der Einfahrt und sieht mich mit einem Blick an, den ich nicht deuten kann – und der mir beinahe das Herz zu brechen droht.

»Also dann, ich lasse euch mal alleine …«, bringt Rachel hervor und umarmt Kris ein letztes Mal. In dieser Umarmung erkenne ich, dass unsere kleine Gruppe nun plötzlich an Halt verliert und es uns deshalb womöglich so schwerfällt loszulassen. Aber Rachel und ich, wir haben immer noch uns. Und daran werden wir die restlichen Tage festhalten müssen. »Kommt, Leute, damit die zwei sich verabschieden können.« Mit einer eindeutigen Handbewegung deutet Rachel den restlichen Gruppenmitgliedern an, zu gehen. Zustimmendes Gemurmel ertönt, bevor sie hinter der automatischen Tür des Klinikgebäudes verschwinden.

»Jetzt ist es also so weit«, höre ich Kris sagen, während er mich zu sich heranzieht.

»Es ist kein Abschied von Dauer«, wiederhole ich das Mantra, das ich mir bereits den ganzen Morgen in Gedanken zugeredet habe.

»Aber es ist dennoch ein Abschied.« Seine Worte stehen schwer zwischen unseren Herzen und ein Kloß bildet sich in meinem Hals, als wollte er mir erneut die Worte rauben. Bisher habe ich den Eindruck gehabt, dass Kris der Optimistischere von uns beiden wäre, doch diese Vorstellung zerstört sich bei seinen Worten von selbst. *Abschied.* Allein der Gedanke daran treibt mir Tränen in die Augen und ich sehe mich wieder im Himmel vor Lennon, als ich ihm meine Liebe gestehe, die nicht erwidert wird. Doch das hier ist anders. Und ich weiß, dass Kris und ich uns wiedersehen werden – auch wenn das nicht heißt, dass es dasselbe sein wird.

»Ich glaube, diese Zeit hier ist ein Geschenk, Kris. Nirgendwo lernt man einen Menschen intensiver kennen als an einem Ort, der vom Alltag abgeschirmt ist – wo man jeden Tag gemeinsam beginnt und beendet. In einer Zeit, in der wir am verletzlichsten sind, Tränen vergießen und unsere Ängste überwinden müssen. Das verbindet uns so viel stärker als alles andere. Deshalb sind wir anders, Kris. Aber auch das hier ist nicht von Dauer. Wir müssen zurück in die echte Welt, egal wie schwer es uns fällt und vielleicht auch schmerzt. Natürlich werden wir uns wiedersehen, uns verabreden und treffen, aber … ich glaube, wovor wir uns am meisten fürchten, ist …« Ich mache eine Pause und Kris streicht mir zärtlich eine Haarsträhne hinters Ohr. »… dass es nirgendwo mehr so sein wird wie hier. Eine Zeit, ein Ort, an dem es nur uns gibt. Aber die Kunst ist es doch, nach alldem wieder ins Leben zurückzufinden.« Als ich diese Worte sage, halte ich für einen Moment inne, denn es könnten genauso gut Sätze sein, die ich Lennon im Himmel ein letztes Mal sagen würde. Und ich erinnere mich daran, was er zu mir sagte, als er wollte, dass ich mich für das Leben entscheide. Mein Blick wandert zögernd Richtung Himmel. »Dort oben wartet jemand darauf, dass wir uns wieder für das Leben entscheiden«, flüstere ich leise und Kris lehnt seine Stirn an die meine – unsere Herzen so schwer, dass ich es kaum mehr ertragen kann.

»Das werden wir«, vernehme ich seine raue Stimme, bevor er mich küsst, als läge alles nur in diesem einen Moment.

Kris ist fort.

Ich starre noch immer auf die Einfahrt. Erst als Rachel irgendwann zu mir kommt, mir freundschaftlich den Arm um die Schultern legt und noch einige Minuten mit mir abwartet, realisiere ich, dass es weitergehen muss. Immer und immer wieder rede ich mir das Mantra in Gedanken zu. Kein Abschied von Dauer. Wir werden uns wiedersehen. Alles wird gut werden.

»Es wird seltsam werden, wenn er nicht mehr hier ist.« Rachel sieht mich mitfühlend an. »Komm, lass uns zum Mittagessen gehen.«

Ich nicke ihr wie in Trance zu. In Gedanken wäge ich Mr. Kulips Worte ab, als er sagte, dass Verlust vermeiden auch bedeute, keine Liebe zu empfinden. Ob es besser gewesen wäre, wenn …?

Ich schüttle den Kopf. Nein, auf dieses Gefühlschaos hätte ich keineswegs verzichten wollen.

Beim Mittagessen schweigen wir uns zuerst an, bis Rachel wieder ihre Hände reibt und dieses Knacken ertönt, das mir einen Schauer über den Rücken jagt. Sie ist angespannt. Ich spüre, wie das Pflichtbewusstsein in mir aufsteigt, Kris' Platz zu füllen, mit seinen Geschichten die Stille zu vertreiben.

»Ich wusste gar nicht, dass ihr am selben Tag angereist seid«, beginne ich das Gespräch und Rachel sieht sofort auf.

»Stimmt, das haben wir gar nicht erwähnt. Ich hatte ehrlich gesagt total Angst vor diesem Tag und Kris war da schon … na ja, so entspannt wie er eben sonst meistens ist. Er hat dann vorgeschlagen, ob wir uns nicht mal etwas umsehen wollen und so sind wir ins Gespräch gekommen.«

»Aber dann bist du ja auch schon –« Ich halte inne.

»Schon zehn Wochen hier, ja. Ich wusste nicht, wie ich es dir sagen soll, aber ich werde nächste Woche entlassen. Im Gegensatz zu Kris habe ich noch eine kleine Verlängerung bekommen. Aber irgendwann geht es für uns alle wieder *zurück.*« Sie betont das letzte Wort, als wäre es ein geheimer Ort. »Und wann ist es bei dir so weit? Hast du Mr. Kulip schon gefragt? Ich meine, jetzt, wo du wieder sprechen kannst.«

Chaos breitet sich in meinen Gedanken aus. Fragen türmen sich beinahe ins Unermessliche. Daran habe ich noch überhaupt nicht gedacht. Während Kris hier war, war es mir nicht in den Sinn gekommen, dass ich abreisen wollte. Doch nun erscheint mir Rachels Frage durchaus berechtigt. »Ich werde ihn gleich fragen. Vielleicht erreiche ich ihn noch vor der nächsten Kunststunde im Büro. Bis später, Rachel!«, rufe ich ihr zu, als ich mein Tablett schnappe und sie zurücklasse.

Mit unruhigen Händen klopfe ich an Mr. Kulips Bürotür. Es verstreichen zaghafte Sekunden, in denen ich unsicher bin, wie ich mein Vorhaben begründen soll. Doch bevor ich es mir anders überlegen kann, öffnet der Therapeut mir die Tür und sieht mich irritiert an.

»Luna, haben wir etwa … einen Termin?«, fragt er.

Ich schüttle kaum merklich den Kopf. »Nein, Mr. Kulip. Aber ich müsste mit Ihnen sprechen, bitte. Es ist dringend. Wegen Kris' Abreise.« Ich weiche seinem musternden Blick aus.

»Verstehe.« Er macht einen tiefen Atemzug. »Kommen Sie herein, ich räume nur noch kurz ein paar Unterlagen zur Seite.«

»Vielen Dank, Mr. Kulip«, erwidere ich leiser und bemerke, wie ich meine Hände unruhig knete. Als wir Platz genommen haben, sieht er mich abwartend an.

»Sie haben sich heute wirklich sehr gut geschlagen, Luna. Auch Ihre Worte in der Abschlussrunde waren … beeindruckend.«

»Danke. Aber seine Abreise hat mich mit etwas konfrontiert, an was ich bisher noch keinen Gedanken verschwendet habe … *meine* Abreise.« Ich hole tief Luft. »Jetzt wo ich wieder spreche … ich meine … Aber trotzdem bin ich noch hier. Ist es wegen des … Autos?« Suchend nach Antworten sehe ich ihn an.

»Luna, Ihr Erfolg ist grandios und ich bin unheimlich stolz auf Ihre Entwicklung. Wie Sie sich gegenüber den anderen Patienten geöffnet, sogar tiefgehende Gefühle zugelassen und Ihr Schweigen durchbrochen haben, ist für diesen kurzen Zeitraum, den Sie erst hier sind, wirklich bemerkenswert. Bezüglich des Autos benötigen Sie mehr Zeit, da es sich um ein sehr starkes Trauma handelt. Hier würde ich Ihnen empfehlen, nach Ihrem stationären Aufenthalt eine ambulante Therapie fortzuführen, um sich diesem Thema Stück für Stück zu nähern«, erklärt er ausführlich.

Dennoch habe ich nicht das Gefühl, dass meine Frage beantwortet ist. »Aber warum schicken Sie mich dann nicht schon nach Hause?«, frage ich.

Mr. Kulip nickt, als würde er mich verstehen. Inzwischen glaube ich ihm das auch. »Es gibt eine letzte Herausforderung, der ich Sie stellen möchte.

Eine perfekte Gelegenheit, Ihre positive Entwicklung abschließend zu stärken und zu festigen.« Er macht eine kurze Pause und sieht aus dem Fenster.

»Kris' Abreise«, flüstere ich heiser.

Mit einem mitfühlenden Lächeln sieht er wieder zu mir herüber. Wie immer möchte er, dass ich selbst die Hintergründe der Therapie begreife. »Ganz genau. Diese Abreise gehört hier zu der Entwicklung dazu und Sie lernen dabei, mit einem erneuten emotionalen Verlust umzugehen und innere Stärke zu beweisen. Ich möchte Sie noch eine Woche hierbehalten, um Sie dabei zu begleiten. Nächsten Freitag werden wir dann beurteilen, ob eine Entlassung bereits möglich ist. Sind Sie damit einverstanden?«

Obwohl ich diese Entscheidung nicht wirklich fällen kann, bietet mir der Therapeut die Möglichkeit, mich auf diese Sache einzulassen. Es ist sozusagen ein Test – eine Woche, um zu sehen, wie ich Kris' Verlust verkrafte. Dann werde ich selbst zurück in die Realität geworfen, ob ich möchte, oder nicht. »Ja, einverstanden.« Ich nicke ihm zu. »Rachel wird nächsten Freitag entlassen, oder?« Da die Abreisen immer freitags stattfinden, um den Patienten das Wochenende zu Hause zur Eingewöhnung zu bieten, ist diese Frage überflüssig.

Unterschwellig wollte ich ihn dadurch nur wissen lassen, dass mir noch ein zusätzlicher Abschied bevorsteht. Es wird wohl niemals enden.

»Korrekt«, erwidert er. »Sie schaffen das, Luna. Eine Woche. Glauben Sie an sich.«

Mr. Kulips Worte drehen sich in meinen Gedanken, als ich zur Kunsttherapie taumle und mein Blick den Raum automatisch nach Rachel absucht. Einer ihrer Mundwinkel hebt sich kaum merklich zur Begrüßung und ich setze mich zu ihr. »Bitte entschuldige, dass ich dich vorhin einfach sitzen gelassen habe«, flüstere ich ihr zu.

»Schon okay. Hast du mit Mr. Kulip sprechen können?«

Ich nicke ihr zur Antwort zu, um nicht noch mehr Aufmerksamkeit auf uns zu lenken, während die Kunsttherapeutin etwas erklärt. »Wahrscheinlich noch eine Woche. Er will sehen, wie ich es verkrafte.«

Rachel sieht mich an und ich kann nicht deuten, ob sie Mitleid mit mir hat oder mich damit ermutigen will. Erst, als die Therapeutin fertig gesprochen hat und alle bittet, ihrem Kunstprojekt nachzugehen, erheben wir uns und Rachel antwortet: »Dann zeigen wir ihm mal, wie gut du das schaffen wirst. Wie weit bist du denn mit deinem Bild?«

Zur Antwort ziehe ich ein beinahe leeres Plakat aus einem der Schränke, auf dem klein mein Name steht und bisher nur meine mit Bleistift gezeichnete Silhouette zu sehen ist.

»Na dann, los geht's! Füllen wir dein Ich mit etwas mehr Farbe.« Rachel pinnt mein Poster neben das ihre an eine große Korkwand. Wie oft habe ich sie bereits dabei beobachtet, wie sie voller Freude Farbkleckse auf das Papier wirft. In diesem Moment wird mir bewusst, was für eine bedeutsame Freundin sie mir in dieser Zeit hier geworden ist.

Gegen Ende der Stunde erstrahlt mein Plakat in unterschiedlichen Farben, die unter anderem auch auf den Schürzen, die Rachel und ich tragen, gelandet sind. Die Bleistiftstriche sind nur noch zu erahnen und nachdem die Farbe getrocknet ist, ziehe ich diese mit einem breiten schwarzen Filzstift nach.

»Hast du dir schon Gedanken wegen der Wörter gemacht?«, fragt Rachel mich, als sie mein Bild mustert. Und in der Tat, das habe ich bereits. Wörter, die mich ausmachen, und Werte, die in mir verankert sind. Ich habe für die Silhouette die Farben bewusst aufgeteilt: eine Seite für die helleren und freundlicheren Töne und eine für dunkles Blau und Grün, bis hin zu einem tiefen Schwarz. Demnach möchte ich auch die passenden Wörter hinzufügen.

Verlust. Angst. Stille. Neustart. Freundschaft. Liebe.

All diese Wörter finden der Reihe nach Platz auf dem Bild und ich bemerke gar nicht, wie die Therapeutin hinter meinem Rücken steht und mein Tun beobachtet.

»Wundervoll!«, ruft sie plötzlich aus und klatscht dabei wieder einmal in die Hände. »Seht nur, was für eine Entwicklung hier in dem Bild zu erkennen ist. Wir wandeln unsere schlechten Erfahrungen in bessere und die Darstellung mit den Farben zu gestalten … wunderbar!« Ihr Lob ist wie immer sehr überschwänglich und wird von einem Klatschen begleitet. Aber auch Rachel lächelt mir von der Seite anerkennend zu. Und das bedeutet mir mehr als die Interpretation der Frau mit dem Bandana um den Kopf.

In der Zeit zwischen der letzten Therapiestunde und dem Abendessen ziehe ich mich auf mein Zimmer zurück und schaue ununterbrochen auf mein

Handy. Kris und ich haben noch unsere Handynummern ausgetauscht und ich habe ihn gebeten, mir gleich zu schreiben, wenn er gut zu Hause angekommen ist. Vielleicht ist dies aber im Trubel der Wiedersehensfreude untergegangen, denn da ist noch immer keine Nachricht von ihm.

Hey, bist du schon zu Hause?, tippe ich in das Handy und kurz darauf leuchtet ein kleines Feld mit »Gesendet« auf. Ob er mich wirklich vergessen hat?

Alleine im Zimmer tauchen all die Gedanken auf, die unter der Ablenkung und Rachels Anwesenheit verdrängt worden sind. Dies sind womöglich die letzten sieben Tage, die ich hier verbringen werde, und sie sind ein Test aus allem, was hier in den vergangenen Wochen passiert war. Seit meiner Ankunft habe ich mir keine Gedanken darüber gemacht, wie alles weitergehen würde, wenn ich wieder nach Hause zurückkehre, um diese zweite Chance zu nutzen. Unweigerlich denke ich dabei wieder an Lennon. Daran, dass mein letzter Besuch kein endgültiger Abschied gewesen sein kann und dass ich noch ein letztes Mal zu ihm sollte. In den letzten Wochen bin ich so sehr mit mir selbst beschäftigt gewesen, dass ich nicht darüber nachgedacht habe, ob diese Besuche überhaupt noch möglich sind.

Lennon sagte, dass es nur einen kurzen Zeitraum für Abschiede gebe. Erschrocken halte ich mir die Hand vor den Mund. Habe ich Lennon tatsächlich verloren? Ich beschließe, direkt morgen noch einmal zum stillen Platz zu fahren, um mich zu versichern, dass alles in Ordnung ist. Mit einem Blick auf den Horizont frage ich mich, ob Lennon zufrieden ist, wie sich nun alles entwickelt hat. Dass ich die Therapie angenommen und mich für das Leben entschieden habe, so wie er es wollte. Dass ich mich in jemanden verliebt habe, der mich ebenfalls mit all meinen Schwächen und Kanten liebt. Oder ob er auf einen erneuten Besuch wartet oder sich vergessen fühlt? Ich seufze.

Len, ich war ein Neumond auf der Suche nach seinem vollständigem Ich. Nach seinem ganzen Sein, seiner Stärke und einem Sinn im eigenen Leben. Diese Wochen hier in der Klinik haben mich nicht nur verändert, sondern vervollständigt. Während ich nun hier sitze und an dich denke, fühle ich mich nicht mehr von der Leere erdrückt, sondern trotz deines Verlusts vollkommen. Ein Vollmond, der selbst in dunkelster Nacht wieder aufleuchtet. Auch wenn der Gedanke, diesen Alltag ohne dich zu bestreiten, mich weiterhin schmerzt, spüre ich, dass ich es schaffen kann. Dass ich die Schatten bezwungen habe. Die Tiefschläge werden mich einholen, keine Frage. An den Geburtstagen, deinem ersten Todestag, der ersten Sternschnuppennacht, die wir nicht zusammen auf dem Hügel verbringen. Keine Pizza-Dates beim Italiener mehr. Aber diese Momente bleiben einmalige Erinnerungen in meinem Herzen. Lichtblicke daran, dass wir ein Leben lang vereint waren. Ein Leben lang. Und nun muss ich hier nur noch eine Woche für einen Test durchhalten. Was ist schon eine Woche im Vergleich zu all den Jahren, die wir gemeinsam verbracht haben? Mit dem drastischen Unterschied, dass Kris nur ein paar Kilometer entfernt in seinem Zuhause sitzt und seine Eltern sich über seine Rückkehr freuen. Und nicht über den Wolken zwischen Himmel und Wirklichkeit schwebt.

Wieder blicke ich auf mein Handy, doch keine Antwort von Kris. Dieser Abschied würde deutlich leichter fallen, wenn wir uns in all den kleinen Momenten einfach schreiben würden. Er ist gerade mal ein paar Stunden fort und ich klammere mich schon jetzt an alles, was in meine Nähe gelangt.

Heute,
Jetzt & Hier

Vierzig

»Und wenn ihr euch vielleicht vertippt habt und es die falsche Nummer ist?«, fragt Rachel tröstend, als wir am nächsten Tag beim Mittagessen sitzen. Noch immer keine einzige Reaktion von Kris. Könnte das wirklich der Grund sein oder hat er mich bereits am ersten Tag vergessen? Ich rühre weiter gedankenverloren in meinem Kaffee. Oder ob ihm etwas zugestoßen ist? »Es ist sicher alles in Ordnung, Luna«, ergänzt Rachel, als hätte sie meine Gedanken auf magische Weise erhört. »Wollen wir heute Nachmittag an den See?«

Es ist Samstag und wir haben den Tag über frei. Eigentlich wollte ich heute unbedingt mit dem Fahrrad zur Schaukel fahren und nachsehen, ob Lennon noch immer über den Wolken auf mich wartet. Auf der anderen Seite möchte ich Rachels

Angebot ungern ausschlagen. »Wie wäre es mit morgen?«, frage ich stattdessen. »Heute muss ich leider kurz weg, aber ich bin bis zum Abendessen wieder zurück!« Dabei fällt mir ein, dass ich bei meinem letzten Besuch viel zu spät zurück war und Kris in der Auffahrt angetroffen habe. Ich müsste mich heute unbedingt beeilen.

»Okay, dann morgen. Hoffentlich meldet sich Kris bald bei dir – es ist bestimmt nur ein Missverständnis.«

Mein Herz rast wie verrückt, als ich mit dem Fahrrad den Hang erreiche und zur Schaukel emporblicke. Wie auch zuletzt lege ich das Fahrrad unten am Hang ab, schiebe meine Hände in die Hosentaschen meiner Jeans und stapfe die Wiese hinauf. Einerseits drängt mich der Wunsch zu erfahren, ob dieses Zeitfenster noch immer besteht, und gleichzeitig fürchte ich mich vor der Antwort. Es ist nur leicht bewölkt, als ich den Baum erreiche und mit meinen Fingern über die Rinde streiche. Mit bebendem Pulsschlag setze ich mich auf die Schaukel und greife die Seile mit beiden Händen. Ein tiefer Atemzug füllt meine Lunge, bevor ich mit den

Beinen langsam vor und zurück schwinge. Bitte, flehe ich in Gedanken. Lass ihn noch hier sein.

Es blitzt nur wenig Sonnenlicht durch die dicke Wolkendecke und ich bin unschlüssig, ob es ausreichen wird, um mich im Schatten der Welt verschwinden zu lassen. Als ich über meine Schulter zurückblicke, bin ich jedoch nicht einmal mehr sicher, ob ich das richtige Zeitfenster erwischt habe oder der Sonnenstand bereits zu weit vorangeschritten ist. Weiterhin im Ungewissen schaukle ich im leichten Wind und warte ab, was passieren wird. Sämtliche Gedanken kreisen durch meinen Kopf, angefangen von Kris' Abschied und der Tatsache, dass er sich einfach nicht bei mir meldet. Als hätte ihn sein altes, neues Leben bereits vollkommen eingenommen und als gäbe es keinen Platz mehr für das schweigende Mädchen aus der Klinik. Dabei bin ich mir sicher, dass uns beide so viel mehr verbindet. Ich kann noch immer nicht wirklich glauben, dass Kris es mit mir nicht ernst gewesen ist. Aber hat Rachel recht? Ist wirklich alles in Ordnung?

Seit ich von Mr. Kulips Plan weiß, schwanke ich immer wieder zwischen meinen Gefühlen. Wenn der Verlust an mir nagt, rede ich mir ein, dass es nur ein Test sei und ich in einer Woche nach Hause zurückkehren und Kris besuchen könne. Aber wenn es wahr ist, Kris das Interesse verloren hätte und keine gemeinsame Zukunft in uns sehen würde, wäre es offensichtlich: Diese allgegenwärtigen Abschiede würden mir endgültig den Glauben an die Liebe nehmen.

Ich werfe einen Blick auf mein Handy. Keine neuen Nachrichten und es ist inzwischen eine halbe Stunde vergangen, seit ich hier auf den Himmel warte. Tränen steigen in meine Augen, drängen nach draußen. Lennon ist fort und Kris hat mich offenbar vergessen. Einsamkeit überschattet mich wie Wolken, die sich vor das Sonnenlicht schieben. Bevor ich diesen Gefühlen nachgeben kann, beschließe ich, Rachel davon zu erzählen. Mit einem hektischen Blick auf die Uhr gebe ich den Versuch, Lennon erneut zu besuchen, auf und springe von der Schaukel. Es besteht die Möglichkeit, dass ich lediglich den passenden Zeitpunkt versäumt habe, oder aber die Zeit für magische Besuche ist vorbei.

Mein Herz zieht sich zusammen. Dann wäre es nun wie am Tag des Unfalls: Lennon wäre mit einem Mal unwiderruflich fort. Keine Möglichkeit für einen Abschied, für ein paar letzte Worte. Ich wische mir eine Träne aus dem Augenwinkel, als ich den Hang hinab zu meinem Fahrrad zurücklaufe. Womöglich ist das der Grund, weshalb es uns nicht gestattet ist, verlorene Menschen über den rosafarbenen Wolken zu besuchen. Wir würden kein Ende finden, kein letztes Mal, keinen endgültigen Abschluss. Um ehrlich zu sein, würde ich immer wieder Gründe und Worte finden können, um Len noch ein letztes Mal zu sehen, und ich fluche innerlich, dass ich diese Möglichkeit in den letzten Wochen verdrängt habe. Ich ziehe das Handy aus der Tasche und tippe eine Nachricht an Kris.

Alles in Ordnung bei dir?

Lennon wurde mir unwiderruflich genommen und es gibt kein Zurück in diese verloren geglaubte Liebe. Aber ich werde nicht zulassen, dass auch Kris aus meinem Leben verschwindet.

Als ich die Auffahrt zur Klinik noch rechtzeitig zum Abendessen erreiche und mein Fahrrad abschließe, atme ich erleichtert auf. Obwohl meine Augen sicherlich von den wenigen Tränen etwas gerötet sind und ich es auf den Gegenwind schieben könnte, gehe ich ohne Umwege direkt zur Cafeteria, an der Rachel mich bereits erwartet – exakt an der Stelle, an der Kris uns morgens bisher begrüßt hat.

»Hey, sorry, dass ich etwas knapp dran bin«, entschuldige ich mich direkt.

Rachel winkt versöhnlich ab. »Kein Problem. Ich wollte sowieso nicht alleine an unserem Tisch sitzen. Und ich habe auch noch nicht übermäßigen Hunger. Sollen wir nachher im Aufenthaltsraum noch einen Tee trinken und Karten spielen?«

Ich lächle ihr zur Antwort zu, denn ich erkenne die Einsamkeit hinter ihrer Frage. Die Abende sind furchtbar lang, wenn man sie alleine auf dem Zimmer verbringt, und es ist womöglich unsere letzte gemeinsame Woche.

»Klar, gerne. Ich würde nach dem Essen nur kurz duschen und mich umziehen, wenn das okay ist.« Ich schnappe mir zwei Tabletts und reiche eines davon Rachel, während wir uns in die Warteschlange einreihen.

»Klar. Wo warst du denn mit dem Rad unterwegs?«

Ich schlucke und für einen Moment schnappe ich nach Luft. *Berechtigte Frage.* »Es gibt da einen Ort … einen alten Baum mit einer Schaukel daran befestigt, in einem kleinen Park innerhalb der Stadt. Dort kann ich … einem guten Freund noch einmal nahe sein«, bringe ich zaghaft hervor.

Rachel scheint bereits zu verstehen. »Du meinst den Freund von dem Autounfall?« Sie spricht es leise aus, als wir mit unseren befüllten Tabletts in Richtung unseres Tischs laufen. Ich nicke ihr zu. Als wir uns hinsetzen, hält sie noch einen Moment inne, bevor ihr Blick wieder auf mich fällt. »Darf ich dich noch etwas dazu fragen?«

»Ja, natürlich«, antworte ich ihr, obwohl es mir gar nicht so selbstverständlich erscheint. Schließlich habe ich in meiner Zeit der Stille auf fast gar nichts Persönliches geantwortet.

»Du warst bei diesem Unfall dabei, oder? Deshalb kannst du nicht mehr in ein Auto steigen.« Lange Momente vergehen, in denen sich keiner von uns beiden rührt.

Ich spüre den Knoten in meinem Hals, den es zu überwinden gilt. Es ist an der Zeit, darüber zu sprechen. Wieder denke ich an Mr. Kulips Worte, dass es meine Prüfung sei, über den Verlust zu siegen. »Ja, genau. Ich saß auf dem Beifahrersitz und er … er ist gefahren. Es hat stark geregnet und ein entgegenkommender LKW, der von der Fahrbahn abgekommen ist, hat uns … erwischt.« Mein Puls und meine Atmung beschleunigen sich bei diesen Worten, während ich weiterhin fest das abgestellte Tablett umklammere.

»Das tut mir so furchtbar leid, Luna.« Rachel legt ihre Hand tröstend auf meine und sieht mich durchdringend an. »Ich bin froh, dass du mir das anvertraust. So kann ich dich einfach noch besser verstehen.«

»Danke, Rachel.« Ich zwinge mich zu einem Lächeln.

»Ich danke dir. Oh, und es tut mir leid, ich wollte dir nicht den Abend –«

Doch ich winke ab. »Wir sollen doch darüber reden, oder nicht? Es tatsächlich auszusprechen, wird uns doch helfen?«

Rachel mustert mich einen Augenblick lang, bevor sie nickt. »Ja, du hast recht. Wenn du willst, können wir natürlich auch darüber reden.« Weil ich nicht sofort antworte, greift sie nach ihrer Brotscheibe und beginnt, diese zu belegen. Als wäre alles wie immer, als müsste ich mich deswegen nicht anders fühlen.

Ich mache es ihr gleich und nehme meine Schüssel Salat näher zu mir. »Er hat diesen Unfall nicht … überlebt. Und nach seinem Tod habe ich begriffen, dass ich ihm nie meine Gefühle gestanden habe. Weil es mir so wichtig war, dass wir immer Freunde sind. Aber mein Plan ist irgendwie nicht so richtig aufgegangen.« Ich hole tief Luft und spüre, wie befreiend es sich anfühlt, Rachel daran teilhaben zu lassen.

»Das … tut mir wirklich leid«, sagt sie erneut und legt ihr Essen noch mal zur Seite. »Und das hast du wahrscheinlich unheimlich bereut, oder?«

Ich nicke und kämpfe dabei mit den aufsteigenden Tränen. »Entschuldigung … Zuerst dachte ich, Liebe würde immer in Verlust enden. Nur bei Kris war ich dann anderer Meinung und jetzt …« Meine Stimme versagt.

Rachel rutscht näher, um mit ihrer Hand tröstend über meine Schulter zu streichen. »Er wird sich melden, ganz bestimmt. Dafür gibt es sicherlich einen plausiblen Grund und es hat überhaupt nichts mit dir zu tun. Bestimmt schreibt er dir heute Abend noch.«

Doch leider behält Rachel damit nicht recht. Keine Nachricht von Kris – weder an diesem Abend noch in den nächsten Tagen, während der alles entscheidende Freitag immer näher rückt.

Heute, Jetzt & Hier

Einundvierzig

Der Wecker klingelt und ich falle mit einem Seufzen zurück ins Kissen. Freitagmorgen. Der Tag, an dem nun auch Rachel mich verlassen wird, und ich fange an, Freitage allmählich zu hassen. Doch vor der Abschlussrunde, in der wir auch Rachel unsere verfassten Worte überreichen werden, habe ich einen Termin bei Mr. Kulip. Ab heute Nachmittag werde ich auf mich allein gestellt sein und ein langes Wochenende steht mir dann bevor.

Als der schrille Weckton erneut erklingt, rapple ich mich auf und nehme eine Dusche, um wach zu werden. Ich entscheide mich für ein schwarzes T-Shirt und eine dunkelgraue Jeans, bevor ich meine Haare föhne und zu einem einfachen Zopf flechte. Gerade als ich in meine Sneakers schlüpfe, klopft es bereits an der Tür.

Rachel erwartet mich mit einem müden Lächeln und in einem knallbunten Kleid, als ich ihr die Tür öffne und sie anschließend in die Arme nehme.

»Kein Abschied von Dauer«, nuschelt sie in der Umarmung.

Ich wiederhole ihre Worte wie ein Mantra. »Ja. Kein Abschied von Dauer.«

Mit schweren Schritten laufe ich den Gang entlang bis zur letzten Tür, an der Mr. Kulips Name steht. Nachdem ich angeklopft habe, bittet er mich wie immer herein, um mich mit einem Lächeln zu begrüßen. »Guten Morgen, Luna. Wie geht es Ihnen?«

Ich nehme gegenüber von ihm Platz und horche in mich hinein. Kris hat sich seit seiner Abreise letzten Freitag nicht gemeldet und der Schmerz der Enttäuschung nagt Nacht für Nacht an meinem Herzen. Während Rachel und ich in dieser Woche noch intensiver Zeit verbracht und über vieles gesprochen haben, bedeutet sie mir als Freundin wirklich unheimlich viel. Ihr heutiger Abschied schmerzt mich mindestens genauso sehr.

»Na ja, heute ist Rachels Abreise und ich habe seit

letztem Freitag nichts von Kris gehört. Als wäre er einfach vom Erdboden verschluckt worden oder hätte mich vergessen. Er reagiert auf keine meiner Nachrichten und geht auch nicht ans Telefon, wenn ich anrufe.« Ich seufze. »Ich kann nicht glauben, dass ihm das mit uns so wenig bedeutet hat. Als ob das für ihn nur ein Spiel gewesen wäre.«

Ohne darauf einzugehen, fragt Mr. Kulip jedoch weiter. »Und wie fühlen Sie sich damit? Wenn Sie angenommen nächste Woche nach Hause entlassen würden?«

Ich zucke mit den Schultern. »Kris' Verhalten enttäuscht mich und natürlich verletzt es mich. Fast als hätte sich die Befürchtung bestätigt, dass alles vergänglich ist. Dass keine Sicherheit existiert und ich grundlos auf etwas Besseres vertraut habe. Auch wenn ich es mir einfach nicht erklären kann. Ja, ich denke, ich könnte wieder nach Hause zurück und würde weiterhin mit Rachel in Kontakt bleiben. Nach ihrer Abreise gibt es nicht mehr viel, was mich hier hält und zu Hause könnte ich mich sicherlich ebenso mit ihr treffen oder telefonieren.«

Der Therapeut notiert sich etwas in seinen Akten, ohne aufzusehen. »In Ordnung. Und wie stehen Sie jetzt zum Thema Verlust? Was bedeutet das Wort für Sie?«

»Verlust ist allgegenwärtig, unausweichlich. Wir können ihn nicht vermeiden oder aufhalten«, sprudeln die Worte sofort aus meinem Mund, ohne dass ich darüber nachdenken muss.

»Aber Sie möchten auch nicht mehr auf emotionale Bindungen verzichten?« Er sieht von seinem Blatt auf und mustert mich.

»Nein. Auch wenn sich Kris tatsächlich nie mehr melden sollte, habe ich dennoch Rachel als Freundin, mit der ich über alles reden kann.«

Mr. Kulip lächelt und legt den Stift ohne weitere Notiz zur Seite. »Das ist sehr gut, Luna.«

»Und habe ich Ihren Test nun bestanden?«, frage ich und verschränke die Arme vor der Brust. »Darf ich auch nach Hause?«

Der Therapeut sieht auf seine Armbanduhr. »Das erfahren Sie, wenn Sie sich nun vor den Haupteingang begeben. Sie haben noch circa zwei oder drei Minuten. Wir sehen uns später in der Abschlussrunde im Gruppenraum. In Ordnung?«

Fragend sehe ich ihn an, versuche irgendeinen Hinweis aus seinem lächelnden Gesicht abzulesen. Aber keine Chance. Er wendet sich von mir ab, erhebt sich von seinem Stuhl und räumt verschiedene Unterlagen zur Seite. Ein eindeutiges Signal, dass ich nun nach draußen gehen sollte.

Als ich aufstehe und den Raum verlasse, werden meine Knie weich und meine Hände zittrig. Übelkeit steigt in meiner Magengegend vor Nervosität auf und ich überlege einen Moment lang, Rachel zu suchen und sie zu bitten mitzukommen. Aber dafür würde die Zeit wahrscheinlich gar nicht reichen. Was soll das werden? Was hat sich dieser Therapeut für eine seltsame Prüfung überlegt und warum begleitet er mich nicht?

Mein Herz schlägt mir bis zum Hals, als ich mich allmählich dem Haupteingang nähere und das Sonnenlicht durch die großen Glastüren nach innen fällt. Angst schnürt mir dabei fast die Kehle zu und jeder Atemzug fällt mir schwerer. Die Ungewissheit, was mich als letzte Prüfung erwartet, erdrückt mich beinahe. Das laute Surren der Türen ertönt beim Öffnen über mir und ich trete hinaus. Kühle morgendliche Spätsommerluft schlägt mir entgegen und ich schlinge die Arme um meinen Körper.

Ich brauche einen langen Moment, um zu begreifen, was hier passiert. Und dass der gut aussehende Typ unter der Straßenlaterne Kris ist, der mit einem Grinsen zu mir herübersieht. Mein Herz setzt für einen schmerzhaften Augenblick aus und versetzt mir einen heftigen Stich, der mich nach Luft schnappen lässt.

Kris, der mich seit einer Woche vollständig ignoriert, steht mir wenige Meter gegenüber und kommt langsam auf mich zu. »Es tut mir leid, Luna. Es tut mir so, so unfassbar leid.«

Vor Schreck kann ich ihm zuerst nicht antworten und blicke ihm nur stumm in die Augen, als er direkt vor mir steht. Wie damals, als meine Worte weit fort waren.

»Es …« Er fährt sich mit der Hand über den Nacken, wie so häufig, wenn er nervös ist. Er sieht mich verlegen an. An seiner Gestik und Mimik erkenne ich, dass er mich eigentlich sofort küssen will, doch aufgrund meiner Überraschung hält er sich wohl zurück.

»Wieso hast du dich nicht gemeldet?«, flüstere ich fassungslos. »Du bist einfach verschwunden!«, werfe ich lauter hinterher.

»Es tu-«

»Sag nicht noch mal, dass es dir leidtut.« Ich starre ihn an, kann nicht glauben, was hier passiert. Mein Herz tanzt vor Freude und ein Schwarm Schmetterlinge hat die Übelkeit inzwischen vertrieben. Dennoch verlangt etwas in mir nach Antworten. Und zwar sehr.

»Mr. Kulip hat mich darum gebeten. Dir sieben Tage lang nicht zu schreiben, nicht anzurufen und dich nicht zu kontaktieren. Damit du einen erneuten Verlust bewältigst, der dir ... vielleicht etwas mehr bedeutet. Glaub mir, ich habe bei jeder deiner Nachrichten mit mir gerungen. Habe die Tage gezählt, bis ich endlich hier vor dir stehen kann, um dir erneut zu sagen, dass ich dich liebe. Und dass ich nicht zulassen werde, dass noch ein weiterer Verlust dir das Herz bricht. Vor allem, als ich deinen Brief gelesen habe und ...«

Glück drängt sich in mein Herz und ich unterbreche ihn mit einer überschwänglichen Umarmung, bei der ich meine Arme um seinen Hals schlinge. »Das war also der Test. Die letzte Prüfung«, flüstere ich an seinem Hals, während er mich festhält, als wollte er mich niemals wieder loslassen.

»Ja, für uns beide. Weil ich dich nicht vor allem beschützen kann und Mr. Kulip sichergehen wollte, dass du bereit bist«, antwortet er leise. »Glaub mir bitte, ich wollte dich damit nicht verletzen oder im Stich lassen. Es sollte zu deinem Besten sein.«

Ich wende ihm mein Gesicht zu und vollende seinen Satz mit einem Kuss. »Dass du heute hier bist, ist alles, was für mich zählt. Und wenn das, was du sagst, der Wahrheit entspricht, dann kann ich dazu eigentlich nur eines sagen.« Wir sehen einander an und ich nehme einen tiefen Atemzug.

»Ich liebe dich auch, Kris. Und ich habe jeden einzelnen Tag auf dich gewartet.«

Heute,

Jetzt & Hier

Zweiundvierzig

Len, bitte. Nur eine letzte Chance.

Zwei Tage sind nun vergangen, seit ich ebenfalls aus der Klinik entlassen wurde. Meine Beine schwingen über den Boden und ich spüre den leichten Gegenwind, den die Schaukel verursacht. So vieles hat sich in den letzten achtundvierzig Stunden verändert, dass ich mich direkt nach diesem magischen Ort gesehnt habe.

Mr. Kulip hat mich nach Kris' Besuch über den gesamten Plan informiert und aufgeklärt. Er selbst war von meiner Entwicklung sehr beeindruckt und hat mir angeboten, dass ich die weitere ambulante Therapie bei ihm fortführen könne. Tatsächlich glaubt er, dass ich eines Tages wieder in ein Auto steigen kann, nach allem, was ich in den letzten Wochen erreicht habe.

Der Abschied von Rachel war anschließend beinahe einfach, denn der Therapeut hat auch meine Entlassung nach der erfolgreichen Bewältigung angeordnet. Die Welt da draußen erscheint plötzlich so viel einfacher, seit ich weiß, dass Rachel und Kris auch dort an meiner Seite sein werden. Wir schreiben jeden Tag und wollen uns bereits nächste Woche zu einer Verabredung treffen. Schließlich schulden wir Rachel noch eine Feier.

Kris und ich sind jetzt offiziell zusammen und auch wenn er etwas zu weit entfernt wohnt, um ihn mit dem Fahrrad zu besuchen, wird er mir so oft wie möglich einen Besuch abstatten. Er wurde zu einem Vorstellungsgespräch in einer Schreinerei eingeladen und es fühlt sich beinahe erschreckend an, wie wir wieder Teil der echten Welt werden. Wir befinden uns nicht mehr in dieser geschützten Blase der Klinik, sondern kehren nun in unseren Alltag zurück.

Außerdem habe ich meine Großmutter am ersten Tag meiner Entlassung besucht und mich bei ihr bedankt. Auch wenn sie gar nicht mehr zu wissen schien, was sie mir bei meinem letzten Besuch mit auf den Weg gegeben hat und was für ein Fortschritt es ist, dass ich endlich wieder sprechen kann, so war es für mich von enormer emotionaler

Bedeutung. Denn nur durch ihr Geheimnis und das kleine Notizbuch war es mir möglich, Lennon loszulassen. Auch wenn ich den stillen Platz weiterhin aufsuchen werde, um dort in Erinnerungen zu schwelgen. So wie heute.

Ich habe gehofft, nach allem, was sich in den letzten Wochen verändert hat, noch einmal mit Lennon zu sprechen. Seine Stimme zu hören und vielleicht einfach nur zu erfahren, dass er damit einverstanden ist und ich seine Zustimmung für die Beziehung mit Kris habe. Aber womöglich ist das nicht notwendig, denn alles, was Len wollte, war, dass ich mich für das Leben entscheide. Und das habe ich. Mit ganzem Herzen.

Als meine Eltern erst bei meiner Heimkehr erfahren haben, dass ich meine Stimme wiedergefunden habe, hatte meine Mutter Tränen in den Augen. Ihre lange Umarmung sagte dabei mehr als tausend Worte. Sie hat mich auch gebeten, bei einer der nächsten Sitzungen bei Mr. Kulip mitkommen zu dürfen, um ihm persönlich dafür zu danken.

Ich schmunzle bei dem Gedanken an den jungen Therapeuten, der es nicht nur geschafft hat, mich zu verstehen, sondern mir alles mit auf den Weg gegeben hat, um mich selbst zu finden und letztendlich von dieser Trauer zu heilen. Durch die Erfahrung von Freundschaft und Liebe ist meine Mauer allmählich gebröckelt und sind die Emotionen wieder in mein Herz gelangt. So sehr, dass ich auch Samika verzeihen wollte und sie um ein Treffen gebeten habe. Auch wenn sich unsere Freundschaft seit Lennons Tod stark verändert hat, so ging dem eine jahrelange Bindung voraus, die ich nicht missen wollte.

Eine Postkarte liegt in meinen Händen, die ich immer wieder drehe und wende. Rachel hat sie mir zum Abschied geschenkt, weil das Zitat, das auf einem leuchtend orange-rosafarbenen Himmel zu sehen ist, beinahe perfekt passt.

Deine wahre Stärke zeigt sich dir erst, wenn du alles loslassen kannst und dennoch nicht fällst.

Ein Lächeln schleicht sich auf meine Lippen und ich streiche erneut darüber. In diesem Satz steckt die gesamte Bedeutung der letzten Wochen und die Tatsache, dass ich Len loslassen musste, um mein eigenes Ich zu finden. Ich bin froh, dass auch Rachel viel aus der Zeit in der Klinik gelernt hat, um ihre Depression zu bewältigen, und in ihrem neuen, alten Leben gut zurechtkommt. Unsere Freundschaft ist für uns beide eine bedeutende Stütze.

Ich schließe die Augen und atme langsam und

bewusst ein. Niemals hätte ich all das für möglich gehalten. Dass sich Trauer in Liebe verwandeln kann. Unbewusst denke ich an Lennons letzte Worte:

Und wenn es so endet, dann war es immer so, wie du es dir erträumt hast. Unsere Freundschaft bestand unser ganzes Leben. Vom ersten bis zum letzten Tag waren wir unzertrennlich vereint – niemand hätte uns das nehmen können. Dein Versprechen blieb wahr, Luna. Das einzig Richtige, das du jetzt noch für uns tun kannst, ist loszulassen, um zu leben.

Fast so, als hätte er dieselbe Postkarte gelesen, die den Sonnenuntergang an einem wolkenlosen Himmel zeigt. *Den Ort, den ich anscheinend nicht mehr besuchen kann, um dir noch einmal nahe zu sein. Aber vielleicht nur deshalb, weil wir im Reinen mit uns sind, Len. Weil ich die Chance hatte, dir meine Gefühle zu gestehen, um es nicht mein restliches Leben zu bereuen. Die Möglichkeit, dich noch ein letztes Mal in den Arm zu nehmen und sagen, dass …*

Etwas kitzelt meinen Arm und ich öffne die Augen. Helle Federn gleiten herab, eine davon streift wie in Zeitlupe an mir vorbei. Ein warmes, weiches Gefühl umgibt mich, als ich die rosafarbenen Wolken sehe, wohin mein Blick auch reicht. Fassungslosigkeit überkommt mich so stark, dass sich vor Glück Tränen ihren Weg über meine Wangen bahnen. Eine *allerletzte* Chance.

In der Ferne erkenne ich Lens Umrisse, doch etwas an ihm hat sich seit unserem letzten Besuch verändert. Sein Abbild ist blass, beinahe durchscheinend und ein hell leuchtendes Funkeln umgibt ihn.

»Len?«, hauche ich vorsichtig und trete näher.

»Luna!« Freude flackert in seiner Stimme so deutlich auf, dass mein Herz dabei hüpft. »Ich bin so froh, dich noch mal hier zu sehen, bevor …« Doch er beendet den Satz nicht, denn wir schließen uns fest in die Arme. Auch wenn ich weiß, dass ich ihn nicht weiter festhalten kann.

»Oh, Len«, flüstere ich heiser. »Danke, dass du noch hier bist. Danke für alles, was du je für mich getan hast. Dass du mich getröstet hast, wann immer ich mich schlecht gefühlt habe und dass du mit mir so viel Zeit verbracht hast, die ich nun als Erinnerungen in meinem Herzen aufbewahren werde.«

Ich spüre an meinem Hals, wie sich seine Lippen zu einem Lächeln verziehen. »Ich danke dir auch. Dafür, dass du mir ein Leben lang die beste Freundin warst und dich nun dafür entschieden hast weiterzumachen. Und dafür, dass du mich nicht vergessen, sondern noch ein letztes Mal besucht hast.«

Tränen steigen erneut in meine Augen, auch wenn ich nicht die niederschmetternde Traurigkeit fühle, die mich bisher in die Tiefe gerissen hat. »Du wirst immer in meinem Herzen bleiben, Len.«

»Und du in meinem.« Lennons Stimme ist so leise wie ein sachter Windhauch und ich blinzle die Tränen weg, um zu sehen, was geschieht. Bruchstücke von Lennons Körper beginnen in einem warmen Leuchten zu flimmern, bis das helle Glitzern nur noch seine schwachen Umrisse bildet und nach wenigen Momenten ebenso verschwindet wie Lennon selbst.

Mit bebendem Herzen wische ich mir die Tränen von den Wangen, hole tief Luft und speichere diesen Moment, diesen allerletzten Abschied in dem innersten Teil meiner Seele.

Heute, Jetzt & Hier

Dreiundvierzig

Ich atme tief durch, als wir nebeneinander vor dem Tattoo-Laden stehen, doch meine Lunge ist viel zu verkrampft, um überhaupt noch Sauerstoff aufzunehmen. Dabei verspüre ich keine Angst, keine Unsicherheit oder etwas Vergleichbares. Es ist lediglich die Aufregung, dass es jeden Moment so weit sein könnte. *Endgültig* sein könnte.

»Bist du wirklich bereit?«, fragt Kris an meiner Seite und greift nach meiner Hand. Sein Griff ist nicht mehr so zaghaft und vorsichtig wie anfangs, sondern fest und stützend wie eine Säule, die mir den notwendigen Halt bietet.

»Ja, das bin ich«, sage ich mit einem Nicken und lese noch einmal die großen Buchstaben, die über der Tür prangen.

Gemeinsam betreten wir das Studio. Die bunte

Einrichtung sowie all die Abbildungen der Tattoos überrumpeln mich derart, dass ich mich nicht auf die Worte der Frau vor uns konzentrieren kann. Alles wirkt so schrill, lebendig und fordert meine gesamte Aufmerksamkeit. Kris muss meine Überforderung bemerkt haben, denn er spricht mit der Tätowiererin und erzählt ihr von meinem Termin und meinem bereits vereinbarten Motiv.

»Alles klar, dann kommt mal mit – ihr könnt da drüben Platz nehmen!« Sie zeigt lächelnd auf eine Liege und einen kleinen Stuhl daneben, während ihr ein paar der kurzen roten Strähnen ins Gesicht fallen.

»Keine Angst«, höre ich Kris an meiner Seite sagen. Er hat sich sein Tattoo vor ein paar Wochen hier stechen lassen. Ich habe ihn zu diesem Termin begleitet und mich zu meinem Wunschmotiv beraten lassen. Seit Lennons Tod hat sich so vieles verändert, sodass ich mich zu diesem Schritt entschieden habe. Die rothaarige Frau kommt zurück und stellt eine Cola und einen Schokoriegel auf den kleinen Tisch neben uns, bevor sie sich zu uns setzt.

»Hallo, Luna, mein Name ist Viola. Du hast dir ein ganz besonderes Motiv ausgesucht – ich bin schon sehr gespannt.« Sie lächelt mir aufmunternd zu. »Bevor wir anfangen, werde ich noch ein paar

Sachen vorbereiten und hier habe ich dir etwas Nervennahrung mitgebracht. Wir werden zwischendurch eine kleine Pause machen, aber das hast du letztes Mal ja alles schon gesehen. Ich bin also gleich wieder da.« Viola verschwindet noch mal aus dem abgetrennten Bereich und mein Blick fällt auf Kris, der auf dem Stuhl neben der Liege sitzt und mich angrinst.

Ich spüre, wie sein Blick mir Mut machen und Angst nehmen möchte. Dabei fühle ich mich nicht wirklich ängstlich oder beunruhigt. In den letzten Wochen habe ich mich verändert oder bin noch mehr ich selbst geworden. Dieses Tattoo ist keine undurchdachte, kurzfristige Überlegung gewesen. Es gehört für mich zu diesem Neuanfang, steht für die enorme Entwicklung und das, was ich erlebt habe. Es prägt mich ebenso wie die Ereignisse in diesem Jahr.

Viola ist kurz darauf mit einem ermutigenden Lächeln zurück, bittet mich, mein Top auszuziehen, damit sie das Schulterblatt desinfizieren kann. Mittels einer kleinen Schablone bringt sie das Motiv mit einer bläulichen Farbe auf die Haut.

»Sieh es dir ruhig noch mal im Spiegel an, ob es so für dich passt«, fordert die Tätowiererin mich auf und ich stehe auf, um meinen Rücken im Spiegel zu betrachten. Das Motiv ist nicht sonderlich groß, aber von enormer Bedeutung. »Es ist perfekt«, sage ich und kehre mit einem Strahlen auf die Liege zurück.

»Sehr gut! Das wird fantastisch. Wir brauchen ungefähr anderthalb Stunden und machen dazwischen wie gesagt eine kleine Pause, wenn du möchtest. Nicht am Geräusch erschrecken – das ist für die meisten das Unangenehmste.« Adrenalin pulsiert durch meine Adern, doch ich wende mich Kris zu, um nicht die Nadel anzustarren.

»Bereit?«, fragt Viola ein letztes Mal.

»Bereit«, antworte ich und halte eisern den Blickkontakt zu Kris. Anschließend ertönt das laute, surrende Geräusch und winzig kleine Stiche übersähen mein linkes Schulterblatt. Hinter Kris ist die Wand mit unzähligen Bildern dekoriert, vermutlich um sich während des Vorgangs abzulenken. Aber dafür benötige ich keine Landschaftsgemälde oder Tattoovorlagen. Ich schließe die Augen und denke über die Bedeutung des Motivs nach. Und darüber, wie sehr mich die Liebe verändert hat. Sie ist nicht nur ein Wort, ein Ausdruck oder ein Gefühl. Es ist dieser Moment, wenn du mehr bereit bist zu geben, als du tatsächlich hast. Und gleichzeitig ist dem anderen vollkommen genug, was du einfach nur bist. Denn an Kris' Seite weiß ich, dass ich trotz meiner Ängste und Makel perfekt bin und mich dafür nicht verstecken muss. Ebenso kenne ich seine Schwachstellen und das bringt uns noch viel näher zusammen.

Dann wandern meine Gedanken zu Lennon und zu unserem magischen letzten Besuch, der mir seitdem unvergesslich in Erinnerung bleibt. Dass ich in dem Moment, als er gehen musste, bei ihm war. *Wieder.* Aber dieses Mal bewusst und voller Frieden. Da war nichts mehr, was irgendwie zwischen uns stand.

Len, diese Zeilen sind mein Abschied an dich. Du wirst immer ein besonderer Teil meines Herzens sein und dein Tod mich auch noch lange begleiten. Aber auch wenn mich dieser neue zweite Verlust vielleicht eines Tages komplett zerstören mag und es mir danach nie wieder möglich wäre, aufzustehen und diesem Leben eine weitere Chance zu geben, so war es jeden einzelnen Moment dieser echten Liebe wert, das alte Leiden zu ertragen und dieses Risiko einzugehen. Die Liebe macht das Leben lebenswert. Denn die Wahrheit ist, dass meine Gefühle dir gegenüber da waren, auch wenn ich sie immer verleugnet habe. Obwohl alle anderen es wussten und in ihren Blicken diese Vorwürfe lagen, habe ich es immer abgestritten. Vor den anderen – und vor mir selbst. Aber wie sehr ich mich in dich verliebt habe, begriff ich erst, als du plötzlich fort warst. Als da ein Leuchten in meinem Leben gefehlt hat, eines, das jeden Tag hell erscheinen ließ, egal ob die Sonne am Himmel stand, oder nicht.

Aber, Len, du und ich, wir beide hätten niemals so sein können, wie ich es mir erträumt hätte. Wir waren nicht für die Ewigkeit gemacht. Da war von Anfang an ein Loslassen in unserer Geschichte, eines, das ich bis zum letzten Moment nicht wahrhaben wollte. Bis zu diesem einen Augenblick, als du in dieses Cabrio gestiegen bist und danach für immer fort warst.

Und wenn ich dir heute noch eines sagen könnte, dann wäre es, dass ich dich geliebt habe, ohne es zu wollen, weil es nie ein Wir in dieser anderen Form gegeben hätte. Du müsstest blind gewesen sein, es nicht selbst erkannt zu haben, deshalb bin ich der festen Überzeugung, dass du es tief in deinem Inneren alle Zeit gewusst hast. Du weißt, welches Geheimnis ich vor allen gehütet habe – weil du vielleicht dasselbe geheim gehalten hast.

Und selbst, wenn mich dieser erneute Verlust in Stücke reißen und vernichten würde, so ist es diese Liebe in jedem einzelnen Moment wert, an dem ich ihn ansehe und mein Herz dabei lächelnd aufatmet. Weil es Liebe ist, die erwidert wird, die ich spüren und leben kann. Diese Liebe ist es wert, das Leben zu lieben, und dafür bin ich Kris jeden Tag dankbar. In den kleinen und großen Momenten unserer Zeit, die ich am liebsten in mir speichern möchte. Es gibt kein Für-immer-und-Ewig mehr in meiner Welt, seit du fort gegangen bist, Len.

Aber manche Dinge halten ein Leben lang.

Epilog

Lennon

Vierundvierzig

Es war dein achtzehnter Geburtstag – der Tag, an dem ich mich in dich verliebt habe, Luna. Ich weiß es noch wie heute, als du in diesem rosafarbenen Kleid mit einem überglücklichen Lächeln vor mir standest. Von da an konnte ich es nicht mehr leugnen. Du warst für mich nicht nur an diesem Tag das schönste Mädchen, das ich in diesem Universum hätte finden können. Das warst du auch in all den Jahren zuvor, wann immer du ungeschminkt oder mit vor Liebeskummer verweinten Augen vor mir gestanden hast.

Dabei habe ich dir von Anfang an versprochen, wie ein großer Bruder für dich da zu sein. Erinnerst du dich? An dieses Versprechen, dass wir uns niemals verlieben würden. Dir war es so verdammt wichtig, dass wir immer Freunde bleiben. Und dass keine Liebe dieser Welt uns trennen kann. Vielleicht war das von Anfang an unser einziger Fehler.

Ich habe irgendwann geglaubt, dass du mich einfach niemals lieben wirst. Dass ich einfach nicht dein Typ bin oder man sich nicht in die Art des großen Bruders verliebt. Weil wir schon immer da waren, vom ersten Tag an. Wir dachten, das verliert dann schnell den Reiz und man wird selbstverständlich, fast schon langweilig für den anderen. Aber das waren wir nie – das habe ich immer am Leuchten deiner Augen gesehen.

Mit meiner ersten Freundin habe ich auf deine Reaktion gewartet, doch du warst genauso freundlich wie immer. Da war nichts, was das Verliebtsein verraten hätte, aber vielleicht war es zu diesem Zeitpunkt auch noch nicht der Fall. Als du dann angefangen hast, mit Aaren auszugehen, habe ich mich auch für dich gefreut. Da war wahrscheinlich die Gewissheit, dass die ersten Beziehungen immer in die Brüche gehen und dass an deinem Versprechen ziemlich viel Wahres ist. Freundschaften halten sich leichter für die Ewigkeit als Beziehungen.

Ich war zwei Jahre lang in dich verliebt, Luna. Bis zu jenem Abend, als wir gemeinsam auf der Party waren und ich mir fest vorgenommen habe, es dir zu sagen. Zuerst dachte ich, es wäre einfacher, wenn wir beide etwas getrunken hätten, doch während der Feier wurde mir immer deutlicher bewusst, wie sehr ich dich beschützen will. Vor allem und ganz besonders vor der Welt. Also entschied ich mich gegen den Alkohol und dafür, dich am Ende des Abends sicher nach Hause zu fahren.

Sei dir bitte sicher, dass ich an diesem letzten Abend mehrmals mit dem Gedanken gerungen habe, dich zu küssen. Nicht, weil es sonst nie Gelegenheiten gegeben hätte, sondern weil ich es in dieser Nacht so deutlich vor mir gesehen habe. Wie du getanzt und gelacht hast. Du warst so unbeschwert und fröhlich wie schon lange nicht mehr, seit Aaren sich von dir getrennt hat. An diesem Abend warst du einfach nur du und es hätte keinen perfekteren Zeitpunkt gegeben, dir zu gestehen, dass ich dich liebe.

Auf der Heimfahrt ertönt unser Lied im Radio und du siehst mich an, als bedeutete es für dich die gesamte Welt. Noch heute kann ich hören, wie du in einem zarten Flüstern mitsingst, weil du glaubst, dass ich es nicht bemerke. Doch ich höre jeden Ton, jedes Wort. Und ich verspreche mir ein letztes Mal, dich vor der Haustür zu küssen, dir meine Liebe zu gestehen. Doch wir werden von dem Moment unterbrochen, als der LKW zu bremsen versucht und aufgrund der nassen Straße ins Schlittern gerät. Ich höre deinen Schrei und mein Herz krampft sich dabei schmerzhaft zusammen.

Ich will nach deiner Hand greifen, dir sagen, dass alles gut werden wird und ich dich all die Zeit doch mehr geliebt habe. Mit einem heftigen Ruck werde ich aus dem Sitz gerissen und Scherben streifen an meiner Haut entlang. Doch es geht viel zu schnell, um den Schmerz wirklich wahrzunehmen. Es sind genau die wenigen Sekunden, von denen sie behaupten, das gesamte Leben würde noch einmal an einem vorbeiziehen. Doch das ist eine absolute Lüge.

Der letzte Moment ist lediglich ein Bild – das Bild deines achtzehnten Geburtstages, an dem du vor mir stehst wie eine Prinzessin. Denn es ist der einzige Moment, den ich für immer bereuen werde – und nur an das denkt man beim Abschied seines Lebens. An die Entscheidungen, die man gerne anders getroffen hätte.

Luna, ich liebe dich. Doch das wirst du leider nie mehr zu hören bekommen.

Mein Gesicht schlittert über den nassen Asphalt, kurz bevor mein Kopf aufhört zu denken, mein Herz aufhört zu schlagen. Ich habe nicht den Hauch einer Chance zu kämpfen, keinen einzigen Moment, dich noch einmal anzusehen und meine

Stimme deinen wunderschönen, besonderen Namen sagen zu lassen. Denn das bist du beides. Du bist einzigartig.

Luna, flüstern meine Gedanken, als meine Seele die Erde verlässt. *Hab keine Angst, ich bin bei dir. Alles wird gut werden,* denke ich und hoffe damit, auch deine Gedanken zu erreichen. Doch nichts wird gut, alles wird dunkel um mich herum und ich wünsche dir im letzten Moment jemanden, der dich eines Tages ebenso lieben wird, wie ich es immer tat – nur dass er auch den Mut haben wird, es dir rechtzeitig zu sagen.

Nachwort

Für noch kein Buchprojekt habe ich so viel recherchiert wie für dieses, das ursprünglich unter dem Titel »When I see you« erscheinen sollte. Die Botschaft, die ich unbedingt mit dieser frei erfundenen Geschichte vermitteln möchte, ist, den Menschen, die einem von Bedeutung sind, zu sagen, dass man sie liebt, solange man die Möglichkeit dazu hat. Und letztendlich keine Entscheidung, die man getroffen hat, je zu bereuen.

Der Name Lennon bedeutet im Irischen »Geliebter« und passt somit einfach perfekt in diese Geschichte. Ebenso die Bedeutung von Lunas Namen, der für ihre Entwicklung eine wichtige Rolle spielt.

Das Lied, von dem Luna spricht und das sie immer an Lennon erinnern wird, ist »Skin« von Rag'n'Bone Man. Denn wer sich den Text dazu genauer anschauen möchte, erkennt vielleicht, wie perfekt dieses Lied die Beziehung von Luna und Lennon widerspiegelt.

Welches Tattoo sie sich am Ende tatsächlich stechen lässt, wurde mit Absicht nicht erwähnt und für euch liebe Leser*innen offengelassen. Aber erzählt mir gerne von euren Vermutungen – ich bin gespannt, welche Tattoo-Ideen ihr habt! Ihr findet mich auf Instagram sowie auch unter dem Bookapi Verlag.

Danksagung

Danke an alle Leser,

dass ihr Luna und Lennon auf ihrem emotionalen Weg begleitet habt. Diese Geschichte bedeutet mir enorm viel und ich hoffe, dass sie euch gefallen und berührt hat!

Cover

Das Cover für diese Geschichte sollte einzigartig werden, weil auch die Geschichte etwas ganz Besonderes für mich ist. Es sollte still und zerbrechlich wie Luna selbst sein und gleichzeitig ihre tiefe Verbindung zu Lennon widerspiegeln – genau das hat Marie Grasshoff perfekt in diesem Cover eingefangen. Vielen Dank dafür!

Lektorat

Jacky, vielen lieben Dank für deine enorme Unterstützung und all die lieben Worte zu diesem Buchprojekt! Und das nächste Mal schreibe ich wieder in der Vergangenheitsform – versprochen!

Buchsatz

Es war Zufall, dass Steffi zur richtigen Zeit in unser BOOKAPI-Team kam und es einfach sofort gepasst hat. Dafür bin ich unendlich dankbar! Denn Dank ihr ist diese Geschichte auch von innen ebenso wunderschön und einzigartig gestaltet. Ein ganz großes Dankeschön für deine wundervolle Arbeit!

Bloggerteam

Bianca, Christina, Nana, Nubsi, Susann, Christin und Janine – ihr seid ein großartiges Bloggerteam und ich danke euch von Herzen für eure gesamte Unterstützung, eure kreativen Einfälle und den immer lustigen Austausch. Ich freue mich schon sehr, euch alle bei der nächsten Buchmesse wiederzusehen!

Nalie

Auch meiner besten Freundin gilt ein riesiges Dankeschön – besonders bei dieser emotionalen und so bedeutenden Geschichte. Danke für unsere einzigartige Freundschaft!

Familie

Ein ganz besonders liebes Dankeschön geht an meine Mutter und meine Schwester. Dafür, dass ihr immer für mich da seid und wir uns jederzeit aufeinander verlassen können – seit ich überhaupt nur denken kann. Dafür liebe ich euch und danke euch von Herzen.

Peter

Der größte Dank gilt meiner besseren Hälfte, denn ohne dich, wäre das hier alles gar nicht wahr geworden und weiterhin nur ein Traum. Du hast mich nicht nur ermutigt und bestärkt, sondern auch mit mir für diesen Verlag gekämpft – für einen Traum, der größer ist, als alles was ich mir für meine Bücher bisher vorgestellt habe. Ich kann gar nicht in Worte fassen, wie dankbar und glücklich ich bin, dich an meiner Seite zu wissen und dafür liebe ich dich sehr. (Aber das ist ja im Westen nichts Neues – und schon habe ich wie versprochen dein Lieblingszitat in meinem nächsten Buch untergebracht! ☺)

Playlist zum Buch

Rag'n'Bone Man – Skin

Zedd – Stay

Birdy – Keeping your head up

Alan Walker – Faded

The Script – Breakeven

Ruelle – The other side

Madeline Juno – Schatten ohne Licht

Die Autorin

Jay Lahinch ist das Pseudonym einer jungen Autorin, die mit ihrer Hündin Mara in Süddeutschland lebt. Bereits seit ihrer Kindheit liebt sie Bücher und träumt davon, Geschichten zu schreiben. Mit ihrem Debütroman *Seelenlicht* erfüllt sich 2017 dieser große Lebenstraum und bereits im nächsten Jahr erscheint ihre magische »Tränen-Dilogie«. Gemeinsam mit ihrem Freund gründet sie 2020 ihren eigenen Verlag mit dem Namen BOOKAPI, unter dem ihre Bücher nun neu erscheinen.

TRIGGERWARNUNG:
- Depression
- Angststörung
- Trauerbewältigung
- Posttraumatische Belastungsstörung

Wir bitten zu berücksichtigen, dass jeder Mensch anders mit schweren Schicksalsschlägen umgeht und dieses Buch keinen Ersatz für therapeutische Hilfe darstellt.